La noche que nació de la tormenta

Pedro Martín-Romo

Serendipia

Edita: Serendipia Editorial
www.serendipiaeditorial.com
contacto@serendipiaeditorial.com

Pedro Martín Romo

Impresión: Las Ideas del Ático

ISBN: 978-84-125824-1-3
Depósito legal: CR 810-2022

Primera edición: septiembre de 2022
Segunda edición: mayo de 2025
Impreso en España - *Printed in Spain*

A mi abuela y mis bisabuelas
que me cantan con voces de antaño

«La anciana decía que solo los cuerpos morían; los espíritus vagaban [...]. Permanecían junto a sus descendientes para guiarlos en la vida, para reconfortarlos, a veces incluso para asustarlos y hacer que despertasen de la neblina de una vida sin amor, sin vida».

YAA GYASI, *Volver a casa*

PRÓLOGO

Cruces desplegó todo su arsenal encima de la mesa de la salita que la alcaldesa de Ciudad Real le había cedido por un rato para ella sola dentro del Ayuntamiento. De la que podría pasar como una bolsa cualquiera de una tienda de ropa fue sacando un pequeño mantel de color crema, una bola de cristal, una baraja de cartas del tarot, estampas de Vírgenes y santos, un crucifijo, una vela de incienso y dos botes. En uno guardaba agua bendita y, en otro, un brebaje preparado por ella, cuya receta provenía de brujas daimieleñas del siglo XVI, por si fuera necesario usarlo para espantar malos espíritus.

Bajó las persianas, puso el mantel sin dejar una arruga y encendió la vela, que enseguida soltó un fino humo de incienso que fue creando la atmósfera que necesitaba para llamar a la presencia que acababa de pasar la frontera al otro mundo, al de los muertos. Sus arrugadas manos, de una vieja de más de ochenta años, empezaron a remover las cartas, cargándolas de energía. Primero quería comprobar, a través de ellas, si la presencia que buscaba estaba dispuesta a presentarse. Dispuso la tirada de cinco cartas sobre el mantel. La carta del medio era la de la emperatriz. «La viva imagen del cadáver que he visto», pensó Cruces nada más ver la figura de esa carta. A su alrededor, las otras cuatro cartas indicaban muerte, sufrimiento, desesperación. «Ya lo creo que quiere hablar. Ha encontrado en mí una puerta a la esperanza. No te preocupes, rica mía. Te voy a ayudar». Cruces suspiró mientras recogía las cartas y las colocaba en un perfecto montón, sin dejar sobresalir ninguna. Las retiró y, delante de ella, dispuso su bola. La llama de la vela ya no era tan vertical. La temperatura de la sala había bajado ligeramente. Cruces posó sus manos sobre la superficie de cristal de la bola y musitó un rezo que su madre le había enseñado. Notó cómo los dedos se le calentaban, estaba transmitiendo toda su energía, llamando al alma que luchaba por abrirse paso hacia ella. De repente, la sintió. Abrió los ojos cuando notó que alguien pasaba detrás de ella. La imagen de una joven se reflejó en la bola.

—Qué guapa eres —le dijo a la chica que se le apareció—. ¿Me dices tu nombre?

Tuvo que leerle los labios a la chica de pelo rubio y ojos azules que tenía ante sí para poder descifrar su identidad. El humo del incienso se tumbaba hasta casi hacerse horizontal, como si un intenso viento lo empujara. Cada vez hacía más frío. La piel se le puso de carne de gallina. Tuvo que apartar durante un momento las manos de la bola para frotarse los brazos, que se le estaban helando. Antes de volver a poner las manos sobre la bola, agarró entre dos dedos el pequeño crucifijo.

—Escúchame, mi niña. Necesitas saber que estás muerta. Te han asesinado. Te voy a ayudar a que encuentres la paz. ¿Tienes algún familiar ya fallecido al que quisieras mucho?

El espíritu se quedó en *shock* ante la revelación que la vidente le había hecho. Lo último que recordaba era estar bien, con vida, en ningún momento había sido consciente de morir. Sin terminar de creerse las palabras de Cruces, le dio una lista de seres queridos que, antes que ella, habían cruzado el umbral.

—Está bien, voy a hacer un llamamiento para que vengan a recogerte. Ahora, esfuérzate por recordar qué fue lo último que viste en vida. Si me lo muestras, podré saber quién está detrás de tu asesinato y me encargaré de que se te haga justicia. Voy a ayudarte a que veas todo con claridad.

Cruces acercó la vela a la bola donde estaba proyectada la figura de la bella chica. De un bolsillo sacó un amuleto con forma de media luna que colgó de la bola. De forma súbita, la imagen de la chica se le oscureció, a la par que la sala se enfriaba a marchas forzadas.

—Venga, eso es, enséñamelo.

La cara de la joven se torció con una mueca de pavor que hacía que sus ojos estuvieran a punto de saltar. Cruces vio cómo miraba para atrás, como viéndose perseguida por alguien. La chica pegó su cara al cristal, pidiendo auxilio con unos gritos que a Cruces le parecían atronadores. Con los puños golpeaba la dura superficie de la bola, esperando que la vidente pudiera romperla y sacarla de ahí. La bruja agarró con fuerza el crucifijo. La sensación era de frío glacial, pese a estar ya en los últimos albores del mes de julio. El fantasma chillaba, pegaba golpes y lloraba desesperadamente. Cruces pidió a quien iba a por ella que se mostrara. Todo se tornó negro, tan solo podía ver la cara de la chica. Por fin pudo visualizar una figura entre la penumbra. «Es de un hombre. Me está llegando su olor. Sí, un hombre. No le veo la cara, la tiene tapada». Por más que se esforzaba en fijar la vista, no lo podía reconocer. Una mano agarró el cuello del ente de la chica, que se dio por vencida. El crucifijo se partió en dos aun estando apretado dentro de la mano de la vieja daimieleña, que sentía una presencia que le transmitía malestar.

—¿Qué van a hacer?, ¿me lo puedes decir antes de irte? —preguntó a la chica, que cada vez se alejaba más.

—¡La catedral! ¡La catedral! —le contestó.

Una ráfaga de una fuerte peste nauseabunda hizo a Cruces tener ganas de vomitar. «Qué horrible olor a muerto». En la bola, la vidente, que ya había perdido de vista a la chica, contempló aterrorizada un perfil siniestro que clavó sus ojos en ella. La vela, pese a conservar todavía tres cuartas partes sin quemar, se apagó. Cogió de la mesa el frasco con el brebaje que traía ya listo para la ocasión. Lo destapó y empezó a verter su contenido sin un objetivo claro. En cuanto unas gotas cayeron sobre la bola y el resto de la mesa, la temperatura se recuperó de manera instantánea. Cruces se puso de pie, recogió sus cosas y, sin más reparos, salió de la sala todo lo más rápido que pudo.

CAPÍTULO 1

El primer día del mes de julio, que estaba a punto de entrar, tenía un sabor distinto para Rodolfo, operario del servicio de recogida de basuras de Ciudad Real que se pateaba, junto a otro compañero, prácticamente la mitad de la ciudad hasta las primeras horas de la madrugada. Soñaba ya con las vacaciones que iba a pasar con su familia en la Galicia natal de su mujer. Aún quedaban quince días para que eso sucediera, pero el simple pensamiento de verse allí, sin otro trabajo que no fuese caminar por verdes senderos, ya le ponía de buen humor y llegaba al trabajo con su mejor sonrisa, a diferencia de la mayor parte del año. Como cada día, llegó puntual a su trabajo a las nueve de una noche que estaba al borde de su nacimiento, notando cómo algunas gotas de sudor le resbalaban por la frente. Su orondo compañero, Anselmo, llegó unos minutos más tarde, terminando un helado que había cogido de camino.

—¿Qué te piensas, Anselmo, que por venir andando ya compensas la tarrina de tres pedazos de bolas de helado que te has metido? —preguntó, con tono jocoso, Rodolfo.

—¡Rodolfo! Vaya este también, ¡qué gracioso! Si al final todos vamos a ir al hoyo, ¿qué quieres?, ¿que me pase la vida sacrificado sin disfrutar de estos placeres como haces tú?, ¿para qué?, ¿para luego meterme en la caja hecho una sílfide?

—Visto así, lo mismo hasta te empiezo a hacer caso. —Rodolfo cogió a su compañero del hombro.

—Bueno, ¿qué?, ¿preparado para vivir otra noche de pasión conmigo? —dijo Anselmo con su característica risa, que denotaba su sano sentido del humor y su carácter bonachón.

—Eso siempre —contestó Rodolfo, riéndose a carcajada limpia.

—Pues venga, que cuanto antes empecemos, antes terminamos.

Ambos se subieron a su camión para iniciar la recogida en el popular barrio del Perchel, uno de los más antiguos de la ciudad, donde se respira aún ese aire de tradición, de sentimiento de pertenencia a una comunidad, cohesionado por la histórica iglesia de Santiago, que tuvo sus primeros cimientos en el siglo XIII. De noche, una luz naranja la dota de un carácter más medieval, dando la impresión de que el tiempo no ha pasado por ella y su plaza anexa. Esa noche de aire pesado de verano estaba más silenciosa de lo habitual, con las paredes de la iglesia, del convento que la vigila enfrente y del suelo rezumando el calor acumulado durante el día.

—Menudo bochorno hace hoy, para empezar bien el mes —se quejó Anselmo, que sudaba a borbotones.

—Pues no te queda nada, amigo. En fin, vamos hacia la plaza de España y el Rectorado, que ahí ya el espacio es más abierto y correrá algo de aire seguro.

—El Rectorado... A ver si esta noche no se nos aparece la monja muerta —comentó Anselmo sobre un tema que habían tratado ya en cientos de ocasiones para matar el aburrimiento de la insidiosa rutina.

—Yo es que esas cosas no me las creo. Pero sí te diré que mi cuñado es vigilante de seguridad ahí y él sí que aseguró haber visto una figura negra en esos pasillos tan larguísimos. Y no solo eso, estando por ejemplo en la primera planta, escuchaba pisadas y carreras en la segunda a la perfección. Cuando subía, no había nadie. Otro compañero suyo oyó risas de mujer, accedió al cuarto de donde provenían y sintió un frío tremendo. Aun con todo, me da respeto.

—A mí también, pero muchas de esas historias serán tonterías.

—Hay sitios que atraen esas cosas, según dicen. El Rectorado sería perfecto para ello, porque allí hubo sufrimiento, fue Hospital de la Misericordia.

—Y un cuartel —añadió Anselmo, que encendió el aire acondicionado del camión—. De todas formas, la gente necesita de los fantasmas para darle un sentido a su vida. Si no, ¿qué esperanza nos quedaría?, ¿qué sentido tendría vivir y ser buenas personas si luego no hubiera nada?

—Supongo —le respondió Rodolfo a la vez que bostezaba.

Una vez rebasaron la plaza de España, se dispusieron a flanquear la medieval puerta de Toledo que, con su elegante estilo gótico-mudéjar, guardaba con celo la entrada norte de la ciudad, para, posteriormente, subir al barrio de la Guija, al lado del cementerio. Este punto lo intentaban pasar rápido. Les infundía respeto ver la atenta mirada de los pinos que sobresalían de la tapia del cementerio, conminándolos a mantenerse a una cierta distancia de las almas pertenecientes al mundo de las ánimas, aunque en verano solían ver a jóvenes, y no tan jóvenes, pasear por la zona, y eso les hacía no sentirse tan solos. Su último objetivo era el entorno de la plaza de toros. Cada vez que Anselmo veía esta plaza, siempre repetía lo mismo: «Rodolfo, vamos a por el último toro de la noche ya».

Pasaban las doce y media cuando estaban a punto de llegar a uno de los laterales del cementerio, donde se ubicaban algunos contenedores para los vecinos de la zona. Para los vivos, se entiende. Normalmente, era Anselmo el que conducía el camión y se quedaba dentro de él mientras Rodolfo se bajaba a amarrar los contenedores al gancho del camión y, tras verter su contenido dentro del mismo, los volvía a colocar ya vacíos en su sitio. Apelmazado por el calor que hacía pese a ser de noche, Rodolfo se bajó a por varios contenedores que estaban justo enfrente de una puerta secundaria del cementerio. Al otro lado de la carretera había un parque un tanto simple, con un sendero de tierra donde mucha gente paseaba a sus perros o pasaba corriendo, salpicado de algunos bancos y árboles. Un hombre mayor, que sacaba al perro, se quedó mirando su tarea, aunque el divertimento le duró lo que tardó su mascota en darle un fuerte tirón para que le llevase a olisquear otra parte. Uno de los contenedores estaba volcado en el suelo, aunque no había ninguna bolsa de basura fuera de él. Rodolfo pensó que se trataba de la acción de algún gracioso al que le da por patear contenedores y volcarlos, cuando no por dejarlos en mitad de la carretera. Se agachó sin fijarse en nada más e intentó subirlo. Imposible. El contenedor pesaba tanto que no podía ni siquiera moverlo apenas unos centímetros. «¿Qué narices habrá ahí dentro?», pensó mientras hacía una última intentona. Se asomó a su interior y solo se veían bolsas negras de basura cerradas. Un golpe de aire movió los pinos del camposanto, que parecían murmurar algo que únicamente los muertos entendían.

—Anselmo, por favor, baja un segundo —pidió Rodolfo a su compañero, que se sobresaltó cuando este abrió la puerta del copiloto para avisarlo—. No sé qué habrá metido en ese contenedor que está tirado, pero soy absolutamente incapaz de moverlo.

—Voy.

Anselmo bajó del camión dejando la puerta del conductor abierta, pensando que solo sería un momento y que eso le pasaba a su compañero por comer nada más que cosas a la plancha para mantener el tipo. Intentó mover sin ayuda de su compañero el contenedor.

—Dios mío, Rodolfo, ¿habrán metido aquí a algún muerto? Mira que tienen al lado el cementerio, lo mismo se han equivocado —bromeó Anselmo, al que se le salió el polo corporativo que llevaba puesto, deseoso de liberarse de la opresión del cinturón de los pantalones que ejercía contra la abultada barriga.

—Anda, Anselmo, déjate de bromas ahora. Vamos a subir esto, que me veo aquí toda la noche.

—A la de tres intentamos subirlo los dos a la vez —propuso Anselmo mientras ambos trabajadores se colocaban, uno al lado de otro, agachados, para intentar tirar del borde de la tapa del contenedor hacia arriba.

—Una, dos ¡y tres!

Ambos tiraron del contenedor hacia arriba sin éxito. Con la cara roja como consecuencia de la falta de aire, tuvieron que parar en su esfuerzo porque tampoco entre los dos conseguían elevarlo más allá de un palmo del suelo. Anselmo, resoplando, se sentó en el bordillo de la acera un momento. Como si de golpe la temperatura hubiese subido varios grados, sentía que los pulmones no daban abasto para proporcionarle la enorme cantidad de aire que de pronto necesitaba. Tuvo que hacer un esfuerzo que le resultó sobrehumano para volver a hablar.

—Joder, si es que esto no hay Dios que lo levante. Mira, vamos a sacar alguna de esas bolsas que hay dentro, a ver si así aligeramos un poco el peso y podemos subirlo. Las bolsas sueltas que saquemos las tiramos a mano al camión —sugirió Anselmo mientras hacía un ademán de ponerse de pie, aunque al final decidió esperar un minuto más porque se seguía sintiendo fatigado.

—Buena idea —alabó Rodolfo, que de manera inmediata cogió la primera bolsa de basura más cercana—. Joder, Anselmo, ¡esto pesa un quintal! ¿Qué habrá dentro?

—Vamos a abrirlo, a ver. —Anselmo se olvidó de su fatiga e inmediatamente se levantó movido por la curiosidad.

—Pero si está lleno de cartones de vino tinto sin abrir. ¿Tú entiendes algo? —Rodolfo empezaba a extrañarse. Esperaba encontrarse algo normal, quizás un electrodoméstico o algo así por el peso.

—No sé —dijo Anselmo mientras se rascaba la coronilla, un gesto que realizaba automáticamente cuando algo no le cuadraba, además de fruncir el ceño—. Vamos a abrir algunas más.

Cogieron algunas bolsas más para averiguar qué había dentro de ellas. En las dos siguientes encontraron lo mismo, un montón de cajas de un litro de vino tinto sin abrir. Antes de pararse a pensar qué podía significar aquello, decidieron abrir otro par o tres más. Rodolfo cogía una de ellas cuando notó que esta pesaba especialmente más que las primeras.

—Esta pesa algo más.

—Espera, vamos a verla juntos. —Anselmo empezaba a estar entre nervioso y curioso, aunque conforme avanzaban los segundos, iba predominando lo primero sobre lo segundo. Cuando vio lo que había dentro, se quedó atónito—. Rodolfo, esto es el cuerpo de un animal. Creo que es una oveja.

—¿En serio?

—Que sí, acércate, mira.

Rodolfo se acercó y tiró de una de las bolsas para ver el contenido. Metió la mano y hurgó en el interior, moviendo los trozos de oveja. De repente, tocó algo duro. Decidió sacarlo. Cuando vio la cara pálida de Anselmo, que le señalaba sin poder articular palabra, miró hacia su mano. Agarraba una calavera. Nada más procesar qué era lo que veía, la tiró al suelo.

—¡Joder! —acompañó la expresión con una arcada.

—Vamos a llamar al jefe inmediatamente. Voy un momento a por el móvil, que lo tengo dentro del camión, y a ver qué nos dice que hagamos, si llamamos nosotros a la Policía o llama él —dijo Anselmo mientras se dirigía hacia la cabina del camión.

Casi un minuto después aparecía ante su compañero, que no podía apartar la vista de la calavera, con el móvil en una mano y un cartel promocional de las fiestas de ese año en la otra.

—Rodolfo, ¿tú has dejado este cartel de la fiesta de la Pandorga encima de mi asiento?

—¿Cómo te lo voy a dejar yo ahí si he estado aquí abajo contigo todo el rato? —le respondió Rodolfo con un gesto de sorpresa, sin quitar ojo al cartel—. Espera un momento.

Rodolfo cogió el cartel y le dio la vuelta.

—Aquí hay algo escrito.

En el reverso había un mensaje que hacía referencia a la fecha de la fiesta más multitudinaria en Ciudad Real.

31 de julio. Y el vino se convirtió en sangre.

CAPÍTULO 2

Pese a ser las siete de la mañana, los sucesos de la madrugada obligaban al superintendente jefe de la Policía Local de Ciudad Real, Manuel Román, a llamar a Prado Santana, la alcaldesa. Con cautela descolgó el teléfono, temiendo alguna reacción airada al otro lado.

—¿Señora alcaldesa? Perdone que la moleste tan temprano.

—Buenos días, Román. No se preocupe, ya llevaba un rato despierta —mintió la alcaldesa, que solo llevaba un minuto con los ojos abiertos. Tenía la manía de no poner el despertador a una hora exacta, y en este caso le sonó a las 6:59 horas. Pensó que, seguramente, Manuel Román no la creería porque la voz le estaba delatando—. ¿Ha pasado algo importante como para que me llame a esta hora?

—Mucho me temo que sí. Pero es mejor que lo hablemos aquí, en jefatura, ¿podría venir lo antes posible? —le respondió el mando policial, aliviado ante el tono amable de la alcaldesa.

—Por supuesto, en media hora estaré allí. —La alcaldesa Santana se levantó casi de un salto de la cama al notar un cierto halo de preocupación en la voz del superintendente—. Pero, dígame, ¿es algo grave?

—Podría serlo. No se preocupe, lo solucionaremos. ¡Ah! En la reunión estará presente también el inspector de la Policía Judicial Ramón Toboso, que ya está en camino. Voy preparando cafés, en media hora nos vemos.

—Vale, hasta ahora.

La alcaldesa notó que algo no iba bien. En esta profesión muchas veces había que tirar de instinto, y ella se consideraba una mujer con un sexto sentido bastante desarrollado. Eso sí, no le gustaba mucho mostrar sus sentimientos de cara al público. Sabía que ese era uno de sus puntos débiles porque podía dar una imagen de ir siempre con una cara impostada. Cuando se veía en fotos y vídeos en la prensa, se daba cuenta de que, en bastantes ocasiones, tenía una risa forzada que contrastaba con cómo era ella en su vida privada con su familia y amigos. Estaba intentando cambiar todo eso para mostrarse más natural y carismática, menos política y más persona, acorde a los nuevos tiempos en los que los ciudadanos demandan cercanía y empatía. Su teniente de alcalde, Bernardo Segundo, un hombre calmado y muy guasón, se lo decía muchas veces: «Prado, no pareces la misma cuando te ponen un micrófono delante o cuando recibes a alguien que no seamos de tu círculo íntimo de confianza, con los periodistas te pones más tiesa que un ajo. Tú relájate, sé tú misma, si te sale una cara seria, pues que sea seria, y si te tienes que reír porque algo te haga gracia de verdad, ríete».

Su marido, profesor de secundaria, no se había enterado de la llamada y seguía dormido en la cama. Al fin y al cabo, era su primer día de vacaciones y se puso como objetivo a sí mismo no madrugar en un 1 de julio. Se asomó un momento a las habitaciones de su hija y de su hijo, un acto reflejo que tenía desde que fue madre. Tuvo a su hija hacía ya quince años, y el segundo, el niño, llegó hace trece. «Pero una madre lo es siempre —pensó—, tendrán cincuenta años y, si puedo, seguiré asomándome a sus habitaciones a ver si están bien». Rápidamente bajó a la planta baja de su casa para desayunar rápido, maquillarse sin mucho esmero —«ya me repasaré un poco después»— y salir rápido hacia la jefatura de la Policía Local, que se encontraba en la calle Calatrava. En un día de diario normal tardaría entre quince y veinte minutos en llegar, pero ahora que ya no había ni colegios ni institutos y, encima, era tan temprano, no tardaría ni diez. Eran las siete y veinte de la mañana cuando salía de su casa. A esa hora, Ciudad Real desprendía tranquilidad, acorde con el propio carácter de la ciudad, coincidiendo con el momento en el que muchos habitantes cogían su mejor sueño, era cuando más baja estaba la temperatura y entraba algo de aire por la ventana que permitía respirar. Durante el camino empezó a divagar sobre qué podía ser eso tan importante para tener que reunirse de urgencia a una hora tan temprana. Pocas, muy pocas veces se había tenido que reunir con los máximos responsables policiales de manera extraordinaria en los seis años que llevaba en el cargo. En Ciudad Real era raro que ocurriese algo verdaderamente alarmante. Un minuto antes de la hora convenida, la alcaldesa entraba en las dependencias de la jefatura confusa, ya que durante su trayecto no había sido capaz de llegar a una conclusión sobre qué podría estar sucediendo. Al bajar de su vehículo, comprobó en un espejo de mano, imprescindible en su bolso, que el maquillaje seguía en su sitio y se atusó el pelo con las manos para darle más volumen.

—¡Ah, alcaldesa, ya está aquí! Me asombra lo puntual que es usted —dijo el superintendente Manuel Román mientras se miraba el reloj y comprobaba que eran las siete y treinta de la mañana justas.

Tras darse la mano, le presentó a la otra persona que allí había, sentada en una pequeña mesa redonda que dividía el despacho en dos, justo enfrente de un largo escritorio.

—Mire, este es Ramón Toboso, inspector de la Policía Judicial.

—Encantada, inspector, aunque juraría haberlo visto en alguna parte —dudó mientras le daba el correspondiente apretón de manos. «Se debe pasar horas enteras en el gimnasio», añadió en su cabeza.

—Un placer, Prado. Permíteme que te tutee, pero es que claro que nos conocemos. Fuimos juntos al instituto, es normal que no te acuerdes de mí, pero a ti te he seguido el rastro y me he alegrado mucho cuando sabía que iba a volverte a ver. Anda que no me habrás ayudado veces haciendo la tarea —dejó escapar una leve risa—. Es una pena que después del instituto la pandilla que nos juntábamos se haya dispersado, guardo un muy buen recuerdo de aquella época. Ahora, gracias a Facebook y a WhatsApp he vuelto a retomar el contacto con algunos viejos amigos. Eres de las pocas con las que me faltaba reencontrarme, virtual o físicamente.

—¡Ramón, es verdad! ¡Qué sorpresa! Perdona que no te haya reconocido de primeras, hace ya tantos años que no nos vemos... y, a estas horas, diría que la miopía me aumenta unas cuantas dioptrías. Oye, pues te veo estupendo, eh, tienes los mismos cuarenta años que yo, pero tú los llevas mejor. Qué bien te conservas, ¡madre mía!

La alcaldesa se olvidó del motivo que la había llevado hasta ese despacho y en su mente pasaban imágenes de su época de instituto. Instintivamente, ante el atractivo hombre que tenía delante, irguió la espalda y metió la poca barriga que le podía sobresalir hacia dentro.

—Al final, es verdad eso que dicen de que Ciudad Real es un pueblo grande —interrumpió el superintendente—. ¿Qué les parece si pasamos ya al meollo de la cuestión? Inspector, cuando quiera, puede contarle a la alcaldesa lo que ha pasado esta madrugada.

El inspector Toboso tomó un sorbo de su café y se recostó sobre la silla en la que estaba sentado. La alcaldesa Santana le miraba inquisitorialmente, cada vez más impaciente después de haber vuelto a la realidad de por qué estaba allí. El inspector se tomó unos segundos más haciéndose el importante.

—Prado, ha sucedido algo que no suele ser muy común en nuestra ciudad que digamos. Anoche, dos trabajadores de recogida de basuras se encontraban haciendo su turno con normalidad. Subieron por la calle Sol siguiendo un lateral del cementerio y pararon frente a una de sus puertas secundarias, donde había un contenedor tirado en el suelo. Uno de ellos se bajó para ponerlo en pie y que así el gancho del camión lo pudiera coger. No pudo porque el contenedor pesaba una barbaridad y vio que estaba lleno de bolsas negras, de las más grandes que existen, de basura. Llamó a su compañero para que lo ayudase y decidieron sacar algunas bolsas para que pesara menos y poder incorporarlo. Pesaban como unas condenadas, así que abrieron algunas para ver qué había.

»A uno de ellos, que está en peor forma física que el otro y que debe estar hiperventilando todavía, nos lo encontramos al borde de la asfixia por el esfuerzo —el superintendente Román ahogó una risa—. Se encontraron con que algunas bolsas tenían cartones de vino llenos y manchados de sangre por fuera. La sangre pertenece a ovejas, ovejas que han aparecido descuartizadas en sendas bolsas de basura que también estaban dentro del contenedor. Una de las bolsas tiene cinco cabezas de ovejas, por lo que, a falta de confirmación total, los restos de los animales deben corresponder a cinco de estos animales. Hasta ahí, nada reseñable. El problema vino cuando el más joven, indagando en una bolsa, sacó un cráneo. Del susto lo tiró al suelo y no se dio cuenta de que en su interior había una pequeña cruz que salió disparada a unos dos metros.

»La encontramos nosotros y ya está a buen recaudo. Sabemos que estaba dentro porque la habían clavado de mala manera, el clavo no aguantó el golpe contra el suelo, la dejó marchar y él se quedó dentro, enganchado en la mandíbula. Mientras estaban en *shock*, alguien dejó un cartel promocional de la Pandorga de este año en el asiento del conductor. El joven se percató de que había algo escrito en la parte de atrás, la que está en blanco. El mensaje reza lo siguiente: "31 de julio. Y el vino se convirtió en sangre".

En este punto, el inspector hizo una pausa dramática que sirviera a la alcaldesa para asimilar, en la medida de lo posible, la cantidad de información recibida. De paso, él cogió un poco de aire y le dio otro trago al café, que ya se le estaba enfriando un poco, algo que no le gustaba, prefería el café casi ardiendo, aunque fuera verano, porque pensaba que así conservaba mejor el sabor. Después del trago, como la alcaldesa estaba descolocada y no hablaba, decidió continuar.

—Total, que los pobres trabajadores, con un ataque de nervios, llamaron a su supervisor. Este les aconsejó que lo comunicaran de inmediato a la Policía Local mientras él cogía las llaves de su coche para ir al punto exacto en el que estaban y ayudarlos. Cuando llegó, como digo, se los encontró con un ataque de nervios y los intentó tranquilizar diciéndoles que seguramente sería una broma pesada de alguien. Aproximadamente en un par de minutos se presentó una patrulla de la Policía Local con dos agentes. Tras informarse de boca de Anselmo y Rodolfo, que así se llaman los protagonistas de nuestra historia, de lo que había pasado, hicieron una inspección ocular y decidieron llamar a jefatura. Desde aquí avisaron al superintendente, aquí presente. —El superintendente Román esbozó una irónica sonrisa y levantó una mano haciendo un gesto de saludo—. Y, entonces, Manuel nos llamó a nosotros. De los nuestros, de la Policía Nacional, acudió en primer lugar un coche de los «zeta» perteneciente a

Seguridad Ciudadana, y a los veinte minutos llegué yo. Hasta ahí el relato de los hechos.

El inspector se quedó mirando a la alcaldesa para intentar escudriñar si esta le había seguido bien y para dar un punto de inflexión a la conversación. Como si se hubieran puesto de acuerdo, los tres bebieron un trago de sus respectivos cafés. «Qué asco, ahora ya sí que se me ha enfriado del todo el café —pensó Toboso—. Qué remedio, me lo tomaré así». Los rayos de sol daban ya de pleno en el interior del reducido despacho. Uno de ellos iluminó la cara de Prado Santana, sacándola de su ensimismamiento.

—Entonces, resumiendo, tenemos un contenedor lleno de trozos de cuerpo de ovejas y cajas de vino manchadas de sangre. Aparte, un cartel de la Pandorga con una especie de amenaza por detrás. Y, lo que es más inquietante, el cráneo de una persona. Porque es una calavera humana, ¿verdad? A ver si va a ser de otro animal.

—No, no es de ningún animal. Pertenece a una persona. Ya estamos en ello para saber su identidad.

—¿Hay alguna pista de quién ha podido ser? No sé si pensar que esto ha sido algún gracioso que nos quería dar la noche. O también un loco. O ambas cosas, porque alguien normal no hace esto, desde luego. A la vez, tengo un mal presentimiento, pero tampoco debería hacerle mucho caso, ya que me habéis pillado recién levantada y, cuando tengo sueño, todo lo veo más negro. Ahora mismo no puedo pensar con mucha claridad.

—Pues verás, hasta el momento no tenemos ni idea. Casi que te diría que lo del cráneo va a ser lo más fácil. Es cuestión de tiempo que los análisis digan de quién es, según Científica seguramente en pocos días lo podríamos saber. En cuanto a los animales, nos hemos puesto en contacto con la comandancia de la Guardia Civil para que nos informen de si alguien denuncia el robo de ovejas en algún pueblo. Por otro lado, hemos mandado muestras de sangre de distintas bolsas a la Científica para que nos digan si, efectivamente, pertenecen a estos cinco pobres animales o si es de otra cosa. El cartel está también en sus manos. *A priori*, me inclino a pensar que una misma persona ha hecho toda esta obra de arte. En fin, que por ahora tenemos todas las hipótesis abiertas.

El inspector Toboso se inclinó hacia atrás en la silla, estirando el cuerpo en actitud relajada, algo que también tranquilizó en cierta medida a la alcaldesa.

—Alcaldesa, por nuestra parte, estamos revisando las cámaras que tenemos instaladas en la puerta de Toledo, que es el punto más cercano al lugar donde sucedieron los hechos y, por si acaso, otras cámaras no muy lejanas, como las de la Ronda y el Rectorado, por si acaso viésemos algo extraño. Nos hemos puesto ya a analizarlas, en cuanto me digan algo le cuento —intervino Manuel Román, que hasta ahora había estado escuchando atento.

—Perfecto. La verdad es que ahora mismo no sé si estar tranquila o no, o qué. ¿Qué pensáis que puede significar esa frase escrita en el cartel? Si fuese solo eso, bueno, pero es que acompañada de una calavera y de trozos de ovejas muertas, pues ya no me hace tanta gracia.

—Yo de primeras pensaría en un desequilibrado con mucho afán de notoriedad. De todas formas, en cuanto llegue a comisaría voy a conformar un equipo de trabajo para que analicemos todos los aspectos. Tampoco vamos a movilizar a los GEO por algo que podría no trascender más allá, vamos a reaccionar con prudencia. Ni que decir tiene que te tendré informada de todo —añadió el inspector Toboso haciéndole un guiño a Prado Santana, que estaba algo más calmada, aunque algo no le acababa de encajar del todo—. Pero, claro, para eso me tendrás que dar tu número de teléfono.

La alcaldesa y el inspector se intercambiaron los números de teléfono sin reparos por parte de la primera, que al volver a ver de pie a Toboso se estiró el alegre vestido para estilizar el cuerpo. En ese momento, los tres se pusieron de pie para finalizar la reunión.

—Ramón, por favor, en cuanto tengas algo, avísame. Manuel, lo mismo te digo, y a partir de ahora ya nos tuteamos, que yo creo que ha pasado el tiempo suficiente para ello. Tengo hoy algunos actos programados, pero voy a estar muy pendiente del móvil. Si no hay nada relevante y dais con el autor, no hace falta que nos volvamos a reunir, ¿no?

—Por mi parte no, yo creo que con que estemos en contacto telefónico es suficiente por ahora. Además, necesitaremos unas horas para poder recabar más datos y ofrecerte más información. Si eso, nos juntamos cuando tengamos certezas —respondió el superintendente de la Policía Local, al que no se le escapaban las miradas del inspector Toboso hacia la alcaldesa.

—Hombre, Prado, sobre este asunto quizás no haga falta que nos volvamos a ver, o sí. Pero tendremos que celebrar este reencuentro con un café o lo que sea, ¿no? —contestó el inspector Toboso casi pisando las últimas palabras del superintendente.

—Bueno, sí, un día podemos quedar y recordar batallitas —respondió Prado Santana dubitativa pensando que, aunque se llevaran bien en el instituto, habían pasado muchos años y el inspector ya se estaba tomando demasiadas confianzas—. Te tengo que advertir que, como podrás suponer, cuadrar conmigo un rato aunque sea para un café está un tanto difícil. Aun así, lo intentaremos, claro que sí.

«Otra vez estoy con la risa falsa», se dijo para sus adentros.

Justo cuando el inspector Toboso y la alcaldesa estaban a punto de salir por la puerta del despacho del superintendente, el primero recibió una llamada. Santana y Román se clavaron en el sitio mirando a Toboso, esperando por si tenía relación con el caso. Al colgar, les informó del contenido de la llamada.

—Era de la Guardia Civil. Hace como una media hora, aproximadamente, un pastor de Ballesteros de Calatrava ha denunciado la desaparición de varias de sus ovejas. Y le han dejado de regalo algo un tanto extraño.

CAPÍTULO 3

A las nueve de la mañana, el inspector Ramón Toboso había reunido a todos los policías judiciales a su cargo en una pequeña sala de comisaría con las paredes pintadas de un blanco reluciente y, en una pizarra, había apuntado todos los detalles del caso que esa misma madrugada acababa de surgir. «Julio empieza fuerte, menos que mal que decían que este y agosto eran unos meses tranquilos», pensó el inspector mientras continuaba escribiendo en la pizarra flechas y rayajos de lo que habían averiguado hasta el momento, que era prácticamente nada. Junto a él, el inspector jefe de la Policía Judicial, Mateo Soto, permanecía somnoliento escuchando las explicaciones de Toboso. Simplemente estaba allí para comprobar que la labor policial se estaba desarrollando acorde con los cauces establecidos, pero tenía plena confianza en la más que comprobada eficacia del inspector. Una vez se habían sentado todos, el inspector resumió todo lo acontecido y entregó un breve dosier con algunos detalles más a cada policía.

—Hasta que no sepamos de quién son los restos humanos, la hipótesis principal es la de alguien con problemas mentales que ha querido llamar la atención y la ha robado de algún cementerio, pero es fundamental averiguar si la calavera es de algún asesinado o desaparecido. Ahora bien, resulta que un buen hombre que se dedica a la ganadería en Ballesteros de Calatrava ha denunciado el robo de varias de sus ovejas, algo que sucede muy a menudo en nuestro campo. Pero, y ahora viene lo interesante, en la puerta de la nave donde las tenía guardadas le han pegado una nota con algo envuelto en papel de regalo. En la nota ponía lo siguiente. —Toboso paró para dar un toque de suspense y atraer la atención de sus subordinados, mirándolos a todos antes de leer la frase que tenía apuntada en su libreta, sabiéndose el foco de atención—: «Gracias por tu sacrificio. 31 de julio».

»Al abrir el paquetito de regalo, además de lo que parece ceniza, se encontró con una pequeña cruz, intuimos que muy parecida a la que había dentro de la calavera. Podría no tener relación con el caso de esta noche en Ciudad Real capital, pero dada la cercanía de Ballesteros, solo dieciocho kilómetros, lo raro de esta nota y la aparición de esa cruz, como la de la calavera, pensamos que esto no puede ser casualidad. Es momento de iniciar una investigación y coger lo antes posible a quien haya iniciado este juego.

Tras su exposición, el inspector bebió un trago de agua y se sentó a susurrar algo al inspector jefe, un breve impás que los policías aprovecharon para comentar entre ellos sus primeras impresiones sobre lo que habían oído. El murmullo inicial iba *in crescendo* con el paso de los segundos hasta convertirse en un cúmulo de conversaciones cruzadas. Fue entonces cuando Toboso se volvió a poner de pie.

—Bien, vamos a tener a dos policías que compartirán conmigo el peso de esta investigación. Subinspectora Teresa Lara y agente Nieves Morales, sois las elegidas —anunció con pomposidad.

Las dos mostraron signos de absoluta sorpresa en sus caras. Teresa Lara, algo más mayor que Nieves, ya había llevado algunos casos, la mayoría con Toboso, pero para la segunda iba a ser la primera vez que coliderara una investigación. Ambas mantenían una muy buena relación, algo que pesó en la decisión del inspector, y ya llevaban trabajando juntas en la misma sección un tiempo. Gozaban de la simpatía del resto de sus compañeros, algo importante cuando se trata de no levantar suspicacias.

—A partir de ahora, quiero que todos estéis a su disposición. Ellas serán mi voz y mis ojos y los tres estaremos juntos en este barco. Compañeras, os aviso de que nos veremos más que a nuestras propias familias. Además, Nieves, tú eres de Ballesteros, ¿no es así?

—Sí, inspector —contestó esta titubeante, aún muy sorprendida, pero cambiando ese sentimiento por el de la ilusión—, aunque, bueno, a medias. Mi padre es de Almagro, de ahí mi nombre, pero mi madre sí es de Ballesteros. Allí es donde me he criado y he vivido, aunque desde que trabajo aquí solo voy los fines de semana.

—Perfecto pues. Se levanta la reunión. Nos volveremos a juntar todos cuando vuelva a haber conclusiones de peso. Teresa, Nieves, quedaos un momento con el inspector jefe y conmigo. Vamos a trazar el plan de acción.

Los policías se levantaron lentamente para continuar con su trabajo. Teresa y Nieves se miraron cómplices. A ambas les hacía mucha ilusión coincidir por primera vez en un caso mano a mano, un momento que esperaban con anhelo y que había sido objeto de algunas de sus conversaciones. Cuando se conocieron por primera vez, enseguida congeniaron. Teresa ya llevaba un par de años en la Policía Judicial cuando Nieves llegó, y fue ella la que, sin que nadie se lo encomendara, se encargó de introducir a Nieves en el círculo de sus compañeros y ayudarla a aterrizar en su nuevo trabajo. Intermitentemente habían trabajado juntas en algunos casos, pero siempre bajo el mando de otro compañero y con roles muy diferentes, por lo que coincidían poco. Los casos en los que Teresa Lara había participado de una manera más activa se habían caracterizado por ser sencillos y poco relevantes: robos, asuntos de drogas o amenazas de distinta índole era lo que solía monopolizar los casos que llegaban a la Judicial. El punto singular de esta ocasión hizo que ambas se sintieran orgullosas de ser elegidas. En el fondo, muy en el fondo, deseaban que fuese algo complicado para que, así, su resolución las encumbrase a lo más alto de la estima en el cuerpo de la Policía. Al levantarse, mientras el resto salía de la sala, consiguieron hablar un momento.

—Madre mía, Teresa, ¡estoy ahora mismo que no me lo creo! Es para mí un momento increíble. Es como un sueño, me dan mi primer caso sin esperármelo, es contigo y, además, no es algo muy común, de la típica furriela. En cuanto salga tengo que llamar a mis padres para contárselo. Se van a poner contentísimos. —Simuló que aplaudía, como niña a la que le acaban de dar las notas con todo sobresaliente y va corriendo a decírselo a sus padres.

—Cuando el inspector nos ha nombrado me he puesto muy contenta. Siempre te decía que le caíamos bien, pero lo de hoy me ha pillado a mí también con el pie cambiado. ¡Quién nos lo iba a decir! Esto tenemos que celebrarlo, ¡eh!

—¡Ya lo creo! Si podemos, hoy cenamos juntas cuando salgamos de trabajar. Porque me da que esto nos va a ocupar el día entero.

Ambas juntaron con fuerza sus brazos a modo de sustitución de un abrazo, que podía suponer algo demasiado sentimental y poco profesional para sus superiores, que las miraban con atención.

El inspector Toboso les hizo un ademán con la mano para que se acercasen a la mesa en la que estaba sentado con el inspector jefe, el cual estaba al borde de sucumbir a los brazos de Morfeo, y las dos compañeras, con el brío que aporta la adrenalina causada por la alegría, cogieron sendas sillas para acomodarse enfrente de los dos hombres.

—Lo primero, antes de todo, enhorabuena a las dos por ser las encargadas de llevar el caso. Sois muy buenas profesionales, gozáis de buena reputación, vuestros compañeros os adoran y, según vuestros expedientes, diría que tenéis buen olfato policial. Si no me equivoco, habéis forjado una amistad personal entre vosotras, así que creo que vamos a formar el equipo perfecto para solucionar esto —el inspector les hablaba con un tono calmado y pausado que creó un ambiente confortable.

Los ojos de Teresa y Nieves brillaban de orgullo con las palabras que su jefe les había dedicado.

—Muchísimas gracias por sus palabras y por su confianza, inspector. Esperamos estar a la altura de las circunstancias —respondió Teresa con un tono de voz que se acompasó al del inspector, intentando no mostrar exaltación.

—De nada, mujer. Por cierto, mejor que nos tuteemos porque, a partir de ahora, vamos a pasar mucho tiempo juntos y, sinceramente, tratarnos de usted es un poco coñazo. Aquí somos todos compañeros. Si os parece, solo nos trataremos de usted de cara al público. Dicho esto, vamos al grano.

El inspector Toboso abrió su libreta, que Teresa y Nieves vieron que estaba copada por anotaciones bastante ordenadas y con una letra clara e impecable. Al inspector jefe tampoco se le escapó este detalle y, por unos segundos, se quedó embelesado viendo la perfección de la escritura de Toboso. «Tiene letra de mujer».

—Ya os habéis enterado del caso cuando lo he estado contando, pero os tengo que comentar algo más. La alcaldesa estaba mosqueada esta mañana. La he tranquilizado intentando quitar hierro al asunto, pero lo cierto es que, hablando con la comisaria, estábamos de acuerdo en que quizás deberíamos dar una cierta importancia al hecho de que haya aparecido esa calavera. Si solo tuviéramos unas cuantas ovejas muertas y el cartel de la Pandorga, estaría claro que es obra de un graciosillo. Pero los restos humanos le dan el aire macabro e inquietante que hace que no nos lo podamos tomar tan a la ligera. He hablado con Científica, y el que haya pelos y dientes va a facilitar la labor de conocer más pronto que tarde de quién es. O eso esperamos. Creo que sería el punto clave desde el que empezar a desarrollar la investigación.

—Ramón, ¿es posible que los propios operarios de basuras estén implicados y nos hayan querido engañar?

—Es posible, Teresa. No se nos había ocurrido hasta ahora, pero quién sabe. No nos ha dado esa sensación.

—¿Los has visto personalmente?

—Sí. Y, como te digo, no daban la impresión de estar fingiendo.

—Vale, era por contemplar cualquier opción.

—Haces bien. Es turno de pensar en los pasos que vamos a dar y la estrategia que seguir. Por un lado, tenéis que tener un contacto permanente con la Policía Local, que están revisando las cámaras de seguridad instaladas en zonas cercanas al cementerio, aunque me parece que al final tendrán que ampliar el rango. Por otro lado, en dependencias de la Científica están todas las pruebas de la noche. El camión de basura lo tienen ellos también, precintado, y están tomando muestras de todo cuanto haya en el asiento del conductor. He pensado que vayáis primero a tu pueblo, Nieves, a Ballesteros de Calatrava, a recoger la nota y la cruz al cuartel de la Guardia Civil del pueblo. Y, ya que estáis allí, sería interesante que hablaseis con el pastor que se encontró con este pastel.

—¿Sabes cuál es su nombre? —dijo Nieves, intrigada.

—No, os lo dirá allí la Guardia Civil. Con poco es amigo o familiar tuyo, me han dicho que el pueblo es pequeño, ¿verdad?

—Sí, apenas tiene trescientos y pico habitantes. Allí nos conocemos todos.

—Vale. Pues por el momento es todo. Manos a la obra. A las dos de la tarde, antes de comer, nos vemos de nuevo para poner en común las novedades que nos traiga la mañana.

El inspector se despidió de la subinspectora Lara y de Nieves y se quedó durante cinco minutos más con el inspector jefe, deseoso de escapar de ahí cuanto antes.

***

Al cuarto de hora Teresa y Nieves se estaban montando en un coche de la policía para dirigirse a Ballesteros. Por el camino charlaron animadamente, aunque Nieves advirtió que, por unos segundos, a Teresa se le torcía el gesto y tensaba las facciones cuando pasaron por el Torreón de la Fuensanta, un complejo a las afueras de la ciudad donde se suelen celebrar bodas, comuniones, bautizos y otras festividades vitales varias. Decidió no darle importancia por tratarse de algo que notó como muy pasajero. Una vez cruzado el puente sobre el río Jabalón, cuya poca agua brillaba cuando los rayos de sol acariciaban su superficie, tomaron el desvío que lleva a Ballesteros de Calatrava. A pesar del calor manchego de verano y la ausencia de lluvias desde hacía un par de semanas, el campo aún tenía ciertos parches verdes gracias a una primavera extraordinariamente lluviosa; de hecho, todavía se veían algunos arroyos correr con hilos de agua. Un poco más adelante apareció el perfil del pueblo bajo el cielo azul, destacando en la lejanía la silueta de la torre de la iglesia.

—Teresa, en cuanto veas el cartel de entrada al pueblo, baja la velocidad, porque el cuartel de la Guardia Civil está justo a la izquierda, nada más entrar, antes incluso que el Palacio de la Serna

—indicó Nieves, a la que siempre se le dibujaba una sonrisa cada vez que veía su apacible pueblo.

Tras dejar el coche aparcado en la misma puerta de la casa-cuartel, entraron en sus dependencias.

—Bueno, bueno, ¿a quién tenemos por aquí? ¡Pero si es Nieves! La primera vez que te veo vestida de uniforme —dijo el agente que se encontraba en la entrada del cuartel, que reconoció a su paisana en cuanto la vio.

—¡Hola, Santiago! Aquí me tienes, ¡que me han asignado un caso! Nunca me imaginé que vendría por trabajo al pueblo. Para que luego digan que aquí nunca pasa nada. No te puedo negar que estoy pletórica. Mira, te presento a la subinspectora Lara, mi superiora encargada del caso. —Nieves se sentía importante al saberse anfitriona y que alguien de su pueblo la viese de uniforme. La subinspectora y el agente de la Guardia Civil se estrecharon la mano con amabilidad.

—Bueno, Santiago, cuéntame, ¿a quién le han robado las ovejas?

—Seguramente lo conocerás, es a Julián Zarco, de aquí del pueblo. Ha venido a primerísima hora diciendo que le faltaban cinco de sus ovejas y con un paquete pequeño envuelto en papel de regalo. Lo había abierto y dentro estaba esta cruz pequeñita que veis en esta bolsa. La cajita que la contenía estaba llena de tierra quemada. Para que os hagáis una idea, es como si hubieran hecho una hoguera y las cenizas de después las hubieran introducido aquí.

El agente les acercó una pequeña bolsa de plástico hermética en cuyo interior había una pequeña cruz que parecía hecha de madera, de color marrón. Las dos policías inspeccionaron brevemente la cruz; a primera vista no parecía tener ningún elemento adicional extraño.

—Aparte, tenía esta nota pegada en la puerta de su nave. Tomad, la tenemos guardada en esta otra bolsa. En su declaración nos ha comentado que, descontando los animales, no le faltaba nada más y todo estaba en orden. La cerradura de la nave estaba forzada, pero vamos, él siempre se ha sentido muy confiado y solo tenía un endeble candado, por lo que no era muy difícil romperlo y abrir. Después de robarle las ovejas, los ladrones atrancaron la puerta, como si tuviesen la deferencia de no permitir que las restantes se le escaparan. La última vez que el ganadero estuvo en su finca fue ayer por la tarde, salió de allí a eso de las ocho.

—¿Tenéis alguna idea de quién ha podido ser? —espetó Teresa, que iba tomando notas en una pequeña libreta que llevaba consigo.

—No. Aquí, por lo general, hay un ambiente muy tranquilo y cordial. Algún pique, como en todos los pueblos, pero nada de importancia. Está llegando bastante gente porque el próximo fin de semana se celebran las fiestas de la Virgen de la Consolación, muchos son ballesteranos que viven fuera y vienen, como mínimo, a los días grandes. Un buen puñado de ellos se quedan a pasar todo el verano.

El guardia civil miró a Nieves de manera paternal, como el padre orgulloso que contempla, desde lejos, sin que ella se dé cuenta, a su hija hecha una mujer madura. Continuó con su exposición pasados unos segundos.

—Por el momento no nos cuadra que sea alguien del pueblo, pero a saber. Quizás si interrogáis a Julián os pueda decir mejor si tiene algún enemigo por aquí. Ahora mismo está en su casa, le hemos dicho que estuviera localizable porque iban a venir policías de Ciudad Real y, seguramente, querrían hablar con él. ¿Le llamo y le digo que venga?

—Lo conozco de toda la vida —intervino Nieves—, vive en la calle paralela a la mía. Para que no se sienta muy violentado, mejor vamos a ir a su casa, tampoco es necesario que se desplace hasta aquí por esto. Iremos con él también a su finca. Muchas gracias por todo, Santiago, si necesitamos algo más, te lo decimos. Nos llevamos lo que ha aparecido para la Científica, ¿vale? Nuestros mandos ya han hablado con los vuestros y lo han autorizado.

—Muy bien, Nieves. Es un placer trabajar contigo codo con codo. ¿Te veo el viernes en las fiestas?

—Por supuesto, por nada del mundo me las pierdo. Vendré pronto para el pregón y a los castillos de fuego, que me encantan. —La redonda y rosada cara de Nieves chisporroteaba de la alegría.

Tras despedirse de Santiago, Nieves y Teresa volvieron al coche policial. Bajaron por la calle Cervantes, dejando a la izquierda el imponente Palacio de la Serna, y, al final de esta calle, giraron en el punto en el que se encuentra haciendo esquina el único bar del pueblo. Las personas con las que se cruzaban se quedaban mirando el coche policial con asombro, algunas incluso hacían el intento de seguir su trayectoria durante unos metros. Las vecinas se preguntaban, de puerta a puerta, qué habría pasado como para que la Policía acudiera allí. En un minuto escaso estaban frente a la casa del ganadero, en la calle Real. La fachada destilaba un aire humilde, con una pared recién encalada, como corresponde al comienzo del verano, cuando muchas se engalanan de blanco en los pueblos para hacer más soportable el duro verano de La Mancha. Esa blancura deslumbrante estaba rota por una franja de color verde en la parte baja de la fachada, dándole así un toque particular para que se diferenciara de otras. En la misma fachada, subiendo la cuesta, aparecía una puerta falsa por la que antaño entraban las bestias y los carros. A su lado, una ventana indica que la casa había sido ampliada en ese sentido cuando el trasiego de animales y productos agrícolas pasó a la historia. Todas las ventanas contaban con un enrejado de color negro compuesto en su interior por una sucesión de rectángulos perfectamente idénticos. Justo enfrente, Teresa leyó una placa que recuerda la casa en la que nació san Fernando de Ayala, allá por octubre de 1575, en el número 24, y que ejerce una especie de atracción en todos los habitantes del pueblo, adonde dirigen sus pasos cada vez que quieren encomendarse a su patrón por alguna noble causa, convirtiéndose en un sitio de peregrinación local. En la entrada de la vivienda del ganadero, protegiendo la puerta de las inclemencias del tiempo y marcando la frontera hacia la intimidad de una familia, aparecía una gruesa cortina de tela de color azul marino que había que apartar para llamar al timbre. En cuanto este sonó, apareció una mujer que rondaba los setenta años abriendo la puerta, con un mandil puesto del que colgaba un trapo usado que olía a amoníaco. Debajo de ese mandil vestía una cómoda bata de lunares de estar por casa, a la que las manchegas llaman babi, de tejido fresco y ligero que se convierte en su uniforme reglamentario en época estival.

—¡Nieves, hija mía! ¿Te han mandado a ti? Ay, pasad, pasad, que ya aprieta el calor, no os quedéis en la puerta, por Dios —invitó la modesta mujer con una visible chepa donde se acumula el trabajo de tantos años—. ¡Qué disgusto tenemos! ¡A quién se le ha podido ocurrir robarnos ovejas, a nosotros, que nunca hemos dado de qué hablar en el pueblo! —continuó con las manos juntas, las cuales elevaba hacia el cielo con un tono en la voz lastimero, suplicante.

—No te preocupes, María, que daremos con el ladrón —respondió Nieves en un intento de tranquilizarla pasándole la mano por el hombro.

Desde la entrada, hizo pasar a Nieves y a Teresa a un salón que se abría justo a la derecha del pequeño pasillo que distribuía las estancias de la planta baja. En un sillón marrón y desgastado estaba Julián. Las mujeres se sentaron en unas sillas antiguas hechas de madera y paja, flanqueando al hombre, que aparecía cabizbajo. Tras haber estado de convidada de piedra desde la llegada a Ballesteros, Teresa tomó las riendas de la conversación.

—No se preocupe usted, Julián, que ya verá como esto lo solucionamos rápido. Le vamos a reponer esas ovejas.

—Si yo sé que en esta vida hay cosas peores, señora, pero esto me da una rabia y una impotencia enorme porque yo aquí no me he metido jamás con nadie —reaccionó Julián—. Y para mí mis animales son casi como hijos míos. Que lo mío me ha costado tenerlos, criarlos y sacarles provecho. Si yo a usted le dijese todo lo que he trabajado en la vida, ¿ve estas manos rajadas? —Le enseñó unas grandes manos agrietadas y oscurecidas por haber estado expuestas al sol desde que era niño—. Son de estar en el campo trabajando como un burro todos los días, domingos incluidos. Nadie me ha regalado nada. Se me pasará rápido, al fin y al cabo, no es una enfermedad, pero me jode.

—Le comprendo. Yo soy de Daimiel, tengo familiares dedicados al campo y sé lo sacrificado que es —contestó Teresa, conciliadora—. Venga, levántese y vamos a su finca para echar un vistazo y hacernos una idea de lo ocurrido.

Como si llevara encima una pesada mochila rebosante de plúmbeas piedras, el hombre se levantó despacio del sillón para estirar la musculatura antes de andar. Su mujer le trajo rápidamente unas cómodas zapatillas blancas que intentaban ir a juego con unos pantalones deportivos azules, pero no tanto con una camisa de manga corta a rayas rojas. Justo antes de salir, su esposa se empeñó en que se echara una gota de colonia.

En el coche policial tomaron la carretera que une Ballesteros con la pequeña aldea de Villar del Pozo, para después desviarse por un camino de tierra que conducía a la propiedad del ganadero, que parecía tomar ánimo conforme pasaba el tiempo. Tras llegar, las dos agentes de policía examinaron la zona junto con Julián, que no perdía detalle de las explicaciones de ambas, incluso en el buen hombre había nacido una cierta curiosidad y excitación por estar metido en medio de una investigación.

—Mira, Nieves. —Teresa señaló unas huellas de neumáticos que no se correspondían con las de la pequeña furgoneta en la que se movía Julián—. Aquí ha tenido que venir un todoterreno o una furgoneta grande. No se perciben del todo bien al estar el terreno tan seco, pero está claro que no cuadran con las de la furgoneta de Julián. ¿Sabe usted si por aquí pasa más gente?

—Generalmente no, este camino acaba enseguida, unos metros más adelante. Suelen ir por otro paralelo que lleva a varias propiedades más. Solo de vez en cuando ha habido alguien que ha dejado por aquí su coche o furgoneta para ir hacia el monte campo a través, pero no es lo habitual.

—Entiendo. Aparte, por lo que veo, aquí no mataron a las ovejas, porque no hay restos de sangre por ningún lado. Se las llevaron vivas. Habrá que ver dónde las hicieron pedazos. De momento, esto, más lo que nos llevamos, es lo que tenemos —resolvió la subinspectora, que empezaba a pensar si no se estaba sobredimensionando este caso.

—No han dejado mucho que ver aquí, no —respondió Nieves rascándose la barbilla—. Julián, muchas gracias por tu ayuda y colaboración. Te vamos a dejar en casa y, cuando sepamos algo, te llamaremos, tú estate tranquilo. La Guardia Civil va a pasarse por aquí de vez en cuando a echar un ojo. Ellos también tienen abierta una investigación, son muy eficientes. Anímate, y ahora a disfrutar de las fiestas, no pienses más en esto.

—Gracias a ti, Nieves, cómo me alegra que hayas sido tú la que hayas venido —dijo un Julián ya mucho más distendido—. Por cierto, a mis ovejas las tenía marcadas de una manera muy propia para saber que eran las mías. Acérqueme su libreta, subinspectora. —Teresa se la alargó y el ganadero dibujó una especie de marca parecida a un cuadrado en una de las hojas.

Tras dejar al ganadero en su casa, Nieves sugirió a Teresa pasarse un momento a saludar a su familia.

—No tardamos nada, está aquí como quien dice, en la calle Garbo. Así conoces mi casa de Ballesteros, que en todo este tiempo nunca te había traído —rogó tirándole suavemente del brazo.

—Vale, aún nos sobra tiempo —contestó Teresa mirándose el reloj.

La calle de Nieves era una calle principal por la que siempre suele correr, como mínimo, una ligera ventolina al estar muy abierta y situarse en la cuesta ascendente que conduce hasta la ermita de San Isidro, en lo alto de un monte. En verano, ese aire que siempre soplaba aliviaba la sensación de calor y, a media mañana, traía el aroma de las comidas que se venían fraguando en cada casa, en una mezcla de lo más deliciosa que casi se podía paladear. «Madre mía, si ya solo el aire huele que alimenta», pensó Teresa nada más bajarse del coche. Llamaba la atención en la fachada de la casa de Nieves Morales el color vainilla de la misma; como en la casa del ganadero, había una franja inferior de otro color que, en este caso, era gris. Unas coquetas macetas animaban la sobriedad de las ventanas. La madre de Nieves tardaba algo más de la cuenta en abrir la puerta.

—Mira, Teresa, en esa casa que está ahí enfrente, un poquito más arriba, vivió una de las personas más buenas que se recuerdan en el pueblo.

—¿Y eso?

—Te cuento. En el año del hambre, 1945, una mujer que se llamaba Elena daba pan, a través de una rendija que dejaba abierta en una ventana que daba a la calle, a gente pobre que iba pidiendo aunque fuese un simple mendrugo. Su familia, afortunadamente, no pasó penurias porque tenían trocitos de tierras que más o menos funcionaron bien, pese a la terrible sequía que se sufrió. Eso sí, daba esos pedazos de pan a escondidas de su marido, que no quería que lo hiciese por si a ellos les faltaba algún día. Ella, sin embargo, tenía un corazón de oro y se le partía el alma cuando veía a sus vecinos pedir. Por esa fachada marrón que ves desfilaba mucha gente. Su muerte se sintió profundamente entre todas las capas sociales de Ballesteros. Fue llorada por un largo tiempo y el recuerdo de su bondad quedó para siempre. Mi abuela, a la que ahora conocerás, me ha contado esta historia de esa anónima heroína muchas veces. —Teresa descubrió lo bien que se le daba a su joven compañera contar historias. Por su cabeza pasaban las imágenes de lo que iba narrando, como si de un cortometraje se tratara.

Justo cuando terminó de hablar, se abrió la puerta de su casa.

—Hija, que me habías pillado apañando el patio y el corral. Anda, ¿y cómo que venís de uniforme? —preguntó Sara, la madre de Nieves, muy extrañada—. Teresa, hermosa, pasa, pasa, que aquí dentro hace fresquito. En estas casas antiguas las paredes son murallones y no pasamos ni calor en verano ni frío en invierno.

—Mamá, vamos a estar poco tiempo, que tenemos que volver a comisaría.

—¡Ay, de verdad! ¡Siempre con las prisas! Sentaos un rato, anda.

La madre se perdió entre un inmenso salón, al que pasó rápidamente para comprobar que las cortinas estuvieran bien colocadas y en las fundas del sofá no asomara ningún pliegue, todo ello antes de que a Teresa le diera tiempo a llegar a la estancia.

Por la puerta que daba acceso al patio y al corral aparecieron el padre y la abuela de Nieves, una mujer de más de ochenta que se movía con una sorprendente agilidad.

—¡Pero si está aquí mi niña! Mírala, con su uniforme puesto, ¡si te viese tu abuelo, qué orgulloso iba a estar! —La abuela pasó de estar alegre a compungida en décimas de segundos, sacándose un pañuelo blanco de tela de un bolsillo para recoger una incipiente lágrima que estaba a punto de caerle.

—Anda, abuela, no te pongas tonta ahora —la calmó Nieves mientras todos iban tomando asiento en el salón principal de la casa, decorado con multitud de fotos familiares de distintas épocas—. Os voy a contar una buena noticia: ¡resulta que me han dado mi primer caso con Teresa! Estamos investigando unos acontecimientos inusuales, aunque bueno, ya veremos si no se queda en una tontería. Pero vaya, estoy muy contenta. Hemos venido aquí porque le han robado unas ovejas a Julián, el ganadero. Podría tener relación con unas ovejas muertas que han aparecido la pasada madrugada en Ciudad Real. —Nieves se ajustó las gafas de montura dorada para ver mejor la reacción de sus progenitores y su abuela.

—¡No me digas! —contestaron al unísono la madre y la abuela, mientras el padre permanecía callado, pero con una expresión de gran satisfacción por su hija.

—Si es que... —empezó a balbucear Valeria, la abuela de Nieves—. Yo sabía que eras más lista que el hambre. ¡Ven que te dé un beso, rica mía! —Nieves se acercó riéndose a su abuela, que le dio varios besos seguidos en la mejilla muy sonoros.

—Vamos a celebrarlo con un vaso de zumo y con pastas flora que hemos hecho la abuela y yo esta mañana. Estamos probando la receta de la bisabuela Valeria —contestó rápidamente la madre, que salió disparada hacia la cocina.

—No, de verdad, no se molesten —dijo Teresa con un poco de vergüenza, aunque desde que había olido el aroma a comida en la calle se le había despertado el apetito sobremanera y estaba deseando comer algo.

La madre trajo una bandeja llena de estas pastas, hechas con manteca, que aún desprendían el olor a recién hechas. Los antiguos muebles de madera, de un color marrón suave, relucientes como el primer día, parecían querer inclinarse hacia la bandeja. La corriente de aire que se colaba a través de las ventanas abiertas mecía las cortinas de color blanco inmaculado recién lavadas, extendiendo una fragancia de suavizante de lo más agradable por el salón. «Huele a madre», se dijo para sí Teresa.

—Me extraña mucho que a Julián le hayan robado ovejas, es muy buen hombre, y su familia también. Ya sabes que yo me junto mucho con él. Enemigos en el pueblo no tiene, te lo garantizo. Todos lo queremos mucho —intervino por fin el padre.

—Lo sé, papá, lo que pasa que a veces no tiene por qué ser del pueblo, sino que pueden venir de otros a robar. Nos inclinamos a pensar que vino de fuera, de hecho. Lo que nos escama un poco es que no se las hayan llevado vivas para su propio beneficio, sino que las hayan hecho pedazos. De cualquier modo, no os puedo contar más, ya sabéis que en mi trabajo todo es secreto. —Nieves guiñó un ojo a su madre y a su abuela, que siempre le intentaban sonsacar información y, alguna vez, la habían utilizado para sacar tema de conversación con las vecinas cuando, por la noche, salen a tomar el fresco a la calle sentadas en sillas formando un corro, bien en la acera o bien en el borde de la carretera si son muchas.

—Seguro que la familia de los Raros tiene algo que ver. Esa gente a mí no me gusta nada —indicó la abuela mientras cruzaba los brazos por encima de la tripa.

—Anda, madre, que siempre estás igual, cada vez que pasa algo, los malos son los Raros. A ver si lo han hecho gentes que no creemos que puedan hacer algo así. ¡Fíate tú de la Virgen y no corras! —Teresa rio al escuchar esa frase, que le recordaba a su propia familia, mientras degustaba una de las pastas flora, que le sabían a gloria. Las notó en el punto justo de dulzor.

—Bueno, mamá, nos vamos ya, que tenemos mucha plancha.

—Vale, hija, anda, apáñate bien la coleta que llevas y ponte derecha, que te vean con buen porte, esa espalda recta.

—Por cierto, antes de irnos tengo que decir que estas pastas están riquísimas, y de verdad que no es un cumplido —halagó Teresa a la familia de su compañera.

—Me alegro de que te hayan gustado, hija —le contestó la abuela—. Antiguamente, estas pastas flora, los rosquillos o las tortas de chicharra las guardábamos debajo de la cama tapadas. Ahora, como los productos con los que las hacemos no son tan naturales ni los animales comen pienso bueno como el de antes, lo mejor es comérselas recién hechas o a los pocos días. Se estropean con nada, no digamos ya si encima estamos en verano, con estas calores tan malas.

—¿Debajo de la cama las guardabais? ¡Eso no lo sabía! —la voz de Nieves denotaba curiosidad.

—Así es —asintió la abuela—. En unas cestas y cubiertas con servilletas, podrían pasar semanas así, que no les ocurría *naíca*; y el pan lo guardábamos en orzas, con unas bonitas tapas de madera, y lo conservábamos en las alacenas. Te lo comías de una semana y estaba como recién hecho, no como ahora, que en dos días está ya asqueroso. Otro día que hagamos rosquillos os venís a catarlos.

—No dude usted que así será —afirmó Teresa, sonriéndole.

—Venga, ya sí que nos vamos, que nos estáis liando —zanjó Nieves tirando del brazo de Teresa.

CAPÍTULO 4

A la hora convenida, el inspector Toboso, la subinspectora Lara y la agente Morales se encontraban en el despacho del primero para poner en común las pesquisas sobre el caso. «Qué antiguos los muebles de este despacho para lo joven que es el inspector», fue el primer pensamiento de Nieves al entrar. Los muebles tenían aspecto de estar ahí colocados desde que se instaló la comisaría o, al menos, desde unas cuantas décadas atrás, predominando un color marrón oscuro que aumentaba la sensación de cubículo sombrío. Sin embargo, esto contrastaba con algunas fotografías que tenía el inspector repartidas tanto por el escritorio como por algunas baldas de la estantería que tenía detrás, adornadas con marcos de colores llamativos y en las que aparecía Toboso siempre con actitud alegre; en algunas con familiares y, en otras, con amigos haciendo senderismo, esquí u otro tipo de deportes. «Mujer no debe tener, porque ni tiene anillo de casado ni aquí hay fotos en las que salga con una mujer y con hijos», siguió divagando Nieves mientras Toboso se ausentaba un momento para ir a por unos papeles. Teresa se sentó a su lado sumida en sus propios pensamientos.

—Hola de nuevo, compañeras. Vamos a comenzar esta reunión y, si os parece bien, en este corcho que tengo aquí, a mi derecha, en la pared, que como veis he dejado vacío, vamos a poner Post-it con los datos actuales. Empiezo yo si os parece, ¿vale?

Tanto Teresa como Nieves asintieron.

—Acabo de hablar con el superintendente de la local, Manuel Román, y me comenta que en las cámaras de tráfico que ellos controlan no han visto nada raro. Aun así, al hablar de Ballesteros, van a volver a peinar las imágenes centrándose en la entrada a Ciudad Real desde este pueblo, sin descuidar el resto de accesos.

Toboso paró para tomar un sorbo de agua que le aclaró la voz, sin la carraspera que previamente le molestaba.

—Por otra parte, antes he estado con el inspector Ruiz de la Científica. De forma preliminar, me ha dicho que tuvieron que usar algún cuchillo de grandes dimensiones y muy afilado para trocear a esas pobres ovejas, ya que los cortes eran sorprendentemente limpios. La sangre que están analizando que venía dentro de las bolsas pertenece a las propias ovejas. Por otro lado, están mirando muy minuciosamente el cartel y el asiento del conductor del camión por si ven algo, tienen pelos tanto de hombre como de mujer guardados que pueden ser perfectamente de las esposas de los trabajadores. Y poco más, al haber sido tan reciente, me han dicho que tendremos que esperar unos cuantos días más. Bueno, lo único es que en el cuerpo de las ovejas hay una pequeña marca, una especie de cuadrado chiquitín.

—Así es como Julián, al que han robado las ovejas, las marcaba, lo que prueba que eran las suyas —agregó Nieves, que parecía más interesada en ese momento en analizar la perfección del peinado del inspector.

—Nosotras tampoco tenemos nada extraordinario —tomó la subinspectora Lara la palabra—. En Ballesteros hemos encontrado a un ganadero al borde de la depresión al principio por la pérdida de cinco ovejas que yo diría que son como hijas, y aquí tenemos en estas bolsitas la cruz que le dejaron y la nota. Si quieres, Ramón, ¿las mandas tú a la Científica? —dijo alargándole las dos bolsitas a Toboso.

—Sí, claro, yo se lo paso a Ruiz.

—En la finca no vimos sangre por ningún lado ni nada que haga pensar que las ovejas fuesen sacrificadas allí. En algún otro sitio las tuvieron que matar. Eso sí, el único punto que podríamos tener en cuenta es el número de ovejas, cinco. Podrían haber sido cuatro, seis o diez. Quizás ese dato lo podríamos guardar en nuestro archivo mental por si acaso. Más no querían robar, porque volvieron a cerrar la puerta para que no se le escapara ninguna —la subinspectora iba siguiendo pulcramente las anotaciones hechas en su libreta.

—Pues sí, es curioso —respondió Toboso mirando a Teresa Lara con cierta admiración, ya que siempre la veía muy concisa y certera cuando ofrece datos, sin irse por las ramas y dando en los puntos clave.

—¿Algo nuevo sobre la calavera, Ramón? —Teresa se abanicó con un folio doblado mientras hacía la pregunta.

—Siguen practicándole análisis. Ruiz me ha adelantado que no es muy reciente que digamos. Presenta una marca compatible con un fuerte golpe en la cabeza. Dentro de poco vamos a saber si es de un hombre o una mujer. Le he dicho que se den toda la prisa que puedan, lo considero fundamental para resolver el caso.

—Estoy de acuerdo contigo, será nuestro hilo conductor. Otra cosa, hemos visto unas huellas de un vehículo que debe corresponder a un todoterreno o furgoneta grande, y el ganadero no tiene nada así, la suya es pequeña. Pero vamos, porque han aparecido la calavera, las notas y la cruz, que si no, sería un simple robo en el campo.

—Bueno, y las ovejas hechas trizas —puntualizó Nieves—. No es solo el robo, sino el destrozo que han hecho con ellas, que es lo que se sale de la norma.

—Sí —continuó Teresa—. Ahí te doy la razón. Si analizamos todo fríamente, casi que podríamos pensar que esto es obra de algún grupo satánico o algo parecido, que ha tenido una noche de sacrificio de animales y ha tomado una calavera de alguien que represente un simbolismo para ellos a la hora de realizar su ritual. Alguna vez ya nos hemos visto con algo así, aunque de menor envergadura, ¿os acordáis cuando hace unos años aparecieron unos animales muertos en el antiguo sanatorio del monte de La Atalaya, a las afueras?, ¿o esas decenas de conejos decapitados, amontonados al lado de la carretera de Toledo, cerca de la granja escuela Orea? —El inspector y Nieves asintieron levemente, dejando a Teresa que siguiera expresando sus cavilaciones—. Pues yo creo que es algo del estilo. Por el ritual y tal. Pero, así como primera impresión, no creo que vaya a liarse nada el 31 de julio en las fiestas de la Pandorga, no llegan tan lejos. No me extrañaría que ese día vayan a celebrar alguno de sus aquelarres y simplemente quieran que lo sepamos. Les encanta el exhibicionismo y dar la nota.

—Estoy de acuerdo contigo —concluyó el inspector—. Opino, Teresa, que estás dando en el clavo. Cosa que no me extraña. Pero no perdamos de vista otras hipótesis, como la del vandalismo puro y duro.

—Gracias, Ramón. Por supuesto, lo del satanismo lo he lanzado solo como idea, al ser similar a otras veces en las que había animales muertos.

Ante el halago del inspector, Nieves sintió un poco de celos y se enfurruñó. La rigurosidad con la que la subinspectora presentó los datos le hizo serenarse y rebajar las expectativas que tenía sobre el caso. Al ser el primero en el que participaba en primera línea, tenía la esperanza de poder destacar.

—Lo vamos a dejar aquí por hoy. Hasta mañana no volveré a hablar con el superintendente Román, salvo sorpresa mayúscula. Con Ruiz de la Científica quiero contactar ya a última hora de la tarde, necesitan su tiempo. Si acaso hubiese algo, nos avisamos, pero si no, quedamos aquí en mi despacho mañana. Entre tanto, id mirando datos en el archivo sobre grupos satánicos e información sobre sus miembros, si es que la tenemos. Hora de comer, vámonos —sentenció Toboso haciendo el amago de ponerse en pie.

Mientras sus dos compañeras abandonaban el despacho, el inspector recibió una llamada de la alcaldesa de Ciudad Real, por lo que volvió a sentarse en el sillón de ruedas.

—Hola, Ramón, estaba un poco nerviosa y no podía esperar a que me llamaras. ¿Qué tenéis? —dijo Prado Santana al otro lado del teléfono con tono de intranquilidad.

—Pues, Prado, no te puedo contar mucho —contestó jugando con un bolígrafo—. La subinspectora Lara, que la tengo encargada del caso conmigo, me parece que ha acertado en su valoración. Dice que esto pinta a algún grupo de estos satánicos o de sectas raras. Ya hemos tenido en otras ocasiones algunos casos así y no ha trascendido a mayores. Yo que tú me estaría tranquilo. Vamos a dar con ellos enseguida, fijo. De hecho, lo estarán deseando, ellos funcionan así. La calavera puede ser un simple elemento utilizado para sus rituales, lo que no quita, obviamente, que no paremos hasta saber de quién es y devolverla al sitio del que la han robado. Creemos que la supuesta amenaza a la Pandorga podría ser un farol.

—Me tranquilizas un poco, la verdad —contestó la alcaldesa con una voz menos atropellada—. De todos modos, sigo un poco mosqueada, serán cosas de mi sexto sentido. Soy un poco impaciente, como puedes notar, así que me parece que te voy a dar un poco la tabarra llamándote cada dos por tres. Me ha llamado el alcalde de Ballesteros de Calatrava, la Guardia Civil de allí le ha comentado que el robo de ovejas podía tener relación con lo nuestro. Ya le he dicho que estamos sobre el asunto y que no se preocupe.

—Has hecho bien, le has dicho la verdad. Y tú puedes darme la tabarra todo lo que quieras. A ti te lo permito. Ahora bien, a cambio, al final vas a tener que dejarte invitar a un café, tal y como te dije esta mañana. Escucha, mañana al mediodía tendré a lo mejor más datos nuevos y te llamaré. Pero lo dicho, que, si te apetece hablar en otro momento, aquí estoy.

—Vale, no descartes que te llame yo antes de nuevo. Te dejo, que tengo que comer e irme a otro acto. Hasta luego.

«¿Este tío me está tirando los trastos o qué? Qué pesado con el café de las narices», dijo Santana en voz alta nada más colgar el teléfono, mirándolo, como si el aparato fuera a darle la respuesta.

Mientras bajaban por las escaleras de comisaría, la subinspectora Lara y Nieves tenían los ánimos más calmados. La emoción desbordante de la segunda había contagiado a la primera nada más empezar, sin embargo, ahora dudaba de la magnitud del caso.

—Oye, Teresa, aunque nuestras expectativas se hayan rebajado un poco, nos seguimos mereciendo esa cena juntas, ¿verdad? —Los ánimos de Nieves se habían aplacado.

—Anda, ¡claro! Mira, sea lo que sea, nos pegamos hoy una buena cenorra para celebrar que estamos juntas llevándolo. Entiendo que por ser tu primer caso importante te hayas emocionado, pero cuando lleves muchos más ya verás como luego no son para tanto, aunque no te niego que lo de la calavera es sobre lo que más pienso. De todas formas, hacía mucho que no nos tomábamos algo juntas fuera de comisaría. ¿Te apetece que cenemos en la terraza del Guridi? En verano me gusta mucho cenar ahí.

—¡Perfecto! Luego llamo y reservo para las diez, por ejemplo —dijo Nieves recuperando en cierta medida su característico tono alegre.

***

A las diez menos cinco de la noche, Nieves ya se encontraba en la puerta del restaurante. La puntualidad era uno de sus puntos fuertes. «Vaya mierda, yo que pensaba que me iba a estrenar como una heroína, y al final va a resultar que a una panda de locos les ha dado por matar a unas ovejas en mi pueblo. Tiene narices. A ver, tampoco pretendía ser yo aquí Carvalho a la primera de cambio, pero si fuese algo con sustancia, me iban a estar halagando en comisaría por años. Y en el pueblo, en las fiestas, iba a ser la estrella». Mientras Nieves fantaseaba con imágenes de triunfo, recreando en su mente escenas de compañeros dándole la enhorabuena por los pasillos y de paisanos suyos parándola en el pueblo para felicitarla, llegó Teresa con una desenfadada camiseta de manga corta, unos pantalones ajustados y unos tacones que realzaban la buena figura de la que gozaba. El maquillaje le realzaba los rasgos arabescos de su cara.

—¡Pero bueno, Teresa! Qué guapa te has puesto, ¿no?

—Si es que, ya que salgo poco, pues cuando lo hago, saco mis mejores galas —respondió riéndose, con las mejillas coloreadas de rojo por la vergüenza ante los piropos.

Los camareros del Guridi las colocaron en una mesa de la terraza exterior, justo al lado del lago del parque en el que se enmarca el restaurante, perfectamente integrado en su fisonomía. Con un poco de imaginación, el enclave hace que puedas olvidarte de estar en plena llanura manchega. La simple visión del agua surtía un efecto relajante que invitaba a pasar agradables veladas junto al lago en las noches tórridas de verano.

—Me encanta esta combinación de agua, las luces del parque y el brillo de la luna —dijo Teresa nada más tomar asiento, a la vez que miraba hacia el firmamento de manera melancólica.

—Hacía tiempo que no venía aquí, creo que he estado un par de veces. Coincido contigo, aquí se respira más paz y tranquilidad, no parece que estemos dentro de la ciudad —le contestó Nieves con la mirada perdida hacia el lago. Solo la llegada de un joven camarero quebró la quietud en la que las dos se habían instalado.

Tras pedir una ensalada con aguacate, las dos se animaron en una conversación en la que hablaron, en primer lugar, de los compañeros de trabajo y de los chascarrillos que corrían por comisaría. Decidieron pedirse de segundo una *pizza gourmet* y una hamburguesa y compartir los platos para así probar los dos, ya que eran incapaces de decidirse por uno solo.

—Madre mía, Teresa, vamos a reventar —Nieves bufó, sin tener más remedio que desabrocharse un botón del pantalón vaquero que llevaba puesto si no quería ver cómo estallaba—. Yo estoy ya que no puedo más, tengo la tripa como si me hubiera tragado un balón. Hablando de otra cosa, me he fijado en que el inspector Toboso no tenía fotos con alguna mujer o con hijos, ¿tú sabes si está casado?

—Si te digo la verdad, no tengo ni idea, con él nunca me he sentado a hablar de temas amorosos. Qué pasa, que te llama, ¿eh? —dijo Teresa divertida—. No me extraña, la verdad es que está muy bien.

—Bueno, tanto como llamar llamar... —respondió Nieves dudando—. Yo creo que no. Pero sí, me ha resultado raro que estando así de apañado no tenga pareja, que sepamos. Ya se lo sonsacaré, que soy yo buena para esas cosas.

Ambas rieron.

—Oye, Nieves, volviendo a nuestro caso estrella. Por curiosidad, ¿quiénes son los Raros que ha nombrado tu abuela?

—Puff —contestó Nieves resoplando y volviéndose a acomodar en la silla—. Pues a ver cómo te lo cuento. Es la típica familia de los pueblos a la que la gente coge como diana para criticar. Los llaman así porque no suelen juntarse mucho con los aldeanos, van muy a su bola. La madre no sale a los corrillos de sillas que se forman en las calles ahora en verano después de la hora de la cena, y los hijos tampoco han estado integrados en las cuadrillas de amigos de allí. Uno de ellos estuvo metido en un lío por un asunto menor de drogas y el padre alguna vez ha ido dando tumbos por la calle. Este padre sí se ha dejado caer por el bar del Titi, el único que hay en el pueblo, y bueno, él llega, habla un poco de temas banales y se va. Solo un par de veces bebió algo más de la cuenta en el bar y, en una de ellas, llegó a pelearse con otro hombre que estaba allí. —Nieves cambió de postura en la silla en un claro gesto de incomodidad por los gases que se le removían en la tripa—. Y, bueno, ya sabes cómo son estas cosas. Como no parten peras con los demás, pues si pasa algo ya dicen que han sido los Raros.

»La realidad es que nunca han tenido mayor problema. Te voy a contar una anécdota con uno de los hijos, de los muchos que son. Una vez, de pequeños, estábamos a las afueras del pueblo, al lado del arroyo Rondín, y llegó este muchacho. Un amigo mío, pensando que era más fuerte, se metió con él, este lo enganchó, y vamos, se le quitaron las ganas de volver a pitorrearse de él. El chico cogió a mi amigo de una oreja y lo llevó por todo el camino del Rondín dándole patadas, retorciéndole la oreja y restregando sus nudillos en la cabeza hasta casi despellejarlo. Imagínate la escena. A nosotros nos daba miedo intervenir por si recibíamos también, así que íbamos a cierta distancia mientras nuestro amigo pedía ayuda a gritos. Desde entonces, ya todos agachábamos la cabeza al verlo —Nieves terminó a carcajada limpia reviviendo la anécdota.

—Normal que ya no les tocaseis ni un pelo —contestó Teresa contagiada de la risa de su compañera—. ¿Piensas que pueden tener algo que ver con esto?

—Para nada. Ya te digo que lo único que yo sepa que han tenido, digamos, delictivo, es algo de drogas hace unos años por parte del hijo mayor. Por lo que pude enterarme, fue realmente un cabeza de turco y lo pillaron por tonto, era un chico muy jovencito al que engañaron. No tuvo que ingresar en prisión ni nada, fue algo casi anecdótico. Dentro de Ballesteros nunca han hecho nada, solamente ser muy reservados.

—Bueno, como digo yo, lo guardaremos en nuestro archivo mental. Por si las moscas.

—Por cierto, Teresa. Lo mismo no es nada, pero cuando hemos ido a Ballesteros, y también a la vuelta, me he fijado en que te quedabas mirando un poco rara el Torreón de la Fuensanta. ¿Te ha pasado algo allí?

La cara de Teresa palideció rápidamente y Nieves se percató de que a esta le temblaban las manos.

—Ay, perdóname, de verdad, si no quieres, no me lo cuentes. No le había dado apenas importancia y solo era un gesto que me había llamado la atención —reaccionó Nieves mientras cogía las manos a Teresa, mostrándose muy preocupada al ver el estado de nervios en el que su compañera avanzaba sin control.

Al ver que su cuerpo se estremecía, le frotó con una mano un brazo para hacerle entrar en calor.

—No, tranquila. Eres mi amiga y muy buena persona. No tengo nada de lo que avergonzarme y me viene bien contarlo. ¿Pedimos un café, batido o lo que sea? Porque esto va para largo —replicó Teresa, que agarraba con fuerza una de las manos de Nieves, como si así esta última pudiera transmitirle la energía y la fuerza necesarias para comenzar su historia.

CAPÍTULO 5

Había amanecido un día radiante de primavera diez años atrás en Daimiel. Como acompañando al día, Teresa se mostraba exultante. Su dedo anular izquierdo lucía un anillo de compromiso desde hacía unas horas. Su novio de toda la vida le había pedido matrimonio la noche anterior en el idílico entorno de Las Tablas de Daimiel justo al terminar una ruta nocturna y ante la sorpresa de los participantes en la misma, con la luna y las estrellas, como testigos de excepción, reflejadas en el agua del humedal, un agua que se ondulaba al son de un viento que parecía querer saludarlos con la calidez incipiente de las noches primaverales en La Mancha. Mientras el guía tomaba fotografías del momento, él se arrodilló ante ella y le preguntó, con voz temblorosa, si quería casarse con él. Teresa aceptó al instante, con las manos en la boca, mientras que los compañeros de excursión guiada aplaudían como descosidos, hasta emocionados, dándoles la enhorabuena en cuanto el anillo hubo entrado en el dedo de la joven chica, que creía que había alcanzado uno de sus sueños vitales más primordiales.

Conoció al que era su novio en el instituto donde ambos estudiaban; aunque él era mayor que ella tres años, en esa época estudiantil formaron parte de la misma pandilla. En muchas noches de viernes y sábado, su grupo iba al paraje de San Isidro a estrenar sus coqueteos con el alcohol; otras veces cambiaban de escenario y rotaban por las principales plazas daimieleñas, llenándolas de risas y jolgorios. Una fría noche, con los coches bajo una fina capa de escarcha, paseando por la plaza de España, otrora la plaza de los Portales Blancos, Rafael cogió de la mano a Teresa y la apartó un poco de los demás. El resto de muchachos que iban con ellos, que ya sabían lo que iba a suceder, se marcharon del lugar, no sin dedicar risitas y miradas curiosas conforme se alejaban. Justo al lado del milenario olivo que preside la plaza, Rafael se sinceró.

—Tere, mira, es que te quiero decir una cosa.

El joven bajó la mirada y, venciendo a un mar de timidez, consiguió sacar valor para cogerle la mano. Teresa aceptó su mano con mimo y le miró a los ojos, esperando lo que sabía que, a continuación, iba a oír de boca del chico, con restos todavía de un acusado acné, que le traía loca.

—Verás, es que me gustas. No sabía cómo decírtelo, vamos, estoy *cagao* —continuó, arrancándole una sonrisa a Teresa, que lo miraba con ese brillo adolescente en los ojos que surge en los primeros amores.

—Pues deja de estarlo, tonto. A mí también me gustas mucho —respondió ella, inclinándose hacia delante para darle un fugaz beso en la mejilla.

—Entonces, ¿quieres salir conmigo?

—Claro que sí. —Teresa no se podía quitar la sonrisa tonta de la cara.

—Uf, no sabes el peso que me acabo de quitar de encima. —Todo el cuerpo de Rafael se relajó y reaccionó tomando con fuerza la mano de su recién estrenada novia.

Los dos pasearon por un largo rato sin un destino fijado por las principales calles de su pueblo, riendo, contándose cómo se empezaron a gustar, qué señales mandaba el uno al otro o haciendo un recuento de amigos que sabían de su amor por el otro, echando así a andar una bonita historia de amor de juventud. En cuanto llegó a casa, Teresa llamó por teléfono a sus dos mejores amigas para contarles cómo había acontecido todo. Cuando se quiso dar cuenta, ya era primera hora de la madrugada y aún no había cenado. Ese día la propia ilusión le alimentaba. No podía ser más feliz. El chico mayor y guapo del instituto le había pedido salir. «¿Qué puede ir mal a partir de ahora?».

Los siguientes años transcurrieron con la normalidad con la que puede llevarse un noviazgo. En los años universitarios la pareja atravesó diversas crisis. Vivían en sendos pisos de alquiler con más estudiantes y brotaron algunos celos por ambas partes en fiestas universitarias al malinterpretar miradas furtivas con otras personas. Al final, una madurez *in crescendo* fue tranquilizando y asentando la relación. Tras terminar Derecho, Teresa volvió a Daimiel para entrar a trabajar con su padre, un conocido abogado de la localidad y, por su parte, Rafael se estrenó en una famosa empresa del polígono industrial una vez se licenció en Administración y Dirección de Empresas. Tras un tiempo ahorrando dinero y en una situación ciertamente estable, primero hablaron sobre irse a vivir juntos a algún piso de alquiler y, seguidamente, se presentaron las primeras conversaciones acerca de casarse. Teresa se mostró reticente en un principio, opinaba que era mejor primero vivir juntos y, ya después, el matrimonio llegaría solo. Rafael le apremiaba cada vez más. Una tarde fría de otoño, con las hojas caídas de los árboles conformando una tupida alfombra sobre el suelo, sentados en un banco enfrente de la iglesia de San Pedro de Daimiel, Rafael cogió a su novia por la cintura y ella apoyó su cabeza en el hombro de él.

—Pero ¿y para qué esperar a vivir juntos? Ya llevamos un montón de años saliendo. Imagínate a los dos, ya casados, en una casita aquí, pensando en nuestros futuros hijos, abrazados bajo una mantita. Te prometo que tiraré la basura todos los días.

Teresa rio ante la ocurrencia de su novio.

—Bueno, no sé, pero vaya si luego nos ponemos a vivir juntos y nos tiramos los trastos a la cabeza.

—Eso no va a suceder, lo sé —le rebatió Rafael mientras se inclinó para besarla en la frente—. Entonces, si te pidiera matrimonio, ¿qué contestarías?

—Quién sabe, puede ser que te dijera un «sí» —contestó Teresa con una pícara sonrisa.

Rafael se empleó varios meses en preparar el momento de la pedida y encargar un anillo que fuera de su gusto. Pensó que Las Tablas de Daimiel, en plena primavera, cuando más agua tienen y la vegetación se muestra en todo su esplendor, sería el idílico escenario para hacer la pedida, en un sitio por el que tantas veces habían paseado, unas Tablas que podrían atestiguar su amor si tuvieran que declarar ante un juicio. Se enteró de que para los meses de primavera y verano se iban a organizar visitas guiadas nocturnas por el parque nacional y, compinchado con el guía local, decidió engañarla diciéndole que simplemente iban a participar en una de esas visitas. El efecto sorpresa causó la reacción esperada y, para Teresa, fue uno de los momentos más bonitos de su vida. En el desayuno familiar con los padres de la novia y su hermano, al día siguiente, Teresa dio la noticia.

—Sentaos un momento, por favor. Os tengo que contar una cosa —anunció nerviosa.

Sus tres familiares se sentaron expectantes ante los misteriosos segundos que pasaron en silencio entre la frase de Teresa y el momento en el que todos ya se habían acomodado. Ella les enseñó inmediatamente el anillo.

—Anoche Rafael me pidió matrimonio al terminar la visita por Las Tablas.

Se quedó estudiando fijamente las caras de estupefacción de sus padres y hermano, aunque en cualquier momento esperaban esta noticia al ver que eran una pareja sólida

—Y he aceptado —Teresa apenas podía contener la emoción en el final de sus palabras.

—¡*To*! —exclamó la madre con una más que típica expresión de Daimiel—. ¡Que la niña se nos casa, Valentín! ¡Ay, hija mía, cómo me alegro!

La mujer se levantó, incapaz de permanecer sentada un segundo más, y abrazó a su hija.

—Hija, ¡qué gran noticia! A mí Rafael siempre me ha gustado, es un buen chico —dijo su padre, aguantándose las ganas de llorar.

—Pues en nada nos tenemos que poner a buscar tu traje y todo. ¡Tengo los nervios de punta! Estoy al borde del infarto. ¡Mi niña, mi niña preciosa! Ese día vas a ser la novia más guapa que ha pisado la Tierra.

La madre se movía de manera compulsiva por el salón, tocándolo todo, haciendo como que colocaba lo que ya estaba más que en orden.

—Bueno, Tina, tranquila, que esto se prepara con tiempo y no se van a casar mañana. Todo va a salir bien, ya veréis. Así que hoy nos has traído churros, ¿eh, pillina? —dijo el padre tocando una oreja a Teresa, un gesto de complicidad que tenían entre ambos desde que era pequeña.

Tras un rato de revuelo en la casa y llamadas de la madre a familia, amigas y vecinas, llegó algo de calma con la hora de la comida. «Este día es mágico», se dijo Teresa al ver a sus padres tan ilusionados. Cuando se sentaron a comer, siguieron hablando del tema estrella ya no del día, sino del año.

—Tú no sabes, Tere, está todo el mundo loquito con la bomba que les he soltado.

—Anda, mamá, que conociéndote habrás llamado hasta al presidente del Gobierno para contárselo.

—Bueno, tú ya sabes cómo es tu madre. He bajado un rato al bar y ya me han estado felicitando nada más entrar —dijo, resignado, el padre, menos impulsivo que su mujer.

—Por cierto, Tere. Se lo he contado a Cruces y le he dicho que a ver si te echaba las cartas o algo para que te diga cómo va a ir el matrimonio —anunció la madre, mirando para otro lado, haciendo como que doblaba unos trapos mientras esperaba la reacción de su marido, que no tardó en llegar.

—Tina, ¡ya estamos con esas tonterías! Que salga como tenga que salir, no como digan unas cartas con dibujos —refunfuñó el padre.

—¡*Tó*! ¿Y a ti qué más te da?, ¿hace daño a alguien? No. Y la Cruces es muy buena gente. Además, oye, atina mucho. Menuda es adivinando cosas. Tú déjame a mí hacer las cosas. Yo iré contigo también, que ya de paso le quiero hacer alguna preguntilla.

—Por mí vale —contestó Teresa—. A mí estas cosas también me gustan —prefirió ocultar que guardaba en su habitación una baraja de cartas del tarot para aprender a echarlas.

—Vaya dos.

—¡Tú calla ya! —atajó la madre mientras empezaba a recoger los platos de la mesa.

Esa misma tarde, Teresa y su madre entraban en la casa de Cruces, una afamada bruja de Daimiel que dominaba las técnicas adivinatorias a la perfección, alcanzando fama no solo local, sino provincial. Cuando llamaron al timbre, Cruces, que ya sobrepasaba los ochenta años, abrió la puerta en segundos. Su aspecto, como el de cualquier abuela humilde manchega, no daba pistas sobre su don.

—¡Teresa, hermosa! ¡Muchas felicidades! Ya me ha dicho tu madre que vamos de boda. Aunque eso ya lo sabía yo, cómo no —dijo Cruces echándose a reír—. Pasad al cuarto, que enseguida estoy.

Teresa y su madre accedieron a una sala de estar no muy grande, pero acogedora. En esta estancia estaban los muebles más antiguos de la casa, aunque este tipo de mobiliario ahora se estaba poniendo de nuevo de moda. El centro estaba presidido por una mesa redonda donde una vela de incienso soltaba una fina línea de humo que se elevaba hacia la dorada lámpara del techo. Sobre la misma mesa, Teresa se fijó en una lámpara de sal de luz anaranjada que dotaba a la atmósfera de la habitación de un carácter místico. Unas faldas marrones escondían un brasero ahora apagado. «No da miedo, pero sí respeto», creía Teresa, que, no obstante, admitía que le gustaba venir a que le echasen las cartas aunque, en ocasiones, pensara que el destino no está del todo escrito y que cabe lugar para la sorpresa y la improvisación. Nada más sentarse en sus correspondientes sillas, Cruces entró en la habitación portando otra vela, en este caso de color blanco. Sobre el cristal colocó un delgado mantel de color naranja.

—Me gustan las velas blancas, traen buenas vibraciones —apuntó Cruces con una voz cálida, que sabía que hacía que quien fuera a una sesión calmase sus nervios.

Empezó a barajar las cartas del tarot de Rider-Waite con la habilidad adquirida tras decenas de años de experiencia.

—Corta tú la baraja por la mitad pensando en tu futuro matrimonio. No crucéis ni manos, ni piernas ni nada que, si no, cortáis la energía.

—Ya está —susurró Teresa, que notó de repente un nudo en la garganta.

Su madre suspiró.

—¿Izquierda o derecha?

—Derecha.

Teresa carraspeó para aclararse la garganta, cuya molestia iba en aumento. Cruces desplegó la tirada sobre el mantel y paró para tomar aire. Miró fijamente a Teresa a los ojos; esta bajó ligeramente la mirada, incapaz de aguantársela a la vidente.

—Si hablamos en pasado, veo aquí un buen noviazgo. Alguna tontería por ahí, pero sin mayor importancia. Nada que no haya visto antes. Todo normal.

Súbitamente, su gesto se torció y tomó un aspecto muy serio. Teresa percibió que algo no iba bien, pero no se atrevió a abrir la boca. Cruces clavó sus ojos como aguijones en dos cartas. La torre y el demonio juntas. Reaccionó a tiempo antes de que la madre de Teresa pudiera verlo. «Esta me ha visto ya muchas veces, a ver si se va a oler algo».

—¡Anda, Tina, qué tonta estoy! Se me ha olvidado traerme mi bolita de cristal, que quería echar un ojo por ahí también. Sal un momentito, dile a mi marido que te la dé y, ya de paso, también un vaso de agua lleno.

La madre de Teresa salió de la salita incómoda, le fastidiaba perderse cualquier palabra que fuese a decir. Pero, ante el mandato de Cruces, no tuvo más remedio que irse emitiendo un bufido de puro disgusto.

—Teresa, óyeme lo que te voy a decir. No te quiero asustar, pero si ves algún comportamiento raro de Rafael en tu matrimonio, sal pitando. No esperes. No estoy segura de si vendrá de él, pero por si acaso. Y, si no es de él, desconfía de los hombres que te rodeen. Te hablo, aproximadamente, del momento de tu boda, poco antes o después. —La mujer no dejaba de atravesarla con la mirada.

Teresa tragó saliva. Se quedó paralizada y sin saber qué decir. Simplemente asintió. Cruces le cogió una mano.

—Tranquila, no quiero que temas ni que esto te condicione —animó Cruces, que se había dado cuenta de que había sido demasiado clara y brusca—. Ahora voy a mirar por la bola también para ver qué me dice. Simplemente es para que estés un poco alerta, pero nada más, ya sabes que lo que me digan las cartas tampoco es que tenga que ir a misa sí o sí. Voy a recoger la baraja antes de que llegue tu madre, que está a la que cae y, como vea esto, va a liar la de san Quintín.

Sin que el ojo humano fuera capaz de captar los movimientos de sus manos, las cartas volvían a estar mezcladas y Cruces las dispuso agrupadas en un montón a la derecha de la mesa. Teresa apenas podía salir del estupor y se encontraba en estado de *shock*, no podía articular palabra. Estaba ensimismada en sus pensamientos cuando entró su madre de nuevo jadeando, síntoma de que se había dado prisa para regresar lo antes posible.

—¡Qué mochuelo tu marido, Cruces, hermosa mía! Que qué bola decía. Dos siglos para encontrarla hemos estado. Ni que fuese nuevo en esta casa.

Cruces rio. Teresa apenas era capaz de esbozar una leve sonrisa que escondiera sus tremendas ganas de llorar.

—Bueno, ¿qué ha salido? —dijo la madre impacientemente.

—Nada, en general las cartas eran buenas, nos ha salido en el futuro algún problemilla por ahí suelto, pero nada importante. Su matrimonio viene marcado por destino.

La madre de Teresa suspiró aliviada.

—Voy a mirar por la bola. Lo de siempre, no crucéis nada y vamos a concentrarnos todas en visualizar el matrimonio.

Las tres cerraron los ojos y pusieron las palmas de las manos bocarriba. El humo del incienso no ascendía tanto y se extendía ahora de una manera más horizontal, introduciéndose en la nariz de Teresa, que lo aspiraba intentando así atraer a la buena suerte. Cruces fue la primera en abrir los ojos; las dos invitadas presintieron que la vidente ya estaba mirando la bola y los abrieron a su vez. La bruja intentaba disimular el disgusto con menos éxito del que hubiese querido, pero la madre de Teresa no se percató de nada.

—Tere, lo que te he dicho antes. No veo nada fuera de madre, salvo algún problema típico del matrimonio. Como los he tenido yo, y mira dónde estoy, que no he sido capaz de quitarme a este censo ni con aceite hirviendo.

—Un matrimonio no es fácil, no —añadió la madre de Teresa, la más alegre de las tres en ese momento—. Pero vamos, todo se puede solucionar.

Teresa se mordía el labio inferior, cruzaba las piernas nerviosa. Quería salir de allí ya. Cruces la miraba.

—Pues nada, Cruces, nos vamos ya, que ahora tengo que irme con mi marido a ver a mis cuñados. Lo mismo otro día vengo yo sola, que ya hace tiempo de la última vez. —Se levantó hacia la puerta seguida de Teresa, que seguía enmudecida.

—Muchas gracias, como siempre. Ya te traeré algo como agradecimiento.

—Nada, mujer, para eso estamos. Que no se te ocurra traerme nada, ¡eh! Las que tenemos el don no podemos cobrar nada, no valdría entonces lo que hago —respondió Cruces sin dejar de observar a la joven. «Tranquila», le lanzó Cruces en un momento en el que su madre se había despistado.

—Gracias, Cruces —musitó Teresa, casi mareada.

«Dios mío. La torre y el diablo juntos». Teresa no podía parar de darle vueltas a esa imagen.

CAPÍTULO 6

Después del susto del 1 de julio, la alcaldesa se había serenado y había reducido la frecuencia de las llamadas al inspector. La investigación policial se centraba en esclarecer de dónde provenía la calavera y la comisaria le trasladó a Toboso su inquietud por la celebración de la Pandorga sin contratiempos. El viernes de esa semana, 5 de julio, Teresa y Nieves despacharon con el inspector a primera hora de la mañana.

—Anoche me llamó Ruiz, de la Científica. —Toboso paró para dar vueltas al café.

—¿Y bien? —le urgió Teresa, que abría un bombón.

—Tienen datos nuevos sobre la calavera. Acercaos ahora que está él por allí y que os lo explique bien. Después llamadme y me lo contáis, que seguramente tendré que pasar el resto de la mañana en Puertollano.

—Ramón, ¿por qué a la prensa no le habéis informado sobre esta calavera? —preguntó Nieves, que todavía no se había desperezado del todo.

—Porque la alcaldesa no quiere líos por ahora y nosotros no tenemos por qué informar de todo. Lo mejor es que lo destapemos cuando ya esté resuelto, o casi.

—Además, me parece conveniente no hacer mucho ruido. Me puedo hacer una idea del perfil del que hizo lo de la otra noche y estoy segura de que es del tipo de personas que quiere que esto salga a la luz y convertirse en el protagonista en la sombra. Debe estar bastante decepcionado con no estar en boca de todo el mundo —añadió Teresa.

—Pero si hacemos como que estamos pasando de él, ¿no crees que entonces volverá a actuar para que le hagamos más caso?

—Pueden pasar dos cosas, Nieves. O se aburre al ver que no le hemos dado importancia y se da por vencido o pasa a una acción mayor para que le tengamos más en cuenta. Lo sabremos pronto.

—Estaremos vigilantes, aunque no sé cuál podría ser su siguiente paso —el inspector instaba así a Teresa a seguir teorizando.

—Imagino que pasaría a realizar alguna acción más vistosa, más de cara al público para que así no lo podamos esconder. Un sitio concurrido, quizás. Pero, claro, entiendo que no podemos tener policías por todo Ciudad Real sin saber si va a actuar o no. Sería movilizar recursos para nada quizás. Le esperaremos y que sea él el que se mueva.

—Me parece bien. Bueno, id ya con Ruiz, que ya sabéis que a este hombre es difícil pillarle.

***

En dependencias de la Científica esperaba a las policías Ruiz, un hombre bajito de casi sesenta años al que era difícil arrancarle palabras más allá de lo estrictamente profesional. Las recibió con un fuerte apretón de manos y rápidamente las llevó hasta un laboratorio donde la temperatura era muy agradable.

—Perdón por el desorden que hay aquí, a ver si un día me lío a colocar, pero que no veo el momento.

Nieves curioseaba todo lo que alcanzaba su vista.

—Nada, no se preocupe. ¿Esta de aquí es la calavera? —Teresa señaló unos restos óseos que descansaban sobre un recipiente.

—Sí, aquí está. Le hemos dado unas cuantas vueltas, le puedo decir que me la sé casi de memoria. El primer dato que les puedo garantizar al cien por cien es que es de una mujer. Muy probablemente tendría unos setenta y tantos años al morir, era de corta estatura. Le tuvieron que dar un fuerte golpe en la cabeza, hemos detectado una fractura en el cráneo compatible con un objeto muy contundente. La principal hipótesis es que murió golpeada, pero este extremo no lo podemos asegurar, lógicamente, lo suyo sería tener más partes de su cuerpo. De todas formas, le seguimos practicando pruebas a estos huesos, que no duden que nos aportarán muchísima más información. Por cierto, el que intentó clavar una cruz en el hueso de la mandíbula era un poco bruto y no contó con que el clavo apenas perforó en el hueso, por lo que es normal que, si el hombre que la cogió se asustó y la tiró, la cruz saliera disparada.

—¿Hace mucho tiempo de su muerte? —preguntó Nieves, que era la primera vez que pisaba un laboratorio policial y miraba a todas partes.

Teresa, por su parte, escribía en su cuaderno los puntos más importantes. «Qué morena es la subinspectora y qué blanquita la otra», pensó Ruiz antes de contestar:

—Sesenta o setenta años.

—Uf, va a ser difícil entonces sacar algo por el ADN, ¿verdad? —dijo Teresa mientras se sentaba en una silla de oficina.

—Nosotros podemos extraerle muestras, pero lo que veo complicado es cotejarlo con la base de datos de que disponemos, es mucho tiempo. Hablamos de más o menos el año 1950, y ahí no se guardaban apenas muestras de ADN. Lo vamos a intentar de todos modos, qué duda cabe.

—Ruiz, es importantísimo que sepamos ya quién es esta mujer. Con esto cerraríamos el caso rápido.

—Lo sé, subinspectora. Tengo una edad y una trayectoria, créame cuando le digo que me estoy dando toda la prisa que puedo —se mostró molesto.

—No dudo de su profesionalidad, por supuesto, ya sabe que le tengo en una gran estima, entienda mi impaciencia. Sobre el cartel de la Pandorga, las ovejas o el propio camión, ¿algo nuevo?

—No. Los restos humanos hallados hasta ahora son unos pelos de mujer, además de los de los trabajadores del servicio de basuras, que ya hemos comprobado que son de sus esposas y de una hija de ellos. En la cruz, que es muy simplona, tampoco había nada. Ahora estamos centrados en la calavera.

—¿Cuánto tiempo tardarán en extraer el ADN y cotejar en la base de datos?

—Muy poco, yo creo que en un par de días lo tenemos.

—Vale. Llámenos en cuanto haya resultados.

—Subinspectora, ese es mi proceder. —Ruiz frunció el ceño.

—Le repito que no le cuestiono. Es mi deber meter prisa, qué le vamos a hacer —esta vez, Teresa optó por rebatirle.

—Nos vamos, Ruiz, muchísimas gracias por sus aportes. Está haciendo un buen trabajo —Nieves rebajó la incipiente tensión que se estaba creando.

—Gracias a ustedes —Ruiz parecía volver a dulcificar la voz.

***

Pasaba el mediodía cuando Teresa decidió que podían cerrar la semana de trabajo. Propuso a Nieves salir un poco antes. «Mira, si te parece, nos vamos ya, que bastante hemos hecho estos días. Desde casa intentaré sacar huecos para indagar en asesinatos de mujeres en torno al año que nos ha dicho Ruiz, por adelantar trabajo. No podemos avanzar mucho más». Nieves le contestó que para ella sería difícil trabajar en casa ese fin de semana por ser las fiestas de su pueblo. Como cada viernes, regresó a su Ballesteros de Calatrava natal desde el trabajo. Entre semana vivía sola en un piso de alquiler muy cerca de la puerta de Toledo de la capital. Prefería mantener su independencia los cinco días laborables de la semana, organizarse ella misma sus horarios, sus comidas y dar rienda suelta a sus manías sin que nadie la molestara. No podía evitar, conforme avanzaban los días, echar de menos a su familia y su pueblo, y raro era el fin de semana que no pasaba allí. Los lazos con ellos eran muy fuertes. No concebía no ver a su abuela, con la que estaba muy unida, muy a menudo porque pensaba que, por la edad que tenía, no se podía saber si el fin de semana que estuviese con ella iba a ser el último, aunque le animaba comprobar siempre cómo su salud seguía siendo de hierro.

Cuando salió de comisaría, se montó en su coche, quemándose las manos al tocar el volante. Un viento fuerte y abrasador lo hacía vibrar por la carretera. Algunas ramas secas, que cruzaban a toda velocidad, chocaban con la parte delantera del vehículo. Con la música de la radio de fondo, Nieves iba cantando animada. Era un fin de semana distinto. Se celebraban las fiestas en honor a su tan querida Virgen de la Consolación, la patrona, con las calles engalanadas para sus días grandes. «Si ya tiene encanto este pueblo, con su paz, sus calles tranquilas, los gallos cantando al amanecer, la quietud del campo manchego, la sierra de Calatrava detrás, impasible, vigilando el paso del tiempo, ya en fiestas, con la decoración, los banderines y la gente en las calles, ay, ¡si es que me encanta! ¿O será que lo pongo más en valor al no estar aquí todos los días?», se cuestionaba a sí misma mientras hacía el mismo recorrido de siempre, desde la entrada del pueblo, dejando a la derecha la calle de la iglesia y el nuevo parque que daba la bienvenida a locales y visitantes y se dirigía sin torcer en ningún momento hacia la calle Garbo. La calle de su infancia, la de su vida, la última imagen que le vendría a la mente justo antes de dar el último suspiro, creía ella. La serena calle que, tras las piedras de cada casa, ha guardado la historia de familias ballesteranas en cada casa desde hacía muchas generaciones, donde todavía llegaba el aroma puro de la sierra de Calatrava sin ser pervertido por los contaminantes olores de una ciudad.

Arropada por su pandilla de amigos de la infancia, Nieves había participado en todos los actos que se habían organizado con motivo de estas fiestas patronales esa tarde; había disfrutado particularmente en los juegos de mesa en el bar del Titi, donde había vuelto a ser la que más veces había ganado indiscutiblemente. Al ir a salir del bar, echó una ojeada al mismo, con sus amigos dentro, decidió entonces que no se separaría nunca de su pueblo. Se juró intentar mantener sus tradiciones, que no cayeran en el olvido. Poco antes de las nueve de la noche, estaba en su casa para prepararse para salir en la procesión de la Virgen. Después, iría un rato a la plaza de San Fernando a cenar y a bailar con familiares y amigo al son de una orquesta.

—Nieves, ¿cómo vas? Anda, péiname un poco el pelo de gallina clueca que llevo.

La abuela de Nieves estrenaba ese día un nuevo vestido que se había arreglado ella misma los días previos, pero el pelo se lo confiaba siempre a su nieta, que tenía buena mano con ello.

Por otro lado, sus padres terminaban de arreglarse en la habitación contigua.

—¿Otra vez la misma corbata que el año pasado? ¡Con la angustia que me da verla! ¿Y para eso te compro otra? Quítatela ahora mismo, hombre ya, que cuando te vean, van a decir: «Este viene siempre con la misma ropa a las fiestas» —chillaba la madre.

—¡Sí, claro! ¡Como que va a estar fijándose la gente en si llevo la misma corbata o no! ¡A ver qué más dará! —rebatía el padre con desdén.

—No da, no. Luego la etiqueta me la ponen a mí. Dirán que vaya una mujer que le deja salir al marido siempre con lo mismo. Haz el favor y cámbiatela. Qué patán este hombre.

Los distintos perfumes, el olor a laca y cremas de la cara se mezclaban en toda la segunda planta superior de la casa, por debajo de la que hace años, muchos, era la cámara donde se guardaban el grano o el trigo y que ahora actuaba de trastero donde se apilaban objetos antiguos, aperos usados antaño por sus bisabuelos y los tatarabuelos, baúles de madera que escondían collares y anillos de sus ancestros y un elegante tocador con un espejo en el que se habían mirado varias generaciones de mujeres y al que la madre no acababa de darle acomodo en los cuartos que ellos usaban. En cambio, la segunda planta se dividía en tres habitaciones, con las impolutas camas antiguas de forja de color dorado que han resistido a la perfección al paso del tiempo. Ya se encargaban la madre y la abuela de Nieves de mantenerlas como las piezas de incalculable valor que eran.

A las diez en punto, Nieves, su madre y su abuela aguardaban con sus velas encendidas la salida de la Virgen por la puerta de la iglesia.

—¡Viva la Virgen de la Consolación! —se oyó gritar una voz entre el público que esperaba la imagen.

—¡Viva! —corearon las decenas de personas dispuestas a su alrededor.

Durante la procesión, aderezada con la banda de música, vio apostada en el quicio de la puerta de su casa a la madre de los Raros. «Anda, que si supieras que hemos estado hablando de tu familia. Y luego muchas veces, unos crían la fama y otros cardan la lana», murmuró Nieves en su interior. Su abuela, que iba detrás de ella, se fijó también en la misma mujer.

—Mira, la Rara. Anda que va a hacer algo por el pueblo, ya podría velar a su Virgen. Estos van a acabar haciendo algo que huela, que te lo digo yo —intentó susurrar a su nieta sin éxito, ya que su voz se elevó más de lo previsto y acabó por oírlo la señora citada, que la fulminó con la mirada.

—Abuela, cállate, leche, a ver si la vamos a liar en mitad de la procesión. Por Dios, que esta mujer no te ha hecho nada —le reprendió Nieves, avergonzada.

Cuando finalizó la procesión, la familia de Nieves se sentó en una mesa reservada en la plaza para cenar. A ellos se les unieron algunos tíos y primos que completaban el elenco de los Morales. Una abarrotada plaza bullía con la música de la orquesta de fondo. Todo el mundo parecía haber abandonado los problemas en los muros de sus casas y aquí aparentaban ser felices y prestos a zambullirse en el ambiente festivo y despreocupado. Nieves hubiese deseado ser el centro de las miradas y que todos cuchichearan sobre su éxito en su primer caso policial, pero esta vez no iba a ser así. Pasó de lo más desapercibida, era un alma más en la acogedora plaza. No muy alejado de su mesa localizó a Santiago, el guardia civil que la recibió cuando acudió con Teresa unos días antes por la mañana, después del robo de las ovejas. Justo después de la cena, se levantó para saludarlo.

—¡Hola, Santiago! Te había visto desde mi mesa y me he dicho: «Voy a decirle algo». ¿Cómo va la cosa? —saludó Nieves, alegre.

—Pues mira, aquí me tienes, con la tripa llena. Me ha faltado chupar el plato de lo rico que estaba el chuletón que me he metido. —Se echó hacia atrás mientras se señalaba una abultada tripa que amenazaba con sobrepasar los límites de la camisa que llevaba puesta.

Con no poco esfuerzo, el agente se puso de pie para hablar con ella, apartándose de la mesa a una distancia en la que no pudieran oírlos. Un agobiado camarero tuvo que esquivarlos para no tirar la bandeja que portaba plagada de vasos con bebidas varias.

—Nieves, ¿cómo vais con el tema de las ovejas y demás parafernalia?

—Poca cosa. —Nieves adoptó un gesto de disgusto—. No hemos avanzado prácticamente nada. ¿Sabes lo que pasa? De primeras causó impacto porque parecía que alguien estaba amenazando a la Pandorga en Ciudad Real por la fecha que rezaba el cartel y la calavera, ten en cuenta que es la mayor fiesta de la ciudad de todo el año, con miles de personas inundando el centro, y la alcaldesa se puso de los nervios. Examinando los datos con tranquilidad, pues quizás al final no sea para tanto, no sé. Si es un individuo solitario, es difícil que actúe a lo grande. Ahora estamos en manos de la Científica, que nos debe decir más pronto que tarde de quién es esa calavera. El inspector Toboso me confesó que me había escogido al ser la única del grupo que tenía la carrera de Historia, y pensaba que sabría de estas cosas, ya que él se olía que los derroteros iban a ir por ahí por la simbología. Sin embargo, yo creo que da igual mi titulación, con un poco de sentido común y olfato policíaco esto se zanja en un par de semanas. Como mucho, estaríamos hablando de satanismo.

—Te veo desilusionada, cuando viniste al cuartel el otro día parecías una niña con zapatos nuevos. Al principio es normal cogerlo todo con ilusión, más aún con lo joven que eres tú, luego te acabas aburriendo. —Santiago le puso una mano en el hombro a modo de consuelo.

—No te lo voy a negar, sí. Me esperaba algo mucho más grande, sin muertos ni nada, claro, pero algo emocionante que me hiciera destacar. Y creo que mi abuela también.

Se echaron a reír mirando a la mujer, que degustaba su plato con ademanes de fineza fingida.

—Por vuestra parte, ¿algo interesante sobre el robo de las ovejas?

—No, estas cosas son difíciles. Otras veces avisamos a otros cuarteles de la Guardia Civil cercanos y no tardan en aparecer los animales robados, no suelen ir muy lejos. Pero como aquí suponemos que las ovejas muertas en Ciudad Real son las mismas, pues no nos hemos esmerado mucho. Hemos descargado el muerto sobre vosotros, nunca mejor dicho. Lo único que hemos hecho es dar unas cuantas vueltas para echar un vistazo a uno de los hijos de los Raros. Al día siguiente de que vinieses, Julián, el ganadero, se acercó al cuartel para comentarme que, haciendo memoria, le pareció ver al muchacho merodear cerca de su finca cuando él volvía a casa antes del robo. Y, según su parecer, ya sabes, al día siguiente, el chico le miró un tanto burlón en la calle. Fue verlo y venir corriendo al cuartel a chivarse. Qué te voy a contar que ya no sepas. Los tienen en el punto de mira.

—Mi abuela está muy pesada con ellos también. Como toda la vida. Opina que nos tienen tirria a todo el pueblo y que aprovecharían cualquier ocasión para hacernos algo malo. Si siguiese existiendo la Inquisición, estaban todos reducidos ya a cenizas.

Los dos volvieron a reír mientras la orquesta cantaba una canción popular que hacía que muchos en la plaza acompañasen a la música con palmas. Antes de volver a hablar, Santiago se apoyó en una mesa vacía.

—Yo no sé la ojeriza que le tienen a esta familia. Como te digo, hemos vigilado un poco más a este pobre chico y no hemos detectado nada raro. Tanto él como su familia han proseguido con su vida normal.

Nieves miró a su alrededor para comprobar que nadie más estuviese escuchando la conversación.

—Se me acaba de encender la bombilla con una cosa. Por aquello de descartar hipótesis, ¿sabes qué tipo de vehículos tienen ellos? —dijo bajando un poco más la voz, llevándose la mano a la barbilla en un gesto pensativo. Santiago la miró curioso.

—Que yo sepa, un turismo que tiene ya bastantes años de la marca Opel. Si mal no recuerdo, igual tenían también una furgoneta grande que el padre usaba para su trabajo en el campo. Era ganadero, ya está jubilado, por lo que desconozco si la siguen usando —conforme terminaba la frase, observó que Nieves abría los ojos verdes, que se enmarcaban en una cara redonda, con la piel más blanca de lo normal en ese momento por la luminosidad de unos focos que le apuntaban, como si se le fueran a salir de órbita, e intuía que le había revelado algo importante.

—¿Has dicho una furgoneta grande?

—Sí, el modelo y la marca ahora mismo no te los sabría decir. De color blanco, eso sí, le he visto a veces con ella por el pueblo. ¿Por qué lo dices?

Nieves resopló.

—Porque la subinspectora Teresa Lara y yo vimos marcas de una furgoneta grande en la parcela de Julián —afirmó, resuelta.

—¿Y piensas que...? —Santiago no terminó la frase.

—No lo sé, es solamente una posibilidad. Podría ser de cualquiera, aunque no sea un camino muy transitado. ¿Te suena que esta gente se haya visto envuelta en algún hecho extraño? —La excitación de Nieves iba en aumento. Se tocó el pelo de forma impulsiva.

—De la madre, que tiene una edad parecida a la mía, solo que ella un poco mayor, se decía que era bruja cuando éramos más jóvenes. Simples rumores. Esto son habladurías de por aquí, ya sabes que llevo muchísimos años en el cuartel, vamos, desde que empecé, y cosas satánicas y de eso no me acuerdo de ninguna estando yo en activo.

—Escúchame, Santiago. —Nieves le cogió del antebrazo y se lo atrajo para sí. Su voz se tornó casi inaudible—. Mañana no porque es fin de semana, pero el lunes sin falta mírame en el cuartel todo lo relacionado con esta familia, si es que hay algo y, del mismo modo, si hemos tenido en el pueblo denuncias de rituales fuera de los habituales. Si es necesario, habla con el cura, ellos muchas veces tienen registradas denuncias de prácticas que se saliesen de lo pautado por el cristianismo sin comunicarlo a nadie.

—Descuida, y lo mismo, como me dé el venazo, me voy mañana y lo miro. Durante el día no voy a tener nada que hacer, por la noche saldré al baile aquí en la plaza, así que creo que me pasaré por el cuartel —respondió Santiago, que se había contagiado de la efervescencia que repentinamente había vuelto a nacer en Nieves.

Ella le sonrió.

—Millones de gracias. Eres el mejor —dijo Nieves dándole un abrazo con fuerza, fruto del subidón de adrenalina.

Ambos regresaron a sus respectivas mesas. La abuela de Nieves, Valeria, percibió que la joven volvía nerviosa.

—Ven *p'acá* un momento —le ordenó la anciana, que le agarró por el brazo en cuanto la tuvo a su alcance—. ¿Qué te ha dicho Santiago? —le susurró con voz rasgada.

—Alguna cosa que puede servirme para mi caso —casi le interrumpió Nieves, que sabía que debía contenerse.

—¿Es de algo de los Raros?, ¿le han quitado ellos las ovejas al Julián? —insistió Valeria.

—¡Abuela! Sabes que no te puedo desvelar nada. Y menos a ti, que correrías a informar a tus amigas. Menuda pájara estás hecha.

Su abuela le acarició una mejilla y le sonrió.

—Bueno, rica mía, siéntate, que te hemos pedido un helado y se te va a derretir.

Mientras Nieves se estaba comiendo el helado, vio que su móvil, puesto encima de la mesa al lado de su servilleta, se iluminaba. Teresa le estaba llamando. Cuando colgó, con el rostro demudado, se levantó y, todo lo rápido que los tacones se lo permitían, fue directa a Santiago, que se sorprendió cuando ella le pidió que otra vez se distanciara de los allí presentes.

—Me voy ahora mismo para Ciudad Real. Me acaba de llamar de urgencia la subinspectora Lara. Han robado la imagen de la Virgen del Prado, la patrona, de la catedral y en su lugar han colocado la figura de una santa.

CAPÍTULO 7

La catedral de Ciudad Real se erguía orgullosa frente a los jardines del Prado, en pleno centro de Ciudad Real, guardando el cielo manchego desde el siglo XV. En una noche que pretendía ser otra más cualquiera, acababa de saltar la alarma y los alrededores del templo se tornaron más bulliciosos de lo que correspondía. La Policía había acordonado la zona. La catedral seguía emitiendo su iluminación de tonos anaranjados, simulando una sensación de normalidad. La prensa local y regional se agolpaba al lado de las cintas policiales, a la par que una multitud de curiosos no paraba de crecer. Algunos vecinos se asomaban a los balcones colindantes al oír el creciente barullo, agudizando la vista para captar cualquier detalle susceptible de ser difundido por las redes sociales. Hasta el edificio que fue casa del afamado soldado y escritor Hernán Pérez del Pulgar, hoy museo López-Villaseñor, que linda con el templo religioso, parecía querer preguntar al antiguo Gran Casino a gritos qué era lo que había perturbado su paz. Un viento rabioso movía las ramas de los árboles, cuyas hojas contribuían al ruido que emitía el corazón de la ciudad.

Nieves se había cambiado de ropa a una velocidad pasmosa e hizo el trayecto desde Ballesteros hasta la capital en un tiempo récord. Apenas veinte minutos después de recibir la llamada de Teresa estaba aparcando su coche en la calle Azucena, a espaldas de la basílica. El breve trayecto que debía hacer a pie lo hizo corriendo, dando gracias a su afición por el *running*. Todo había dado un vuelco. Alzó una de las cintas que impedían el paso al público general, enseñando su placa a uno de los policías que controlaban que nadie se colase. Entró al templo jadeando por la puerta del Mediodía, la principal, y justo enfrente se encontró con el inspector Toboso acompañado por la alcaldesa de Ciudad Real, el teniente de alcalde y el concejal de seguridad. Unos metros más adelante estaba la subinspectora Teresa Lara hablando con el superintendente de la Policía Local y el jefe de Protección Civil.

—¡Ah, Nieves! —el inspector fue efusivo en su saludo—. Ya estás aquí. Me había dicho la subinspectora que estabas en Ballesteros y te has tenido que venir corriendo.

—Sí —contestó Nieves, monosilábica, mientras hacía un gran esfuerzo por recuperar la respiración. Tuvo incluso que doblar la espalda y apoyar las manos en la rodilla.

—Te presento a la alcaldesa, Prado Santana, su teniente de alcalde, Bernardo Segundo, y el concejal de seguridad, Antonio Carrión.

La policía estrechó la mano de las tres autoridades. Se fijó en que la alcaldesa le examinaba de reojo. Teresa Lara se acercó en cuanto se percató de la presencia de su compañera.

—Nieves, se te han fastidiado las fiestas —le dijo en tono alegre.

—Nada, no importa lo más mínimo, esta vez he venido con gusto —guiñó un ojo de manera maliciosa—. ¿Qué ha pasado?

Teresa comenzó a explicarle lo sucedido bajo la atenta mirada de los demás.

—El obispo —señaló a un hombre de avanzada edad, que no llevaba los hábitos puestos, el cual permanecía al lado del altar, hablando con otro hombre más joven— llamó al 091 de la Policía Nacional comunicando que había acudido a la catedral a preparar cosas para la celebración de dos bodas al día siguiente. Por lo visto, ha venido por la noche porque mañana por la mañana no podía. De pura casualidad, ha mirado al hueco donde está siempre la Virgen y se ha encontrado con que la habían cambiado. De primeras no tenía ni idea de qué representaba la figura que habían puesto. Hasta que se ha encontrado con esta nota encima del altar.

Teresa alargó una bolsa de plástico para recoger muestras con un papel dentro. Nieves la leyó atentamente. En el papel, un trozo cortado con bordes irregulares de un simple folio blanco, se podía leer: «Santa Águeda nos asistirá. 31 de julio».

—Y es por esto —prosiguió Teresa, que había logrado atraer a un corro de oyentes alrededor suya— por lo que intuimos que la que tenemos ahí arriba mirándonos es santa Águeda.

—¿«Nos»? —interrumpió Nieves, extrañada, refiriéndose a la nota.

—Sí, habla en plural. Supuestamente, si hiciésemos caso a la nota, esto es obra de más de una persona. Lleva a pensar en un grupo satánico, donde nunca actúa solo un individuo.

—¿No se han llevado nada de valor? —interpeló la alcaldesa, que todavía estaba aturdida porque se acababa de acostar cuando la requirieron para acudir a la catedral.

—Estamos todavía mirando —intervino el inspector Toboso—, pero no hemos detectado que falte nada más.

En este punto, el obispo se unió al grupo, visiblemente preocupado.

—Inspector —llamó desde antes de llegar al corro de autoridades y policías con un fino hilo de voz aguda—, han robado el vino que teníamos guardado. Es lo único que echo en falta. Además de ladrones, se ve que son unos borrachos. Por lo demás, todo está en orden, dentro de que nos han quitado a nuestra patrona. ¡Dios mío!, no puedo ni decirlo, no me da un desmayo de milagro.

Nieves se fijó en el anciano obispo, que sin la indumentaria religiosa tenía un aspecto más desvalido. Se movía con agilidad, pero las palabras le salían con lentitud, plomizas, provocando impaciencia entre sus oyentes. Pese a su espalda encorvada, tenía una mirada penetrante que intimidaba, como si ajusticiara de manera permanente a todo aquel que tenía delante.

—Perdone, señor obispo —dijo Nieves, modulando la voz para parecer más autoritaria—, ¿han visto si santa Águeda porta algo?

—No, señora agente. —El obispo juntó las huesudas manos en posición de plegaria—. No la hemos bajado del camarín de la Virgen todavía. Ahora iban a subir unos colegas suyos, imagino que si hay algo nos lo dirán.

El inspector Toboso miró confuso a Nieves, intentando adivinar el sentido de su pregunta.

—Señores, ahora tengo que comparecer ante la prensa ahí fuera —anunció la alcaldesa Santana, queriendo desviar la mirada del inspector hacia la policía—. ¿Qué les digo?

—Prado, no te explayes mucho —le aconsejó el inspector—. Lo de la nota lo vamos a omitir, así como el incidente de la madrugada del otro día.

—¿Qué incidente? —inquirió el obispo con esa mirada que, de forma natural, le salía acusadora.

—Ahora se lo cuento —respondió Toboso tajante.

El inspector volvió a tomar la palabra. Nieves estaba, por una parte, atenta a la conversación y, por otra, pensativa. «Está atando cabos y organizando en su cabeza algún relato para contarnos», pensó Teresa al verla.

—Diles a los de ahí fuera que hemos tenido un suceso extraño. Al fin y al cabo, es la verdad, y se han llevado nada menos que a la patrona. Que han robado su talla y que la Policía está ya como loca buscándola. Coméntales que mañana a mediodía Teresa y yo ofreceremos una rueda de prensa en la que ofreceremos más detalles. —Teresa abrió los ojos en claro gesto de sorpresa. El inspector la miró dedicándole una sonrisa que dejó al descubierto unos perfectos dientes alienados y blancos que hacían destacar aún más su moreno—. No vamos a alarmar más de lo necesario. Por lo pronto, lo vamos a enfocar hacia un espectacular robo, pero robo, al fin y al cabo.

—Vale. —La alcaldesa asintió con la cabeza—. En un par de minutos espero habérmelos ventilado.

Santana inspiró y expiró con intensidad y salió a la puerta principal de la catedral a atender a los medios allí congregados. Dentro, el obispo se retiró de la reunión para cerciorarse de que no faltaba ningún bien más.

—Me llama mucho la atención que hayan puesto a santa Águeda por lo que representa.

Todos se dispusieron a escuchar a Nieves, que no pensaba que había hablado tan alto.

—¿Por qué lo dices?

El inspector la miró con los ojos ligeramente entrecerrados. «Esta es la Nieves que estaba esperando yo».

—Santa Águeda es un símbolo, casi universal diría yo, de las mujeres. Su historia es un poco trágica.

Las miradas de los demás le instaban a continuar. Ella comprobó que había atraído su atención, se sentía cómoda así.

—Vamos a sentarnos mejor.

En un banco de la catedral, mirando hacia delante, se sentó arropada por la subinspectora Lara y el inspector Toboso. En el siguiente banco, girados para así poder verla y escucharla, tomaron asiento el teniente de alcalde y el concejal de seguridad. Justo en ese momento, se abrió la puerta de la catedral, por donde se colaba el ruido de una gran algarabía en el exterior. Vieron pasar a la alcaldesa. Cuando cerró la puerta, el interior volvió a sumirse en un silencio solo roto por la conversación lejana de algunos policías y sus pasos. Parecía que el templo, pese a todo, seguía imponiendo sus reglas de respeto y silencio y sus paredes eran un aislante acústico y lumínico del exterior.

—Ya está —dijo la alcaldesa Santana mientras se sentaba resoplando al lado del teniente de alcalde—. Les he dicho que pensamos que un ladrón o un grupo de ellos ha conseguido, de alguna manera que estamos indagando, llevarse la imagen de la virgen del Prado, pero que la Policía piensa que los van a coger muy pronto. Por supuesto, he informado de que mañana daréis esa rueda de prensa en comisaría. —El inspector asintió—. ¿De qué estabais hablando?

—La agente Nieves Morales nos iba a explicar ahora mismo la historia de santa Águeda. Has llegado en el momento oportuno —contestó el inspector Toboso.

Todos se quedaron en silencio y a la escucha.

Nieves, que parecía feliz, retomó la palabra dando la impresión de estar muy segura de sí misma.

—Santa Águeda fue una desgraciada chica que vivía en Catania, en la italiana isla de Sicilia, en una época en la que los cristianos estaban muy perseguidos por los romanos, que no querían que la nueva religión cristiana se extendiera y se comiera, por decirlo de alguna manera, a la suya. El procónsul de aquel entonces, que era, digamos, el gobernante de su provincia, se encaprichó de ella, pero Águeda tenía unas convicciones cristianas muy fuertes y decidió entregarse a Dios, así que lo rechazó. El procónsul se cogió un enfado de mil demonios y la obligó a ingresar en un burdel. Cuál no fue su sorpresa cuando, pasado un tiempo, descubrió que Águeda seguía siendo virgen. Su enfurecimiento fue creciendo hasta tal punto que ordenó que la torturaran. Fue algo terriblemente cruel, puesto que llegaron al extremo de cortarle los dos senos. —Se indicó a sí misma sus dos pechos, todos se compungieron, sobre todo, Teresa y la alcaldesa, que añadieron un gesto de dolor—. Según la leyenda, una noche, en medio de una visión, se le apareció san Pedro y le curó las heridas de los pechos. Sin embargo, las torturas no paraban.

»Todo terminó cuando fue tirada en carbones ardiendo al rojo vivo y murió. Su cuerpo fue arrastrado por las calles de Catania ante el horror de la población, imaginaos el inhumano espectáculo. Se le santificó porque, justo un año después de su muerte, entró en erupción el volcán Etna, que está cercano a Catania. Sus habitantes se encomendaron a ella para pedirle que protegiera la ciudad y la lava se detuvo a las puertas. Lo consideraron un milagro y, entonces, se convirtió en santa Águeda. Antes había preguntado que si habían encontrado algo junto con la figura de la santa porque, en muchas ocasiones, se la representa con sus dos senos cortados portándolos en una bandeja que ella misma sujeta con su mano. Y he temido que hubiera dos pechos de verdad o yo qué sé.

El inspector y Teresa la miraron maravillados, dedicándose entre ellos un leve gesto de aprobación.

—Por todo esto, santa Águeda es patrona de las mujeres, a ella acuden muchas enfermas con cáncer de mama —continuó Nieves estirando las piernas—. Antes se le pedía ayuda si un parto iba mal o si había problemas en la lactancia. En Castilla y León hay muchas festividades en torno al 5 de febrero, que es su día, pero en nuestra región no está tan arraigada. Quizás, así que me venga a la memoria, diría que donde más importancia tiene es en Campo de Criptana, donde le hacen una romería. Y, bueno, hace mucho tiempo, más o menos en el siglo XIX y principios del XX, se hacían unos dulces que se llamaban las tetas de santa Águeda, normalmente se repartían a las embarazadas y a las que se iban a casar porque así sus pechos iban a ser protegidos.

Todos se quedaron callados pensando que iba a seguir, se habían metido tanto en la historia que se olvidaron de dónde estaban y por qué.

—Y ya está —finalizó Nieves, satisfecha, con una enorme sonrisa.

Teresa y la alcaldesa soltaron sendos suspiros casi al mismo tiempo. Toboso, con las dos manos sujetando la barbilla, seguía sin moverse, extasiado. Un policía los sacó del trance, haciéndolos volver al mundo actual.

—Perdonen que interrumpa, tenemos novedades.

—¿El qué? —dijo el inspector, exasperado de repente.

—Santa Águeda portaba dos senos de mujer cortados.

El grupo, sobrecogido, miró instantáneamente a Nieves, que se llevó las manos a la boca horrorizada. Nadie se atrevió a hablar. La alcaldesa hizo una mueca de terror y dio una arcada.

—Lo sabía, os lo dije —atinó a balbucear.

—Hay algo más.

—¿Más?

El inspector parecía desesperarse por momentos, como cuando alguien se despierta sobresaltado de un largo sueño y le apremian con tareas, sin tiempo de reponerse.

—Una cruz bastante pequeña. Estaba puesta encima de la santa y, al cogerla, se ha caído. La hemos metido en esta bolsita. —El policía alargó la bolsa al inspector, que la examinó.

—Tomad, ¿no os parece que es idéntica a las anteriores? —dijo pasándosela a Teresa.

—Si no supiera que las otras las tiene la Científica, diría que es la misma —contestó esta última, que subió la bolsa para verla mejor al trasluz, suscitando la curiosidad del resto de los que estaban a su lado, que hicieron ademanes de levantarse un poco para verla mejor.

—Pasa como con las otras cruces —apuntó Nieves—, si os fijáis, tiene los bordes llenos de astillas y son muy irregulares. Es como si de un trozo de madera o un material que la simula hayan cortado una parte y hayan hecho, de manera rápida, sin pararse a darle un acabado, unas cuantas cruces.

—¿Y para poner a santa Águeda han tenido que llevarse a la Virgen del Prado? —interpeló la alcaldesa, que estaba muy dolida con la pérdida de su patrona.

—De momento es imposible saber qué motivación les ha llevado a cometer el robo —contestó el inspector Toboso poniéndose de pie al ver que los que estaban sentados en el banco de delante se encontraban ya muy incómodos.

—Como tampoco sabemos si esto lo ha realizado realmente un grupo o solo una persona. Y si estamos hablando de un autor o una autora —remató Teresa Lara, que siempre ponía el punto técnico a cualquier asunto—. Hay psicópatas solitarios que, en otras ocasiones, han intentado despistar para dar la sensación de haber más implicados en asesinatos o robos. Voy pensando cada vez más que esto lo ha hecho más de uno. Es de demasiada envergadura un cambiazo así.

El inspector y Nieves le dieron la razón.

—Y añado otra pregunta más: ¿por qué en Ballesteros se robaron esas ovejas? —dijo la alcaldesa acercándose a Toboso.

El inspector se encogió de hombros.

—Qué sabemos.

—Esos senos de mujer me han dejado helada. —Teresa tuvo que volver a sentarse, muy afectada—. Aunque constituyen una magnífica pista, ya que vamos a terminar sabiendo quién es su dueña. Definitivamente, están deseosos de que juguemos a adivinar sus intenciones. No pretenden pasar desapercibidos. Esta no será la última vez que intenten destacar públicamente, nos van a dejar más miguitas por el camino seguro. Debemos andarnos con cuidado.

—Hay otra cuestión que debemos discutir —intervino por primera vez el concejal de Seguridad—, si la Pandorga o alguno de sus actos previos se pueden ver comprometidos por temas de seguridad. No me hace ni pizca de gracia que se esté marcando la fecha del 31 de julio con esa insistencia. Vayan de farol o no, no podemos permitirnos el lujo de dejarla desprotegida.

—Pasado mañana, para que así no sea muy precipitado, celebraremos un comité de seguridad en el ayuntamiento si todos estáis de acuerdo —confirmó la alcaldesa; todos asintieron con la cabeza o emitían algún «sí» casi inaudible—. Avisaré al superintendente de la Policía Local y al jefe de la Agrupación Municipal de Protección Civil. No vamos a arriesgar la seguridad de la mayor fiesta del año de Ciudad Real, como podéis comprender.

Todos notaron que la alcaldesa intentaba dar la imagen de una apariencia fuerte cuando, realmente, estaba hecha un flan, como denotaba un ligero temblor de brazos y manos.

—Y tengo que avisar a la oposición, si no, esto se podría volver en mi contra. Nosotros ya nos vamos. Os dejamos que hagáis vuestro trabajo.

Acto seguido, las tres autoridades municipales estrecharon las manos del inspector Toboso, Teresa Lara y Nieves y abandonaron la catedral hablando en voz baja. Nieves advirtió que el inspector y el concejal de seguridad se daban la mano de una manera más cariñosa de lo que cabía esperar. «No será nada. Yo y mis cosas de alcahueta», sus pensamientos en ese breve momento de distensión vinieron acompañados de un leve encogimiento de hombros.

—¿Qué pensáis vosotras de todo esto? —el inspector se interesó en recabar la opinión de sus compañeras en un momento de más intimidad.

La subinspectora fue la primera en hablar:

—Llevo desde el principio sospechando que esto podía ser obra de un grupo satánico. Pues bien, lo sigo manteniendo. Precisamente esta tarde, en un rato en el que he podido tumbarme, había estado mirando un poco acerca de las características de estos grupos y muchas cosas me cuadran. El descuartizar animales y el usar su sangre entra dentro de las pautas que muchas veces se repiten en sus acciones. De igual modo, les encanta la espectacularidad y el dar la nota, y ojo con esto, porque la repercusión de un grupo puede crear un efecto llamada en otros. Lo del otro día no fue muy vistoso, pero lo de hoy es para darles una medalla. En sus misas negras usan vino, así que seguramente habrán robado el vino de aquí para, de alguna manera, ofrecérselo a Satanás, Lucifer o el nombre que le pongan. Y me jugaría el cuello a que la calavera es de alguien muy destacado para ellos, incluso la han podido utilizar en sus ritos, quizás como ofrenda.

»¿Qué cosas hay que me despistan? Por ejemplo, que en vez de cambiar a la Virgen del Prado por algún producto iconográfico suyo van y la cambian por una santa cristiana poco sospechosa de ser venerada en el lado oscuro. Con esos senos de mujer, ¡por Dios bendito! —Nieves volvió a tocarse sus pechos al oír a Teresa—. Por otra parte, me rompe totalmente los esquemas que vayan dejando cruces por donde van pasando. Cruces, por cierto, que han elaborado ellos mismos con rapidez, como habéis visto, porque no tienen los bordes nada lisos. Da la impresión de haberse construido de manera precipitada, sobre la marcha. Es más común que dejen cruces invertidas o que perviertan las imágenes existentes en las iglesias, por ejemplo, realizando dibujos fálicos en las Vírgenes, pero no cruces normales. En muchas ocasiones, estos grupos se han nutrido de adolescentes que están en una etapa rebelde, cuando son más fácilmente manipulables, así como de jóvenes procedentes de familias desestructuradas o que han tenido alguna experiencia traumática, tengámoslo en cuenta.

»En otras, son simplemente desequilibrados mentales. Y en otras pocas veces, son gente normal y corriente que te cruzas en la calle y que, por cuestiones que escapan a nuestro entendimiento, han acabado ahí sin saber cómo. Más allá de esos sacrificios animales, sus rituales y algunas profanaciones de iglesias y cementerios, no suelen traspasar otro tipo de fronteras. Con todo, no deberíamos descartar el simple y puro vandalismo, poco probable ya. Además, para lo de hoy, harían falta como mínimo dos personas.

—Tendremos que revisar anteriores casos de satanismo en La Mancha —sugirió Toboso.

—De memoria recuerdo, como ya os comenté el primer día, algún caso aislado que hemos tratado. Y bueno, a veces, debido al relato de la Iglesia cristiana, se confunde satanismo con prácticas de brujería o de magia negra, que no tienen nada que ver con el demonio, o simplemente con cosas como hacer la ouija.

—¿Y si no son satánicos, sino todo lo contrario? Podrían ser extremistas cristianos —contravino Nieves, atrapando las miradas del inspector y de Teresa, que se quedaron sorprendidos al no haber contemplado esa idea.

—Puede ser —siguió argumentando— que sean personas que, por ejemplo, aboguen por la pureza de la mujer. Esa aparición de santa Águeda quizás nos lleve por ese sendero y, además, casaría con el hecho de que nos dejen las cruces. Pero, como pasa con la teoría de Teresa, aquí habría que ver cómo encajar otros elementos. Por ejemplo, las ovejas. O que digan que el vino se va a convertir en sangre.

En ese instante, Nieves se clavó en el suelo con gesto pensativo y los ojos en dirección al infinito, ordenando ideas.

—¿Han registrado las demás iglesias de la ciudad y la ermita de Alarcos?

El inspector, que daba muestras de cansancio, intervino:

—No, no se nos había ocurrido. Tampoco nadie nos ha avisado de nada.

—Pues deberíamos, jefe, por si acaso.

Al inspector le causó una impresión graciosa el calificativo de «jefe».

—Vale, voy a mandar patrullas a que entren al resto de iglesias y a Alarcos. Al obispo... —Todos miraron hacia este, que departía con un policía haciendo gestos rápidos e impulsivos en contraste con sus calmadas palabras—. Le preguntaremos mañana ya, con más tranquilidad, acerca de si conoce la existencia tanto de grupos de adoración al demonio como de extremistas cristianos. Y no solo de aquí, sino de otras zonas de nuestro entorno, haciendo más hincapié en Ballesteros de Calatrava. Nieves, junto con Teresa, encargaos de investigar la posible simbología de todo lo que tenemos para intentar encajar las piezas del puzle. ¿Y decíais que esto iba a ser aburrido? —terminó con sorna, dándole una afectuosa palmada a Nieves en la espalda.

—Me acaba de asaltar otra duda —Teresa paró a sus compañeros, que con su gesto corporal daban la conversación por finalizada e iban a dar algunos pasos hacia la entrada—. ¿Y si esos pechos pertenecen a una mujer muerta? O peor aún, ¿asesinada?

—No lo creo. Los vamos a mandar a que les tomen análisis. Con los resultados, cotejaremos con nuestra base de datos de mujeres asesinadas o desaparecidas, pero no nos consta ningún caso de esa naturaleza actualmente en la ciudad al menos.

—Los hospitales. —Nieves se apoyó sobre uno de los bancos de madera—. Es primordial saber a qué mujeres han practicado una mastectomía en los últimos días.

—Me hago cargo —le respondió el inspector con desgana.

—Ramón, nos vamos a ir ya, con tu permiso —pidió Teresa—. Me parece que hemos terminado aquí por hoy y nos merecemos dormir de una vez, ¿no crees? Aunque a mí me va a costar no quitarme la imagen de los pechos. Qué horror.

—Permiso concedido. —El inspector les dedicó una cautivadora sonrisa.

Teresa y Nieves salieron juntas del complejo catedralicio por la puerta del Perdón, de la que se piensa que perteneció a un templo anterior que se localizaba en el mismo lugar de la catedral actual, pero que debió sufrir algún infortunio y, sobre sus ruinas, se construyó el edificio que actualmente se puede contemplar. Nieves, iluminada por la intensa luna que desparramaba su luz blanca sobre la calle, se enganchó del brazo de Teresa mientras atravesaban el umbral de la puerta y acercó su cabeza para decirle algo en voz más baja.

—Teresa, no le he dicho nada al inspector, pero el guardia civil que vimos el otro día me ha contado que los Raros, los de mi pueblo, tienen una furgoneta grande. ¿Y si alguno de ellos robó las ovejas?

La subinspectora la miró escéptica.

—¿No me dijiste que todo eran palabrerías y que era más la fama que otra cosa?

—Ya, si yo tampoco creo que todo sea tan fácil. Es por no cerrar ninguna vía o hipótesis. El guardia civil me va a mirar la información que tenga de ellos. Y, ya de paso, a ver si les consta que alguna vez hayan estudiado algún caso de rituales satánicos. Por descartar que no quede.

Teresa rompió en carcajadas mientras una ráfaga de aire caliente la despeinaba.

—¡Madre mía, Nieves! Vas como una moto, ¿eh?

—Ay, ¡si es que me ha vuelto la emoción!

—Bueno, tú ahora descansa. Mañana nos vemos, ponemos ideas en común e intentamos sacar conclusiones. —Teresa le cogió de los hombros.

—Hasta mañana. Y gracias por dejarme estar en primera línea en todo esto. Ahora te quiero más todavía que antes. —Nieves se impulsó para darle varios besos a su compañera en la mejilla.

CAPÍTULO 8

El día de su boda Teresa se sentía radiante. El despertador había sonado a las seis de la mañana, pero en realidad se había pasado casi toda la noche en vela repasando todos los detalles de la celebración. Cuando conseguía adormilarse algún rato, se veía en sueños no muy profundos en distintos momentos de su inmediata boda, lo que le hacía despertarse bruscamente temiendo quedarse dormida. De vez en cuando, oía a su madre removerse en la cama, ella tampoco dormía. Sin embargo, los ronquidos de su padre valían por los de ellas dos.

Los meses previos habían sido de locura. El trabajo y los preparativos de la boda copaban más horas de las que tiene el día y Teresa empezaba a psicosomatizar todo el estrés acumulado. Las jaquecas atizaban en el momento más insospechado y con una intensidad anárquica. Cuando llegaba a picos de dolor fuerte, tenía que acostarse con la luz apagada y tomarse todo tipo de pastillas que le aliviaban por unas horas la presión. Afortunadamente, la última semana la jaqueca estaba desaparecida y le estaba permitiendo rematar las últimas nimiedades de la boda sin mayores contratiempos. Su casi marido, Rafael, se mostraba especialmente cariñoso y atento en los últimos tiempos, despejando cualquier fantasma que le pudiera rondar a Teresa, hasta tal punto que el tiempo había disuelto los malos augurios de los que Cruces le había advertido. Cada día se reafirmaba más en la decisión de casarse con él. «Definitivamente, es el hombre de mi vida», se repetía Teresa mientras daba vueltas en la cama en esa mañana de junio en la que su vida iba a dar un paso hacia delante.

A la hora prevista, la novia se levantó y miró por la ventana. Ya había claridad en el cielo y, por lo que podía atisbar, estaba despejado. Una amable brisa dulcificaba el aturdimiento provocado por la flagrante falta de sueño. Un minuto más tarde, su madre entraba a su habitación.

—Hija, te he escuchado y he venido. No he dormido mucho, la verdad —confesó su madre sentándose en el borde de la cama.

—¿Has visto qué día más luminoso hace? Como si presagiara algo bonito —dijo Teresa aspirando el aire por la ventana para que le inundara por dentro su pureza.

—Ya lo creo, qué día más hermoso. Bueno, qué, ¿nos ponemos en marcha? —La madre le dio un cariñoso beso.

La mañana transcurrió con prisas y nerviosismo. Las preceptivas sesiones de maquillaje y peluquería engulleron el tiempo como apisonadoras y, cuando se quiso dar cuenta, la familia Lara estaba plantada en el mediodía. A Teresa no le cabía mucho en el estómago, tan solo pudo comer a duras penas un bocadillo de beicon con queso que encargaron en un bar. Pese a que fue lo único que ingirió, el cuerpo se quedó con eso más que satisfecho y no volvió a acordarse más de la comida hasta el banquete. Pasaban las tres de la tarde cuando empezó la sesión fotográfica en su casa. La madre, hecha un flan, no paraba de refunfuñar y de ir de un lado para otro.

—Valentín, vamos a colocar estas flores de otra manera, que así no me convencen —pidió a su renegado marido, que tuvo que cambiar por enésima vez unos jarrones que contenían flores y que, por supuesto, tenían que salir en las fotografías. Él, al que no le importaba si unas simples flores estaban a la derecha o a la izquierda, resoplaba a cada orden de su esposa. Familiares directos y las amistades más cercanas de Teresa se sumaron al momento.

Cuando Teresa se montó en el coche que la llevaría a la iglesia de San Pedro de Daimiel, notó una cierta sensación de mareo y de vértigo. Durante unos fugaces segundos temió que la tensión explotara en forma de jaqueca, pero esta vez los síntomas no eran de ese tipo. Eso le tranquilizó. Cuando cruzó del brazo de su padre la portada del templo renacentista, pensó que se desmayaría y que no sería capaz de atravesar el pasillo que la llevaría a los pies del altar. Para no pensar en que en esos instantes era el centro de atención, se fijó en los pasos de Semana Santa que se guardaban en las capillas de la iglesia y en el retablo del pintor local Juan D'Opazo, que tantas veces había contemplado. En esta ocasión, esas figuras del retablo le transmitieron calma. Mirándolos fijamente, les pidió protección y buenaventura en la nueva etapa que estaba a punto de abrirse. Y entonces, a unos metros, ahí estaba él. Su novio de toda la vida. La miraba con cariño y devoción, con una sonrisa que iba creciendo a medida que ella se acercaba.

Teresa suspiró, dejando escapar el aire suavemente por unos labios. Los ojos del novio se enrojecieron de la emoción.

—Qué guapa estás. Eres la novia más bonita del mundo —susurró Rafael haciendo que los músculos de Teresa iniciasen un proceso de descarga de tensión parcial.

—Tú también —le correspondió ella, luchando consigo misma para no caer víctima de la intensa emoción que él le transmitía.

El «sí, quiero» brotó, tembloroso, de las bocas de ambos, que se juntaron en un tímido beso, el primero que se daban como marido y mujer bajo los aplausos de los invitados. Algunas lágrimas se escurrían por la cara de algunos de los familiares más cercanos y de los amigos más íntimos. Todas las lágrimas que se vertían eran de alegría. Todas excepto las de una persona. Cruces, la vidente, gran amiga de la familia desde siempre, dejaba escapar unas lágrimas, pero de amargura y desconsuelo. Intentaba reprimirse para que no la descubrieran en su particular sufrimiento. «Que Dios la proteja. Señor, tú que desde ahí arriba nos ves, no dejes que esta chica tan dulce sufra. Virgen de las Cruces, te pido que no la abandones en ningún momento, acompáñala», repetía como un mantra en su cabeza. Las palabras retumbaban en su interior y solo alguna se colaba entre los dientes, pero el sonido no pasaba más allá del collar plateado que llevaba puesto. Pedía fervientemente que lo que vio en la sesión de videncia no se cumpliera. Llevaba semanas estrujándose la cabeza acerca del modo de pararlo, pero salvo rezar y emplear técnicas de magia blanca, no encontraba otra manera.

Una vez terminada la misa, los recién casados fueron los últimos en abandonar San Pedro cogidos del brazo, avanzando por el pasillo que conducía a la puerta principal. Tras pasar, justo antes del quicio de la puerta, por la escondida tumba de un sacerdote cuyo nombre se desconoce, y que fue removida en la Guerra Civil, se apretaron fuerte de las manos. Una lluvia de arroz blanco simbolizaba el deseo de un matrimonio bien avenido y fructífero que todos los presentes les deseaban. Una vez se hicieron las instantáneas de boda en Las Tablas de Daimiel, un coche los llevó hasta el lugar de convite: el Torreón de la Fuensanta, un complejo a las afueras de Ciudad Real donde sus jardines eran como un oasis que encapsulaban un pequeño vergel verde absolutamente rodeado por el campo amarillento de un mes de junio. Durante la cena, el vino iba animando el ambiente. A su recién estrenado marido también, cuyas chapas rojas en la cara anunciaban una pronta borrachera. Coreados por muchos de los invitados puestos en pie, se dieron un prolongado beso que duró casi un minuto y que Rafael no quería cortar. Fue Teresa la que tuvo que despegarse entre las risas de los que alzaban las servilletas blancas y las hacían ondear bajo ruidosos cánticos, pareciendo que el techo fuese a venirse abajo de un momento a otro, claudicando ante tanta vibración sonora. Luego llegó la barra libre. Pocas veces había visto Teresa a Rafael borracho, ya que era muy deportista. Teresa apenas lo hacía, si acaso un cubata o dos como mucho en días más que señalados. Esa noche, al beber algo más por obligación, sentía en momentos puntuales una turbación que, una vez remitía, pasaba a ser euforia y exaltación de la alegría. Todo había salido a pedir de boca, tal y como lo habían planeado.

Durante la fiesta, Teresa se sentía observada. No conseguía localizar al causante, pero presagiaba que una presencia la vigilaba desde cierta distancia. No había pruebas tangibles, sino una percepción subjetiva. En un momento dado, tuvo que ir al baño. Notaba una presencia detrás de ella que la acompañó hasta la misma puerta. Miró, volvió a mirar, se dio la vuelta varias veces y nunca había nadie: «Maldito alcohol, ¡me está volviendo loca en mi boda!». Intentó no dar pábulo a esa sensación, pero no dejó de acompañarla hasta el final.

Cuando llegó el momento de cerrar el Torreón de la Fuensanta, un nutrido grupo compuesto de amistades y familiares de edades jóvenes decidieron irse a Daimiel y continuar la fiesta en una afamada discoteca del lugar con nombre de una isla balear, Menorca. Si unas horas antes daba la sensación de ser Rafael el más perjudicado por los estragos del alcohol, Teresa le estaba cogiendo la delantera. A ratos se tambaleaba y la visión se hacía más borrosa. El habla estaba cada vez más afectada.

—Teresa, cariño, para un poco, que ya has bebido mucho para lo que tú eres. Vamos a pedirte un refresco para que se te diluya un poco todo lo que llevas dentro —le dijo Rafael apretándola suavemente contra su cuerpo.

—Voy bien, de verdad, creo —respondió Teresa con la lengua trabada, perdiendo ligeramente el equilibrio.

—Lo mejor es que cerremos ya el chiringuito. Ha sido un día muy largo y tenemos que descansar, que pasado mañana nos vamos al viaje de novios. Y veo que la resaca te va a durar una semana. —Rafael la cogió del brazo y hacía señas a los que todavía les hacían compañía para que se saliesen fuera.

Un cortejo de quince personas los acompañó hasta su piso recién estrenado, desde el cual se disfrutaba de unas vistas directas a la iglesia de San Pedro, tan querida por ellos. Habían decidido no gastarse más dinero en un hotel, ya que el Torreón de la Fuensanta no tiene habitaciones, y prefirieron volver a casa en un autobús que contrataron expresamente para la ocasión. El trayecto a pie desde la discoteca hasta el piso lo hicieron cantando, hablando, andando con lentitud, con paradas debido a las risas por los recurrentes chistes que unos y otros hacían constantemente. Más de un vecino salió a chistarles por el jaleo que iban montando por las calles daimieleñas por las que pasaban, lo que, lejos de aplacarlos, les provocaba más risotadas. La agradable noche de junio invitaba al alargamiento del paseo bajo un firmamento estrellado que parecía divertirse con la escena. Todos decidieron subir al piso de los dos protagonistas del día a cerrar la fiesta. Cuando Rafael abrió la puerta, se encontró con el mobiliario cambiado de sitio, algunas sillas tiradas meticulosamente en el suelo, confeti por todas partes y flores desperdigadas por las habitaciones. A Teresa le dio un ataque de risa al verlo. Rafael, más sereno, se reía, aunque no con tanto ímpetu.

—Me da a mí que ya colocaremos y limpiaremos esto al volver del viaje —dijo Rafael mientras ponía una silla en pie para poder sentarse. Otros tantos repitieron su gesto y los demás se sentaron en el sofá *chaise longue* pegado al lateral de una pared del salón dotado de una moderna decoración.

—¡Venga, Teresa! ¿No te apetece un chupito más? —bramaba el hermano de Rafael con una copa en la mano.

—No, Tomás —le recriminó Rafael con semblante serio, que ya veía a Teresa lo suficientemente perjudicada.

—Anda, no me seáis aburridos —insistió su hermano, muy borracho.

—¡Vamos, hombre, que estamos en vuestra noche de bodas! —gritaban un amigo y una amiga de la infancia de Rafael.

—De alcohol ya vamos bien servidos por hoy. Hemos terminado —atajó, cada vez más molesto.

—Me voy a quitar el vestido y a ponerme cómoda, que ya no puedo más —replicó Teresa con la voz más grave y ronca que nunca había tenido y los ojos entrecerrados.

Una amiga la siguió y se metieron, con la puerta cerrada, en la habitación de matrimonio, alejada de la estancia principal, donde la juerga se eternizaba, gracias a un largo pasillo que iba distribuyendo habitaciones y baños a su derecha e izquierda y que relegaba a su dormitorio al último extremo opuesto al salón.

—Jesús, Teresa, no sabía que era tan complicado quitar un vestido de novia —se quejó la amiga, desabrochándole con gran dificultad un botón de la parte trasera del vestido.

Teresa, con los ojos cerrados, musitaba palabras sin conexión entre ellas. Su amiga se levantó.

—Ahora vengo, que como no vaya al baño, voy a explotar —le anunció tocándose la zona de la tripa.

Teresa se quedó sola en la habitación tumbada bocabajo encima de la cama. A partir de ahí, los recuerdos son difusos.

El sonido de la puerta. Ruido de voces afuera entremezclándose y sin poder distinguir a quién pertenece cada una de ellas. La puerta cerrándose de nuevo. El silencio. Alguien la manoseaba. Ella intentó resistir, pero las fuerzas no le respondían. Todo estaba oscuro. Una silueta susurraba su nombre, decía algo más, pero no lo entendía. Tenía la impresión de que una figura negra de proporciones colosales que llegaba casi hasta el techo se postró ante ella. Mareo, dolor de cabeza y de estómago se turnaban en cuestión de segundos dentro de ella. Un olor nauseabundo se introducía por su nariz y le invadía el cuerpo provocándole arcadas. Sabía que algo estaba yendo mal, pero no podía dilucidar siquiera si estaba despierta. Notó un dolor punzante en el bajo vientre. «¿O es más abajo?», pensó. Alguien le ponía la mano en la boca ante su inexistente resistencia. Un rato más tarde seguía estando sola en la habitación, tendida bocarriba, esta vez en la cama, y ya sin el vestido ni el peinado que llevaba aguantando todo el día como una dura roca. Había perdido por completo la noción del tiempo. Pegó un chillido de pura asfixia y profundo ahogo al no poder recabar imágenes en su mente sobre lo que le acababa de pasar. Rafael entró a la habitación rápidamente al escuchar los desgarrados gritos.

—Ya está, Teresa, tranquila, la gente se acaba de ir. —Se sentó en el borde de la cama y la estrechó en sus brazos dándole un beso en la frente.

—Rafael, creo que me ha pasado algo aquí. Alguien me ha atacado —consiguió explicar al borde del desfallecimiento.

De repente, se tuvo que levantar e ir corriendo al baño a vomitar. Todo le daba vueltas.

—Venga, vente aquí conmigo —le dijo su marido en tono suave y tranquilizador.

Se sentó apoyando su espalda en la cabecera de la cama y Teresa se tumbó a su lado con la cabeza reposando en su pecho.

—Habrás tenido una pesadilla o algo, has bebido un montón. Quédate así encima de mí y verás cómo te calmas y descansas. Respira profundamente. —Rafael apagó la luz y apretó a su mujer más todavía contra su cuerpo. Le acariciaba el pelo notando que la respiración de Teresa se ralentizaba.

Un último pensamiento vino a la cabeza de Teresa antes de dormirse: «¿Lo he soñado o me ha pasado de verdad? Dios mío, la torre y el demonio juntos». Y, entonces, la oscuridad del sueño profundo.

CAPÍTULO 9

El calendario marcaba domingo, pero la comisaría de Policía Nacional era un hervidero. El inspector Toboso y la subinspectora Lara acababan de dar una rueda de prensa, que se había pospuesto un día para así poder ofrecer más información sobre el robo de la Virgen del Prado. Quien no se había enterado la misma noche de la sustracción lo había hecho en la mañana del sábado. Los ciudadrealeños que se levantaban con la noticia se quedaban en *shock*, no había otro tema de conversación entre los que paseaban o hacían deporte durante las primeras horas del día. Los que copaban los bares del centro de la ciudad mientras tapeaban teorizaban sobre los motivos del robo, dando lugar a todo tipo de fantasías con las que los habitantes manchegos se entretenían. En el arraigado mundo cofrade reinaba la inquietud ante sus imágenes, por lo que algunas hermandades decidieron llevarlas a sitios más seguros ante el temor de que también desaparecieran, hubo incluso figuras religiosas que acabaron en casas particulares de hermanos mayores para su mayor salvaguarda.

—Sobre todo, queremos trasladar a la población la certeza de que rápidamente daremos con la Virgen del Prado y la devolveremos a su sitio. Por supuesto, la ciudad está segura. Pueden estar tranquilos y en calma —la subinspectora Lara hablaba con una sensación de aplomo que sorprendía a los que cinco minutos antes la habían visto de los nervios. No le gustaba hablar en público, mucho menos ante una desbordante expectación. Sus palabras apaciguaron los ánimos de los periodistas, ávidos de saber más y más.

—¡Lo has hecho genial, Teresa! —la felicitaba el inspector, que había cedido parte de su protagonismo, con una palmada en la espalda al finalizar la intervención.

Ramón Toboso, seguido de Teresa y Nieves, salió de la sala de prensa y los tres se dirigieron directamente a su despacho. Nieves presentaba un aspecto cansado, había dormido poco pensando en el caso. En mitad de la madrugada se levantó a beber un vaso de leche fría y se prometió a sí misma no darle más vueltas a la cabeza en lo que quedaba hasta la hora de levantarse. Lo consiguió a medias. Subiendo las escaleras hacia el despacho del inspector se quedó relegada unos pasos atrás, la fatiga le impedía subir los escalones con la misma celeridad que sus compañeros. En cuanto llegaron al despacho, desplomó todo su peso sobre una silla como si una pesada carga, aliada con la fuerza de la gravedad, le hiciese hundirse.

—Lo primero, voy a ir a por unos cafés, que Nieves está que se nos muere. —El inspector Toboso y Teresa se rieron cuando descubrieron a Nieves cerrando los párpados, que se irguió en la silla al escucharlos para disimular el sueño. Al levantarse el inspector, le tocó la espalda simulando que le daba un masaje.

Era verano, pero el vaso caliente de café reconfortó a Nieves, que lo agarraba con ahínco, como si fuera una tabla de salvación para no caer rendida definitivamente. Toboso se lo había servido con un bombón.

—Tengo aquí un informe preliminar de la Científica. Han identificado un par de pelos que afirman que son de hombre y que se habían caído encima del papel con la nota del altar. Costará determinar de quiénes son de primeras, necesitarían muestras de sospechosos para ir más rápido. En la figura de santa Águeda no hay huellas ni nada. En cuanto a los pechos, hemos iniciado la búsqueda para saber a quién pertenecen. Debemos comprobar que el ADN que extraigamos coincida o no con nuestra base de datos. Haremos una batida por los hospitales para que nos reporten toda las mastectomías practicadas en las últimas semanas, tal y como me propusisteis. En otro orden de cosas, dicen nuestros colegas que parece que todas las cruces aparecidas están hechas del mismo material. Van a analizar el tipo de madera por si eso nos da pistas —terminó de informar el inspector. Teresa vio que Toboso se miraba de reojo en el reflejo de una ventana para comprobar que seguía bien peinado.

—Mientras estabais en la rueda de prensa he hablado con el guardia civil de mi pueblo. —Nieves volvía a la vida a la par que la cafeína iba fluyendo por su sangre—. Me ha dicho algunas cosas interesantes para ir tirando de algunos hilos. De primeras, en sus archivos no ha encontrado nada acerca de grupos satánicos en la zona, pero le ha preguntado a su padre y este le ha relatado algo que pasó cuando él era pequeño. Dos chicos penetraron en la iglesia, realizaron dibujos fálicos en las paredes y sobre la propia Virgen de la Consolación, algo que Teresa nos contó en la catedral que solían hacer los seguidores del satanismo. Por si no era suficiente, restregaron heces y orines por todos lados e invirtieron crucifijos. Afortunadamente, no dieron con una Virgen románico-gótica que es del siglo XII o XIII, que a buen seguro era la que iban buscando. Es una pieza valiosísima que se piensa que es la Virgen de la Paz y que estaba a buen recaudo en las manos de una vecina, que le puso pelo natural y la vistió sin darse cuenta de la antigüedad que tenía —Nieves se quedó ensimismada contando la historia y no se percató de que se desviaba del tema principal—. El caso es que hicieron un buen estropicio.

»Los cogieron rápido y afirmaron que adoraban a Satanás. Se pensaba que tenían algún líder al que nunca delataron. Parece ser que subían al que allí conocemos como "Cerro de la Minilla", donde abunda la fauna, y se dedicaban a coger víboras para decapitarlas. De niña he ido a veces a ese cerro con mi abuelo, hay allí una especie de socavón al que se puede acceder a través de una rampa por la que bajas a un charco que se nutre del agua que brota de la sierra y, cuando teníamos sed, bebíamos de ella. Era un agua buenísima y pura, con un entorno en el que hay muchas zarzamoras. Pues bien, cogían las cabezas de las víboras de ahí y las colocaban después en "La Conejera", un antiguo volcán muy cercano al pueblo donde las disponían a modo de ofrendas. Un poco tétrico todo. ¿Y sabéis quién era uno de esos dos chicos? El abuelo, que en paz descanse, de los Raros. O eso dice el padre del guardia civil, claro.

Nieves paró para darle un sorbo al café y coger una pasta de una bandeja que su jefe les había ofrecido, un breve respiro que el inspector aprovechó para hablar.

—Lo cual no quiere decir nada. Lo que hiciera hace mil años un adolescente no tiene por qué tener relación con lo que hoy nos ocupa. No estamos ahora para historietas —reprochó Toboso, un comentario que ofendió a Nieves.

—¿Y si te dijera que hemos descubierto que esta familia tiene una furgoneta que podría casar con las características de lo que vimos en la finca de Ballesteros de donde cogieron las ovejas? —contraatacó Nieves, no dándose por vencida.

—¿Y por qué un chaval de Ballesteros va a querer hacer algo tan gordo en Ciudad Real?, ¿qué le importa a él la Virgen del

Prado? —respondió con una pregunta el inspector arqueando una ceja.

—Eso es lo que tenemos que averiguar. Propongo que se le haga un seguimiento a toda la familia, pero particularmente al hijo, sobre todo, si han encontrado pelos de un hombre encima del papel. De alguna manera deberíamos procurar hacernos con pelos suyos.

—¿Desde cuándo tenemos que hacer un seguimiento sin pruebas? Entiende que no podemos estar gastando recursos solo por rumores y por una casualidad.

El inspector Toboso cambió hacia una actitud paternal con Nieves, que estaba muy enfadada con su comportamiento, tratándola de niña pequeña poco reflexiva.

—Y ahora nos vamos a la catedral a hablar con el obispo. Venga, Nieves, no te cabrees conmigo —dijo rozándole un hombro. Ella sintió un pequeño cosquilleo con su tacto que le hizo moverse en la silla.

Mientras el inspector se entretenía cogiendo cosas suyas en el despacho, Nieves aprovechó para hablar con Teresa de manera discreta.

—Jo, Teresa, si es que tengo como un sexto sentido y algo me dice que tenemos que tirar por ahí, puede ser que mi abuela tenga razón.

—Te lo he notado. Pero también entiendo a Ramón, sin tener nada en firme es difícil justificar un operativo en el que tendríamos que implicar a unos cuantos compañeros, cuando quizás sería dar palos de ciego. Podemos hacer una cosa, sin dar bombo, vamos a investigarlos un poco por nuestra cuenta. Como conoces al guardia civil, coméntaselo y que se den unas cuantas vueltas más de lo normal. Es más, incluso podría tratar de hablar con el hijo que dices y disimuladamente cogerle algún pelo. Nosotras podemos hacer indagaciones, especialmente a través de ti, que sabrás de más gente que los conozcan. Ahora mismo no podemos movilizar a más policías, puesto que muchos andan buscando y rastreando a la patrona, pero apenas tengamos algo, nos ponemos en marcha. Te lo prometo, en ese caso ya me encargaré yo de Ramón.

Nieves se volvía a esperanzar ante las palabras de su amiga, abandonando el gesto torcido.

—Muchas gracias. Oye, hoy te veo un poco rara, ¿estás bien?

—Bueno, ya sabes, lo que te conté la otra noche. A ratos le doy vueltas a la cabeza, no te preocupes. En general estoy bien. —Teresa tocó en el brazo a Nieves.

***

En un coche patrulla se dirigieron hacia la catedral. El sol empezaba a calentar más de la cuenta y las calles, al ser domingo, se mostraban semivacías. En cuanto se bajaron del coche empezaron a sudar. Nada hacía sospechar el alboroto que menos de dos días antes se vivía en ese mismo punto. Al entrar en la catedral, parecía que habían puesto un aire acondicionado a muy baja temperatura y notaron, de nuevo, un fuerte contraste con el exterior. «Me voy a poner mala con tanto cambio de temperatura», dijo Nieves en su cabeza. Siempre que entraba miraba hacia el retablo, que le producía una atracción irrefrenable. Se le hacía raro no ver ahí a la Virgen del Prado. En la catedral, de tan solo una nave, reinaba un sepulcral silencio, como si hubiese acallado de un plumazo todas las voces que horas antes la llenaban, imponiendo su eterna ley del silencio.

El obispo estaba sentado en un banco de atrás hojeando unos papeles. Al oírlos entrar, se puso de pie y se acercó con una rapidez pasmosa a ellos, como si pudiese levitar.

—Buenos días. Me habíais pillado precisamente, mientras os esperaba, comprobando en unos papeles del archivo información sobre la profanación, una vez, de la catedral. Vamos a mi despacho y ahí nos acomodamos y hablamos. —El obispo hizo un ademán indicando que le siguieran.

El despacho del obispo era de pequeñas dimensiones, muy acogedor. Al encontrarse en el interior de la catedral, no necesitaba de aire acondicionado en verano. Estaba austeramente decorado, salpicado de cuadros de temática religiosa, mientras que una estantería ocupaba la totalidad de la longitud de la pared que guardaba las espaldas del anciano hombre, que se sentó tras una mesa de madera de color marrón oscuro. Un candelabro de plata sobre la misma era el elemento más destacado de toda la estancia. El inspector, Teresa Lara y Nieves se acomodaron en sillas con decenas de años de antigüedad que crujían con la presión de su peso. El obispo desplegó una serie de folios, unos más amarillentos que otros, frente a ellos.

—Bien, hacía mucho que no nos pasaba algo así. Y me atrevo a decir que nunca se había dado algo tan espectacular. Tengo anotados muchos incidentes de poca monta, imagino que vosotros o la Policía Local también podéis tener algo, pero nada comparable con lo de ayer. Hace casi cuarenta años unos chavales entraron, destrozaron a hachazos algunos bancos y provocaron daños de poca monta en el altar. Unos fieles que entraban para oír misa minutos después los sorprendieron y los redujeron. Se consideró aquello una chiquillada. Desde entonces, solo ha habido algún incidente aislado de personas con alguna perturbación mental. —El obispo alzó la vista, mirando por encima de las gafas que llevaba puestas para comprobar que sus oyentes seguían ahí—. Esos locos lo único que han hecho ha sido chillar alguna blasfemia o tirar algo al suelo, nada que no pueda pasar en cualquier sitio. Para algo grave tendríamos que remontarnos a la Guerra Civil, pero es un contexto absolutamente diferente.

El obispo se levantó y cogió un archivador que tenía en una mesa auxiliar, al lado de donde el inspector estaba sentado. Este se sorprendió de la agilidad de movimientos del clérigo, llegando a pensar si no sería una especie de fantasma.

—Por otra parte... —El obispo volvió a colocarse las gafas—. Tampoco creo que pueda ser de ayuda lo que he visto en cuanto a grupos de adoradores del demonio. En la zona de La Mancha o el Campo de Calatrava no ha sido algo muy a tener en cuenta, solo ha habido algo más de actividad de este tipo en la zona de Sierra Morena y el valle de Alcudia. Sabemos que desde siempre ha habido algunas personas que han llevado a cabo misas negras y sacrificio de animales, pero no han pasado de ahí. No tengo constancia de que hayan violado el espacio sagrado de la catedral aquí en la capital. Sí lo hicieron en la iglesia de San Pedro, pero cuando iban a coger la imagen de una Virgen fueron pillados por un párroco. El pobre se puso nervioso y se saltó un poco nuestras reglas, ya que cogió una escoba que tenía a mano y partió el palo en la espalda de uno de ellos.

»En este caso me parece que Dios lo tendrá más que perdonado, era una causa justa. —Les guiñó un ojo—. Me he tomado la molestia de hablar con Enrique, que es cura en la iglesia de Santiago y es un erudito de estos temas, es el mayor experto de la provincia en satanismo, de hecho. Os está esperando ya allí. Siento no ser de mucha más ayuda. —Cerró el archivador y se quitó las gafas, dando a entender que ahí se terminaba su exposición—. Esto es que no tiene precedentes. No puedo llegar a entender qué está sucediendo, solo se me ocurre que sea obra de ladrones profesionales para vender a la Virgen del Prado sepa Dios dónde. Porque otra cosa yo no sé —dijo encogiendo los hombros.

—Señor obispo, ¿tiene usted enemigos o alguien que le quiera mal? —interrogó la subinspectora Lara, que escribió todos los puntos importantes en su inseparable libreta.

—Muchos, señorita —respondió con una sonrisa—. ¿Quién no? Tengo gente que me apoya en todo, que me adula demasiado, diría yo, y mis detractores, pero tanto como para que hagan una cosa así no. Ya lo había pensado. En todo caso, me harían algo a mí, no a la mismísima patrona.

—Por si acaso —intervino el inspector, que se movía incómodo en la silla y no lo podía disimular—, piense mejor en alguien que se haya mostrado con usted o la Iglesia especialmente hostil. Cuando le venga a la mente, nos llama.

—Así lo haré. —El obispo se puso de pie, algo que repitieron los demás, aliviados por no tener que permanecer sentados en esas sillas un minuto más.

***

El inspector abrió las ventanas del coche cuando vio que los tres tenían las caras enrojecidas. Nieves se fijó en su cuello. «Lo tiene como un toro, y así un poco descamisado, uf. Es guapo, nunca me había fijado tanto en sus facciones. Qué perfección».

—Me parece muy bien la teoría del vandalismo o del robo profesional del obispo —dijo Teresa una vez recuperó el aliento conforme el aire que entraba por las ventanas le aliviaba—, pero un ladrón no nos deja unos días antes una calavera y unas amenazas. ¿Qué tendrán con el día 31 de julio, aparte de ser la Pandorga y la ofrenda a la Virgen del Prado?

—Pues no lo sé —se apresuró a contestar el inspector—. Pero ya podemos ir descifrándolo, porque la alcaldesa se está poniendo de los nervios. Esta mañana he hablado con ella y me parece que en la Pandorga de este año vamos a tener el mayor despliegue policial de la historia de la ciudad.

Enseguida la patrulla policial aparcaba en mitad de la plaza de Santiago. La iglesia se erigía en una parte de la plaza con el suelo cubierto de piedras, como si el tiempo no hubiera cambiado la fisionomía urbana de los alrededores. El blanco impoluto del convento situado frente a ella hacía reflejar los rayos de sol e iluminaba aún más todo el conjunto, que hoy en día sigue ejerciendo una magia y una atracción entre los habitantes de la ciudad, como ocurre con muchos lugares de culto históricos. La imponente y sobria torre, siempre vigilando a todo aquel que ose cruzar las puertas de la iglesia, parecía acariciar el cielo azul y las nubes algodonosas que lo decoraban. Dentro, la altura de la nave principal empequeñecía a un cura de mediana edad que parecía colocar el paño que cubría el altar.

—¡Pasen, pasen! —saludó en tono jovial en cuanto se percató de la entrada de los agentes—, ya me ha dicho el obispo que venían. ¡Qué horror lo que ha pasado, Dios mío! —Juntó las manos y cambió la expresión facial alegre a una de intensa tristeza—. ¿A qué clase de loco se le ocurre robar a la patrona? Aún no salgo de mi asombro. —No dejaba hablar a los recién llegados, a los que estrechó la mano sin darles la oportunidad de pronunciar palabra—. Muchas veces pienso que podrían haber entrado aquí también. Yo creo que si no lo han hecho ha sido por esto. —Señaló hacia el ábside—. ¿Lo ven? Es un dragón de siete cabezas del Apocalipsis de época medieval. De siempre se ha creído que espanta a los malos espíritus. Vamos a pasar a mi salita, ahí hablaremos más tranquilos.

El cura echó a andar sin mirar atrás, seguido del inspector, la subinspectora y Nieves, que se dedicaron sonrisas cómplices en cuanto les dio la espalda. Siguieron al cura bajo un colorido artesonado mudéjar que atrajo la vista de Nieves.

—Teresa —susurró por miedo a que el cura la oyera y diera pie a otra retahíla de palabras sin fin—, mira para arriba, ¿ves ese artesonado mudéjar? Es de estilo almohade, tuve que hacer un trabajo en la carrera sobre él y vine a investigarlo. Lo encontraron en los ochenta, estaba escondido detrás de una bóveda de cañón del siglo xvi. Me parece increíble que haya aguantado ahí sin sufrir daños. Me pusieron un sobresaliente en ese trabajo.

Teresa miró devolviéndole un leve movimiento de labios y asintió sin responder en voz alta. Sin mediar palabra, tomaron asiento en una estrecha sala en la que apenas cabía un escritorio, algunas sillas y un exiguo mueble atestado de libros, papeles y clasificadores. Sobre una balda del mueble, multitud de estampitas mostraban los rostros de santos y santas que escudriñaban a los visitantes.

—El obispo nos ha comentado que usted domina temas de satanismo en Ciudad Real. ¿Cree que puede tener algo que ver con lo que ha pasado? —inició la conversación el inspector.

—Así es, he llegado incluso a practicar exorcismos. —Los tres policías lo miraron atónitos—. Tranquilos, no aquí, sino en otros puntos de España y del extranjero. En Ciudad Real, desde que se abolió la Inquisición, que acusó a gente de estar poseída por el demonio o de estar a su servicio y practicar brujería, no hemos tenido ningún caso hasta donde yo sé. No podemos descartar que algún compañero haya hecho alguno por su cuenta, sin notificarlo, pero sería raro que no me hubiera enterado. Sí que la sabiduría popular nos habla de presencias demoníacas, a veces personificadas o encarnadas en un animal, sobre todo, en noches como la de san Juan, pero...

—Mejor vayamos al grano. —El inspector acababa de mirar el reloj, sin ver la hora, simplemente para meter prisa al cura—. Ya si eso otro día hablamos de la historia demoníaca de Ciudad Real. ¿Últimamente ha detectado algún grupo activo en nuestra zona?

—En la capital no —contestó el cura, contrariado por haber sido interrumpido—, pero sí en pueblos cercanos. Hace un año aproximadamente vino una chica joven a mí pidiéndome ayuda. Una secta de estas la tenía atrapada, ella quería salirse, pero la tenían amenazada. Le pasaron mi contacto y se me presentó un día, bajo una intensa tormenta, totalmente empapada, suplicándome amparo. Intervine y conseguí sacarla de ahí. Y, de paso, a unos cuantos más. No tengo duda de que el demonio estaba detrás de todo eso, aunque no llegó a poseer el alma de ninguno de ellos, me cercioré de ello. Pero sí su mente. Los paré antes de que cometiesen unas cuantas tropelías, que ya habían planificado, contra las ermitas del Cristo de la Misericordia y de la Virgen de la Estrella en nuestro vecino pueblo de Miguelturra. Antes de eso, habían profanado algunas tumbas en Torralba de Calatrava. Muchas veces utilizan huesos de difuntos, animales muertos, sangre u objetos religiosos robados para sus misas negras, ofrendas a Satanás e incluso para preparar brebajes que luego se toman. Una salvajada. —El cura volvió a relajarse al ver que le dejaban hablar sin coto.

—¿Este grupo del que nos habla ha podido ser el que haya robado a la patrona? —abordó Nieves, muy interesada en el relato del religioso.

—He hablado con la chica que escapó de sus garras esta mañana —el cura estaba esperando esta pregunta— y me ha dicho que es posible. Ella nunca llegó a ver a quién los dirigía porque estos líderes aparecían en las misas encapuchados y totalmente vestidos de negro. Tampoco estaba enterada de sus siniestros planes, solo en los que ella estuvo implicada por orden de sus superiores. Desconocía lo que otros grupúsculos cometiesen por ahí, lo hacen así para, si alguna vez los detienen, no poder dar más información de lo que les implica directamente. Lo que pasa que uno tiene sus contactos. —Sonrió a Nieves de manera traviesa—. Y he estado investigando un poquito. Me parece que la raíz del árbol podrido la debemos buscar en un pueblo no muy lejos de aquí, Ballesteros de Calatrava.

Los tres policías dieron un fuerte respingo en la silla. El cura, que no esperaba esa reacción, los miró extrañado.

—¿Pasa algo? —preguntó con los ojos muy abiertos.

—Digamos que este caso tiene algunos enlaces con Ballesteros de Calatrava —respondió el inspector, asombrado de su reacción—. De allí trajeron ovejas descuartizadas a Ciudad Real. Y han ido dejando notas amenazantes con una fecha: el 31 de julio.

—El día de la Pandorga y de la Virgen del Prado —el cura mostró un tono de preocupación.

—Y yo soy de Ballesteros. —Nieves se inclinó hacia él.

—Señorita, usted sabrá entonces quiénes son los Raros, ¿verdad?

—Por supuesto, cómo no.

—¿No sabe quién es la bisabuela de los miembros de esa familia que ahora tendrán su edad?

—No, si le soy sincera.

El cura sonrió triunfante.

—Espero que no tengan nada mejor que hacer en esta preciosa mañana de verano. Pónganse cómodos, porque esto va para largo.

CAPÍTULO 10

Ballesteros de Calatrava, primeros años del siglo XX

El rural pueblo que era Ballesteros de Calatrava en los primeros albores del siglo XX desprendía un aire humilde manchego en cuanto te internabas en él a través de los diversos caminos que confluían en sus calles, unas calles de tierra que se convertían en un lodazal cada vez que llovía, lo que dificultaba la movilidad de sus trabajados nativos. El principal medio de transporte era el burro y cosas como la luz artificial eran algo absolutamente desconocido para sus habitantes, que tardaron unos años más en ver algunas bombillas dispersas a modo de iluminación municipal. Pese a todo, los testimonios que nos han llegado hasta hoy en día son los de vidas duras, difíciles, dedicadas al trabajo, pero felices. Una felicidad que se alcanzaba en las cosas más pequeñas e insignificantes, pero que era plena, interiorista, sin superficialidad fingida, que no se alcanzaba con lo material. Las necesidades eran mucho más básicas pero, a la vez, más fáciles de ser satisfechas. La naturaleza formaba parte de la vida de cualquier ser humano en una perfecta simbiosis; ambos, humanos y naturaleza, se intentaban dar el uno al otro lo que necesitaban, como dos amigos inseparables que se sienten contentos sabiéndose que están condenados a entenderse.

La vida de Luisa transcurría como la de cualquier otra vecina de antaño, si no fuera por las circunstancias traumáticas por las que había pasado. Tras una infancia dedicada a ayudar a sus padres en el campo y en las labores domésticas, se casó con tan solo dieciocho años con el hijo de unos vecinos. Se conocían de toda la vida y salían en la misma cuadrilla de amigos. Salir con alguien de otro pueblo, de otro estatus social o de una profesión muy distinta estaba mal visto, por lo que su noviazgo fue aceptado por su entorno familiar y social. Las miradas furtivas y los bailes aparentemente inocentes en los populosos carnavales de Ballesteros se transformaron en las primeras charlas como novios a través de las rejas de las ventanas de su casa. Cuando ya pudieron verse, solo algunos ratos, físicamente, sin barras de por medio, contaban siempre con la presencia de las hermanas de Luisa y, a veces, de su padre, que daba con un palo o con una garrota golpes en la primera pared que pillase si veía que el ilusionado muchacho se acercaba demasiado a su hija. La inmensa mayoría de ocasiones en las que daban largos paseos bajo un agradable sol por los campos cercanos, en torno a la Casa Grande o por el Torreón, eran seguidos, desde una cierta distancia, de viejas, bien pudiera ser una abuela o cualquier familiar de avanzada edad, que apuraban el paso para ir al mismo ritmo que los dos jóvenes, cortando cualquier conato de acercamiento que el chico pudiera siquiera plantearse. En el momento de formalizar su noviazgo, el flamante novio tuvo que «pagar el piso»: toda su cuadrilla de amigos fue invitada en los bares de la villa a vino con gaseosa con una copa de limón; de comer había habas, garbanzos *torraos* y panchitos. El jolgorio que se montó en las calles del pueblo lo recuerda Luisa a la perfección. Cuando pasaron por su calle a cantarle una canción, era tal el tumulto que muchas viejas, asustadas, cerraron las puertas de su casa y taparon las ventanas.

Un frío día de otoño, los padres de su futuro marido se presentaron en la casa de Luisa a pedirle la mano. El novio tenía terminantemente prohibido acudir a la petición. Ella ya sabía a lo que venían y se había acicalado para la ocasión. Su familia esperaba nerviosa junto a ella a que los parientes de su novio llamaran a la puerta. Ataviada con el único vestido elegante que tenía, Luisa se atusaba el pelo cuando sus suegros llegaron. Como era tradición, le llevaron un regalo a la novia: un reloj de pulsera que, pocos meses después, dejó de funcionar, si bien tuvo que pasar un tiempo hasta que un relojero le hizo el favor de arreglárselo cobrándole muy poco dinero. Sentados en círculo en sillas de mimbre, el padre de Luisa aceptó de inmediato desposar a su hija con el hijo de sus conocidos vecinos. Según su opinión, era una familia honrada y no había ningún tipo de pega en entregarles a Luisa. Desde ese momento, la familia del novio tenía que hacerse cargo de los gastos de la boda, mientras que la novia se ocupaba de amueblar su futura casa. Todas las mujeres de la familia, así como amigas, emplearon muchas horas nocturnas en tejer una dote de lo más completa, desde vestidos y cortinas hasta la ropa de cama.

Como todo en esta vida, llegó su boda. El matrimonio no trajo a Luisa cambios sustanciales en su vida. Pasó de vivir con sus padres, hermanos y hermanas a vivir con su esposo en una casa de dos plantas, como era habitual, más la cámara, y contaba con la suerte de tener un pozo de agua potable en el patio de su casa, por lo que muchas veces dejaba abierta la puerta falsa de color verde durante el día para que otros vecinos pudieran acceder a por agua. Su marido trabajaba en el campo, donde ella iba parte del día a ayudar. La otra parte de la jornada la dedicaba a su casa y las comidas.

Había pasado un año desde la boda y el embarazo se resistía. Todo su entorno no paraba de preguntarle, casi a diario, cuándo se iba a quedar encinta. «Qué más quisiera yo», repetía cada vez que alguien le hacía la dichosa pregunta. Probó a untarse un *pegao*, algo parecido a un emplasto, compuesto por hierbas que su madre le preparó con fórmulas centenarias que se extendía cada noche por la tripa y la cadera. Como no resultaba, añadió un refajo realizado con telas y pieles que la creencia popular insistía en dotarles de propiedades fertilizantes como si fueran pieles mágicas. Realmente, se pensaba que ese fajín sujetaba y fortalecía las caderas, base del embarazo, como si se tratara de apuntalar un débil árbol. Toda la familia se encomendó a la patrona del pueblo, prometiendo que, si Luisa se quedaba embarazada, saldrían descalzos detrás de ella el día de la procesión. Y entonces, casi otro año más tarde, llegó la tan deseada gestación.

—Hija mía, ten *cuidaico,* que este niño ha *costao* mucho —le repetía su madre sin cesar.

—Que sí, madre, estese usted tranquila, que mi marido me tiene como una reina.

—¿Comes bien, rica mía? —La madre le acariciaba la cara siempre que le hacía esa pregunta, intentando detectar si la carne de la cara había disminuido.

—Sí, madre, se preocupa por tonterías, ya sé yo que tengo que comer.

—Si es que ahora tienes que comer por dos. No te se ocurra comer liebre, que si no te va a salir con labio leporino. Y come cosas que te calienten el cuerpo, como los huevos. Luego te traeré yo una docena de mis gallinas. ¡Ay, Señor bendito! ¡Que salga el niño bien! Una va a estar en vilo hasta que no lo vea salir de tus entrañas —bramaba la madre poniendo cara de profundo sufrimiento.

El parto sucedió en su propia casa, en su habitación. Fue atendida por su madre, una vecina de edad muy avanzada que hacía las veces de matrona y la vidente del pueblo, que ya había vaticinado unos meses antes el sexo del varón que estaba a punto de salir a la vida. Para ello, se sirvió de la escápula de una liebre y, al echarla al fuego, vio que no se resquebrajaba. Si lo hubiera hecho, hubiese sido niña. Además, observó la posición de las manos cada vez que Luisa hablaba, su mayor uso de la mano derecha y la forma del vientre para reafirmar su pronóstico. Para el alumbramiento se llevó una rosa de Jericó, de las muchas que le suministraban otras curanderas de la provincia, y la colocó en agua debajo de la cama de la parturienta. Al ver que la flor se iba abriendo, la vidente entendió que el parto se estaba desarrollando con normalidad. Y así fue. Rodeada de escapularios y de una imagen de san Ramón Nonato, Luisa trajo al mundo a su primer hijo.

—Ahora estate cuarenta días en casa —le insistió la vidente con severidad— y, cuando salgas, que sea directamente para ir a misa. Como se te ocurra pisar la calle a otra cosa, *te se* va a caer una teja encima. Y toma esto. —Le alargó a Luisa algo envuelto con esmero que depositó en la mano de ella—. Es una higa para que te proteja del *aojo*. Que hay mucha envidiosa. Fíjate en quién le mira *torcía* al niño y aléjalo de esa persona. Y lo último: que no te dé la luz de la luna, que entonces la leche te va a salir *envenená*. Toma este amuleto, no te lo quites, que está hecho con asta de *venao*, *pa* que te cuide de la luna. Hale, póntelo rápido en el pecho, *espáchate*, que tome la primera leche *pa* que se le formen las entrañas.

Tras el primer hijo, llegaron cuatro más. «Anda, madre, menos mal que me iba a quedar estéril, ¡si ahora parezco una coneja!». Uno de ellos, el último con su marido, murió con tan solo tres meses. En las primeras semanas de vida, Luisa comprobaba que el bebé no cogía peso. Acudió a la vidente para que le dijera qué hacer.

—Niña, yo *pa* mí que alguien le ha *echao* el *aojo*. ¿Le pusiste la higa?

—Sí, pero se rompió por la mitad sin venir a cuento.

—Ya está, no me digas más. Lo tiene. ¿Por la noche te quedas dormida dándole la leche?

—A veces sí.

—No lo hagas. Detrás de unos buenos pechos vienen los buenos niños. Tú los tienes bien hermosos, leche tendrás de sobra, así que estoy segura de que con la oscuridad de la noche viene la culebra. Siempre hace lo mismo, le mete la cola al niño y a ti te saca la leche. Por eso el niño no engorda. Te voy a dar un colgante de media luna, lo hice el día de la Asunción a mediodía. Su calor hará que la culebra, hija de la luna, huya. No te la quites de tu cuello hasta que no pasen los meses y ya le retires el pecho.

Pese a todos los titánicos esfuerzos, el niño falleció sin remedio. Pero ese año otro duro golpe estaba por llegar. Un día de invierno, mientras los copos de nieve revoloteaban por las calles y se iban posando en el suelo transformando el paisaje, Luisa salió corriendo a por la vidente, que, asimismo, era una suerte de doctora del pueblo.

—Venga usted, se lo ruego, que mi marido se está poniendo *mu* malo —rogó Luisa, con doble pañuelo sobre su cabeza, mientras las lágrimas le brotaban sin consuelo de los ojos.

Ya en su casa, la anciana observó al hombre durante un buen rato antes de emitir su veredicto.

—Hija mía, tu marido tiene el dolor miserere. Le voy a preparar una sopa que se la tendrás que dar de inmediato. Pero no sé yo si funcionará, lo tiene muy avanzado.

Y no lo hizo. El dolor miserere, es decir, una apendicitis aguda, se lo había llevado. Luisa se quedó viuda, con cinco criaturas y mucho trabajo por delante. Joven todavía, aunque su aspecto físico no fuera acorde por los partos y el duro trabajo del día a día, era una mujer que se quedó al cargo, ella sola, de una casa que debía sacar adelante. Sus padres se fueron a vivir con ella. Trabajaba de sol a sol sin descanso. Daba igual el día que fuera de la semana. Si un día caía, toda la familia lo hacía con ella.

Una tarde de finales del siguiente otoño, a Luisa se le hizo tarde. Las labores del campo le requirieron más tiempo del habitual y la noche se le echó encima. Ese día sus dos hijos mayores no habían ido a ayudarla, se quedaron arreglando la casa, yendo a los antiguos lavaderos a limpiar la ropa y haciendo recados varios. Sin más compañía que la vegetación y la fauna de la zona, recogió todo y se dispuso a volver a su casa en el pueblo. Durante el camino notó frío, echándose un chal por encima de la espalda. Arrastraba una pesada bolsa que se echó a los hombros para llevarla mejor, ya que en las manos le pesaba demasiado. Al entrar al pueblo notó una ráfaga helada en su rostro, como si un mal augurio le tocara físicamente con una glacial mano y la hubiera elegido a ella en el macabro juego de azar con el que el mal mata el tiempo cada día. No lo vio venir. Un hombre, totalmente borracho, se le tiró encima. En un oscuro rincón de una calle no muy céntrica, en su pueblo del alma, un desalmado penetró en la zona más sagrada de la mujer. Instantes después, una vez que el criminal huyó, llorando, con la ropa rasgada y arrastrándose por el suelo sin resuello, hacía vanos intentos por incorporarse. Lo que vino a continuación fue otra ráfaga de aire, pero esta vez mucho más cálida que la anterior. Y entonces pasó por ahí una chica que caminaba a paso rápido.

—¡Dios mío! ¿Eres Luisa?, ¿pero qué te ha pasado? —le preguntó la muchacha, que rápidamente la puso en pie y la abrazó.

—Ay, Laura. Un hombre me acaba de violar —confesó con un leve hilo de voz en cuanto reconoció la voz de su libertadora.

Luisa rompió a llorar desconsoladamente. Su particular ángel de la guarda la ayudó a recoger todo lo que tenía esparcido por el suelo y la acompañó hasta su casa. Sus padres la recogieron, afligida y sin fuerzas, del portal de su casa.

—Voy a por mi marido —resolvió Laura echando a andar con rapidez—. Vamos a arreglar esto ahora mismo. ¡*Pobrecica* mía!

Laura pertenecía a una familia adinerada del pueblo. Su casa, situada en la calle de la Virgen, era una de las más grandes y vistosas de la villa. Pese a su evidente mejor nivel de vida que muchos de sus paisanos, tanto ella como su marido eran muy queridos por todo el pueblo. Siempre que podían, ayudaban a los más necesitados, bien fuera con algo de dinero o con comida, y no escatimaban en poner de su propio dinero para mejorar las condiciones de Ballesteros. Su actitud piadosa levantaba rencillas entre las otras escasas familias acaudaladas de la localidad, algo que a ellos les importaba más bien poco.

Al momento, Laura y su marido consolaban a su vecina.

—Mira, Luisa, hemos hablado mi marido y yo. —El hombre asintió con la cabeza—. Hemos convenido que ya bastantes desgracias has tenido. Demasiadas para el gran corazón que tienes. A partir de ahora vas a trabajar en nuestra casa, para nosotros. Te vas a encargar de llevarla. Te vamos a pagar lo suficiente para que no tengas que volver al campo. Y te daremos comida para tus hijos. —Laura acurrucó la cabeza de Luisa encima de su hombro.

—No hace falta, Laura, de verdad —contestó Luisa sorbiendo las lágrimas.

—No se puede discutir lo que hemos decidido. Va a ser así. No se nos olvidan las veces que tú y tu marido nos habéis ayudado a nosotros. Y la de veces que nos habéis dado huevos y verduras sin pedir nada a cambio. Es lo menos que podemos hacer por una persona tan buena como tú. Mañana ya te esperamos allí.

—Que Dios os bendiga —los padres de Luisa, apesadumbrados todavía, agradecieron sin saber qué hacerse el gesto de Laura y su marido.

Ante la insistencia de los padres de Luisa, esa noche cenaron con ellos y salieron llenos de presentes. Al día siguiente, Luisa, aún muy afectada y con muy pocas horas de sueño, estaba junto con las primeras luces del día en su nuevo trabajo. A pesar de todo lo vivido, se sentía afortunada por primera vez en mucho tiempo.

CAPÍTULO 11

Ballesteros de Calatrava, 31 de julio de 1912

El último día de julio del año 1912 había empezado en Ballesteros de Calatrava con bochorno y ambiente cargado. Muchos de los trabajadores locales, somnolientos por la noche de calor vivida, se arrastraban por las polvorientas calles para empezar pronto la jornada de trabajo, antes del amanecer, sabiendo que en cuanto el sol estuviera medianamente alto en el horizonte había que volver a las casas, donde muchas mujeres se afanaban en limpiar y dejar la comida hecha desde primera hora.

La barriga de Luisa, que delataba su avanzado segundo trimestre de embarazo, no suponía ningún impedimento para levantarse a trabajar. Las embarazadas no podían parar ni un solo día, era el parto el que detenía temporalmente el esfuerzo diario que, por obligación, debían hacer hombres y mujeres por igual para poder comer. Sus sentimientos estaban encontrados. Albergar una nueva vida debía ser un motivo de alegría. Sin embargo, en ocasiones, su cabeza mandaba señales de rechazo a su tripa al ser fruto de la violación de un salvaje. En el pueblo, en general, se apiadaban de ella, pero siempre había alguna charlatana a la que le gustaba hablar más de la cuenta. En su interior, el rencor y la ira brotaban como un arroyo en primavera, pero el cura del pueblo hacía intentos por aplacarla cuando le decía que, por algún motivo que era imposible conocer, Dios le había enviado esa gracia en forma de embarazo. «Una mierda, el que me hizo esto era el demonio, no Dios», pensaba Luisa cuando el cura le transmitía sus proclamas religiosas.

—¡Ve con Dios! —saludaban las vecinas a su paso mientras, pese a la temprana hora, vaciaban en la calle sus cubos de agua sucia.

Desde su hogar hasta el de Laura apenas le separaban dos minutos. La acomodada casa de Laura pasaba algo desapercibida al estar al lado de una verdadera mansión de la época, que hace esquina con la plaza de san Fernando y donde se alternan en su fachada partes de piedra y partes de ladrillo. La de Laura no era aparentemente tan grande por fuera a su lado, pero su disposición en forma de fino rectángulo hacía que tuviese también salida hacia la calle paralela. En los balcones de las habitaciones de la planta superior no faltaban nunca las flores, fuera la estación del año que fuera. Normalmente, Luisa llegaba muy temprano para dedicarse a limpiar el corral y ocuparse de los animales para después ayudar a Laura en las tareas del hogar. A media mañana regresaba a su casa para terminar de limpiarla, aunque cuando llegaba su madre y sus hijos le dejaban ya poca tarea que hacer. En muchas ocasiones pasaba directamente a hacer la comida para su casa y la de Laura. Ese día preparó un revuelto de patatas, cebolla, pimientos y huevo y una fuente llena de tiznao.

—Hija, *espáchate* y ve ya *ancá* la Laura, que estará esperando esa mujer ya la comida —le urgió su madre.

—Ya voy, madre, voy a quitar antes la ropa *tendía*, que se está poniendo feo.

A primera hora de la tarde, la vidente y curandera del pueblo, encarnadas en la misma persona, iba a pasar por casa de Laura. Esta quería que le llevase amuletos para espantar la mala suerte de su hogar, para reforzar la protección que le brindaban las herraduras detrás de las puertas. Luisa quería preguntarle sobre qué sexo tendría el bebé que llevaba dentro. En los anteriores embarazos, no falló ni una.

La anciana vidente llegó puntual a la cita. Sus huesudas manos tocaron la puerta de Laura cuando el sol más alto estaba, abrasando todo lo que pillaba en su camino. Portaba un pequeño saquito donde llevaba los amuletos que Laura le había pedido. Tras colocarlos en puntos estratégicos de la casa para ahuyentar los malos espíritus, posó su mano sobre la barriga de Luisa, por encima del mandil negro que llevaba puesto, ya que seguía de luto por la muerte de su marido. Luisa se mostraba inquieta. Todo lo que tuviera que ver con el feto le perturbaba. Muy seria, la vidente le miró fijamente, traspasando su mente. La luz que entraba por las ventanas semitapadas por las persianas bajó de intensidad, signo evidente de que el cielo se iba nublando.

—Tiéndete encima de ese sillón —le ordenó con firmeza.

Luisa notó un halo de misterio que no hacía sino incrementar su nerviosismo.

—¿Pasa algo? —preguntó con temblor en la voz.

La vidente no contestó y siguió palpando la tripa y la zona vaginal. Después pegó la oreja.

—Lo que traes son *zajoriles* —afirmó con rotundidad—. Los he escuchado hablar ahí dentro.

—¡*Zajoriles*! —exclamaron Luisa y Laura al unísono.

—Y han hablado con meridiana claridad. No hay duda.

Luisa no albergaba dentro una vida, sino dos. Decía la leyenda en el Campo de Calatrava, como en otras muchas comarcas de la provincia de Ciudad Real, que si unos gemelos o mellizos hablaban dentro del feto, se convertirían en *zajoriles*, los cuales tenían la capacidad de poder curar males, particularmente la «culebrilla» o herpes. El cordón umbilical de estos mellizos o gemelos se conservaba para usarlo en dolores de estómago e incluso como un talismán que protegía a los que se disponían a cumplir con el servicio militar. Competían con otro grupo que también poseía el don de sanar: aquellos que nacían con la marca de una cruz en el paladar. Solo había una cosa que no podían curar, la rabia, que era considerada una enfermedad traída por el diablo.

—Pues *na*, Luisa, hija mía, Dios te ha querido bendecir y compensarte por el mal que tuviste que pasar al engendrarlos —le consolaba Laura cogiéndole la mano.

—Has sido tocada por la gracia de Dios, Luisa —reafirmó la vidente con una actitud menos tensa.

—Vamos a rezar un padrenuestro y un avemaría para darle las gracias —sugirió Laura, profundamente católica. Luisa no mostraba precisamente entusiasmo ante la idea.

Las tres se dispusieron a orar, formando un triángulo, en una mesita redonda situada en un lateral del salón principal de la casa, sentadas en unas sillas de madera altas, pero estrechas. Cada vez la oscuridad iba ganando más terreno dentro de la estancia. Se dieron prisa en rezar. Una vez terminaron sus plegarias, la vidente se levantó alarmada al oír un trueno.

—Me voy ya, que menuda viene —dijo mientras se levantaba de la silla con urgencia y miraba a través de los visillos de encaje que colgaban de una de las ventanas.

—Muchas gracias por todo —contestó Laura alargándole una bolsa de patatas a modo de agradecimiento que la anciana agarró con brío.

La vidente se paró en el portal de entrada a la casa antes de salir, temerosa de la tormenta. Se volvió para mirar a las dos mujeres, situadas dos pasos por detrás de ella, pero cuando iba a decir algo, salió por la puerta de repente con sigilo. Mientras Laura se marchó a la planta de arriba a colocar ropa, Luisa permaneció en la de abajo limpiando en la cocina. Sin más preámbulo que algunos relámpagos aislados, se desató una violenta tormenta de verano, con truenos que hacían retumbar los frágiles cristales de la casa. Las persianas, en forma de tiras unidas por rudas cuerdas, se elevaban hacia el cielo debido a las fuertes rachas de viento que provocaban que, al descender, golpearan con fiereza las puertas a las que guardaban. El granizo de gran tamaño amenazaba con agujerear todo aquello con lo que entraba en contacto. Las dos mujeres se reunieron, atemorizadas, trataron de dejar amarrado todo aquello susceptible de salir volando por los aires y se encerraron en la cocina. A Luisa no le gustaban los truenos, pensaba que auguraban siempre algo malo. Los fuertes ruidos que se oían de fuera hicieron que las dos mujeres se agarraran del brazo, sentadas en sillas de mimbre contiguas. Para pedir protección, se pusieron a rezar el rosario a instancias de la joven dueña de la casa, sin soltarse del brazo. La temperatura dentro y fuera descendió con brusquedad. El viento bufaba a través de todas las rendijas posibles, como intentando llamar a las dos atemorizadas mujeres con un embaucador silbido. Cuando la tormenta empezó a escampar, Laura quiso marchar a buscar a su marido.

—Luisa, estoy intranquila —le confesó con un perceptible estado de nerviosismo—. ¿Y si le ha pasado algo a mi Antonio?

—No te preocupes, que sabe cuidarse bien, es un hombre, ¿dónde estaba ahora?

—En la huerta que tenemos pegando a la calle Arroyo, antes de coger ya el camino del Rondín. —Laura cogió un fino pañuelo de color negro con lunares blancos, con el que se cubrió la cabeza y se colocó un chal fino, cosido por ella misma, sobre los hombros mientras terminaba de hablar.

—A ver si te va a pasar algo por el camino. Quédate aquí conmigo, que con tanta agua como ha caído te vas a poner *perdía* —le intentaba convencer todavía aterrada Luisa, que se agarraba las manos con ferocidad.

—Que no, te digo. Que esta tormenta ha sido muy mala y no me fío. Si yo llego allí en dos *patás* y ya me vengo con él de vuelta —resolvió sin dejar más opción a debate.

Cuando Laura abandonó su casa, Luisa pensó en salir al patio para comprobar que todo estuviese bien tras la tempestad veraniega, aunque los truenos lejanos de la tormenta que perdía fuerza y se alejaba no le hacían decidirse. El patio, de amplias dimensiones y planta cuadrada, tenía como suelo unas elegantes baldosas blancas con algunos motivos vegetales en sus bordes de color azul. Un pozo de agua no potable en el centro organizaba a su alrededor una muy estrecha franja de hierba dispuesta de manera circular. Toda la pared que perimetraba el patio se veía embellecida por multitud de macetas y plantas de todo tipo a las que se le añadía una parra que en verano le dotaba de sombra y frescor. Finalmente, Luisa se atrevió a salir. Las ráfagas de viento habían derribado algunas macetas. Suspiró profundamente al ver tierra por el suelo y maceteros rotos. «¡Será posible!, ahora me va a tocar recoger esto y voy a llegar tardísimo a casa», refunfuñaba entre dientes, intentando darse prisa. Estaba agrupando la arena de las macetas en un montón cerca de una de las esquinas del patio cuando vio que algo, también de color marrón, sobresalía de entre pequeños trozos de macetero.

—¿Y esta cruz? —se preguntó en voz alta.

Lo que parecía una cruz cualquiera se encontraba tirada en el suelo del patio. Al examinarla con detenimiento, Luisa no encontró ninguna particularidad ni nada que pudiera delatar su origen. No recordaba haberla visto en casa de Laura previamente. Decidió llevársela.

—Madre, mire esta cruz. —La madre de Luisa la cogió entre sus manos y le dio un tímido beso—. La he encontrado en el patio de Laura cuando estaba barriendo arena que el viento ha derribado. Y suya no es. ¿De quién podría ser?, ¿le suena?

—Esto seguro que lo ha llevado el viento hasta allí. No la había visto jamás. Por lo que sea, Dios ha querido que tú la encuentres, así que vamos a guardarla en este *cajoncico*. —La madre se dirigió lentamente hacia un mueble aparador de madera con tonos marrones oscuros y tiradores dorados que tenían en el salón de su hogar. Abrió uno de sus cajones con la intención de custodiar ahí la pequeña cruz.

A la mañana siguiente, cuando entró en casa de Laura, se encontró a esta abriendo la puerta por la que se accedía al patio y al corral donde guardaban animales.

—¡Lo que habré rezado por vosotros, Laura, hija mía, casi no he pegado ojo! —clamaba Luisa, alzando los ojos al cielo, a la vez que juntaba sus manos resecas por el calor—. ¿Está bien tu Antonio?

—Ay, sí, Luisa, ¡gracias a Dios!, me lo encontré en la huerta tan *repancho* —contestó con tono de alivio.

—Menos mal, Dios mío de mi vida, qué noche más mala he pasado. Ayer un buen rato me tiré quitando arena a espuertas del patio antes de irme. La tormenta derribó algunas macetas, ya las repondremos.

—Ya lo he visto, no te preocupes por eso. Oye, Luisa, mira. —Laura metió la mano en el bolsillo grande de su alegre mandil floreado y sacó un objeto que, de primeras, Luisa no identificó—. A ver si es tuya esta cruz. Me la he encontrado al levantarme encima del mueble del recibidor. Digo: «Esta mujer se la ha dejado aquí».

Luisa se quedó en ese momento clavada en el sitio, con las retinas de sus ojos color miel atravesando la cruz. El color rosado de sus mejillas se evaporó como por arte de magia, dando paso a un color blanco que casi podía confundirse con el de la pared. Durante un lapso de segundos, llegó a sentir un vahído.

—¡Luisa! ¡Ay, madre! ¿Pero qué te pasa, que me estás asustando? —Laura se alarmó y empezó a sacudirla y a darle aire con las manos.

—Esa cruz cayó ayer por la tarde en el patio con la tormenta. Me la llevé a mi casa y mi madre la guardó en un cajón —murmuró Luisa al borde de un llanto nervioso.

Laura se quedó casi sin habla.

—¿Me estás diciendo que la cogiste ayer del patio, la llevaste a tu casa y hoy ha aparecido aquí? —replicó Laura tartamudeando, con los ojos a punto de salirse de las cuencas.

—Sí, no me explico qué ha podido pasar —la voz de Luisa, que tuvo que apoyarse en la pared, salía quebrada.

Las dos se quedaron mirando la cruz sin poder reaccionar. Tras varios minutos de silencio, Laura tomó la iniciativa.

—Mira, la voy a guardar en mi habitación con las estampas que tengo de san Fernando y de la Virgen de la Consolación. Esto es que la cruz debe guardarse aquí —zanjó, intentando restar importancia al misterio de su aparición. Luisa se quedó conforme con la decisión.

La cruz quedó a buen recaudo en un cofre no más grande de dos manos que decoraba un elegante tocador. Dentro, junto con estampitas, otra cruz pequeña heredada de su madre y dos rosarios, la nueva cruz descansaba ajena al revuelo que había causado. Con el paso del tiempo, el efecto sorpresa se fue diluyendo y las dos acabaron por olvidarse de ella. Hasta que meses más tarde, Laura intentó abrir el cofre. Algo chocaba con las paredes del mismo por dentro e impedía que pudiese alzar la tapa correctamente.

CAPÍTULO 12

El inspector Toboso, Teresa y Nieves habían acudido a la primera reunión del amplio gabinete de crisis que la alcaldesa de Ciudad Real había organizado. La mayor preocupación era la seguridad en los días 30 y 31 de julio, especialmente este último, días en los que riadas de gente inundan las calles del centro. Tradición y nuevas formas de diversión se dan la mano en la capital manchega, normalmente con menos gente en sus calles en los meses de julio y agosto debido a las vacaciones, pero que esos días suponen un paréntesis de calles atestadas. En esa reunión, todos convinieron en que se debía reforzar notablemente el número de efectivos de la policía que iban a salvaguardar a los ciudadrealeños, si bien no sabían a qué amenaza concreta atenerse. Podía pasar de todo. O simplemente nada. La alcaldesa no quería dejar ningún cabo sin atar y no lamentar desgracias posteriores.

En esta reunión, los tres policías encargados del caso habían explicado los avances de la investigación, si bien omitieron algunos detalles deliberadamente. Cuando acabaron, se volvieron juntos a comisaría.

—Creo que hemos hecho bien en no destapar todo aún, podría sonar irreal y que nos tomaran por locos —afirmó el inspector Toboso en su despacho mientras se colocaba por enésima vez el pelo—. Nieves, lo de la historia de la cruz que cayó en esa casa de Ballesteros, ¿estás segura de que es real? Sé que ya te lo había preguntado, pero entiende que me resulte difícil de creer. Aquí en la Policía no tenemos constancia de ello, me he dedicado durante un rato a buscar información. En una reunión formal no podemos meter una leyenda que puede ser producto de la fantasía.

—Tan real como la vida misma —confirmó muy vehemente—. He estado en esa casa y la he visto. La cruz... ¡cómo no se me había ocurrido antes! Quizás el cura nos haya dado una de las principales claves.

—Tranquila, Nieves, es normal que no hubieses caído en ella —Teresa le intentó quitar hierro al ver que su compañera se agobiaba ante cualquier mínimo fallo—. Nadie está pensando constantemente en leyendas de nuestros pueblos para explicar amenazas reales. Menos aún en casos policiales. Bueno, ¿y por qué no vamos a tomar muestras de la cruz a Ballesteros para cotejar con las que han aparecido? —sugirió.

—Ya me he encargado de ello —Nieves apenas dio tiempo a terminar la frase a Teresa, como si ya predijese la pregunta—, pero lo del análisis de la cruz está por ver. Científicos de todo el país, así como del mundo, han ido a tomar muestras de ella a lo largo del tiempo. Todos los resultados han coincidido en lo mismo: no está hecha de ningún material conocido en nuestro planeta. Por supuesto, no tienen ni idea de por qué crece a razón de varios centímetros al año de media, ya que lo hace a un ritmo variable. En cualquier caso, me he puesto en contacto con los propietarios de la casa, descendientes de Laura, y nos están esperando. No viven en Ballesteros habitualmente, pero van a ir expresamente para la ocasión.

El inspector Toboso miró a Teresa intentando disimular una sonrisa. Esta, que casi le podía leer la mente, hizo un imperceptible gesto de asentimiento.

—Bueno está, Nieves, pero, por favor, vamos a centrarnos en buscar pruebas fehacientes y no basarnos en historietas. En fin, por las horas que son, propongo que vayamos a comer. Invito yo —sentenció Ramón Toboso.

El inspector, la subinspectora Lara y Nieves se quitaron el uniforme y se pusieron ropa de paisano. No muy lejos de la comisaría, en la plaza de España, se encontraba el restaurante Los Llanos, un típico mesón de Ciudad Real, de los de toda la vida, en el que siempre te encuentras en la carta platos manchegos. El inspector había llamado sobre la marcha y desde el restaurante no le habían puesto pegas. Decidieron ir andando hasta allí. Teresa notó que Nieves disimulaba algunos repasos visuales hacia su superior y que enderezaba la espalda cuando este la miraba. Nada más llegar, Toboso, un habitual del restaurante, saludó a los camareros y al dueño.

—¡Hombre! Hoy te veo muy bien acompañado —dio la bienvenida el simpático dueño—. Pasen ustedes por aquí, están en su casa. —Les indicó con la mano hacia la entrada al salón del restaurante.

Decorado con un estilo tradicional, un acogedor comedor, de estilo manchego, con olor a varias comidas que hacía rugir estómagos, les hizo sentirse en un ambiente amigable, como si ya hubiesen estado allí millones de veces. Nieves se fijó en la cantidad de botellas de vino añejo que guardaban en vitrinas en las paredes del salón.

—Si viera esto mi padre, con lo que le gusta el vino.

—Un día tráetelo, hay botellas realmente muy antiguas. Lo iba a disfrutar, el dueño se sabe el origen de cada una de ellas —le recomendó el inspector.

De primer plato, Teresa y el inspector se pidieron un pisto manchego que consumió la mitad del bollo de pan que tenían mojado en yema de huevo frito. Nieves se decantó por una ensalada.

—Nieves, es increíble lo que controlas de historia. ¿Cómo no te dedicaste a ello? —se interesó el inspector mientras se metía a la boca un trozo de pan con abundante pisto por encima.

—Ya no me da vergüenza contarlo. De pequeña me encantaba todo lo relacionado con los dinosaurios y la paleontología. De ahí, con el paso del tiempo, todo fue derivando hacia la Prehistoria y, ya de mayor, al resto de la historia. Puede decirse que mi vena histórica ha venido de fábrica. La policíaca vino después. En el instituto sufrí acoso escolar durante un curso, algo que me afectó profundamente al pillarme en la etapa de adolescente. Me cambié a otro centro y mi mundo se volvió a venir arriba, fue como ver la luz. Era yo otra vez. Pero creo que se me quedó ahí un poso de proteger siempre al más débil, no soporto las injusticias. Quería ser policía a toda costa, me enteré de que, para ello, primero era mejor tener una carrera. Ni que decir tiene que no me lo pensé dos veces y me metí a Historia. Cuando la terminé con matrícula de honor, opositté a policía y fui la número uno de mi promoción. Pude elegir destino y, como me encanta mi tierra, escogí Ciudad Real. Y nada, aquí me tenéis. —Notó que Teresa, sensible a los sufrimientos de los demás, le acariciaba suavemente la pierna.

—Eres una luchadora nata —le reconoció el inspector con la boca llena.

—No lo he tenido fácil. Pero cuando una piedra me ha hecho caer siempre me he levantado, la he cogido y la he lanzado con fuerza lejos —acompañó la frase cogiendo una miga de pan y lanzándola con vehemencia, con tan mala puntería que la miga aterrizó en una mesa alejada de la suya, justo encima de la cabeza de una comensal. Los tres rieron a carcajada limpia.

—¿Por qué se metieron contigo en el instituto?

—Todo empezó porque yo sacaba muy buenas notas, era muy buena estudiante gracias a mis padres, que me animaban mucho a ello. Había compañeros que me lanzaban indirectas y comentarios, ahí todavía lo llevaba bien. Hasta que a uno de ellos se le ocurrió meterse con mi aspecto físico porque estaba un poco rellenita. Otros lo escucharon y era como que necesitaban de una chispa para prender fuego e iniciar un acoso y derribo contra mí. Ya lo tengo bastante olvidado, pero aún me emociono al recordarlo. —Los ojos de Nieves se tornaron vidriosos. La vieron dolida, aunque serena.

—Bueno, ya está, otro día si te apetece lo hablamos. Vamos a cambiar de tema. No sé por qué este caso me dio un aire distinto y especial desde el principio. Llegué incluso a pensar en algún asesino en serie en potencia, pero tanta simbología me parecía rara. Ese tipo de asesinos dejan solo un elemento como muestra, no varios. Decidí que nos acompañaras a Teresa y a mí porque, aparte de ver un expediente brillante, me da la sensación de que tienes un olfato policíaco e histórico muy fino. Y esa mezcla aquí la vamos a necesitar. Con la impoluta técnica de Teresa formáis un buen tándem.

—No obstante, estoy haciendo un doctorado y el tema va sobre Ciudad Real, de ahí que esté especializada en esta comarca. El arte es otra de mis pasiones, no descarto hacerla cuando termine el doctorado, porque además me pueden convalidar varias asignaturas que me cogí en la carrera. Creo que es de lo poco que no sabíais de mí.

—¿Tú crees? Te recuerdo que somos policías. —Teresa sonrió a Nieves y miró de manera cómplice a Toboso.

—Vaya, veo que no voy a ser capaz de sorprenderos.

Estaban en plena conversación cuando una camarera les llevó el segundo plato: lagarto ibérico para Teresa y Nieves y un plato colmado de migas manchegas para el inspector.

—Madre mía, ¡te vas a poner fino hoy, Ramón! —la subinspectora Lara se rio, dibujando con la mano un semicírculo en el aire.

—¿Tanto se nota que estaba muerto de hambre? —El inspector se palpó la barriga.

—Lo que no sé es dónde echarás todo lo que comes. Menudo tipín te gastas. No aparentas la edad que tienes ni de lejos.

—Lo quemo en el gimnasio y saliendo a correr. Luego pienso que, gracias a eso, me he ganado una buena comida y no salgo de ese bucle. No pienso renunciar a placeres como estos —dijo mientras cerraba los ojos y se relamía.

—Toboso, ¿y cómo ha sido tu carrera policial hasta llegar a inspector? —le preguntó Nieves, que quería saber cada vez más de él.

—Lo mío ha sido pura vocación. Hice la carrera de Criminología porque es algo que me apasiona, cuando era pequeño ya jugaba a resolver casos. Tengo que decir que saqué un sobresaliente de media, casi como tú. —Torció la boca hacia un lado, algo que provocó, de nuevo, las risas de sus compañeras—. Y de ahí di el salto a la Policía. Hice directamente las oposiciones a inspector. Me gusta el mambo, qué le vamos a hacer. Aprobé a la primera y hasta hoy. Me pasa como a ti, Nieves, que soy un enamorado de La Mancha y solo estuve fuera lo estrictamente imprescindible. En cuanto pude me asenté aquí de nuevo. Mira, una cosa más que tenemos en común.

—Enamorado de La Mancha, ¿y de algo más? —preguntó Nieves con una desvergonzada mueca. El inspector se puso rojo.

—Hacemos una cosa, cuando acabemos el caso, os invito a una cena a mi casa y os respondo a esa pregunta —intentó zanjar el inspector con la cara a punto de estallar.

Mientras los tres degustaban el mismo postre, un *coulant* de chocolate, el inspector recibió un aviso en su teléfono móvil.

—Chicas, tenemos que terminar e irnos rápido. Algo ha pasado en San Pedro.

—¿En San Pedro? —se sorprendieron Nieves y Teresa.

—Sí, vamos a tragarnos los *coulants* como un pavo y nos largamos.

***

Con la comida desafiando con subir por el esófago, atravesaron con prisa la puerta del Sol de la iglesia de San Pedro que, junto con la de Santiago y la propia catedral, conformaba el triángulo medieval de la ciudad. Un chico joven se les acercó nada más verlos.

—Buenas tardes, soy Lorenzo, cura de esta iglesia —los recibió el joven, tendiendo la mano al inspector.

Se quedaron asombrados. Esperaban encontrarse a un clérigo mayor, no a un apuesto hombre que rondaba la treintena, alto, con ojos claros y de complexión atlética. Su vestimenta era de lo más moderna, con una camisa de cuadros cuyos primeros botones llevaba desabrochados y unos vaqueros ajustados muy parecidos a los que vestía un Ramón Toboso que volvió a enrojecer súbitamente.

—Per-per-perdona, ¿tú eres el cura, dices? —tartamudeaba, anonadado, como si estuviera ante una aparición mariana.

—Así es —confirmó echándose a reír, lo que aumentó el estupor del inspector cuando descubrió una dentadura perfecta y blanca, como la suya—. Sé que no lo parezco, ya me he acostumbrado a que la gente me mire como un bicho raro. No está reñido ser joven y amar a Dios, ¿no?

—No, no, desde luego. —El inspector se sonrojó de nuevo—. Pero tampoco muy común que digamos.

El cura tuvo que apartar la mano de la del inspector con suavidad, ya que este no le soltaba, alargando el saludo mucho más de lo estipulado.

—Me dicen que es modelo y me lo creo —susurró Nieves, celosa a ojos de la subinspectora Lara, que miraba hacia el lado opuesto al cura.

—Ya que no me preguntan ustedes, les voy a contar yo el motivo de su visita a San Pedro. —El cura no cerraba su amplia sonrisa, que atrapaba la mirada de todo el que tuviera cerca.

—Sí, claro. Y, por favor, tutéanos —le dijo el inspector saliendo de un estado de ensoñación.

—Genial. —Guiñó un ojo al inspector—. Acompañadme, lo vais a ver por vosotros mismos.

Siguiendo las indicaciones del cura, lo fueron escoltando hasta la majestuosa capilla de los Coca, que se abrió ante ellos con amabilidad. No se le escapó a Teresa que su compañera parecía contrariada por la actitud adolescente de Toboso con el cura.

—No me lo puedo creer —atinó a exclamar una boquiabierta Nieves.

Nada más entrar, los ojos de los presentes se fijaron en unas palabras escritas en grande en la misma pared donde descansa el sepulcro de don Fernando de Coca: «Leonor. 31 de julio». Un haz de luz se infiltraba a través de la única ventana semicircular, adornada con rosas de piedra y pétalos de la misma flor, con la que cuenta la capilla y que daba la sensación de dejar pasar solo un rayo de sol que parecía provenir desde el mismo cielo, dotando a la capilla de un aire místico, al que contribuía un ligero olor a incienso proveniente de la nave principal.

—Y esto está escrito en todas las capillas restantes, así como en algunas paredes de las naves laterales. El gracioso que ha hecho esto no tiene mucho aprecio al arte, diría yo —se quejó el cura, que hacía aspavientos con las manos.

—Chicos, estamos ante una exaltación de la figura de la mujer en toda regla. Los que han hecho esto, por lo que veo, han indagado en profundidad en las historias religiosas y leyendas de aquí. No todo el mundo sabe acerca de Leonor. —Nieves se acercó a las pintadas, acariciando suavemente las paredes.

—¿Quién es Leonor? —preguntó la subinspectora Lara.

Nieves miró a Lorenzo.

—¿Tú lo sabes? —le retó. «Venga, míster Vaticano, a ver si eres tan listillo como pareces», estuvo a un paso de decirle en voz alta.

—Si te digo la verdad, no —le contestó Lorenzo, despreocupado.

—Me vais a llamar «abuelo Cebolleta» con tantas historias como os estoy contando —dijo Nieves con una sonrisa mientras se sentaba en un banco e invitaba con un gesto al resto a hacer lo mismo.

—Vas a ver, Lorenzo, cuenta las cosas de una manera que parece que lo vives. —El inspector atrajo al cura hacia sí cogiéndolo del brazo.

—Pues adelante, Nieves, que a mí me encanta escuchar.

—Leonor fue una desdichada chica con un final trágico. Esta pobre muchacha pertenecía a una familia manchega de bien, cristiana, vivía en una casa noble, con su emblema en la puerta y todo. Muy cerca de su casa residía el galante Mohamed ben-Atar, que era de la nobleza judía, algo que entra en contradicción con su nombre, pero bueno, es lo que cuenta la leyenda. Nunca se había metido en un lío y era apreciado por todos. Un día, Leonor salía de aquí, de San Pedro, de escuchar misa. Y qué casualidad, justo en ese momento se cruzó con Mohamed, que al verla se quedó absolutamente prendado de ella. Después de cortejarla, ella, que también se había enamorado perdidamente de él, accedió a verle. De noche, su amante iba a visitarla y hablaban a través de una celosía. Todo iba bien, eran una pareja de enamorados de esa época que vivían su tórrido apasionamiento con las restricciones de entonces. La cosa se torció cuando un miembro de la Santa Inquisición, cuya sede estaba al lado de las viviendas de los dos, los vio una noche —Nieves soltó un lamento, al que acompañó un hundimiento en el banco donde estaba sentada—. ¿Cuál era el problema? Que el inquisidor cristiano también suspiraba, en secreto, por Leonor.

»Movido por la rabia de un despechado, se vengó. De buenas a primeras, Leonor fue detenida en su casa por la Santa Hermandad acusada de mantener relaciones con un hereje. Se la llevaron y, en el juicio, ella reafirmó su amor por Mohamed muy orgullosa. Según la tradición oral que nos ha llegado a la actualidad, sufrió un largo tiempo de torturas hasta que, finalmente, le dieron muerte. Mohamed, roto de dolor, huyó de Ciudad Real y acabó en Xátiva, donde fue uno de los líderes de una revuelta. Murió ahorcado allí. Desde entonces, se dice que el espíritu de Leonor se aparece aquí, en San Pedro, justo antes de medianoche, pidiendo venganza y clamando por la vuelta de su amado. Y hasta aquí la historia de Leonor.

Como cada vez que Nieves relataba una historia, se produjo al final de la misma un gran silencio, necesario para asimilar toda la información recibida y salir del Ciudad Real medieval en el que los había introducido.

—Volvamos al mundo actual —Teresa Lara rompió el momento de encantamiento—. ¿Qué nexo de unión tenemos entre Leonor y su trágica historia y todos los demás elementos?

—No hay unión material, sino espiritual, del mundo de las ideas, por decirlo de alguna manera. Alguien nos está mandando mensajes, piezas de puzle. Hay un hilo conductor entre todas las pistas que debemos adivinar. Lógicamente, si no quisiesen que nos enterásemos de nada, harían algo contundente sin previo aviso. Pero quieren jugar, que el mundo entero sepa de sus intenciones.

El sonido del teléfono de Nieves, que lo tenía a todo volumen, les sobresaltó. Esto hizo que el inspector apartase su mirada fija sobre el cura. Dos minutos duró la llamada. Todos estaban expectantes al ver tensarse su rostro mientras hablaba. Ella se sentía profesional, importante. Se estiró la camisa antes de hablar.

—Acabo de hablar con los descendientes de Laura, la que era propietaria de la casa donde cayó la cruz que crece. Al acceder a su casa, fueron a comprobar que la cruz siguiese estando donde la dejaron para mostrárnosla. Ha desaparecido. Están como locos por toda la casa buscándola y no está. —Su rostro era grave.

—Disculpen —interrumpió un policía—, hemos encontrado esto en la capilla de los Vera.

El policía les tendió una bolsa de recogida de muestras policial.

—Es una cruz que tenía colgada la imagen de la Inmaculada Concepción de María.

—Vámonos a Ballesteros —sentenció el inspector levantándose con brusquedad del banco.

CAPÍTULO 13

Un monstruo había nacido en las entrañas de Teresa y le devoraba cada órgano de su cuerpo. La angustia interior era insoportable cada vez que intentaba despejar las tinieblas que invadían los recuerdos de su noche de bodas. Un olor le venía a la mente de vez en cuando, aunque ella creía que podía percibirlo físicamente, un olor que vagamente le resultaba familiar, a hombre. La sombra. Como sea, tenía que saber quién era esa sombra. Cuando su marido, Rafael, la tocaba, sentía un escalofrío, pero no podía dilucidar si era por él o por el contacto físico de un hombre. Durante la luna de miel, por la noche, sentía ansiedad, como si la oscuridad hiciese revivir un sentimiento de confusión amargo. Cuando veía el sol, la amargura se disipaba, siendo al amanecer cuando entonces podía dormir con serenidad. Su marido se lo notó en la primera noche del viaje y, en la cama del hotel, se atrevió a interrogarle, temeroso de estropear las vacaciones si la respuesta desencadenaba reacciones desagradables.

—Teresa, ¿qué te pasa? Hoy has estado muy bien, pero es que se te ha cambiado la cara al anochecer —preguntó, acariciándole suavemente la mejilla.

—Nada, idas de cabeza mías —contestó esta, bajando la mirada.

Rafael le cogió de la barbilla, obligando así a que sus ojos se encontrasen.

—Sabes que, pase lo que pase, me lo puedes contar, ¿verdad? Y más ahora, que ya estamos casados y todo.

—Te lo cuento, pero, por favor, no me juzgues.

—¡Claro que no! Adelante, cariño, soy todo oídos.

Teresa se apretujó contra su pecho, un gesto que le reconfortaba desde que unieron sus vidas.

—En la noche de bodas ya sabes que, como no bebo, todo me daba vueltas, me emborraché de más. Llegó un momento en el que casi no veía. Me tumbé en la cama después de quitarme el vestido y, Rafael, no puedo asegurarlo del todo, pero creo que alguien me intentó agredir —la voz se le iba quebrando cada vez más—. Sé que es difícil creerme, pero cuando viniste y me dijiste que era una pesadilla, yo sabía que no.

—No sé —dudó su marido, que se quedó pensativo con un gesto de honda preocupación—, si alguien te hubiese hecho algo, sería alguien de nuestra entera confianza, porque allí solo estábamos gente de la familia y amigos. Me parece bastante extraño. ¿No recuerdas nada?

Mientras Rafael la acariciaba, algunas lágrimas recorrían irregularmente su rostro, preguntándose cómo era posible que el que se suponía iba a ser uno de los mejores momentos de su vida se hubiese arruinado de aquella manera.

—Apenas ráfagas fugaces en la mente. Como pequeños *flashes* que van y vienen. No consigo llegar hasta la cara de quien tenía encima. Sé que me revolví, que protesté, pero que pese a mis esfuerzos me agarraron con fuerza. Noté mucho dolor, como si me clavasen un cuchillo aquí. —Se señaló hacia la zona genital.

—Cálmate, piensa que esto puede ser un mal sueño o una alucinación por culpa del alcohol. No nos vamos a poner de primeras en lo peor. Seguro que no fue real. —Tuvo que alzar, de nuevo, la cara de su mujer para mirarla a los ojos directamente—. Disfruta de nuestro viaje de casados y olvídate del tema. Conmigo estás segura, no te va a pasar nada.

Teresa se quedó más convencida por unas horas. «En el fondo tiene razón, cuando se bebe se tienen sueños intensos y extravagantes, tuve que confundirlo con la realidad», se intentó repetir una y otra vez. Durante el resto del viaje acababa tan cansada cada día que no se acordó más de ello.

Cuando llegaron de vuelta a Daimiel, las negras nubes que se habían disipado dentro de ella se volvieron a formar. No sabía qué era lo que volvía a activar el miedo, el desasosiego intenso que incluso amenazaba con convertirse en un dolor físico verdadero. Unas veces saltaba por la noche sin previo aviso, sin venir a cuento. Otras veces cuando estaba con gente, lo que comenzó a afectarle en sus relaciones sociales. No quería ver a nadie y prefería estar recluida. En otras ocasiones, una oleada de ansiedad le invadía cuando estaba con su familia política. Solo se sentía segura y protegida cuando estaba en su casa, a solas con su marido, y cuando estaba acompañada por su propia familia. La preocupación por el estado anímico de Teresa aumentaba en Rafael que, impotente, veía cómo el rostro de su mujer se demacraba con el paso del tiempo, le salían bolsas en los ojos como marca del sufrimiento. No se sentía plena. No podía dormir bien. Necesitaba respuestas. Sin contárselo a su madre, la primera de la que echó mano fue de Cruces, la bruja de Daimiel en la que confiaba ciegamente. Habían pasado apenas dos meses cuando se decidió a ir a su consulta. Cruces la esperaba desde que la vio antes de la boda. Sabía que este día llegaría, lo que Teresa no sabía era que, gracias a su acción, el resto de la luna de miel pudo pasarlo sin acordarse más de aquello, pero una contraofensiva del propio Mal, contra el que Cruces mantenía una lucha sin cuartel, hizo que todo volviese a torcerse. Lo tenía todo preparado para cuando ella llegó. El olor a incienso de sándalo lo invadía todo e impregnaba la ropa al instante. Un mantel naranja salpicado de flores blancas cubría la mesa, donde podía verse una enorme vela de sal a juego con el color del mantel, junto a otra de color blanco puro. Ambas estaban encendidas, sus humos se fundían con el del incienso creando una atmósfera irreal. Teresa pensó, nada más entrar, que estaba en una iglesia más que en un sitio de rituales mágicos, secularmente rival de lo primero.

—Cruces, la de veces que me estoy acordando de cuando estuve aquí y me salió la torre junto al demonio.

Teresa estaba visiblemente nerviosa, no podía parar de mover las piernas y las manos. Cruces le empezó a hablar con un tono de voz muy suave para calmarla:

—Si ya te estaba esperando yo a ti. Me están dando asuras desde que te eché las cartas, pero a terca no me gana nadie. Viéndote así, me da un rasque que no veas. Esto lo voy a arreglar yo como que me llamo Cruces. —La vidente parecía realmente enfadada, apretando los dientes.

Decidida, Cruces barajaba las cartas con brío, transmitiéndoles la rabia interna que, como un fuego, se iba extendiendo de cabeza a pies.

—¿Izquierda o derecha?

—Izquierda.

Cruces cortó la baraja de cartas en dos mitades.

—Cabrón —musitó al terminar de extender las veintiuna cartas que conformaban la tirada.

—¿Qué sucede? —se preocupó Teresa, que súbitamente notó malestar de cuerpo, como si una intensa gripe se le hubiera manifestado en cuestión de minutos.

—Me sale junto a ti la figura de un hombre joven, así como de tu edad. Está envuelto de un aura maligna que es tan poderosa que me impide ver quién es —la voz ronca delataba en Cruces un fuerte enfado encapsulado al que no quería dar rienda suelta para no empeorar el estado de nerviosismo de Teresa.

—¿Me hizo algo? —Teresa se cogió ambas manos con tal fuerza que las marcas de los dedos se le quedaron grabadas en la piel mientras la sangre se le agolpaba en la cabeza.

—Sí, hermosa mía, sí te hizo algo —aseveró Cruces.

—¿Y qué puedo hacer para saber quién es?

—Espera.

Cruces recogió la tirada y volvió a remover todas las cartas. De una estantería que tenía detrás cogió unas estampas religiosas, así como un rosario y una cruz de Caravaca. Dispuso todo en forma de semicírculo, con el rosario y la cruz en medio, y realizó una nueva tirada, esta vez con menos cartas, que dispuso debajo del material religioso.

—Vamos a quitarle la máscara. —La cara de Cruces parecía una bomba a punto de estallar, con las arrugas marcadas como si un liso terreno estuviera infestado de serpientes.

Cuando empezó a escrutar el resultado de la tirada, sin previo aviso, las cartas salieron disparadas hacia el suelo y las estampas se entremezclaron encima de la mesa. Solas. Nadie las estaba tocando, pero, sin embargo, una mano invisible las estaba revolviendo. La temperatura de la salita en la que se encontraban bajó bruscamente. Un cuadro colgado de una pared con la imagen de Jesucristo empezó a darse la vuelta. Un vaso que contenía en su interior una vela apagada vibró, amenazando con romperse de un momento a otro. Teresa dio un gran respingo en la silla donde estaba, aunque no llegó a levantarse, el temor le había dejado paralizada. Cruces no se inmutó, aunque su mirada se volvió extremadamente severa. Pegó un puñetazo en la mesa y abrió un pequeño frasco que guardaba en el bolsillo de la bata que llevaba puesta. Derramó el agua bendita que contenía en su interior por la mesa y por la estancia sin orden ni control. Todos los fenómenos pararon de golpe y la temperatura volvió a restablecerse.

—El mismísimo diablo está detrás. No quiere dejarme que descubra qué alma ha pervertido. Ha enviado a un espíritu burlón como lacayo para que no lo desenmascare. No sabe con quién ha dado. —Cruces repitió un pequeño puñetazo encima de la mesa.

—¿Me tengo que asustar, Cruces? —Teresa estaba pálida, del mismo color que la pared.

—Ni una pizca. Ya he toreado yo a este muchas más veces. No te quepa duda de que voy a derribar esa muralla, he tenido buenas maestras que me enseñaron cómo hacerlo. Me vas a dejar un trozo de pelo tuyo. Lo voy a atacar también desde las oraciones contra el mal de ojo. Y me vas a traer fotos de todo el mundo que estuviese en tu casa esa noche. En unas semanas tendrás noticias mías. Ya verás como conforme luche contra el mal te irás sintiendo mejor y los ataques de ansiedad van a ir cesando. Pero dale un poco de tiempo todavía. No dejes de rezar cada día, yo haré lo propio.

CAPÍTULO 14

Ciudad Real estaba conmocionada. En una capital de provincia nada acostumbrada a salirse de una inamovible rutina, el asalto de dos de sus templos más importantes con muy poco tiempo de diferencia causó un enorme revuelo. Se había decidido mantener en secreto de cara a la prensa la parte más amenazante de los hechos para no poner en peligro la fiesta del final del mes de julio ni llamar la atención de otros grupos similares, pero cada vez era más difícil sostener la versión dulcificada. En las tertulias de los cafés del centro se había generalizado la opinión de que un grupo de vándalos antirreligiosos obraba con impunidad en las iglesias de la ciudad. Faltaba tan solo una semana para la celebración de la Pandorga.

En la sala de interrogatorios de la comisaría de la Policía Nacional estaba Lucio Pérez, hijo mayor de los Raros. Detrás de unos cristales tintados se encontraban el inspector Toboso, Teresa y Nieves.

—Hemos tenido que esperar unos días, pero aquí lo tenemos. Poca escapatoria tiene. ¿Ha llegado ya su abogado? —La expresión del inspector era triunfal.

—Sí, míralo, por ahí viene. —Señaló Teresa a un hombre trajeado, bajito y delgado, que apuraba el paso por el pasillo que conducía a la sala.

—Si no os importa, yo no voy a pasar. Me quedo aquí. No quiero que me vea —indicó Nieves.

—Mejor, no sería bueno que tuviese enfrente una cara conocida. Por cierto, tu abuela tenía razón, estos Raros la han liado. La vamos a tener que contratar en nuestro grupo.

Los tres rieron ante la ocurrencia del inspector.

—Vamos para adentro, Teresa.

Lucio Pérez hablaba en voz baja con su abogado cuando entraron. Aunque rozaba los cuarenta años, su aspecto descuidado le hacía aparentar unos cuantos lustros más. Unas anticipadas arrugas en la cara profundizaban esa sensación de estar ante una persona de más avanzada edad. Sus gruesos dedos, con los bordes de las uñas remarcados en negro, sujetaban un vaso de agua como si se fuese a caer si lo soltaba.

—Buenas tardes. Somos el inspector Toboso y la subinspectora Lara.

Ambos tomaron asiento enfrente de Lucio y el abogado, que los miraba con recelo y desconfianza. Aparentaba serenidad, aunque a través de su ruda mirada era difícil adivinar un estado de ánimo concreto.

—Supongo que sabe por lo que está aquí, ¿no es así? —comenzó el inspector.

—Algo me han dicho, sí, pero no lo entiendo, señor. Yo no he hecho absolutamente nada. —Su mirada se recrudeció.

—¿Y cómo explica que hayan aparecido pelos suyos encima de una nota en la catedral de Ciudad Real? —inquirió Teresa, acostumbrada a hacer casi más interrogatorios que el inspector y que sabía que, de manera sistemática, el acusado empieza negándolo todo.

De esta manera, destapaba una de las primeras pruebas fiables que tenían para la resolución del caso. El mismo día en el que aparecieron las pintadas y la cruz en la iglesia de San Pedro, el inspector Ruiz les informaba del hallazgo de unos pelos en la catedral que, más tarde, se supo que pertenecían a Lucio, ya fichado anteriormente por un asunto menor de drogas, tal y como Nieves sabía.

—Ah, ¿han aparecido pelos míos ahí? Es la primera noticia que tengo de que yo haya estado en esa catedral —retó el acusado con modos agresivos.

—Precisamente lo hemos detenido porque nos lo han confirmado desde la Policía Científica. Los pelos encontrados en la catedral son suyos. Así que, ahora, dígame: ¿dónde está la Virgen del Prado? —Teresa no se achantó y puso las manos sobre la mesa para impulsar su cuerpo hacia delante.

—No lo sé, señora subinspectora. Yo no he robado a su Virgen —Lucio dejó escapar una exhalación.

—Vale, usted no ha hecho nada. ¿Conoce a alguien que lo haya podido hacer?, ¿o alguien que fuese a venir a la catedral y que tuviese contacto con usted?

—He tenido contacto con muchas personas, pero no sé si habrán venido aquí o qué.

El inspector Toboso se iba desesperando conforme se iba desarrollando la conversación. De estar inicialmente tranquilo, pasó a cambiar varias veces de posición en la silla y a resoplar.

—¿Va a terminar usted de jugar con nuestro tiempo en algún momento? No tenemos todo el día, señor Pérez. La cuestión es muy sencilla. O bien estuvo usted en la catedral, dejó una nota y quién sabe si también robó a la patrona, que es la opción por la que nos inclinamos, o bien estuvo en contacto directo con la persona que ha armado todo esto. No hay más. Así que deje de marear la perdiz y díganos la verdad de una vez.

—Y yo le digo que no he pisado la catedral, señor inspector.

Pese a la dureza de la mirada de Lucio Pérez, se mantenía con una pasmosa calma y su expresión corporal no denotaba ni un ápice de nerviosismo. Toboso le sostenía la mirada y le confrontaba la actitud de enfrentamiento.

—Venga, vamos a dejar momentáneamente la catedral —el inspector suspiró largamente por unos segundos y se recolocó—. Explíqueme por qué su furgoneta estuvo en la finca de donde desaparecieron unas ovejas, a las afueras de su pueblo, y luego sale en las cámaras de vigilancia entrando en Ciudad Real esa misma noche por la carretera de la Fuensanta y, después, en la ronda dirección a la puerta de Toledo. La hemos identificado gracias a la matrícula, por lo que no hay duda.

—Disculpen que intervenga —habló el abogado de Lucio, que hasta ahora había permanecido en silencio—. ¿Es eso relevante para el caso?, ¿no cree que si mi cliente viaja o no pertenece a su intimidad?

—Señor abogado, ¿usted se piensa que somos gilipollas? —respondió enérgicamente el inspector—. ¿Cree que hacemos las preguntas alegremente, porque sí? Si le estamos preguntando esto es porque las ovejas robadas en Ballesteros de Calatrava aparecieron decapitadas aquí en Ciudad Real.

Teresa, que miraba fijamente a Lucio, decidió intervenir en ese momento.

—A esto le vamos a añadir otra casualidad, fíjese usted. ¿Nos puede comentar algo acerca de su pertenencia a un grupo satánico?

Tras esa frase de Teresa, Lucio Pérez abandonó la tranquilidad de la que estaba haciendo gala y el inspector y Teresa vieron cómo cada músculo de su cuerpo se le tensaba, haciéndose las venas mucho más visibles, como si se estuviesen llenando de sangre a marchas forzadas y fuesen a reventar. Su robusto cuerpo parecía agrandarse por momentos. Teresa acarició instintivamente la pistola que portaba en su cintura ante la idea de que el hombre pudiera agredirles.

—Que me interrogue por cosas mías, vale. Pero sé por dónde va, quiere implicar a mi familia. Por ahí no paso. —Lucio apretó los puños de las manos.

—¿En qué momento he citado a su familia? Solo he hablado de usted.

—Pero sé que esto vendrá porque habrá preguntado por mi pueblo y le habrán contado las mentiras de siempre. Desde hace unas generaciones, piensan que mi familia está maldita o qué sé yo.

—¿Maldita?, ¿por qué? —Teresa y el inspector mostraron un interés renacido en ese punto de la conversación.

—Por una auténtica tontería. Resulta que mi bisabuela trabajaba en casa de una familia adinerada que era muy piadosa con los pobres y que tenían un gran corazón. Un día, después de una tormenta de verano, descubrió una cruz en el patio de la casa de los ricos estos que le digo. Se la llevó a su casa, pero luego apareció al día siguiente en la casa donde había caído. Vamos, que la cruz quería estar ahí. —«Esta historia ya la sabemos», se dijeron con la mirada Teresa y el inspector—. Las malas lenguas del pueblo ya empezaron a hablar por ahí de que mi bisabuela estaba maldita porque la cruz no quería estar con ella. Esa cruz ha crecido sin parar y la tienen que cortar cada cierto tiempo. Después, dio a luz a dos gemelos, entre ellos mi abuelo. Por ser gemelos se les suponían poderes curativos, pero por eso precisamente también se les tenía miedo. Ya de ellos se decía que si eran hijos del demonio, que si no sé qué, pero no por curar enfermedades, sino más bien porque nacieron fruto de una violación.

»Como en esos tiempos eso era un estigma, los del pueblo se pusieron a largar y los excluyeron socialmente, especialmente a mi abuelo. Fue sobre todo en esos tiempos cuando ya se creó nuestra leyenda. Imagino que ya sabrán que somos los Raros. De mi abuelo se contaba que, como usted dice —se dirigió desafiante a Teresa—, pertenecía a un grupo satánico. Siento decirle que lo único que hicieron él y sus amigos fue la ouija alguna vez, según cuenta siempre mi madre, pero al igual que hacen muchos chiquillos. Uno de ellos se fue de la lengua y se lo contó a su madre. Ella se puso medio loca y decidió echar las culpas a mi familia y creó el mito de que su hijo huyó al ver que mi abuelo hacía cosas raras. Estoy ya cansado, siempre igual. ¿Sabe qué es lo único que hemos hecho siempre? Trabajar. Ya está. Mire. —Enseñó la palma de las gruesas manos a los policías, que no dudaron de que no habían visto más que el duro campo.

—Está bien —retomó el inspector la palabra, impresionado por el control de las emociones de su detenido—. Como le comentaba antes, tenemos fundadas sospechas de que su furgoneta estuvo en la finca de donde se llevaron ovejas. ¿Lo puede negar de alguna manera?

—Por supuesto, esa furgoneta yo no la usé esa noche. Estuve en mi casa, con mis padres y mis hermanas. Allí ninguno la tocamos.

—¿Y por qué aparece en las cámaras de seguridad de aquí, de Ciudad Real?

—Sé que no me cree, pero es que no le puedo decir. No tengo ni idea. De verdad le juro que toda la familia estuvimos juntos y no nos movimos de mi casa.

—Bueno, tendremos que hablar con su familia de todas formas.

Todos suspiraron pensando que se terminaba el interrogatorio, pero Teresa intervino y obligó a que todos se volvieran a acomodar en sus sillas.

—Una última pregunta, ¿sabe que ha desaparecido la cruz?

—¿Ha desaparecido? —la reacción de sorpresa de Lució parecía verídica a ojos de la subinspectora, que se fijaba constantemente en la manera de moverse y de hablar de los acusados.

—Así es. Íbamos a verla y a tomar muestras cuando nos llamaron diciendo que se había esfumado.

—Y seguro que piensan que también hemos sido nosotros.

—Ni lo pensamos ni lo dejamos de pensar. Es una de las muchas hipótesis que tenemos.

—Señora, mire, yo sé que es fácil acusarnos de muchas cosas a los Raros. Que tendrán muchas pruebas para meternos a nosotros el perro. Yo le aseguro, le juro y le perjuro que se están equivocando. Conmigo no están siguiendo la pista buena. Pese a las habladurías, mi familia es de lo más normal.

—El tiempo y las pruebas nos lo dirán. —Teresa estaba empezando a dar credibilidad a sus palabras.

—¿Quedo detenido? —preguntó Lucio con un poso de tristeza.

—Al menos veinticuatro horas más, sí —le confirmó el inspector, que también se ablandaba con el transcurso del interrogatorio—. Tenemos que determinar qué pasa con los pelos encontrados y con esa furgoneta en Ciudad Real. Habrá que comprobar si era usted o no.

El inspector, seguido de Teresa, salió de la sala y permitieron que un preocupado Lucio Pérez se mantuviese un rato hablando con su abogado. Pensaron que, quizás, de ser realmente el culpable, se acabase desmoronando. Nieves permanecía al otro lado del cristal. Había seguido la conversación muy atenta, con pena al final. El inspector se fue al baño directamente y, después, se dirigió a su despacho, dejando a Nieves y Teresa solas en la sala contigua a la de interrogatorios.

—¿Le crees? —le preguntó Teresa.

—Me tiene absolutamente desconcertada. No te sabría decir.

Nieves se sentó en una silla como si, de repente, sintiese un gran cansancio y fuese presa del abatimiento.

—Al principio lo veía desafiante, a la defensiva, como si estuviese ocultando algo y pretendiese construir una muralla que nos fuera infranqueable. Sin embargo, al tocar el tema de su familia, le ha saltado la fibra sensible y parecía más humano y convincente. Lo que ocurre es que, por mucho que niegue todo, había pelos suyos en la catedral. Va a ser difícil que no esté implicado ya solo por eso. Lo de la furgoneta es distinto, la podría haber conducido cualquiera, incluso alguien que los quiera inculpar se la podría haber robado. Pero lo de los pelos es una certeza más que clara.

—Hay algo que no me cuadra, no sé decirte el qué, pero su actitud y sus gestos no han sido los de una persona culpable, aunque nos hemos llevado sorpresas tantas veces que jamás pondría la mano en el fuego por nadie. En fin, si te parece, vámonos con Ramón, que nos espera en su despacho.

De camino cogieron cafés y algunos dulces de una máquina expendedora. Fuera, un trueno presagiaba una inminente tormenta de verano que prometía refrescar el intenso bochorno que, durante el día, tenía a los manchegos recluidos en sus casas. La luz que entraba por las ventanas menguó, pareciendo que anochecía antes de tiempo. Cuando entraron en el despacho del inspector, este se encontraba de pie, mirando por la ventana. Se había quedado en una camisa de uniforme de manga corta que todavía conservaba restos de manchas de sudor. Nieves permaneció unos segundos analizándolo. Pese a su apariencia robusta, le notaba una aureola de ternura y sensibilidad. Al entrar las dos, se dio la vuelta, saliendo de su ensimismamiento.

—¿Habéis visto la que va a caer?

—Ya era hora, me cansa mucho el calor. Me deja agotada —Nieves acompañó la frase desplomándose sobre una silla.

—A mí tampoco me gusta. Aunque reconozco que sí me anima mucho la luz de esta época, el levantarme y ponerme algo ligero de ropa o el salir a una terraza en chanclas. Pero coincido contigo en que el calor me abate.

Mientras los cafés humeaban encima de la mesa, las primeras gotas de lluvia empezaron a golpear el cristal. De pronto, fuertes rachas de viento provocaban que los árboles se movieran como marionetas, haciendo un ruido silbante al colarse por las rendijas de unas ventanas mal aisladas. Nieves se sentía reconfortada al tener delante el vaso de café todavía caliente.

—Nieves, ¿qué te dice a ti todo esto?

—No sé, jefe. Me he quedado descolocada. Fíjate, estaba casi convencida de que iba a confesar y que ya se iba a terminar aquí el asunto. Me ha sorprendido que se haya mantenido firme en su inocencia. Antes lo he hablado con Teresa, que lo de los pelos lo incriminan directa o, al menos, indirectamente.

—Yo le creo. Me ha parecido que nos estaba diciendo la verdad. No lo veo una persona fría y calculadora, sino más bien todo lo contrario. Demasiado transparente incluso. Tiene nuestra edad, pero le echaría diez años más fácilmente. Un hombre de campo, de pueblo.

—Sabe quién es el culpable, pero no nos lo quiere decir. No ha sido él, pero sí que tiene un contacto muy estrecho con el criminal —añadió Teresa muy convincente.

—Los propietarios de la cruz están convencidos de que esta familia está detrás del robo. Los descendientes de Laura, por un lado, y los de Luisa, por otro, mantienen un litigio desde hace algunas generaciones por la posesión de la misma, según tenía yo oído y me dicen los de la cruz. Todos creen ser sus legítimos dueños. No sería nada extraño que, finalmente, se hayan cobrado su venganza los Raros —Nieves retomó la palabra.

—¿Se sabe cómo la han podido robar? —preguntó el inspector.

—Las puertas de la casa no estaban forzadas. De alguna manera han entrado sin necesidad de romper nada.

—¿Y faltaba algo más en la casa?

—Nada más.

—¿Quién sabe de la existencia de esa cruz?

—Pues todo el pueblo más los especialistas que la analizaron en su día.

—Menudo rompecabezas, Dios mío. Y encima tenemos que estar pendientes ahora de leyendas. —Toboso se echó hacia atrás en la silla. Nieves se quitó las gafas doradas fingiendo dolor de cabeza, pero, realmente, sin ellas se sentía más guapa.

—Parece que ya te vas creyendo más la historia de la cruz.

—No, Nieves, tendría que ver con mis propios ojos cómo crece para creer algo así. Pero me parece que los que amenazan al 31 de julio sí lo hacen. Vamos a esperar a ver si Lucio se derrumba. Nos vemos en un rato.

Teresa y Nieves se marcharon del despacho convencidas de que el inspector cedía en su escepticismo. La subinspectora agarró a Nieves del brazo.

—Lo que voy a decir no es muy ortodoxo. Jamás lo he pensado desde que empecé en esto —mientras Teresa hablaba, un potente trueno hizo retumbar las paredes—. Pero creo que, quizás, alguien nos pudiera ayudar. Puede ser una tontería, pero ¿por qué no probar?

—¿Quién? —preguntó Nieves muy intrigada.

—Cruces, es una vidente de mi pueblo, Daimiel, que hasta ahora no ha fallado ni una. Es de total confianza. Como tengo que hablar con ella por lo mío, de paso le voy a pedir que eche una tirada sobre el caso, a ver qué me dice.

CAPÍTULO 15

Tal y como Cruces le había vaticinado, Teresa se sentía algo más calmada conforme avanzaban las semanas. Los convergentes sentimientos de ansiedad, depresión, angustia y desamparo seguían pegados a ella como si ahora formaran parte de su aura y hubiesen impregnado y traspasado su piel. Era algo que se había mimetizado con su ser y que tardaría en irse. Eso siempre y cuando, al final, se acabara marchando para siempre, porque cada vez dudaba más de ello. Pensaba que tendría que convivir hasta la muerte con esa pesada mochila. Se sentía mejor, pero decidió que era momento de buscar ayuda profesional y compaginar las sesiones de magia blanca de Cruces con un tratamiento psicológico. Su familia y su marido, Rafael, sufrían con ella y la animaron también a buscar esa vía. Rafael vivía momentos de mucha desesperación. Era el olvidado. Todo el mundo se volcaba en Teresa, pero pocos reparaban en el padecimiento que, día tras día, le mantenía apesadumbrado por ver a Teresa de esa manera. La mujer de su vida. Y justo cuando se casan, cuando habían empezado otra etapa con ilusión, todo se tuerce. No era como él lo había imaginado precisamente. En su mente recreaba una imagen idílica de un hogar con Teresa al lado, la llegada de hijos, un perro. La armonía. Como por arte de magia, ese castillo de naipes se vino abajo. «Y todo esto, ¿por qué?, ¿será verdad lo que cuenta?, ¿estamos sufriendo solo por una alucinación de borrachera?, ¿de verdad alguien le hizo algo? Si fue así, ¿cómo no fui capaz de protegerla en las primeras horas de casados, en mi propia casa?», se descubría a veces pensando.

La búsqueda de una psicóloga no fue difícil. Tampoco fácil. El «qué dirán» la limitaba. Nadie de su entorno quería que en el pueblo se extendiese el rumor de la depresión de Teresa para que no hablaran de ella. Su madre dibujaba a toda aquella persona con la que hablara un mundo ideal donde todos estaban felices, sobre todo, los recién casados. De puertas para adentro, lloraba. No sabía en qué momento el destino había decidido que una vida de lo más corriente, que transcurría tranquila, con leves meandros y sin hacer ruido, se hubiese desbordado de un día para otro como un torrente otoñal desbocado y salvaje. Cruces, en la que tanto confiaba, no se lo había advertido. Muchas veces creía que lo sabía y no le había dicho nada para no preocuparla, pero otras, que había fallado estrepitosamente por primera vez desde que la conocía. De cualquier modo, tenía que ir a hablar con ella y hacer una sesión seria. No sospechaba para nada que su hija ya se le había adelantado y que Cruces llevaba semanas luchando contra una sombra oscura que acompañaba a Teresa. La confidencialidad de Cruces para con sus clientes era siempre llevada hasta sus últimas consecuencias y era la clave de su enorme éxito.

Una de las mejores amigas de Teresa vivía en Ciudad Real. Necesitaba salir frecuentemente fuera de Daimiel y respirar otro aire, cambiar de ambiente, ver que había vida más allá, como si el salir del término municipal del pueblo diluyera el recuerdo de lo vivido ahí. Quedó con su amiga para pasar el día en la ciudad manchega de compras, paseando y hablando. Decidieron comer en La Gruta, un gastrobar donde Rafael y ella ya habían estado alguna vez. Antes de convertirse en el actual restaurante, era uno de sus sitios favoritos donde tomar cafés y batidos en su etapa universitaria. Cuando se sentaron, la intimidad del salón del restaurante, su decoración en piedra y el aroma acogedor de un sitio pequeño y resguardado del exterior lanzaron a Teresa a confesarse ante su amiga. Le contó todo tal y como pensaba que pasó, así como su evolución anímica con todo lujo de detalles. Al terminar de desahogarse, sintió por primera vez una verdadera sensación de alivio que, aunque fuera temporal, había soltado toneladas de peso del inaguantable lastre que cargaba sobre su espalda. Haberlo contado a alguien fuera de su círculo más cercano había sido una liberación. De repente, se sentía más animada. Veía que, por qué no, todo podía tener solución y que saldría del túnel que se afanaba en taparle las salidas. La tarta de queso que se pidió de postre le pareció que fue una de las mejores que había comido en toda su vida. Su amiga, afectada por todo lo que Teresa le relataba, le recomendó entonces una psicóloga. Había sido su cuñada, ya no mantenía la relación con su hermano, pero ella le guardaba una buena amistad. Teresa pensó que de verdad Cruces estaba expulsando al mal de su vida y el bien se iba colando por pequeñas rendijas. Sin duda, esto era una señal. Aceptó la sugerencia con los ojos brillando, como hacía siglos que no lo hacían. Esa misma tarde, en cuanto salió del restaurante, concertó la primera visita con su psicóloga, Patricia. De camino a Daimiel, llamó por teléfono activando el manos libres del coche, no podía esperar a llegar.

—¡Cruces! Mil gracias por todo lo que estás haciendo por mí, de todo corazón. ¡No te lo vas a creer!, ¡estoy contenta! Verás, he estado con una amiga en Ciudad Real y, como caída del cielo, tengo ya cita con una psicóloga de total confianza.

Al otro lado del teléfono, Teresa podía adivinar una sonrisa.

—Cómo me alegro, hija mía —la voz de Cruces dejaba escapar una emoción contenida—, poco a poco estamos acabando con esto. Aún queda, Teresa, pero ya no mucho. Tengo acorralado al espíritu que te ha hecho esto. Ha utilizado a una persona para atacarte, ha poseído su alma, aunque no ha llegado a quedarse dentro de ese cuerpo. Ya le quedan pocos escondrijos. Dentro de muy poco lo vamos a destapar. Sigue teniendo paciencia, mi niña, ve a la psicóloga. Ten fe y reza mucho.

—Así lo haré, Cruces. Eres la mejor.

Al colgar, Cruces sonrió aliviada. Su empeño estaba dando frutos. En las últimas sesiones que estaba llevando a cabo, ya nada se movía, las luces de las velas se mantenían quietas y, cuando echaba tiradas de cartas, iban saliendo cada vez mejores. Reforzaba las sesiones purificadoras con rezos contra el mal de ojo. Después de infinitas oraciones, las gotas de aceite, que echaba sobre un plato de cerámica con motivos vegetales azules, ya no se separaban ni formaban círculos concéntricos, sino que se quedaban flotando sobre el agua de una manera limpia. Eso significaba que el mal se alejaba. Aun así, no había que bajar la guardia y continuar hasta que se supiese a quién había usado de instrumento el diablo para llevar a cabo sus fechorías. Había madrugadas en las que apenas dormía unas escasas dos o tres horas, pero estaba mereciendo la pena.

***

Habían pasado tres semanas cuando Teresa acudía segura y esperanzada a su cuarta cita con la psicóloga. Desde el primer día había cogido con ella mucha confianza y apenas tardó unos minutos en la primera sesión en soltar amarras y verter sus emociones sobre el cómodo sillón azul en el que se recostó. Desde ahí observó a Patricia, su psicóloga, «qué alta y morena es, me recuerda un poco a mí misma. Y, como Toboso, debe hacer muchísimo ejercicio». Su candidez al hablar, sus suaves maneras y su mirada profunda y dulce pronto cautivaron a una Teresa que se rindió rápidamente y no opuso resistencia a la hora de desnudar sus emociones. En la anterior cita, la tercera, empezaron a probar con la técnica de la hipnosis. Patricia se lo sugirió tras advertirle de su rápida evolución. Pocas veces había visto a una paciente deshojarse como una margarita de una manera tan fulgurante y, tras haber hecho cientos de sesiones de este tipo, decidió que con Teresa iba a funcionar muy seguramente. Cuando una paciente está predispuesta, tiene la mente abierta y acaba por fiarse ciegamente de su psicóloga, funciona. Más tarde o más temprano, pero funciona.

Teresa iba ese día más nerviosa incluso que el primero. No por Patricia, a la que empezaba a considerar su amiga, sino por lo que pudiera descubrir. Sabía que, como pasaba muchas veces cuando iba a ver a Cruces, era una persona muy sensitiva y que su energía fluía al exterior con total naturalidad, como si se abriesen las compuertas de un embalse, por lo que intuía que ese iba a ser el día que con tanto anhelo esperaba. Al llegar, colgó el abrigo en un perchero pegado a una pared de la sala de consultas. Llevaba puesto un jersey de cuello alto que, sin saber por qué, siempre le había reconfortado cada vez que lo vestía y con cuyas mangas, de manera inconsciente, jugaba a darles vueltas para después deshacerlas. Prefería estar con ropa cómoda, sentirse dentro de su coto de seguridad. Patricia estaba especialmente cariñosa, saludando a su paciente con un cálido abrazo. Le indicó que se tumbara en un sofá reclinable que Teresa notó de lo más placentero. «Si llego a venir más tarde, más cerca de la noche, me quedo aquí dormida», pensó nada más tenderse. Patricia activó un equipo de sonido que emitió unas notas de música clásica a un volumen muy bajo, una leve melodía lejana. La intensidad lumínica disminuyó hasta convertirse en una luz muy tenue, cálida, de tonos anaranjados, que hacían que Teresa sintiese una relajación que se expandía por todo su cuerpo. Poco a poco, se iba aplomando y dejaba caer todo su peso encima del sofá. Patricia hablaba muy lentamente, acariciando cada palabra. Casi sin reparar en ello, Teresa iba abandonando su consciencia activa y se entregaba a su voz. Toda su atención estaba focalizada en ella, con los ojos ya cerrados, sin apretar, sin sentir ningún tipo de presión en los párpados. Su voz se alejaba, pero estaba muy presente en su mente. Respondía a sus preguntas pausadamente y la psicóloga le fue introduciendo en una vivencia que tenía borrosa. Ya no estaba en esa sala de consultas, sino en su anterior casa, la que se compró con Rafael poco antes de casarse. Era su noche de bodas. De repente, veía todo lo que sucedía como una espectadora de cine. Flotaba en el aire y, desde el techo de su salón, contemplaba los acontecimientos. A lo que recordaba se iban añadiendo escenas con una claridad asombrosa. La nitidez se abría paso entre la bruma del recuerdo. Estaba allí, lo vivía en el ahora. Se sentía bien, había risas, chistes. Todo eran caras conocidas, justo los que estaban presentes esa aciaga noche: su hermano, los dos hermanos de Rafael, un par de primas y los amigos más apegados a la pareja.

Al mismo tiempo, Cruces, en su casa, estaba inmersa en una intensa sesión que le estaba dejando las fuerzas al borde del agotamiento. Con varias velas blancas delante, el olor a incienso se tornó denso en segundos conforme varias varitas se quemaban a buen ritmo. La llama de las velas crecía de forma vertical, queriendo alcanzar el techo. Teresa seguía en el salón de su casa, aturdida por el alcohol, pero atendiendo a cada palabra, a cada gesto, a cada movimiento. Cruces aludió a sus santos de cabecera, a los ángeles de la guarda y a todas las ánimas benditas de bien que pudiesen acudir en su ayuda. En su bola vio acercarse a un ser que irradiaba luz. Teresa se fue a la habitación, acompañada de su amiga, con su traje de novia puesto. Cruces habló con el espíritu que se le apareció a través del fino cristal, que se le anunció como el que acompañaba siempre a Teresa: era un familiar que había tenido que abrirse paso con dificultad para poder presentarse. Teresa estaba tumbada encima de la cama, su amiga acababa de salir. El espíritu reconoció a Cruces que alguien que la quería mal le había hecho un ritual de magia negra muy poderoso y eso provocó que el mal se cerniese sobre ella, un mal que había puesto su vista en Teresa un día en el que estuvo en el sitio equivocado y en el momento equivocado. Un mal que solo tuvo que esperar la ocasión perfecta para canalizarse a través de los malos deseos de una persona para con ella y atacar. Gracias a las oraciones de Cruces, a la fuerza de voluntad de Teresa y a la labor de las almas de varios familiares difuntos desde el otro lado, la cándida luz divina volvía a brillar alrededor de ella. Teresa vio a alguien pasar a la habitación. Las velas blancas que rodeaban a Cruces brillaron hasta el punto de hacer el día en la habitación. El espíritu le dejó ver a Cruces la escena.

—¡Lo he visto! —chilló Teresa, que se incorporó violentamente sobre el sillón y agarró las manos de Patricia, hincándole las uñas como las garras de un águila cazando una presa.

—¡Dios mío! ¡Gracias! ¡Ya te tengo! —gritó Cruces para, acto seguido, rezar un rosario, no sin antes agradecerle al espíritu su esfuerzo protector.

CAPÍTULO 16

En la sede del Ayuntamiento de Ciudad Real iba a comenzar otra reunión más del comité de seguridad creado desde la aparición de las primeras amenazas. En la sala donde se iba a celebrar reinaban la confusión y el desconcierto. Además de la alcaldesa, Prado Santana, completaban la mesa el concejal de seguridad, el jefe de la Agrupación Municipal de Protección Civil, la comisaria de la Policía Nacional, el superintendente jefe del cuerpo de la Policía Local, el teniente de alcalde, el inspector Toboso, la subinspectora Teresa Lara y la policía Nieves Morales. Algunos de los asistentes tenían un café en su puesto; otros té, y hasta se podía oler alguna infusión relajante. Había llegado el 30 de julio. En pocas horas, justo en las de mayor calor, debía dar comienzo la celebración de la «Zurra», con miles de jóvenes calentándose por fuera y por dentro en una gran explanada al aire libre en el recinto ferial de la capital manchega, donde intentarían elaborar una típica *limoná,* que no es tal, ya que es su empeño hacerla con vino tinto, mientras que la tradicional se elabora con vino blanco. El fin último es beberla; sin embargo, un gran porcentaje acaba encima de sus ropas, haciendo que a última hora de la tarde riadas de zombis morados invadan el resto de la ciudad. La alcaldesa tenía previsto, en un recinto cerrado adyacente, realizar el concurso de *limoná*, la de verdad, que cuenta con la participación de familias enteras, peñas de amigos y la presencia de las autoridades y donde se elige a la mejor en un ambiente más hogareño, donde sí se honra a la tradición.

La alcaldesa de Ciudad Real presidía la reunión junto a la comisaria de la Policía Nacional, que había delegado de pleno en Toboso e iba por compromiso oficial. Prado Santana era incapaz de esconder unos nervios desbocados, realizaba grandes aspavientos en sus movimientos, cuando subía los brazos se veía el sudor en la zona de las axilas, donde se le había formado un cerco.

—¿Algún avance relevante en la investigación, comisaria? —preguntó con agresividad Santana, intentando no perder la paciencia.

—Ninguna, señora alcaldesa. El que quiera que haya montado este tinglado no ha vuelto a dar señales de vida, exceptuando la tontería de ayer. Creemos que quizás se haya echado para atrás.

—No me lo puedo creer, señora comisaria. Le dije que de esta mañana no podía pasar más. De hecho, el inspector me aseguró que no tenía de qué preocuparme. Me da igual que no haya aparecido más. Ha actuado suficientes veces como para que le tomemos en serio.

La mirada de Santana se dirigió hacia Toboso, que agachó los ojos hacia su café.

—Puede estar tranquila. Hemos reforzado el plan habitual y no vamos a permitir que pase nada.

—¿Y cómo coño montamos un dispositivo de seguridad con todo este lío?, ¿como siempre o como si fueran a volar la ciudad entera? —el concejal de Seguridad parecía imbuirse en el estado de nerviosismo y perturbación que reinaba en esa sala.

—De momento, tal y como estaba previsto y hemos hecho todos los años. No tenemos un objetivo concreto. La única novedad es que tendremos que asumir a los refuerzos policiales que van a llegar en un rato desde Toledo y Madrid. La ciudad va a quedar blindada de manera discreta —respondió la comisaria, la que más pasividad mostraba de todos.

—Eso espero, que sea de manera discreta, señora comisaria. No podemos alarmar a la población y que la ciudad se convierta en un escenario de guerra —respondió la alcaldesa tensando el gesto.

—Descuide, alcaldesa.

—¿Todavía no sospecha nada la prensa? —intervino el superintendente de la Local.

—No, que sepamos. Si supieran algo, ya se habría armado una muy gorda. Siguen lanzando hipótesis siempre en base a grupos satánicos profanando iglesias e imágenes —habló por primera vez el inspector, sorprendentemente en un segundo plano.

—Bien, son ahora mismo las nueve y media de la mañana, nos emplazamos a una nueva reunión para las catorce horas en esta misma sala. Espero, señoras y señores, que sean conscientes de la marea humana que tendremos ya esta misma tarde desparramada por la ciudad y el riesgo que corren. No podemos permanecer en la retaguardia. A las catorce horas quiero resultados. Se levanta la reunión —sentenció Santana con un notorio enfado, sin visos de haberse peinado desde el día anterior.

La alcaldesa, el concejal de Seguridad y el teniente de alcalde se dirigieron a un despacho adyacente, mientras que el resto de los asistentes salieron del ayuntamiento. Quedaba un día para que la mayor fiesta que se celebra en Ciudad Real pudiera convertirse en un caos y un baño de sangre.

La tarde anterior habían aparecido, de nuevo, carteles de la Pandorga manchados con tinta roja simulando ser sangre. Los habían colocado en los puntos calientes de las semanas previas: en la puerta del cementerio, en el interior de la catedral y en la iglesia de San Pedro. La preocupación era más que evidente. La insistencia de tantas advertencias había acabado por desatar una psicosis entre algunos mandos policiales y las autoridades políticas de la que pocos se salvaban. Lucio Pérez, hasta ahora el único implicado, había sido liberado. Sus pelos encontrados no aseguraban que hubiese estado en la catedral, mucho menos que tuviese algo que ver con la desaparición de la Virgen. Tras dar credibilidad a sus palabras, la investigación ahora se centraba en su entorno, alguien que hubiese podido estar en contacto con él, preferentemente el mismo día del asalto a la catedral. Lucio salió de la comisaría insistiendo en que, si pensaban que él era el responsable, estaban en lo erróneo, mientras que los responsables policiales reconocieron que sin pruebas contundentes no podían retenerlo más. Su actitud cambió y colaboró dando un listado de con quién y cuándo había estado en los días previos a los hechos de la catedral. Teresa y Nieves se encargaron de los pechos de mujer cortados sobre la bandeja de santa Águeda. No pertenecían a los de ninguna mujer fichada; los análisis del ADN tardarían al menos unos días más, pese a que al final se había dado máxima prioridad, si bien Toboso había apuntado a sus compañeras que ese plazo seguramente se lo habían dado los altos cargos de la Científica para no pillarse las manos en caso de que tardaran, pero que era muy probable que ese lapso de tiempo se redujese. Se había decidido, por unanimidad de partidos políticos y mandos policiales, no informar a la prensa de las amenazas para no contribuir a una histeria colectiva. Así las cosas, todo se dirigía a hacer pensar a la ciudadanía que se estaba ante una oleada de actos vandálicos que no trascendían más allá de las paredes de las antiguas iglesias ciudadrealeñas. La presencia policial era más que notoria desde media mañana, con todos los accesos a la ciudad sellados por controles. Dentro de ella, patrullas de agentes peinaban los alrededores de los santuarios cristianos constantemente, así como otros puntos críticos como la propia plaza Mayor o la del Pilar, centros neurálgicos de una ciudad cuyo pulso se aceleraba conforme avanzaban las horas y se preparaba para los grandes festejos.

***

Unos días antes, Teresa visitó a Cruces. Siempre que había acudido a ella había sido por motivos personales, esta era la primera vez que lo hacía compatible con cuestiones profesionales. Contaba con el apoyo de Nieves, además de tener la mayor de las certezas de que, sea lo que sea que hablase con ella, jamás saldría de los límites de la habitación de consultas de la daimieleña. Cuando llegó, Cruces la estaba esperando con un fino vestido morado que le llegaba justo hasta la rodilla. El resto de la pierna desnuda dejaba ver una hinchazón provocada por una vejez aliada con el calor de La Mancha. Acababa de llegar de misa y tenía la comida a medio hacer. Teresa se deleitó con el olor a lentejas que invadía la casa, aunque fuera verano y pensar en un caldo pudiera provocar sudoración y sensación de más calor. Su madre también preparaba platos de cuchara en la estación estival, decía que había que comer de todo, aunque los hiciese menos días que en el invierno. Cruces le preguntó el motivo de su visita. Hacía tiempo que habían dejado atrás viejos fantasmas y le extrañó la urgencia con la que Teresa le había reclamado. El miedo a una vuelta a los tiempos oscuros de Teresa atenazaba a la vidente, que solo deseaba que toda la gente que apreciaba estuviese bien. La policía quería saber si coincidiría físicamente alguna vez con su agresor y, ya de paso, algo que arrojara luz al caso. Sabían que la religión, satanismo y la figura de la mujer se enrevesaban mutuamente, según las pesquisas de Nieves y Teresa, y se tocaban sin saber cuál sería el punto tangente entre ambas. Sabían que, posiblemente, una familia implicada en asuntos esotéricos, mágicos, extraños o como quieran llamarse podría tener relación con el embrollo. Pero necesitaban respuestas concretas. Algo a lo que atenerse, no solo amenazas y mensajes genéricos sin especificar el objetivo. Tras ponerle en situación, Teresa le pidió que echase una tirada. Cruces le hizo pasar a su salita de siempre y las dos tomaron asiento. La vidente siguió el mismo ritual que de costumbre: velas, estampitas, amuletos religiosos e incienso pusieron en marcha el mecanismo de activación de su don adivinador. Echó la tirada y su rostro se ensombreció. Las cartas no le mostraban de forma clara lo que ella quería saber. Otra vez, con Teresa presente, esa sensación de niebla densa en la que se vislumbra y se atisban contornos, pero no puede apreciarse ningún detalle. Afortunadamente, esta vez vio que no tenía nada que ver con Teresa, la cual, ante la visión de las cartas, sintió un frío repentino e incluso hubiera llegado a afirmar que alguien había pasado detrás de ella y le había acariciado el cuello. En cualquier caso, que Teresa no corriese un peligro inminente calmó a Cruces. Sin embargo, todo lo más que conseguía ver, por el momento, era agua y algo que podía interpretar como muerte. Creía que era un hombre. No sabía si era un asesino o no, pero Teresa así lo interpretó. Intentó avanzar más allá, pero las cartas se mostraban tercas. Decidieron dejarlo por ese día. Advirtió a Teresa de que, aunque el asunto no fuera con ella directamente, sí que veía al mal rondándole. Unas gotas de agua bendita sobre una cruz de Caravaca que la joven llevaba colgando por debajo de la camiseta reforzarían la barrera contra posibles sombrías intenciones hacia ella.

***

Cuando Teresa se cercioró de que el inspector Toboso estaba lejos y entretenido charlando animadamente con Nieves y la comisaria, llamó con los nudillos a la puerta del despacho donde se había metido la alcaldesa.

—Prado, ¿puedes salir un momentito, por favor?

—¡Teresa! Sí, claro. Esperadme aquí, enseguida vengo —se dirigió hacia el teniente de alcalde y el concejal de Seguridad, sentados enfrente de ella.

Cerró la puerta del despacho con cuidado, mirando a la subinspectora con curiosidad.

—Dime, ¿pasa algo?

—No, no, tranquila. Verás, tengo información que nos puede interesar a todos, pero que no me atrevo a contarle directamente a Toboso. Te lo preguntaré sin rodeos: ¿tú crees en brujas? Ya sabes, en las que leen el futuro en las cartas y eso, no en las de antes, claro está.

—Sí creo, voy a una de vez en cuando aquí en Ciudad Real, es muy buena.

—Vale, me dejas más tranquila. Yo también tengo mi bruja de cabecera, es amiga de mi familia desde siempre y a mí me trata como a una hija. Desde que me casé, por un tema que luego con más tiempo te contaré, está muy encima de mí. El caso es que fui por lo mío y le pregunté por el caso. Sé que puede no parecer muy profesional, pero daño no va a hacer a nadie. Todo lo contrario, nos va a ayudar y yo confío en ella más que en mí misma.

—Estas cosas me encantan, Teresa. —La alcaldesa se sentó en una silla del pasillo en el que se encontraban, gesto que imitó la subinspectora—. Continúa, ¿qué te dijo?

—Veía a un hombre y mucha agua. No sabía si era un asesino o qué, pero dice que en torno a él había muerte y sombras negras. Insistía en lo del agua.

—Aquí en Ciudad Real, más aún en verano, poca agua hay. Se me ocurre el parque de Gasset o el del Pilar, porque el río Guadiana está seco.

—En esos sitios he pensado yo también, porque los ríos, arroyos y lagunas de alrededor ahora están secos. Le pregunté que si era en Ciudad Real capital y ella me aseguraba que sí.

—Teresa, tienes que conseguir como sea que se vigilen más esas zonas. ¿Por qué no se lo dices a Ramón?

—Porque él me puede mandar a la mierda. Lo conozco muy bien y no le iba a dar credibilidad. De todas formas, con el dispositivo que tenemos montado debería ser suficiente, por lo menos el parque del Gasset sí que va a contar con mucha presencia policial al ser un punto importante. El del Pilar no tanto.

—Mira, vamos a hacer una cosa. El superintendente de la Local va a la misma bruja que yo, un día cuando salía yo entraba él con la mujer, así que supongo que si se lo digo no nos tomará por locas. Me encargaré personalmente de que haya patrullas que vigilen el lago del parque, así tú no tienes que mojarte.

—Muchísimas gracias, de verdad. No sabes el peso que me quitas de encima. Nieves también está al tanto, ella no está tan metida en ese mundillo, pero sí que cree en muchas cosas. Ramón es más duro de pelar.

—Se me está ocurriendo una cosa. —La alcaldesa se mostraba ilusionada con este nuevo impulso—. ¿Qué te parece si traemos a tu vidente a Ciudad Real?

—Es muy arriesgado. Al final nos iban a pillar sí o sí.

—No pasa nada. Nos vamos a adelantar a los acontecimientos. Si hace falta, iré yo a por ella. Dime ahora cómo se llama y dónde vive. Y de Ramón no te preocupes más, que me voy a ocupar de él. Ya verás como le acabo convenciendo.

—¿Pero es que tienes trato con él? —Teresa se sorprendió por la cercanía con la que hablaba la alcaldesa sobre el inspector.

—Más del que yo querría. Ya hablaremos de eso, que míralo, viene por allí a lo lejos. —Santana señaló a unas figuras que se iban acercando desde el otro extremo del pasillo.

—Ahora te paso sus señas a través de un mensaje de móvil. De nuevo muchas gracias, Prado. Me voy, que estos me estarán esperando para irnos a comisaría. Y, por favor, discreción, que tampoco quiero que Cruces, que es como se llama, se vea perjudicada por esto.

—Tranquila.

***

La actividad en comisaría era frenética. Nuevos análisis practicados en distintos laboratorios privados a las cruces arrojaban los mismos resultados recién llegados al despacho del inspector: el tipo de madera era absolutamente desconocido. Desde Madrid no podían aportar nada más, y se enviaron muestras a laboratorios internacionales para intentar obtener algún resultado diferente. La cruz original seguía sin aparecer. A veces, Toboso pensaba que mejor sería tener un asesino en serie o similar, ya que siempre se dejan pistas de por medio que acaban por inculparle, y esos rompecabezas gustan de resolver. Teresa y Nieves, que además se apoyaban en su instinto femenino, también se habían quedado bloqueadas. La abuela de esta última seguía en sus trece: «La familia de los Raros, por mucho que digan, están *metíos* hasta el cuello, hermosa, que te lo digo yo, haz caso de mí». Nieves le insistía en que no había pruebas incriminatorias contra ellos.

A las catorce horas, tal y como habían convenido, volvió a reunirse el gabinete de crisis de la ciudad. Para exasperación de todos los presentes, todo seguía igual. O casi igual. La investigación no había tenido ningún progreso, salvo volver a revisar por enésima vez las cámaras de seguridad. Las cercanas a la catedral y a San Pedro no habían registrado nada extraño. Solamente tenían la furgoneta perteneciente a Lucio Pérez. Un policía local acudió a la reunión a mostrar las imágenes.

—Llevamos días para intentar limpiar la imagen del paso de la furgoneta por la cámara lo máximo posible —indicó el policía, tímido ante la expectación creada—. Esta mañana, por fin, hemos podido acercar más la imagen con menos niebla. Vean.

Todos se esforzaron en agudizar la vista, en especial la alcaldesa, a la que de la noche a la mañana le habían crecido enormemente las bolsas de los ojos. Enseguida se dieron cuenta de lo que tenían ante sí.

—Es una persona encapuchada —advirtió Nieves.

—Sí, pero miren bien —añadió la subinspectora Teresa Lara—, por debajo del gorro sale pelo. Vamos, que quien quiera que sea tiene el pelo largo.

—¿Una mujer? —se sorprendió la alcaldesa.

—Puede ser. También hay hombres con pelo largo. Lucio Pérez no es, desde luego —afirmó Teresa.

—Una de las hijas de los Raros tiene el pelo largo. ¿No será ella? —se preguntó Nieves.

—¿Es rubia? Porque en la imagen me parece que el pelo es rubio.

—Castaña más bien. Podría ser, hay que tener en cuenta la calidad de la imagen.

—Esta tarde vamos a Ballesteros a interrogarla —determinó el inspector.

—¿No podéis ir ahora mismo? —propuso la alcaldesa con desasosiego.

—Déjanos quince minutos para comer, ¿no? —dijo en voz baja el inspector—. Se me acaba de ocurrir que incluso podrías hacerlo con nosotros —añadió en un susurro. Santana le miró estupefacta y no contestó. El resto de las personas ahí presentes miraron la escena con curiosidad, incluso algunos se sonrieron, salvo Nieves, a la que no parecía hacerle ninguna gracia.

—Algo es algo, es un detalle que ya representa un avance. —El superintendente de la Policía Local estaba en cierto modo orgulloso de ser ellos los que proporcionaran un soplo de aire fresco.

—Esto es mucho, de hecho —le felicitó Toboso con una palmada en la espalda.

—Inspector, en quince minutos están saliendo para Ballesteros —le ordenó la comisaria, que seguía con un aspecto cansado, arrastrándose por el suelo como alma en pena.

—Sí, señora comisaria, comemos algo y vamos para allá. Nos traeremos a comisaría a la chica que comenta Nieves, quizás allí podamos presionarla más.

—¿Podríamos ir el concejal de Seguridad y yo a comisaría para asistir al interrogatorio? —pidió la alcaldesa.

—Podrían quedarse en una sala contigua si así lo desean —respondió la comisaria.

—Perfecto, allí estaremos. Por lo demás, nos volvemos a ver todos a las diecisiete horas, siempre y cuando haya finalizado el interrogatorio, ya en plena celebración de la Zurra. Que nadie se mueva del ayuntamiento, salvo para dormir un rato ya en la próxima madrugada —aseveró la alcaldesa.

—Antes de terminar la reunión, ya que estamos todos aquí, os informo de lo que me comunican desde Científica —mientras hablaba, el inspector leía algo en su teléfono móvil—. Es sobre la calavera. No pertenece a ninguna mujer asesinada que tengamos fichada. El primer rastreo hecho en la base de datos de ADN de desaparecidas y familiares suyos es negativo.

—Esto significa que es probable que hayan profanado alguna tumba en algún cementerio.

—No tiene por qué, Teresa. Te explico, esa es una posibilidad, claro, pero es que esta calavera data aproximadamente de los años 50 según los cálculos de los forenses. Ahí no se hacían los registros sistemáticos de hoy en día en cuanto a ADN. Vamos a mandar a una patrulla al cementerio de aquí y otro al de Ballesteros de Calatrava por si acaso, para que miren si alguna tumba ha sido asaltada. Pero tenemos que mirar también sobre casos, cerrados o no, entre los años 1940 y 1960 de mujeres asesinadas que puedan darnos alguna pista. Y hablo de asesinadas porque el forense afirma que así fue como murió esta mujer.

—Teresa y yo ya estamos sobre ello, hemos hecho una primera batida. Pero hay mucho trabajo y no le hemos podido dedicar el tiempo suficiente aún —apostilló Nieves.

—Habrá que hacer un esfuerzo extra. Vámonos a comer algo rápido, no podemos perder más tiempo. —Toboso dio una palmada en la espalda a Nieves.

El inspector se quedó rezagado mientras los demás salían.

—Prado, te noto tensa conmigo, ¿te pasa algo?, ¿por qué no te vienes a comer algo? Mira, te propongo que bajemos al Portalón, aquí al lado, nos tomamos algo rápido, un par de tapas de esas tan ricas que tienen y que te dejan lleno, y nos vamos corriendo.

—Ramón, te lo agradezco, pero es que estoy tan nerviosa que creo que comeré algo aquí en el ayuntamiento. No me pasa nada contigo, es por lo que estoy viviendo. Tengo una responsabilidad muy grande.

—Como quieras, no te quiero tampoco presionar. Sé que hoy es un día difícil. Era por si querías despejarte un poco. De cualquier modo, ya sabes que nos debemos un café tranquilito, ¿eh?

—Vale, eso te lo admito. Cuando acabe la Pandorga, antes de las ferias, hasta te invito yo si no pasa nada.

—Si me invitas tú, ¡mejor todavía!

El inspector pasó una mano por un hombro de la alcaldesa.

—Pero solo si salimos airosos de esta.

—Me esforzaré en ello entonces. El 1 de agosto lo celebramos en La Manuela, que soy fan número uno de sus cafés.

—La conozco, está en la plaza de España, sí. Venga, pues a zanjar el asunto si quieres ese café. —La alcaldesa se apartó sutilmente del brazo del inspector.

***

A las cuatro en punto de la tarde, Olga, hija de los Raros, se encontraba sentada en la misma silla en la que su hermano Lucio lo hizo en días anteriores y con el mismo abogado. Era una mujer corpulenta, de una altura considerable y de rasgos duros. La melena casi rubia que lucía la tenía recogida en una tosca coleta. Su voz ronca imponía al que la oía. Como en el interrogatorio de su hermano, el inspector Toboso y la subinspectora Lara fueron los encargados de dirigirlo. El ambiente era pesado, tenso, con un calor denso que invadía la estancia y la hacía más plomiza. Teresa se encontraba incómoda, la mujer que tenía delante le imponía y hasta le intimidaba.

—Olga, vayamos al grano. ¿Qué hizo la noche del uno de julio?, ¿lo recuerda? —empezó el inspector.

—Claro que lo recuerdo, que yo sepa, no tengo todavía demencia senil.

El tono hostil de la mujer era tal que a Teresa un estremecimiento le recorrió el cuerpo.

—Estaba en el cumpleaños de una vecina.

—¿Puede corroborarlo de alguna manera?

—Que si puedo, dice —rio descaradamente—. Anda, aquí tiene mi móvil. Está lleno de fotos de ese día.

—¿Esta vecina es muy amiga suya?

—Es mi única amiga real en Ballesteros, señor inspector. No nos tienen muy bien vistos allí. Pese a todo, no es mal pueblo —esta última afirmación causó asombro en los dos policías y en Nieves, al otro lado del cristal.

Teresa reparó en las manos de Olga. Eran de las más grandes que jamás había visto en una mujer. «Madre mía, pero si va a dar la vuelta con la mano al vaso que tiene». Se armó de valor y le formuló la siguiente pregunta:

—¿A qué hora terminó el cumpleaños? —Teresa se sorprendió de la voz trémula que le salió, de lo que también se dio cuenta Olga, que le sonrió con sorna enseñándole unos dientes amarillentos.

—Es verano y estamos todos de vacaciones, subinspectora. Y, como le he dicho, es mi mejor amiga. Terminamos aproximadamente a las cuatro de la mañana. Si se fija, en las fotos verá la hora a la que fueron hechas. Nos dieron las tantas hablando de nuestras cosas, sobre todo, de cómo puede ser que sigamos solteras.

«Pues yo sí sé por qué, al menos, lo estás tú», se respondió Teresa para sus adentros.

—Si no le importa, nos vamos a quedar con su móvil para analizar esas fotos —le dijo el inspector guardándolo en una bolsa.

—Todo suyo. Me importa una mierda que se lo quede, total, para lo que vale. ¿Hemos terminado ya?

—Por ahora, sí, pero si no le importa, quédese en comisaría algunas horas más mientras revisamos el móvil y hacemos algunas comprobaciones.

—Si me traen una Coca-Cola y un buen bocadillo de jamón con queso, me quedo un siglo si hace falta.

El inspector no tuvo más remedio que esbozar una sonrisa. Teresa, abrumada por la presencia de Olga, no veía que fuese capaz de ni siquiera mover apenas los labios delante de ella más que para lo estrictamente necesario.

—Por supuesto, en un rato se lo traemos, no hay problema.

Desde la sala contigua, la comisaria, Nieves, la alcaldesa y el concejal de Seguridad habían seguido la conversación con suma atención. A veces parecía que, de un momento a otro, la alcaldesa fuera a traspasar el cristal y agarrar del cuello a la sospechosa para que le diera respuestas.

—No sé cómo habéis aguantado serenos frente a esa mujer. Me daba mucho miedo —soltó la alcaldesa en cuanto el inspector y Teresa aparecieron.

—Esto no es nada. En peores plazas hemos toreado —le contestó la subinspectora.

—Pues tenemos un problema —arguyó el inspector—. Así a simple vista, efectivamente, las fotos fueron tomadas esa noche. Y, según Nieves, esta es la única hija que tienen, el resto son chicos. —Nieves asintió cuando la miraron en busca de aprobación—. Si no iba ella en la furgoneta, tenemos que pensar en alguien externo a esa familia que, de alguna manera, se apropiara del vehículo. Su hermano, Lucio, nos dijo que al levantarse al día siguiente la furgoneta estaba donde la dejaron.

—Qué locura. —La alcaldesa se dejó caer en una silla de plástico negra—. Vaya como no sea ella.

—He pedido información sobre esta chica al guardia civil de mi pueblo, a ver si me dice algo interesante. Me llamará si averigua algún dato que nos pueda ser de relevancia —dijo Nieves, sentándose al lado de la alcaldesa—. Por otra parte, ha mirado de forma rápida en sus archivos y no constan muertes violentas de mujeres en los años que tú habías dicho, Ramón. Le iba a preguntar a su padre, y yo haré lo mismo con mi abuela, a ver si recuerdan algo. En cuanto a satanismo, solo tenemos rumores sobre los Raros, nada en firme.

Mientras debatían sobre qué pasos dar, empezaron a sonar los móviles de la alcaldesa, el inspector y la comisaria como si se hubieran puesto de acuerdo. A los tres les mudó el color de la cara a los pocos segundos de mantener sendas conversaciones con sus teléfonos.

—Compañeras —dijo severo el inspector, mirando a Teresa y Nieves—, nos vamos ahora mismo todos al pantano del Vicario. Acaba de aparecer el cuerpo de un hombre flotando en el agua.

CAPÍTULO 17

La tarde estaba siendo tórrida en Ciudad Real. Un sol de justicia abrasaba a los que celebraban la Zurra, bañándose en vino, con una estridente música de fondo y unos aspersores que intentaban mitigar las altas temperaturas y reducir el riesgo de golpes de calor. A muy pocos kilómetros de allí, en el pantano del Vicario, a un mercurio disparado había que añadirle una mayor humedad por el agua embalsada, lo que hacía que las gotas de sudor brotaran sin remedio. Los pocos ciudadrealeños que esa tarde habían acudido a la artificial playa del Vicario, pegada al embalse, se agolpaban bajo un cordón policial en el acceso a la contigua presa y habían difundido imágenes de la barrera policial por las redes sociales. Los más avezados fotógrafos habían captado imágenes incluso de la labor de los agentes a la orilla del embalse. Un agente abrió paso a una comitiva de coches que accedieron a la zona. En uno de ellos iban la alcaldesa de Ciudad Real, el teniente de alcalde y el concejal de Seguridad. En otro, el inspector Toboso, la subinspectora Lara y la policía nacional Nieves Morales. Ahora todo se complicaba. Pensaban que, de suceder algo, sería el propio día de la Pandorga, el 31 de julio, pero no esperaban que en la víspera contaran con un muerto.

Al bajarse de los coches, todos notaron cómo el calor venía a acrecentar la sensación de desasosiego y desesperación que sentían desde que, minutos antes, supieran que había aparecido un cadáver.

—Buenas tardes —los saludó el inspector Ruiz de la Científica, que había sido avisado por las primeras patrullas en llegar—. Tenemos el cuerpo de un varón de mediana edad. Unos valientes pescadores, porque hacen falta agallas para estar a pleno sol en un día como hoy, lo han visto flotando sobre el agua, nosotros ya lo hemos arribado hacia la orilla. Lo hemos cubierto con una sábana blanca. Si les parece, vengan a echarle un vistazo y les comento ya más detalles sobre el propio cuerpo.

Todos avanzaron andando unos metros hasta donde reposaba el cadáver bajo la sábana blanca. El viento abrasador movía la superficie del agua dibujando graciosas olas y mecía a su merced a las encinas que contemplaban la escena desde los montes circundantes. La alcaldesa bebió un trago de la botella de agua que llevaba en la mano al notarse algo mareada. «Entre el calor y la tensión a mí esto me va a pasar factura, no paso del verano», vaticinó mientras veía cómo el inspector avanzaba con más rapidez hacia el cuerpo. Detrás, la subinspectora Lara y Nieves aceleraron el paso para intentar ir a su mismo ritmo. Las autoridades municipales se quedaron más rezagadas.

El inspector Ruiz alzó entonces la sábana. La cara de estupor del inspector y de las policías alarmaron a la alcaldesa, que, movida por un impulso, dio grandes zancadas hasta su posición.

—¿Qué pasa? —preguntó mientras intentaba descifrar a quién pertenecía la cara de ese cadáver.

—Que el muerto es nada menos que Lucio Pérez —le contestó el inspector, pasándose un pañuelo por la sudorosa frente.

—No me lo puedo creer —dijeron al unísono Teresa, Nieves y la alcaldesa.

—¿Qué sabemos sobre su muerte, inspector Ruiz? —preguntó Toboso a su colega, que se encontraba justo a su lado de pie, mirando fijamente al cadáver.

—Hemos hecho una rápida inspección ocular y habíamos pensado, de primeras, que se podría tratar de un suicidio. Cosa que, por otra parte, ya sabéis que no sería la primera vez precisamente que tenemos alguno en este pantano. También habíamos hablado de un accidente. Aparentemente, no hay signos de violencia. Al menos a simple vista solo se observan algunos rasguños que casan con una caída tanto fortuita como premeditada, pero sin violencia previa. No parecen, desde luego, fruto de una defensa contra alguien ni contra nada. Hemos revisado el cuello, la cabeza o las muñecas y no hemos visto nada reseñable. Ya le hemos extraído sangre y está mandada al laboratorio, en muy poco rato tendremos los resultados preliminares. El médico forense nos ha dicho que cree que hay restos de vómito dentro de la boca. Enseguida lo van a estudiar para confirmarlo. Lleva muy poco tiempo muerto, no creemos que más de entre dos y cuatro horas, por lo que el fallecimiento ha sido hoy, sin lugar a duda. Por el momento, eso es todo lo que puedo contarles. Su familia está de camino para acá.

—Y nosotros tenemos ahora mismo a una hermana suya en comisaría —añadió el inspector, que se dio la vuelta buscando un sitio con sombra con la mirada.

Una ráfaga de aire destapó a medias la sábana que tapaba a Lucio Pérez, dejando al descubierto una cara amoratada e hinchada que poco recordaba al rudo hombre que hacía pocos días convencía de su relato a los policías. Tras hablar el inspector de la Científica, se hizo un silencio mientras cada uno se ensimismaba en sus propios pensamientos. Teresa y Nieves se miraron. Se había creado una conexión entre ellas hasta el punto de saber qué pensaba la otra. En ese momento ambas tenían en mente las palabras de Cruces cuando afirmaba que veía algo en un lugar de mucha agua. Todos pensaban que se refería al día de la Pandorga, pero ahora sabían que, en realidad, lo que veía se iba a producir un día antes. La alcaldesa se giró y se echó atrás unos pasos para acercarse a ellas.

—También estáis dando vueltas, como yo, a lo del agua que dijo la bruja, ¿verdad?

—Pues sí. Ya os dije que esa mujer tiene un don increíble, sea como sea, acaba acertando —afirmó solemne Teresa, a la que el aire elevaba el pelo ondulado, negro, que llevaba recogido en una coleta, lo que hacía remarcar sus bellas facciones.

—Yo también le di credibilidad, lo que pasa que estaba convencida de que pasaría algo en un sitio de agua mañana, no hoy. De hecho, tenía el presentimiento del parque de Gasset, no sé por qué. Esto nos rompe un poco los esquemas, ¿cierto? —La alcaldesa se tocó la barbilla, desconcertada.

—Algo ha debido pasar para que este hombre esté muerto antes de la fecha en la que tanto nos insisten.

Nieves se apartó hacia la sombra de una encina cercana, acto que siguieron Teresa Lara y la alcaldesa, movidas por el mismo instinto natural de protección ante el implacable astro rey.

—Me parece que ha sido por un motivo de fuerza mayor. Diría que a quien anda detrás del embrollo le ha salido mal alguna jugada. Estoy completamente segura de que no quería matar a nadie hoy.

—Estoy de acuerdo contigo, Nieves, en que si esto ha sido un homicidio no estaba pautado. Ahora mismo, de hecho, esa persona se estará volviendo loca. Un asesino metódico, con una fecha muy medida y prevista, no aguanta muy bien que sus planes no salgan acordes con lo estipulado. Se habrá visto empujado a matar a este pobre hombre sin remedio alguno. Ahora la gran pregunta es: ¿mañana también tiene previsto matar?, ¿o lo de hoy ha sido para eliminar a un obstáculo y lo que realmente prevé es una acción espectacular, pero sin derramamiento de sangre? Ahora bien, tú, Nieves, hablas directamente de un asesinato y no tiene por qué, ya que no han encontrado, por el momento, marcas que hagan pensar en ello. ¿Quién no nos dice que se haya suicidado porque con los pelos encontrados en la catedral le hemos pillado? —analizó la subinspectora concienzudamente.

Nieves, que impulsivamente había pensado en un asesinato, tardó en reaccionar.

—¿Crees que Lucio ha sido el autor del robo de la patrona y que el caso ya se queda cerrado?

—Podría ser, es más, todo cuadraría. Proviene de una familia con rumores de prácticas raras y poco querida en el pueblo. Al fin y al cabo, estas sectas se nutren de personas con problemas familiares o sociales, por lo que Lucio encuadra dentro del perfil. Le han podido lavar la cabeza y empujarle a hacer algo así. Ten en cuenta que se ganaría el reconocimiento de esta banda, lo que nunca ha tenido en Ballesteros. Sacrifica a las ovejas de Julián, monta el escenario, calavera incluida, al lado del cementerio y culmina robando a la Virgen del Prado. Sin querer dejó algún pelo suyo, lo cogemos y, bien para no tener que desenmascarar a toda la organización que tiene detrás o bien porque se da cuenta de dónde está metido y no sabe cómo salir del atolladero, termina por suicidarse.

—Visto así, tiene sentido. Pero en las imágenes de las cámaras aparece alguien con pelo largo conduciendo la furgoneta.

—Pudo haberlo hecho la hermana e ir en el maletero o no ir. Quizás la hermana salió ese rato del cumpleaños y luego volvió. Con las horas de las fotografías podremos determinar si pudo ser así o no —dijo Teresa mientras se rehacía una coleta.

—Yo es que en el interrogatorio lo vi sincero. Me dio la sensación de que sí, podía saber cosas, pero que esto le ha salpicado sin estar metido de lleno. Además, hay diversas fórmulas de matar sin dejar huella.

—Por supuesto, y antes de hecho te he hablado de cómo estaría de nervioso un hipotético asesino. No lo descarto para nada, los de la Científica nos dirán en cuanto tomen más muestras.

—En caso de que haya sido un asesinato y el que lo ha cometido ande suelto, ¿hay manera de saber dónde actuará? Porque, como podéis imaginar, vigilar cada palmo de calle en un día como mañana, con miles de personas, va a ser imposible. —La alcaldesa no abandonaba un nerviosismo que parecía haber echado raíces dentro de ella e iba inherente a cada movimiento corporal que hacía y a cada frase que pronunciaba.

—Mucho me temo que no. En ese sentido, estamos a ciegas. Me inclino a pensar que el delincuente pretende una acción muy visible, pero simbólica. Por lo menos eso creía hasta hoy, ya que no lo veía capaz de matar. Ahora, por lo que veo, debemos introducir esa variable en la ecuación, si bien sigo en mis trece de que es poco probable que vuelva a asesinar. En caso de existir esa tercera persona, que Lucio Pérez tenía relación con él o con ella empieza a clarificarse porque, si no, no estaría en este momento como está. —Teresa señaló con el dedo al inerte cuerpo.

—Vamos, que mañana puede pasar de todo. —La alcaldesa se sentó sobre una piedra enorme clavada en el suelo, sintiéndose abatida.

—Intentaremos que no suceda nada. Pero para qué mentirte, si supiésemos dónde focalizar la amenaza, sería más fácil. Aparte de reforzar la seguridad en el entorno de todas las iglesias, algo que ya hemos hecho al ser los sitios donde por ahora han actuado, poco más. Necesitaríamos miles de policías en las calles para tenerlo todo más controlado, y ni con esas. Con los refuerzos que nos van a llegar de Madrid y Toledo lo que haremos será sellar las salidas por carretera de la ciudad. Si pasase algo, activaríamos una operación jaula que impidiese que nadie saliera de Ciudad Real por carretera ni a través de ningún transporte público. Y también tenemos previsto crear un anillo de seguridad desde esta misma noche que rodee el perímetro central de la ciudad. Sería muy difícil que alguien hiciese algo y consiguiese escapar de las calles principales. Además, se va a controlar a la gente que acceda a la plaza Mayor —explicó la subinspectora.

—Que Dios nos ayude, me siento tan impotente... —La alcaldesa apoyó los codos sobre sus piernas y con las manos sostenía la cara.

Un coche llegó al camino de tierra que bordeaba el embalse. Nieves decidió que esta vez sí iba a estar presente, aunque la reconocieran. Sabía que, aunque ella realmente nunca ha hecho nada, las rencillas en el pueblo con esa familia podían causar que la miraran, como mínimo, con desprecio. Los gestos de su abuela en ocasiones al cruzarse con ellos por la calle no iban a ayudar mucho. Cuando el vehículo se acercó, pudo reconocer a los padres de los Raros. Casi no había frenado del todo el coche cuando los dos se bajaron de él. La madre, una mujer muy menuda, vestía un sencillo vestido negro que le llegaba hasta las rodillas y el pelo, moreno y bastante rizado, lo llevaba dentro en un moño hecho con prisas. En los pies calzaba unas simples alpargatas, también de color negro. El padre, bastante corpulento y alto, tenía una camisa de manga corta blanca con rayas rojas muy finas y unos pantalones verdes largos. Los dos presentaban síntomas de haber estado llorando. Nieves se apiadó de ellos. De pequeña les tenía miedo por todo que le habían metido en la cabeza sobre ellos, pero ahora veía simplemente a dos padres abatidos que acababan de perder a un hijo. Enseguida se dio cuenta de que la madre llevaba un rosario en una mano y un pañuelo de tela blanco en la otra, el cual apretaba con dureza hasta reducirlo a un pequeño reguño. Se acercaron al equipo policial con prisa, incluso la madre casi echando a correr. Los policías no querían que viesen así a su hijo, preferían que fuese en una sala tranquila y menos desaliñado, o que fuese otro familiar el que reconociese el cadáver. Pero ellos insistieron en que querían ver a su hijo. El inspector Toboso levantó entonces la sábana blanca y los temerosos padres confirmaron la peor de las noticias que podían recibir. Efectivamente, era su hijo, no cabía duda. La madre se tiró al suelo lanzando un grito desgarrador e intentó abrazar el cuerpo sin vida de su hijo, algo que Toboso, de forma suave, impidió. El padre se arrodilló a los pies del cadáver sin atreverse a tocarlo. Lloraba de manera más silenciosa y se cogió las manos como suplicando a alguien etéreo que lo que estaba viendo no fuese verdad. La madre se sentó en el suelo e intentó tocar a Lucio. El inspector Ruiz le indicó con un gesto a Toboso que no podía permitir el contacto físico de la madre con su hijo. Suavemente, Toboso le cogió los brazos a modo de consuelo. Ella acercó a pocos centímetros su rostro a las mejillas de Lucio, como si así el muerto la pudiese sentir. Todos los que contemplaban la escena enmudecieron y se retiraron unos pasos hacia atrás para que los padres tuvieran unos minutos de dolor en soledad y recogimiento con el cuerpo de Lucio. El padre se sentó sobre el suelo polvoriento, abrazando a su esposa, que no paraba de llorar. Entonces, la madre reconoció a Nieves y le pidió que se acercase. Con miedo, se acercó. La madre se puso de pie. Y, entonces, se le echó en sus brazos y la abrazó llorando. Nieves, de repente, descubrió que los Raros no lo eran tanto y que, en ese momento, la Rara era una madre como cualquier otra a la que habían arrancado una parte de su vida. Nieves intentó reprimir sus emociones, pero no podía evitar acongojarse ante tanto dolor, le era imposible hablar. Se quedó unos momentos apartada de la escena principal con la mujer.

—Sé que ahora mismo son momentos muy difíciles, pero ¿me podrías decir dónde ha estado Lucio esta mañana? —preguntó Nieves intentando mantenerse serena, si bien la emoción se le colaba a través de las palabras.

—Salió al campo como todos los días —la madre entrecortaba las palabras por la congoja—, y luego se fue al bar del Titi. Me extrañé cuando no vino a comer. —Paró para sorberse los mocos que le caían de la nariz como lentos ríos de lava—. Como tardaba demasiado, avisé al resto de mis hijos. Bueno, menos a Olga, que la tenéis vosotros.

Tras esa última frase, Nieves atisbó un cierto rencor contra ella.

—Entiendo. ¿No os dijo entonces si iba a ir a algún sitio en especial?, ¿o si iba a estar acompañado?

—Te digo que no. Se fue solo y no nos dijo nada fuera de lo normal. No me ha dado ni tiempo a ir al cuartel a decir que lo buscaran, porque cuando ya me estaba poniendo nerviosa de verdad, me llamó la Policía para decirnos que nos iban a traer aquí. Por lo que sé, no eres madre, entonces a lo mejor no entiendes lo que te voy a decir. Pero a media mañana me ha dado una *punzá* al corazón, como si me hubiesen clavado un puñal, me he puesto mala. Cuando han llamado, he sabido que me lo habían matado.

—¿Crees que lo han matado? —Nieves procuró no pronunciar las palabras «suicidio» ni «asesinato».

—Hombre, pues claro. Él vivía bien y contento allí con nosotros.

—¿Y quién lo ha podido cometer?

—Yo qué sé. En el pueblo no nos miran muy bien, qué te voy a contar. —De nuevo apareció un gesto de contrariedad—. Que yo recuerde, nunca se ha quejado de nadie en concreto ni nadie lo tenía amenazado. Tuvo un problema por drogas hace años, pero aquello se solucionó y él se dio cuenta de su error y de que nos estaba haciendo daño, así que no volvió a ver a aquella gente.

—Lo investigaremos. No dudes de que esto lo vamos a esclarecer.

—Gracias, Nieves. —Su gesto se ablandó—. Y, por favor te pido, suelta a Olga. Que mis hijos no han hecho nada, somos buenas personas.

—Veré qué puedo hacer, pero ahora no te preocupes por eso. Olga va a estar bien, te lo garantizo, me ocuparé de que así sea.

En ese momento, la madre volvió a romper a llorar, Nieves entendió que ahí debía parar la conversación. Dejó que la mujer volviera junto a su hijo y ella se reagrupó con sus compañeros y las autoridades locales. Desde su posición, el fuerte aire levantaba una fina arena que borraba ligeramente la visión de los padres de Lucio sentados en el suelo acariciando un cuerpo cada vez más rígido. En ese punto se acercó el médico forense al grupo, que permanecía en silencio.

—Siento interrumpirlos —susurró con timidez.

—No se preocupe, díganos —le contestó el inspector con amabilidad.

—Tenemos los primeros resultados. Quizás este hombre no se haya suicidado. Tiene una gran cantidad de arsénico en sangre, vamos, hablando en plata, lo han podido envenenar.

—Esto se complica —sentenció el inspector.

CAPÍTULO 18

La misma tarde del 30 de julio, Teresa tenía cita con su psicóloga. Llevaba unos contados años en los que se notaba más recuperada. Se sentía fuerte y había vuelto a tomar el control sobre su propia persona y, por ende, de su vida. Todo iba bien hasta que se enteró de una noticia que la hundió temporalmente: su agresor acababa de obtener su primer permiso y, aunque vigilado, iba a pasar tres días en libertad, coincidiendo con el final de julio de ese mismo año. Las semanas previas había tenido problemas serios para dormir. Daba vueltas a la cabeza, las imágenes brotaban desde lo más hondo de su memoria y revivía con una inusitada viveza los meses que siguieron a la primera agresión, pero no quería contárselo a nadie para no preocupar a los que más la querían.

El bloqueo mental que le supuso el ataque en su noche de bodas le impedía saber que hubo varias más. Fueron las sesiones de hipnosis las que, con unas garras afiladas, recogieron del más profundo substrato cerebral las vivencias escondidas y agazapadas en rincones oscuros donde nadie pudiera descubrirlas. Estaban dispuestas a pasar desapercibidas por el resto de su vida, pero Teresa las descubrió y las sacó de su retorcido escondrijo. La voz de su psicóloga la guio a través de un sendero en el que luces tintineantes le iban marcando el camino que seguir hasta el final. Cuando llegó a la meta, sintió un alivio que, sin embargo, se tornó en amargura al tener que destapar la dolorosa verdad. Una aguda punzada recorrió a su familia y a la de su marido. Desde entonces, un martirio se instaló en sus vidas que todavía duraba, aunque más mitigado por el paso del tiempo. Era ahora cuando la arrolladora fuerza de la rutina había calmado las aguas. Unas aguas que se habían revuelto, cuando creían estar estancadas, con la salida del creador del largo duelo en el que todos los de su entorno se vieron instalados de por vida.

Pese al apogeo del caso policial en el que se hallaba inmersa, Teresa necesitaba sacar un rato para su sesión y para sí misma, parar aunque fuese por un puñado de minutos. Cuando miró hacia la parte alta del edificio que precedía al palacio de la Diputación de Ciudad Real, emitió un sonoro suspiro de resignación. Y entró.

—¡Teresa! —saludó efusivamente Patricia, su psicóloga—, ya lo tenía todo preparado para tu visita. No creas que no he estado pensando en ti en todos estos días. Pese a que veo tu cara de preocupación, he de admitir que incluso así estás guapa. La pena te da un toque especial —añadió mientras la abrazaba.

—Gracias por el cumplido, Patricia. Pero ahora mismo en lo que menos pienso es en estar guapa —respondió Teresa entrecerrando los ojos y desplomándose sobre el sillón.

—No es un cumplido, es la verdad. —Patricia le acarició una mejilla.

Teresa se sintió confusa ante el comportamiento de la psicóloga, pero se concentró en buscar las palabras que expresaran sus emociones.

—No voy a poder estar mucho tiempo, Patricia, tengo que volver pronto a comisaría. En un día como hoy, como si no tuviéramos bastante, nos ha saltado uno de los mayores casos de los últimos años.

—¡No me digas! Aunque, por una parte, casi que mejor que sea así. Si te mantienes ocupada, menos pensarás —dijo con actitud desenfadada mientras tecleaba en el ordenador.

—Sí y no. Como tú dices, tengo menos tiempo para pensar, pero el estrés al que estoy sometida me afecta. Me parece que sería mejor si estuviese más tranquila, podría meditar con más serenidad. De este modo, es como si estuviese metida en una vorágine de la que no puedo escapar.

—Te entiendo. Si rebuscas ahora mismo un poco en tu interior, ¿qué sentimientos tienes? —La psicóloga dejó de escribir para mirar fijamente a Teresa.

—«Ansiedad» es una buena palabra para definirme en este instante. Desde mediados de mes los nervios me están consumiendo. Todos los días antes de desayunar ya sabes que medito, pero el efecto me dura poco. A media mañana me repunta la angustia, pero es sobre todo con la caída del sol cuando siento que me ahogo. Me pongo a hacer otras cosas para evadir los malos pensamientos, pero tarda un buen rato hasta que me llega la calma. Las tilas y las valerianas no me hacen nada.

—¿Qué piensas en los momentos de mayor angustia? —Patricia se inclinó hacia delante.

—Estoy obsesionada con encontrármelo. Ya sé que no se me puede acercar y que todos vamos a estar volcados en que así sea, pero no lo puedo evitar. No sé qué voy a hacer los próximos tres días para no verle. He pensado hasta en dormir en comisaría, se lo he dicho al inspector. Lógicamente, me ha respondido que no.

—No te vendría bien, Teresa. Estarías huyendo del foco de ansiedad. Precisamente vamos a trabajar justo lo contrario, el enfrentarte a ello. No te estoy diciendo que vayas a verlo, por supuesto, pero si te mantienes en Daimiel firme, cuando vuelva a la cárcel te vas a sentir enormemente robustecida. Ya lo verás. Vas a ser la mujer más fuerte que nunca hayas conocido, tú misma. Sal a la calle, haz tu vida normal. Justo antes de pisar la calle, no pares de pensar: «Yo puedo, yo puedo, yo puedo». Y, como por arte de magia, podrás.

—Diciéndome esto me estás insuflando de valor, de verdad te lo digo.

Una luz radiante emanaba de Teresa, que parecía revitalizada.

—Claro que sí. En una semana vendrás y me besarás —Patricia rio sonoramente, seguida de una risa más tenue de Teresa, a la que no le hizo tanta gracia la broma.

Patricia adoptó una postura más cómoda sobre su sillón con ruedas negro y cambió de tono, pasando de un plano profesional a uno más personal y menos formal.

—Y, bueno, ¿qué es ese caso tan importante en el que estás trabajando?

Teresa se quedó mirándola fijamente reflexionando sobre cómo contestar.

—Sabes que no debería hablar de ello. Voy a hacer una excepción contigo, Patricia, confío en ti, por favor. No me falles.

—Tienes mi palabra. —Le alargó la mano sobre la mesa que las separaba hasta tocarse las puntas de los dedos.

—Hoy se ha producido el asesinato de un hombre que es de un pueblo cercano —Teresa adoptó una actitud de formalidad oficial—, que podría estar relacionado con una serie de hechos, cuya naturaleza no sabría ni calificar, que han acontecido aquí en Ciudad Real, particularmente en las iglesias. Lo habrás oído, lógicamente, el robo de la patrona.

—¡Cómo no! No se habla de otra cosa en la ciudad.

—Exactamente, es que no es solo el robo de la imagen de la patrona. Hay bastante más detrás. Estamos desenredando la maraña, pero no tenemos mucho tiempo, ya que es posible que alguien quiera hacer algo en plena Pandorga. Mañana mismo. ¿El qué? No tenemos aún ni la más remota idea.

—Perdona si me entrometo demasiado, pero ¿no sabéis quién puede ser? Llevamos estos días jugando todos a ser detectives, no paramos de especular. Al menos da algo de vida a esta monótona ciudad —alegó la psicóloga suspirando, mirando a la lontananza.

—No. Estamos investigando acerca de grupos extremistas religiosos y, aunque te suene raro, de satánicos, al haber profanado iglesias.

—Ya nada me suena raro, Teresa. Por este sillón ha desfilado gente que aseguraba tener contacto con espíritus, con el diablo, con Dios y con un sinfín de entes hasta llegar a afectar psicológicamente de manera profunda a esas personas. He oído de todo.

—Ya supongo. En cualquier caso, te vuelvo a pedir la máxima discreción. Me he desahogado un poco contigo por la confianza que tenemos y porque me has demostrado tu profesionalidad. Como te dije al llegar, el caso me tiene agobiada, como nos tiene a todos en el trabajo en realidad, porque no paramos de dar palos de ciego.

—Estando tú en el caso, no me cabe la menor duda de que se resolverá. —La psicóloga volvió a intentar rozar su mano con la de su paciente.

—Eso espero. —Teresa le devolvió una sonrisa dulce, pero apartó la mano para que no se produjera el contacto físico.

Teresa tenía la impresión de que la luz de la estancia se había tornado más cálida. El olor al perfume de Patricia le llegaba con meridiana claridad mezclado con el de un ambientador de frutos rojos. Ambas se levantaron para dar por finalizada la sesión y, de camino hacia la puerta, Patricia pasó su mano por los hombros de Teresa. Esta se volvió azorada ante el grado de confianza de su psicóloga, que, desde su punto de vista, traspasaba ya la frontera de lo estrictamente profesional. No sabía si era una manera de demostrar el cariño que creía que Patricia le había cogido o algo más. De cualquier manera, sabía que no se sentía cómoda con eso. Notaba algo raro en la mirada de Patricia, un fulgor imponente que se clavaba en ella. Al darse dos besos, Patricia acercó sus labios a la comisura de los de Teresa, susurrándole: «Tranquila, todo esto pasará». Teresa le devolvió los besos intentando transmitir más frialdad para así imponer una barrera invisible que Patricia captase. Quedaron en verse todos los días mientras durasen los días de permiso de su agresor, la siguiente cita sería a la mañana siguiente. Tras ello, salió con rapidez por la puerta y bajó los escalones que la separaban de la calle de dos en dos. Más tarde, en calma, analizaría lo sucedido. El aire de la calle le sentó bien, lo aspiró para que le insuflase de nuevas energías mientras miraba al edificio de Correos. Empezaba a anochecer y los últimos rayos de sol incidían sobre sus ladrillos rojos, dotando a la plaza que compartía con el palacio de la Diputación de una atmósfera cálida y acogedora. Teresa se sentó en un banco de esa plaza extrañamente vacía, en una calma tensa antes de llenarse de gente que la cruzaría para acceder al corazón de la ciudad a partir de la caída del sol. Sacó su móvil y vio que tenía cientos de mensajes nuevos. De un lado, mensajes de Rafael y de su familia que le advertían de que su agresor acababa de salir de la cárcel unas horas antes de lo previsto. Contestó a su marido calmándole al afirmarle que estaba mucho mejor y que la sesión había ido a la perfección. De otro lado, el inspector Ramón Toboso y Nieves le daban los titulares de las últimas novedades de la investigación. Del bar que hacía esquina cogió un bocadillo de tortilla con patatas que se fue comiendo de camino a comisaría. En su fuero interno, deseaba que tuviera que pasar la noche trabajando para no tener que ir a Daimiel. Pero las palabras de Patricia habían surtido efecto y el coraje le hacía alzar la cabeza. Si tenía que ir a Daimiel, iría.

***

Con la noche plena cerniéndose sobre Ciudad Real, entró a comisaría, donde se encontró de frente a Nieves.

—¡Teresa!, ¿cómo estás?, ¿te ha ido bien?

—Sí, vengo con energías renovadas. Más tranquila, desde luego. Aunque ha pasado alguna cosa que ya te contaré luego, con un café delante, para que me des tu opinión.

—¿Me tengo que preocupar? —Nieves se alarmó al ver la mueca de disgusto que puso la subinspectora.

—¡Qué va! —Teresa se relajó, lo que a su vez distendió la faz de Nieves—. Es más de cotilleo. Y bien, ¿qué ha pasado en este rato?

—Imagino que algo habrás leído en los mensajes que te hemos mandado. Tenemos en este instante a los forenses practicándole una autopsia a Lucio y, según las primeras informaciones, efectivamente, ha sido envenenado. Lo han debido envenenar esta mañana a primera hora, creemos que le han echado arsénico en el desayuno. Se debió dar cuenta e intentó expulsar el veneno vomitando, pero ya era demasiado tarde. Ha muerto al poco tiempo, asfixiado. Le ha dado un paro cardíaco. Y ahora viene el problema: hay gente que ha visto una furgoneta blanca accediendo al embalse del Vicario. Con total seguridad era la que transportaba su cadáver. Y, según me ha confirmado el guardia civil de Ballesteros, la furgoneta de los Raros está allí, aparcada en el pueblo. Si hubiesen sido ellos, mucha prisa se habrían dado en dejar el cuerpo y volver. Me resultaría altamente extraño que hayan sido los padres, que están derrotados. La hermana, Olga, ha estado aquí en comisaría todo el tiempo. Hay más hermanos varones, pero no están en el pueblo, se encuentran fuera trabajando, ya hemos contactado con ellos y comprobado sus señales de móvil por si acaso.

—Estamos igual que al principio, solo que con un muerto —se resignó Teresa.

—Así es —confirmó Nieves.

—También pudo ingerir él, de manera voluntaria, el veneno para suicidarse.

—Toboso dice que casi que el suicidio lo podemos descartar. No tiene ni un rasguño y dice que, si se hubiera suicidado, lo más probable es que lo hubiera hecho en su pueblo, no irse al embalse. Su familia ha declarado en comisaría que estaba preocupado por el interrogatorio que le hicimos, pero que él estaba seguro de ser inocente y se encontraba calmado. Aparte de eso, si se quería suicidar, ¿para qué va a intentar expulsar el veneno vomitando?

—Por un arrepentimiento de última hora. Quién sabe. —Teresa paró un momento—. ¿Y las fotos de Olga, la hermana?

—Ya las han analizado. No han sido manipuladas, son las originales realizadas en la fecha y hora que aparece en el terminal. Efectivamente, la noche de las ovejas, Olga estaba en casa de su amiga en Ballesteros. Las señales de su móvil así lo confirman. El guardia civil me dice que en estos días de vigilancia no han percibido nada raro. Han seguido haciendo su vida normal.

—¿De los pechos cortados sabemos algo? —interrogó Teresa, que se había vuelto a sumergir en el caso, olvidándose de su duro momento personal.

—No. Según Toboso, mañana es probable que ya lleguen los primeros resultados. Asimismo, es probable que por fin nos den desde el Hospital General esta noche un informe con todas las mastectomías practicadas en las últimas semanas. Hasta ahora han alegado problemas técnicos y operativos, es increíble. También nos va a llegar la misma información por parte del resto de clínicas de la ciudad. Quizás esos pechos fueron operados en otros hospitales de la provincia o del país, pero lógicamente primero tenemos que investigar en Ciudad Real. De los Raros ya nos hemos encargado y ninguna fémina de la familia ha sufrido una mastectomía completa.

—Por lo que me cuentas, deberíamos pensar también en otras direcciones que no nos lleven siempre a esa familia, ampliar horizontes —resolvió una Teresa pensativa mientras terminaba de masticar el último trozo del jugoso bocadillo, que le supo a gloria, y al que Nieves miraba con envidia.

—Coincido contigo, pero, entonces, ¿por qué han matado a Lucio?

Ambas se quedaron en silencio.

CAPÍTULO 19

Ciudad Real ya sabía que no estaba ante una serie de hechos fortuitos, sino ante una amenaza de una mayor envergadura de lo que creían. El gabinete de crisis de seguridad se había vuelto a reunir a primera hora de la noche y había acordado dar toda la información a la prensa, con el beneplácito de la oposición. Las opiniones en contra de destapar la entera verdad argumentaban que podría suceder un efecto llamada en el que grupos satánicos o de cualquier índole vandálica llegaran a la capital manchega al amparo de estos precedentes o que repitiesen la misma hazaña en otros lugares. Las opiniones a favor, que fueron las que finalmente se impusieron, auspiciadas por los altos cuadros policiales, pensaban que de esta manera quienquiera que amenazase la Pandorga podría estar más cohibido porque sabría que una horda de policías iba a estar buscándole y, además, al saberlo, la población estaría más atenta y podrían dar la voz de alarma en caso de ver movimientos sospechosos. La colaboración ciudadana había sido fundamental en otros casos, por lo que todos confiaban en que miles de pares de ojos pendientes de cualquier extrañeza era la mejor arma de la que iban a disponer. La alcaldesa de Ciudad Real, Prado Santana, no quería que se desarrollase un escenario de psicosis colectiva, pero la Policía le aseguró que no sucedería y que la presencia de los agentes en la calle iba a reforzarse y a ser más que visible para que la gente que acudiese a los festejos tuviese mayor sensación de seguridad. Policías llegados de la capital regional, Toledo, y la nacional, Madrid, tomaron posiciones dentro de la denominada «Operación Jaula», que impidiese salir de la ciudad al supuesto asesino o a los asesinos de Lucio y a los amenazantes de la Pandorga, tal y como la comisaria había obligado a diseñar a Toboso. Los refuerzos permitían así liberar a los policías ciudadrealeños de esa labor, que pudieron centrarse en la seguridad dentro de la ciudad. Completaban el elenco policías locales, algunos de los cuales habían sido instados a interrumpir sus vacaciones estivales. Por su parte, Ballesteros de Calatrava había echado mano de un nutrido número de guardias civiles para controlar el pueblo después del asesinato de uno de sus vecinos y con una familia bajo sospecha, no se sabía si fundada o infundada. El alcalde del municipio se había sumado al grupo del gabinete de seguridad creado.

Bajo este ambiente sin precedentes en Ciudad Real, se estaba desarrollando una noche previa a la Pandorga diferente, aunque las calles se abarrotaron como si nada pasase. Lo único que evidenciaba que no todo era igual eran las conversaciones de los grupos de jóvenes, y no tan jóvenes, que ocupaban todo el centro neurálgico de la ciudad. Mientras la muchachada se refrescaba con bebidas de toda índole en una calurosa noche que iba naciendo con la salida de la luna, el inspector Toboso, la subinspectora Lara y Nieves estaban encerrados en el despacho del primero. Pese a estar ya en las primerísimas horas nocturnas, tuvieron que encender el aire acondicionado para eliminar el bochorno que reinaba en la estancia. La pizzería Carlos les llevó para cenar dos *pizzas* familiares que ocupaban gran parte de la mesa del inspector y aromatizaban el despacho, un olor que a Nieves siempre le recordaba a esas noches de sábado de su infancia cuando su padre las traía desde Ciudad Real al pueblo y las cenaban en familia para luego ponerse a ver una película. En un corcho habían puesto un mapa de la comarca de Ciudad Real y otro del interior de la ciudad. Con chinchetas rojas estaban marcados los lugares donde había sucedido algo y las de color morado indicaban la localización de los puestos de control. Al lado, las fotografías de todo el núcleo familiar de los Raros. Los teléfonos echaban humo contactando con los hospitales de la provincia para ver a qué mujeres les habían quitado los pechos en las últimas semanas, una vez se había confirmado que nadie del entorno más cercano de los Raros había pasado por ello. Olga había sido puesta en libertad ante la falta de pruebas incriminatorias contra ella. Al notificarle la muerte de su hermano, su rictus se volvió extremadamente tenso y sus ojos se tornaron vidriosos, se mantuvo en silencio, pero sin dejar escapar ninguna lágrima, pese a que estas se le acumulaban con rapidez y empujaban por un lagrimal del ojo que se había endurecido como si de mármol se tratase. Se marchó de la sede policial desafiante y rumiando palabras inaudibles, quizás siendo esa su mejor forma de expresar dolor. Teresa no pudo evitar un estremecimiento cuando, a punto de salir por la puerta de la comisaría, Olga le lanzó una última mirada en la que mezclaba furia, pena y rabia.

—La autopsia de Lucio ha finalizado, por fin, según me acaban de comunicar —informó el inspector con la boca llena de un trozo de *pizza*.

—¿Y bien? —le replicó Teresa, que se limpiaba las manos grasientas en varias servilletas.

—Aparte de lo del envenenamiento, que ya lo sabíamos, han encontrado algo inquietante. Le han grabado una cruz a fuego, puede que con algún hierro candente, en la tripa. Esto nos confirma que lo tuvieron que matar. La cruz es exactamente del mismo tamaño que las encontradas hasta ahora. Por lo que nos dicen los médicos, al poco de empezar a sentirse mal, debió tener un fallo cardíaco fulminante, así que, afortunadamente, no ha sufrido mucho.

—Al menos podemos darle ese consuelo a su familia —respondió Nieves, cabizbaja.

—¿No os parece raro que la familia no sepa absolutamente nada de nada? —insistió Teresa.

—Que algo saben está claro. Es imposible que uno de los hijos haya muerto asesinado, que sus pelos estuviesen en la catedral y que una cruz que los relaciona, de algún modo, familiarmente, haya desaparecido y ellos desconozcan cualquier tipo de información. Lo que pasa es que no lo quieren decir y no tenemos ninguna prueba contra ellos —concluyó el inspector, que no dejaba la boca vacía apenas ni unos segundos.

El teléfono del despacho sonó mientras el inspector se limpiaba las manos en las mismas servilletas en las que lo había hecho Teresa.

—Sí, están aquí conmigo —dijo el inspector a quien estuviese al otro lado mirando a sus dos compañeras, que se quedaron expectantes—. No sé, vale, ¿se la paso?

Teresa y Nieves casi se pegaron al inspector después de dar un salto desde sus respectivas sillas. Este tapó el auricular del teléfono.

—Nieves, es tu abuela, que quiere hablar contigo urgentemente.

Los ojos de Nieves casi se saltaban de sus cuencas.

—¿Habrá pasado algo? Pásamela —contestó muy agitada.

El inspector le pasó el auricular, ya destapado.

—¿Abuela?, ¿qué pasa?, ¿por qué no me habéis llamado al móvil?

Tras unos segundos, el inspector Toboso y Teresa pensaron que nada grave sucedía, ya que Nieves se sentó en una silla al lado del terminal fijo y adoptó una postura muy relajada. Mientras Nieves hablaba, ambos aprovecharon para terminarse sus *pizzas*. Cuando colgó, tras una conversación en la que ella apenas habló, el inspector y la subinspectora estaban a escasos centímetros de Nieves, sentados, pero con el cuerpo echado hacia delante, como si así fuesen a enterarse mejor del relato de su abuela.

—¿Qué te ha dicho tu abuela? —Teresa no dejó que Nieves ni siquiera colgase.

—Algunas cosas interesantes. Se ha enterado de la muerte de Lucio y me ha llamado corriendo. Dice que no sabía si llamar a un móvil costaba dinero, así que ha cogido el listín telefónico donde viene el número de comisaría, mis padres no están en casa. A ver cómo os lo explico. Mi abuela es un poco como Cruces, la vidente, pero de menor categoría. Mira el mal de ojo y, algunas veces, se ha encontrado con familiares ya fallecidos. Entre ellos, por ejemplo, mi abuelo, al que una vez vio sentado en su sillón favorito. Nunca nos ha querido contar de qué hablaron, solo sabemos que, al menos, mi abuelo quería una misa y que el día de Todos los Santos fuésemos a rezarle y a llevarle flores a la tumba, como así hicimos. Aparte de eso, mi abuela le preguntó que qué quería y él le dio un mensaje que, como digo, no nos ha querido revelar.

—Nieves, por Dios, ¡al grano! —exclamó Teresa, que esperó a que su compañera hablase para beber de su vaso de Coca-Cola.

—Disculpa, me voy con facilidad de tema. —Juntó las manos en un gesto de pedir perdón, a lo que Teresa respondió con aspavientos indicándole que siguiera hablando—. Al enterarse de lo de Lucio, ha estado mirando el mal de ojo a esta pobre gente, y por lo visto dice que es algo gigante lo que tienen encima. Cree que sobrepasa lo de un mal de ojo normal. No contenta con eso, se ha plantado delante de la casa de los Raros y afirma haber visto dentro sombras negras que, más que andar, se deslizaban por el suelo como si no tuviesen pies. Ha llamado a la casa para ver si podía hablar con ellos, pero nadie ha salido a recibirla. Las luces estaban apagadas, por lo que debe ser que no hay nadie. Es entonces cuando ha ido corriendo a casa a llamarme.

El inspector resopló.

—¿Y ella cómo lo interpreta? —preguntó Teresa, disimulando un eructo provocado por el refresco gaseoso.

—Según mi abuela, en esa casa hay algo malo. Pero me dice que no cree que sean ellos, que alguien del exterior se lo ha debido inducir. Creo que ha cambiado su concepción sobre esa familia, la he notado hasta emocionada y arrepentida.

—Aparte de lo espiritual, no olvidéis el aspecto técnico. —El inspector hizo una mueca de contrariedad.

—Ambas cosas se pueden combinar, Ramón. —La subinspectora le guiñó un ojo.

El teléfono volvió a sonar. Nuevamente, fue el inspector el que descolgó el auricular y llevó a cabo una conversación. Esta vez fue muy breve.

—Nos queda una noche muy larga por delante. Nos vamos de excursión a Ballesteros, nos dicen desde el Hospital General que, hace dos semanas, le quitaron los dos pechos a una de sus vecinas.

—¿A quién? —interrogó Nieves, contenta de poder volver a su pueblo de uniforme.

—Pues a la dueña de la casa donde se guardaba la cruz que crece. Vamos mejor allí, que quiero echar un vistazo a esa casa y conocer el entorno. Dejaremos para luego el postre. Por cierto, Nieves, te veo cambiada, ¿te has hecho algo en el pelo? —La joven se ruborizó ante el comentario de Toboso.

—Me lo he arreglado un poco y me lo he ondulado, ¿te gusta?

—Ciertamente sí. Te hace más atractiva, menos niña, más salvaje.

«He acertado, menos mal. A partir de ahora, pelo ondulado o rizado, decidido».

—¡Venga ya, hombre!, dejaos de flirtear, que nos tenemos que ir —cortó Teresa mientras cerraba las cajas vacías de las *pizzas*.

Mientras el inspector se adelantaba para dar orden de disponer de un coche para ir a la villa manchega, Teresa aprovechó para hacerle un comentario a su compañera por lo bajini.

—Nieves, he hablado con Cruces. Me ha dicho prácticamente lo mismo que tu abuela, que hay algo muy oscuro que le impide ver nada sobre el caso. Le está resultando muy difícil, por lo que de momento no nos puede ayudar mucho. La alcaldesa quiere traerla a Ciudad Real.

—¿Cómo? Eso ya me parecería demasiado, Teresa. Una cosa es que le preguntemos de tapadillo, pero cómo la vamos a traer aquí. Igual hace en su casa que en un despacho, ¿no?

—Ya, pero al estar sobre el terreno lo mismo se inspira más. Está empeñada en hacerla venir, pero ya le he dicho que a comisaría ni pensarlo. De momento está en su casa, a ver mañana, que es el día fuerte.

—¿Y si se entera Ramón?

—Pues que se entere, ya me da igual. No estamos haciendo nada malo y nosotros estamos llevando la investigación con normalidad. Además, Santana le iba a medio convencer.

—¿Tanto hablan ella y el inspector? —Teresa notó que Nieves hacía la pregunta con enfado.

—Por lo visto, sí. Te veo molesta, ¿no tendrás celos?

—A ver, celos como tal no. ¿Que me gusta un poco Ramón? Pues no te lo voy a negar. Pero tampoco como para ponerme celosa perdida porque hable con la alcaldesa, con esto tendrán que estar en permanente comunicación.

—Bueno, ten cuidado y por Ramón píllate lo justo y necesario. Ya trataremos este tema con calma. Vamos, que ahí tienes al donjuán esperándonos. —Sonrió Teresa mientras señalaba al inspector, que, de lejos, les hacía gestos con las manos.

***

Ballesteros de Calatrava vivía una noche de verano muy tranquila, en contraposición a la capital, con un intenso bochorno y sin moverse ni una brizna de aire. Con esa calma chicha, bajo el canto de los grillos, algunos de sus habitantes más longevos habían decidido alargar el tiempo de estancia en la calle sentados en sillas de todo tipo, desde algunas de plástico hasta otras de madera antigua. Abanicos y botellas de agua escuchaban las conversaciones de esta especie de mentideros en los que se convertían las calles de La Mancha en el estío. El paso del coche de policía sacó del ensimismamiento diario a los que todavía combatían contra el sueño en esos corrillos callejeros. Los acontecimientos de las últimas semanas habían hasta revitalizado a algunos ballesteranos, encantados de ensoñar con teorías de todo tipo. Esos mismos fueron los primeros en averiguar el destino de los policías que acababan de llegar al pueblo. Unos directamente fueron andando por las calles del pueblo hasta dar con su paradero, otros esperaron a que el boca a boca hiciera su trabajo. Las miradas y los pasos se dirigieron a la casa de los Raros, como era lógico. La sorpresa fue mayúscula entre los insomnes habitantes cuando dieron con la ubicación del coche que había transportado al inspector Toboso, a Teresa Lara y a Nieves a la calle de la Virgen. Concretamente, a la casa que, muchas décadas atrás, había pertenecido a la generosa Laura. Los rumores no hacían sino crecer exponencialmente a lo largo y ancho de un Ballesteros que se había puesto en pie pese a entrar en las primeras horas de la madrugada. El minúsculo grupo inicial de personas tomó visos de convertirse en un gran tumulto, por lo que en cuestión de minutos tuvieron que hacer acto de presencia unos guardias civiles que no tuvieron más remedio que acordonar los metros que circundaban la puerta de la casa. Las persianas verdes, que contrastaban con la fachada blanca, se desenrollaron para tapar por completo la ventana e impedir que los más curiosos que agudizaban la vista pudieran atisbar lo que dentro tenía lugar. El alcalde del pueblo se sumó a la multitud que se agolpaba en la entrada de la calle desde la plaza de San Fernando para calmar los ánimos y tranquilizar a sus paisanos. En el interior de la casa, los tres policías se acababan de sentar en unos amplios sillones de una plaza alrededor de una mesa baja de café hecha de madera. Sobre la superficie de la mesa, de un color marrón intenso, una bandeja portaba humeantes cafés que el marido se dispuso a calentar cuando se enteró de la visita de los policías y unas pastas. El círculo de sillones se cerraba con otros dos en los que se encontraban la dueña de la casa, descendiente de Laura, y su marido. La dueña, del mismo nombre que su antecesora, no había hecho más que acostarse cuando un policía llamó por teléfono advirtiéndole de que los tres investigadores iban camino de su casa para hacerle una serie de preguntas. Decidió dejarse puesto el fresco camisón de verano con el que pretendía descansar unas horas y, encima de él, se colocó una llamativa bata floreada sobre un fondo rosa claro.

—Queremos que estén tranquilos —empezó el inspector con un tono conciliador—, pero han surgido algunos detalles nuevos en el caso y venimos a comprobar algunas cosas. En primer lugar, Laura, nos vamos a centrar en el tema de la cruz. ¿Me puede confirmar que de verdad esa cruz crece cada año unos centímetros?

—Se lo garantizo, señor inspector. Su compañera Nieves, aquí presente, la ha visto con sus propios ojos. —Miró a su paisana vestida con el uniforme reglamentario, la cual asintió—. La hemos tenido que cortar muchísimas veces desde que apareció. Unos años crece más y otros menos, no sabemos el motivo. Pero nunca ha dejado de aumentar su tamaño.

—Bien. ¿Dónde la tenían guardada?

—En una habitación de la planta de arriba de la casa. Concretamente, dentro de un armario para no tenerla por ahí tirada. Es la única manera, no hay caja en la que quepa, así que tiene que ser en un armario grande.

Teresa, que estaba anotando las respuestas de la mujer, detalles de la casa o las actitudes del matrimonio, tomó la iniciativa de seguir preguntando.

—Dígame, ¿quién ha podido robarla?

—Esa cruz tiene muchas novias. Verá, sabemos que parte de la familia de la persona que la encontró en esta casa, Luisa, siempre la ha tenido en su punto de mira. Fíjese, Luisa nunca la reclamó y la dejó estar y, curiosamente, han sido sus descendientes los que alguna vez nos la han pedido. Nunca se la dimos por entender que, por el motivo que solo Dios sabe, era una cruz que debía permanecer en esta casa. La Iglesia nos ha tirado puntadas en muchas ocasiones. Tampoco les hemos hecho caso. Si se la damos, a saber qué harían con ella. Investigadores de todo el mundo han venido a verla y han pretendido llevársela, sin lograrlo, claro. Les hemos permitido que tomaran muestras aquí, en casa, y que den gracias. Mucha gente del pueblo ha venido a visitarla e incluso le han rezado y pedido cosas. Por supuesto, tienen las puertas de esta casa abiertas, pero no se la podemos dar a nadie.

—¿Y alguien que haya insistido en particular en llevársela?

—Déjeme que piense. —Laura le dio un sorbo a su café haciendo una pausa consciente—. No, no recuerdo que nadie me la haya pedido más de la cuenta. Sí que les puedo contar que, una vez, una mujer se presentó en un día lluvioso. No hará mucho, fue en fin de semana, porque entre semana nosotros estamos normalmente en Ciudad Real. Ese día, además, estaba mi madre, la hija de mi abuela Laura, a la que le cayó la cruz. Era joven, le calculo más o menos unos treinta y cinco años. Me dijo que sabía de la cruz y que si la podía ver. Se la enseñé, se quedó conforme y, justo cuando estaba a punto de marcharse, me solicitó permiso para poder llevársela unos días a hacerle unas pruebas. Le dije que no. Entonces, me sonrió y se esfumó sin más. No ha vuelto a aparecer. Me llamó la atención porque vino ya de noche y porque su cara me quiere sonar. No sé de qué, pero juraría haberla visto alguna vez. La conversación que tuvimos no fue nada destacable, fue como las miles o millones que he tenido con gente que ha venido a verla. Hay mucho devoto de esta cruz.

—¿Pudo ser alguien del pueblo y por eso te suena? —le preguntó Nieves, que seguía el relato con sumo interés.

—Lo pensé, pero si es del pueblo no caigo yo en quién es. Ten en cuenta que llevo muchos años en los que no vivo aquí de continuo. Cuando este... —Señaló al marido, que parecía estar al borde del abismo del sueño y cada vez se reclinaba más en su sillón—. Y yo nos casamos, nos fuimos a Ciudad Real. A esta casa venimos los fines de semana, aunque no todos, por dar una vuelta, y en vacaciones. En verano sí que solemos estar más, salvo este, que al operarme hace poco por cáncer de mama apenas hemos parado por el pueblo.

—Vaya, lo siento mucho —respondió Nieves mirando al inspector y a la subinspectora de soslayo cuando la mujer refirió la operación a la que había sido sometida.

—Antes de pasar a otro orden de cosas —retomó la palabra la subinspectora Teresa Lara—, aparte de ustedes, ¿alguien más tiene llave de esta casa? Según su declaración y las comprobaciones de la Guardia Civil, cuando se llevaron la cruz, no tuvieron ningún impedimento, ya que no forzaron cerraduras ni ventanas.

—Sí, mis hermanos. Aunque la casa la heredé yo por haber sido la que ha cuidado de mi madre hasta el día de su muerte, ocurrida hace muy poco tiempo, mis hermanos tienen una copia de las llaves por si pasara algo y nosotros no pudiésemos venir. Tengo un hermano en Pozuelo de Calatrava y otra en Miguelturra. El mayor, desgraciadamente, murió hace tiempo en un accidente de tráfico.

—A lo mejor es una pregunta un poco brusca, pero ¿y si algunos de sus hermanos son los que la han «tomado prestada»? —la subinspectora se esforzó en pronunciar las últimas palabras con sumo cuidado.

Teresa apenas miraba a Laura, ya que tomaba notas de todo cuanto decía con rapidez, apuntando palabras clave. Siempre llevaban una grabadora, pero le gustaba escribir sobre todo aquello que no se veía, como el lenguaje corporal, los cambios en los tonos de voz o cómo era la estancia o el escenario en el que se desarrollaba un interrogatorio fuera de la comisaría.

—¡Ni pensarlo siquiera! —exclamó Laura con gesto contrariado—. Se lo niego categóricamente. Si tuviesen algún interés en esa cruz, se la podrían haber llevado en cualquier momento, y jamás han dicho nada al respecto.

—Confío en sus palabras. —El inspector se echó hacia delante para dejar su taza de café, todavía a medias, en la bandeja de la mesa—. Pero vamos a hacer venir inmediatamente aquí a sus hermanos. No podemos dejar nada al azar. Voy a avisar un momento para que una patrulla los traiga. Teresa, mientras tanto, puedes continuar con las preguntas que nos quedan hacia la señora. Si me disculpan... —Toboso salió del salón para llamar a sus colegas y dar la orden de traer a los hermanos de Laura.

Entretanto, Teresa procedió a preguntar mientras Nieves prefería quedar en un segundo plano discreto. Todos suspiraron y se recolocaron en sus sillones a modo de punto de inflexión.

—Vamos a continuar, a ver si terminamos pronto. —La subinspectora Lara se miró el reloj y comprobó que ya se habían metido en plena madrugada—. Ahora vamos a pasar a un tema personal y entiendo que doloroso. Por supuesto, es usted libre de contestar o no a las preguntas, pero no debe preocuparse porque estamos aquí para echarle una mano, confíe en nosotros. Bien, nos ha contado que le han operado por un cáncer de mama. ¿Le han quitado ambos pechos por completo? —intentó adoptar un tono formal, pero al decir la frase sintió un estremecimiento y una cierta empatía con la mujer que tenía delante que le hizo bajar al terreno humano.

—Sí, señora subinspectora. —Un aura de tristeza rodeó a Laura—. Afortunadamente, no se había extendido mucho, pero para asegurar me dijeron que era lo mejor.

—O sea, que lo han cogido a tiempo. Menos mal, estoy segura de que se pondrá bien y todo quedará como un mal sueño, no me cabe duda.

—Sí, tengo que pasar por el tratamiento de la quimioterapia, pero estoy animada.

—Genial. Ahora sé que la próxima pregunta va a sonar un poco rara, pero ¿sabe qué pasó con sus pechos ya cortados?, ¿le comentaron algo?

—Yo qué sé. —Laura y su marido miraron a la subinspectora con cara de enorme extrañeza—. Digo yo que los médicos los tirarían o algo. Sé que iban a hacer biopsias, pero vamos, salvo las muestras, se habrán deshecho de ellos. No creo que eso lo guarden.

—Verá, se lo pregunto porque en la catedral de Ciudad Real aparecieron unos pechos junto con una figura de santa Águeda.

—¿Sí? No tenía ni idea, pensaba que solo habían robado a la Virgen del Prado y ya está —interrumpió Laura muy sorprendida.

—Eso es lo que quisimos que se supiera en un principio. Hay un trasfondo más amplio en todo esto —Teresa abandonó el tono condescendiente por un momento y lo cambió por uno más misterioso.

—¿Y qué tienen que ver esos pechos conmigo? —preguntó Laura a sabiendas de la respuesta.

—Es el motivo principal por el que estamos aquí. Al estar involucrada de manera más o menos directa en este lío por el tema de la cruz, teníamos la obligación de interrogarla. No tenemos pruebas concluyentes aún de que sean suyos, los están analizando, pero unos datos preliminares nos llevan a sospecharlo. Se supone que en cuestión de horas nos dirán a quién pertenecen.

—¿Míos? —se alarmó Laura, que cogió de la mano a su marido—. Me deja usted de piedra. Vamos, ya le puedo garantizar que si, por un casual, son míos, jamás los hubiera puesto yo allí ni le hubiera hecho daño a ninguna Virgen.

—No se preocupe, Laura, yo le creo. —Teresa puso una mano sobre el hombro de la mujer—. Llegaremos a saber cómo acabaron ahí, por eso necesitamos su colaboración. Si recuerda algún detalle de la operación o de las personas que estuvieron presentes en la misma que le resultara llamativo, por pequeño que sea, cuéntenoslo, ¿vale?

—Sí, sí, no se preocupe, que yo se lo diré, faltaría más —Laura parecía tranquilizarse.

—Por último, a propósito de la cruz. ¿Sabe usted de algún grupo relacionado con el satanismo? Me refiero a si, por ejemplo, ha oído hablar de algo así en su entorno.

—¿Cómo dice? —Laura dio un respingo sobre su asiento—. ¡No, no, a mí esas cosas me dan mucho miedo! ¡Bendito sea Dios!

Vamos, vamos —rumiaba mientras juntaba las palmas de las manos.

Teresa notó frío. Le pareció ver que una foto antigua se movía sola. «El cansancio me va a volver loca».

El inspector entró en el salón y se volvió a sentar en el sillón que antes ocupaba.

—La madrugada está transcurriendo tranquila en Ciudad Real y todo se está desarrollando sin imprevistos. La gente disfrutando en las calles y todos contentos —dijo dirigiéndose a Teresa y a Nieves—. Sus hermanos están ya a punto de llegar —continuó, cambiando ahora su mirada hacia Laura.

—Teresa, ¿puedes salir un momentito conmigo? Ramón, ¿te quedas al cargo? —sugirió Nieves.

—Descuida, claro.

Teresa Lara se levantó del sillón con la misma sensación que se tiene cuando te has mantenido sentado dos horas en un coche por un viaje. Estiró las piernas y, junto con Nieves, se quedaron en el quicio de la puerta de entrada a la casa. Desde esa posición oían el murmullo de la gente que seguía apostada tras el cordón dispuesto por la Guardia Civil y que iba llenando a cuentagotas la plaza de san Fernando.

—Teresa, ¿por qué les has dado tantas explicaciones del caso?

—Muy fácil, Nieves, para ver su reacción. Me interesaba sobre todo ver qué cara ponía cuando le dijera que estamos a punto de saber de quién son esos pechos. No me ha parecido que estuviera mintiendo. Pese a tensar el rostro por la sorpresa, no se ha quedado agarrotada como cuando ocurre si alguien finge. Ella ha tenido ese momento de *shock* por la noticia inesperada, pero enseguida se ha vuelto a relajar.

—Se le ve muy campechana y transparente —afirmó Nieves.

—Aparentemente me parece que dice la verdad.

Al momento, un coche de policía atravesó la línea impuesta por la Guardia Civil, que les dio paso inmediatamente. Tras el coche, avanzó hacia la casa el alcalde de Ballesteros de Calatrava. Coincidieron a la vez en la puerta de la casa el alcalde y los hermanos de Laura. Teresa calculó que ambos se encontraban en la sexta década de sus vidas. Mientras que el hermano era bajito y muy delgado, la hermana era bastante oronda y le sacaba a él, al menos, una cabeza. «Qué contraste genético, por Dios», pensaron de igual manera las dos policías.

—Buenas noches, alcalde —saludó efusivamente Nieves.

—Hola, Nieves, venía solo a preguntar qué estaba pasando. Tengo a medio pueblo nervioso ahí en la plaza —dijo señalando a la multitud concentrada unos metros más abajo.

—No te preocupes, Emilio. Estamos haciendo unas preguntas a la familia de Laura relacionadas con la cruz, que, como ya sabrás, ha desaparecido. Como hemos comentado en las reuniones del comité de seguridad, estamos trabajando a contrarreloj. Confía en nosotros. Calma a todos diciendo que en el pueblo no pasa absolutamente nada y que estamos centrados en la capital. A ver si hilamos ya todo y lo dejamos apañado en esta noche. —Nieves tocó el hombro del alcalde y le guiñó un ojo.

—Está bien, voy a ver si los mando para sus casas. Gracias, Nieves. Señora subinspectora. —Estrechó las manos de ambas y se volvió hacia la plaza.

Los dos hermanos accedieron a la casa seguidos por Teresa Lara y Nieves. Esta última se sentía de lo más importante: estaba en su pueblo, de uniforme, en un caso muy llamativo y todo el mundo reclamaba su información y atención. Con una sonrisa dibujada en su rostro, pasó no sin antes volver a mirar a sus paisanos en la lejanía, a los que le entraban ganas de saludar con las manos. Dentro, Ramón Toboso terminaba su café y parecía tener una charla más distendida con Laura y su marido.

—¡Ah! Veo que ya han llegado. —El inspector se levantó del sillón, súbitamente contento.

Tras las respectivas presentaciones y saludos, los recién llegados se unieron al grupo que se reunía en torno a la mesa baja.

—Les he hecho venir para que hablemos del robo de la cruz. Me informa su hermana Laura de que ustedes también poseen una llave de esta casa. Voy a ser directo. ¿Alguno de los dos vino a por la cruz?

—No, señor —contestaron a la misma vez ambos.

—Está bien, está bien —replicó el inspector irónico, cambiando su posición en el sillón, como si algo le acabara de incomodar.

—¿Alguien se la ha pedido? —interrogó Teresa, atónita por la nueva actitud repentina del inspector.

—A mí sí —respondió el hermano, visiblemente nervioso—. Fue un periodista de Ciudad Real especializado en temas de estos de espíritus y cosas raras. Le permitimos venir a verla, Laura se acordará, pero nada más.

—A mí nunca. —La hermana clavó una mirada glacial sobre Teresa. Esta sintió una punzada atravesándole el pecho. Intentó ignorar la sensación.

—¿No tienen ningún interés en ella de verdad? —volvió a insistir Ramón Toboso con una actitud cansada.

—Señor inspector, ¿qué interés vamos a tener?, ¿ahora?, ¿con la edad que tenemos? —la basta hermana tomó las riendas.

—Era por preguntar. Por cierto, ¿han parado por Ballesteros últimamente?

—Solo vinimos para las fiestas y nos fuimos con las mismas. La única que sí viene más es Laura. Nosotros vivimos fuera y esta casa no es nuestra.

—Perfecto —ahora el inspector se mostraba despreocupado.

—Inspector, creo humildemente que mis hermanos no tienen nada que ver en esto, por si mi opinión les puede servir de algo —

sugirió Laura, que había contemplado con asombro la dureza de miradas que se dedicaban su hermana y los policías.

—Descuide, Laura —le replicó el inspector, cortés y galante—, es simplemente que debemos hacer nuestro trabajo. Ha sido usted realmente amable con nosotros. Nos vamos a marchar ya para Ciudad Real, que tenemos lío. Por cierto, el café está delicioso, se lo dice un amante del mismo. —Ramón Toboso le dirigió una dulce sonrisa a la que Laura correspondió.

Justo antes de salir por la puerta, el inspector se atusó la ropa y se miró en el reflejo del móvil el estado de su pelo. Nieves sonrió pícaramente al verlo. La temperatura había descendido desde que entraron a casa de Laura y una suave brisa directamente venida desde la sierra susurraba en cada esquina del humilde pueblo. Al subirse al coche y regresar a la capital provincial, decidieron hacerlo con las ventanillas bajadas para sentir el frescor que le proporcionaba la madrugada.

—Qué mala impresión me ha dado la hermana. He sentido hasta frío antes de su llegada, como si presintiera algo malo —reconoció Teresa Lara, que apoyó su cabeza sobre la palma de la mano derecha, sirviendo el codo flexionado sobre el borde de la ventanilla del coche como soporte.

—Será por los nervios, ten en cuenta que los hemos sacado de la cama de repente. Y un interrogatorio policial no es muy agradable, aunque hayan jugado en casa —le calmó Nieves, que se había recostado en el asiento de atrás.

—Ramón, ¿qué estabas tramando ahí dentro? Si no me equivoco, sabes algo que nosotras no —le preguntó Teresa al inspector, molesto porque el aire le estaba despeinando.

—Una vez más das en el clavo, mi querida amiga. La Guardia Civil, que como sabéis tiene mil ojos puestos en cada calle de Ballesteros desde la noche de las ovejas, nos ha pasado un informe en el que, según el chivatazo de muchos testigos, se vio merodear a la hermana de Laura, la de Miguelturra, por el pueblo entrando y saliendo de la casa varias veces, coincidiendo además con el robo de la cruz. Por cierto, sin que ella se dé cuenta, he cogido la cucharilla del café de Laura para mandar a Científica.

—Pero han sido fiestas, es normal que venga la gente del pueblo —añadió Nieves inocentemente.

—Nieves, ¿no has oído de boca de la hermana que vino exclusivamente el rato de las fiestas y se fue?

—Sí, lo he oído —respondió esta, algo contrariada.

—Nos ha mentido. Los de tu pueblo, Nieves, por lo que veo, están al loro de todo y no se les escapa ni una. Según he leído en el informe, han sido muchos los vecinos que han pasado la información.

—¿Por qué no nos habrá dicho la verdad? —se preguntó Teresa.

—Eso es lo que vamos a averiguar más pronto que tarde.

CAPÍTULO 20

La madrugada no había dejado hueco a muchas horas de sueño. La subinspectora Teresa Lara se levantó con la sensación de no haber dormido, como si una constante duermevela no le hubiera permitido evadirse por un rato de las mundanales preocupaciones. Los pocos momentos oníricos que pudo alcanzar se llenaron de turbias escenas que le provocaban despertarse sobresaltada a los escasos minutos de haber entrado en el mundo de los sueños. Decidió tomar el consejo de su psicóloga y de su familia y, tras abandonar Ballesteros de Calatrava, tomó su coche y se marchó a Daimiel. Pese a los intentos de caminar segura de sí misma en el corto trayecto que separa el aparcamiento del portal de su casa, finalmente echó mano de su pistola reglamentaria para sentirse más protegida. «Al menos no he consentido que Rafa me esperase abajo y me acompañase hasta casa. Creo que eso es un gran triunfo». Su marido la esperaba de pie, junto a la puerta, emocionado de ver a su mujer entrar con su preciosa sonrisa dibujada en su tez morena y, aparentemente, sin apenas un ápice de miedo. Los abrazos de Rafael durante la madrugada fueron el bálsamo que Teresa necesitaba y, pese al déficit de sueño que presentaba, se sentía reconfortada y apoyada por uno de los principales puntales de su vida. Mientras tomaba un café frío, ya con el amanecer despuntado, miraba desde el salón el cuerpo desnudo de su marido sobre la cama. «Gracias a él, si no, no hubiera salido de esta», se decía con una mueca que era el reflejo del gran amor y agradecimiento que sentía hacia ese hombre. El sol y la humedad mañanera le hicieron afrontar el día con optimismo. Era 31 de julio, día de la Pandorga. El día en el que ella y su equipo se jugaban mucho. Antes de meterse en la vorágine del trabajo, debía cumplir con la cita prevista con su psicóloga a primera hora de la mañana. Decidieron verse pronto para así irse a comisaría y estar disponible el resto de una jornada de infarto. Al bajar al coche, esta vez no cogió la pistola, que se quedó amarrada a su cintura. Arrancó, puso su música preferida del momento a todo volumen y arrancó hacia Ciudad Real, dejando rápidamente atrás la imagen de la iglesia de San Pedro de Daimiel, la imagen que veía cada día de su vida y de la que no se podía despegar. Aproximadamente media hora después, se encontraba frente al portal donde pasaría otra de las consultas psicológicas que ya formaban parte de su rutina. Si bien llevaba puesta una camiseta de verano blanca, convino en llevar puestos los pantalones del uniforme de policía. Tras el sospechoso acercamiento de su psicóloga, Patricia, el día anterior, prefirió mostrar una imagen más aséptica, menos personal, confiando en que esa imagen pusiese un muro invisible entre ambas que no pudiera flanquear fácilmente.

—¡Buenos días, Teresa! —le recibió la psicóloga. Teresa le notó la voz cansada. «Otra que ha pasado una noche toledana». Las ventanas de la habitación de la consulta se encontraban abiertas, lo que daba una sensación de espacio más abierto, menos claustrofóbico.

—Buenos días, Patricia —correspondió Teresa, de pie, tensando la espalda.

—Siéntate, ¿te apetece un café? Que hoy nos estamos viendo demasiado pronto —invitó Patricia mientras se preparaba uno en una popular máquina de hacer cafés. La subinspectora advirtió pronto que no estaba peinada con tanto esmero como de costumbre, con multitud de pelos escapándose de una mal hecha coleta. «Y tiene lamparones en esa camisa que lleva vieja. Qué raro, con lo pulcra que es ella. Mal ha tenido que dormir».

—No, gracias. Me acabo de tomar uno justo antes de salir de casa.

—¿Qué te pasa? Te noto rara. —Patricia se dio la vuelta y se quedó mirando fijamente a su paciente, que desvió sus ojos hacia una foto en la que salía Patricia rodeada por dos amigas con el objetivo de no tener que mantener el contacto visual.

—Nada, solo que no he dormido muy bien que digamos. Ya sabes, dándole vueltas a la cabeza. Aun con todo tengo que decirte que me encuentro extrañamente bien. Mi «bien», no el del resto de los mortales.

—¿Fuiste finalmente a dormir a Daimiel? —Patricia se sentó frente a Teresa con el café recién preparado. Esta última sabía que la primera no se había quedado conforme, por cómo la miraba, con la respuesta que le había dado.

—Sí, te hice caso. ¿Y sabes qué? Me alegro de haberlo hecho, porque luego me sentí mucho mejor.

—¡Cómo me alegro de oír eso! Perfecto, estamos en el buen camino. ¿Qué pensabas por la noche?

—Por una parte, en lo bien que me sentía por haber pisado Daimiel mientras ese cerdo también estaba allí. Por otra parte, el miedo no se puede borrar de un plumazo y me venían oleadas de ansiedad y agobio, hubo un instante en mitad de la madrugada que pensé que vomitaría encima de la cama, pero lo pude retener y se me acabó pasando. Ha sido un constante tobogán de emociones. En mitad de madrugada me levanté y sustituí la pastilla por una tila natural. Rafael me ha tranquilizado mucho, no se ha despegado de mí.

—Qué suerte tienes con ese marido. Otro a saber por dónde habría salido con este asunto, sin embargo, el tuyo ha decidido permanecer a tu lado. Merece una larga vida junto a la tuya, sin duda. Y me da envidia, porque mi experiencia con los hombres no ha sido muy buena que digamos. —Teresa hizo una pequeña mueca de disgusto. Conforme hablaba, se iba relajando y se le olvidaba su pretensión de mostrarse más fría.

—Oye, señora subinspectora, ¿qué tal va el caso? Por lo que me comentaste, hoy me parece que te espera un día apasionante. —Patricia le alargó un caramelo que sabía que era del gusto de Teresa, dándole a esta la impresión de que, al pasárselo, procuraba tener el contacto físico que ella rehusaba.

—Ya lo creo. —Se metió el caramelo en la boca con indecisión—. No lo quiero ni pensar. Aunque creo que Dios me lo ha puesto así para que no esté en mi casa enclaustrada.

—Puede ser, ¡quién sabe! —Pese a los esfuerzos de Patricia, las respuestas de Teresa eran parcas en palabras.

—Bueno, Patricia, me voy a tener que marchar ya. —Teresa se miró el reloj disimulando tener prisa, sin percatarse de que tenía el reloj puesto al revés. Patricia, que sí se dio cuenta, sonrió con malicia.

—Sin problema, que ya te veo en el reloj que puede ser tarde, sí, especialmente si tienes tanto trabajo. Bien, como consejo para hoy, si es que puedes volver a Daimiel a dormir, te aconsejo que ya no solo vayas tú sola hasta el portal de tu casa, sino que tranquilamente te des un paseo por el centro del pueblo. No sé, desde San Pedro te vas hasta el Parterre y vuelta. Puedes ir sola o con Rafa, pero, en cualquier caso, dátelo sin ninguna preocupación. Sé que es fácil de decir, pero hazlo. Confía en mí. No te va a pasar nada.

—No sé si seré capaz, pero bueno, lo intentaré.

Las dos mujeres se pusieron en pie. Patricia agarró súbitamente, aunque sin apretar, la mano a Teresa, que se quedó detenida ante la sorpresa.

—Confía en mí, Teresa —le repitió con una voz mucho más grave y profunda—, el tratamiento con el que llevamos años te hará sentir segura para siempre. Aunque sea joven, tengo mucha experiencia en estas cosas. Y sabes que a ti te tengo muchísimo aprecio.

—Vale, muchas gracias por tu consejo —dijo Teresa, temblorosa. Se sintió frágil ante la imponente presencia de la bella psicóloga, que en ese momento parecía medir dos metros más de lo habitual.

Tras soltarse de la mano, salió de la consulta cerrando la puerta de la misma. Todavía en *shock*, saludó vagamente a una chica joven y dos mujeres de mediana edad que leían indiferentes sendas revistas del corazón. Notó como si las mujeres también le acosaran visualmente cuando se dirigía a la puerta de salida del piso. «Tranquila, Teresa. No te vuelvas loca. Tampoco ha hecho nada extraño, nos conocemos desde hace mucho tiempo y es la excuñada de una de mis mejores amigas. Menuda tontería me ha dado por haberme cogido la mano». Al bajar, paró en la plaza de la Constitución, frente al sublime palacio de la Diputación, y telefoneó a Cruces.

—Hola, Cruces —saludó, alicaída.

—¡Teresa! ¿Qué te pasa, corazón mío? —se alarmó la vidente, captando la tristeza que su interlocutora emitía.

—Malas sensaciones. Algo no me termina de cuadrar del todo. ¿Te importa echarme una tirada rápida por teléfono? —casi le suplicó.

—¡Ahora mismo! Déjame un minuto que vaya a por la baraja.

Se oyeron cómo sus pasos se alejaban, volviendo a resonar al cabo de un minuto.

—Ya estoy contigo, vamos con ello. —Por el teléfono se oía el movimiento de las cartas bajo las huesudas manos de Cruces—. ¿Izquierda o derecha?

—Derecha.

—Te acecha el mal, rica mía. Otra vez. Sin embargo, en esta ocasión es distinto. De cuando la anterior vez digamos que te creé como un escudo protector blanco. Y tenemos no a uno, sino a dos ángeles de la guarda, que los llevas pegados como lapas. Da la sensación de que el mal no va directamente contra ti, pero te roza con sus negros dedos. Debe ser por el caso.

—¿Por qué nunca me dices exactamente quiénes son los que me acompañan?

—Cuando termine todo esto te lo diré. No te creas que a ellos les gusta ser descubiertos, hay veces que, cuando la gente sabe quiénes son, no los dejan en paz, no paran de pedirles cosas constantemente, y eso los ata a este plano terrenal. Aunque nos ayuden, que lo hacen con todo el gusto del mundo, necesitan tener su espacio y su tiempo en el plano celestial. Los tenemos que dejar ir, y ya que sean ellos los que vengan a nosotros cuando sea necesario. Por eso siempre aconsejo ponerles velas en la iglesia o en el cementerio, no en las casas, porque si no, no los dejas volar libres.

—Ya, ya, pero me gustaría por lo menos rezar a alguien en concreto para agradecérselo.

—A su debido tiempo. Quédate en paz, estás protegida.

—¿Me hará algo el monstruo?

—Tajantemente no. Me aparece aquí a tu lado, pero entre media está la carta de la rueda de la fortuna. Se interponen entre vosotros las fuerzas del bien, que son inamovibles. No puede ni acercarse a ti. —Teresa la oyó más segura que nunca de lo que decía, como afianzando cada una de las palabras.

—¿Me puedes mirar si tengo a alguna mujer cerca que me quiera mal?

—Te lo iba a decir. Al otro lado sale una mujer, joven parece. Me parece extraño, le ronda la carta del demonio, pero no me da la impresión de que vaya contra ti, por eso no me he puesto en jaque. Pertenece a tu entorno conocido, no es trigo limpio, pero hacia ti no tiene inquina. Fíjate lo que te voy a decir, hasta opino que todo lo contrario. Por lo que sea, tiene sentimientos protectores y te tiene aprecio. ¿Piensas en alguien en concreto?

—Sí, ya te lo contaré más adelante. Como siempre, mil gracias. Es increíble cómo constantemente estás ahí.

—Con la gente buena siempre hay que estar. No sé cuántos años me quedarán aquí, pero sí te voy a garantizar una cosa: cuando pase al otro lado, te voy a seguir cuidando. Te lo juro como que me llamo Cruces. Cuando temas por algo, piensa en mí, que te daré luz.

Teresa se emocionó al oír esas palabras. Tragó saliva.

—Gracias, Cruces. Eres maravillosa. Por cierto, cuando puedas, mírame lo del caso de la Pandorga.

—Vale. Luego te digo algo.

CAPÍTULO 21

—¿Dónde está la alcaldesa? —preguntó el inspector Ramón Toboso.

Todos habían tomado asiento en la sala de reuniones del comité de seguridad especial creado desde hacía semanas. Estaban en el día clave. Era 31 de julio.

—Se sentía indispuesta, está en el servicio —contestó presto el teniente de alcalde.

Unos minutos después, entraba una pálida Prado Santana.

—Disculpen el retraso, no me encontraba muy bien. Habré dormido como un par de horas esta noche. A mí esto me va a acabar matando —dirigió la mirada a Toboso, que desprendía un fuerte olor a perfume de hombre.

—Alcaldesa —tomó la palabra la comisaria, presente en las reuniones de más alto nivel exclusivamente, obligada, ya que prefería mantener el trabajo solitario de despacho—. Junto con la Policía Local, hemos instalado a última hora nuevas cámaras de seguridad en las calles del centro y en las puertas de las iglesias y la catedral. Nadie podrá entrar ni salir de ellas sin que los veamos. Tenemos a policías en una sala mirando las imágenes permanentemente. Policías de paisano van a estar infiltrados entre la multitud, incluso hemos montado grupos de policías que se van a pasar por peñas de amigos, con camisetas y todo, para pasar desapercibidos. Los vamos a colocar en lugares estratégicos. Aquí don Ramón Toboso ha insistido en que a los más jóvenes de nuestros agentes les demos bolsas con algunas botellas como si fueran a hacer botellón. Que conste que yo me he opuesto a la idea, pero el inspector ya saben que es muy chistoso.

La comisaria provocó un breve momento de distensión con la risa tímida de los presentes.

—¿Tenemos algún avance más en la investigación?

—Los pechos que aparecieron en la catedral nos vinculan, de nuevo, con Ballesteros de Calatrava. —Teresa miró al alcalde del pueblo, que no se atrevía a hablar—. Por la simbología, estamos ya casi convencidos de que hay un grupo satánico detrás. Seguramente, sus trofeos más preciados eran la Virgen del Prado y la cruz que crece para algún ritual que tengan previsto para hoy. He hablado por teléfono con Enrique, el cura de la iglesia de Santiago, y él también está convencido de ello.

—¿Te ha dicho algo Cruces? —le susurró Nieves casi pegada a su oído una vez había terminado de hablar.

—Sí, ahora os cuento a ti y a la alcaldesa.

—¿Y de ti?

—Que no me preocupe, que no me va a pasar nada —le contestó Teresa, en apariencia, relajada.

—¿Creéis que esa sangre significa que finalmente conseguirán matar a alguien hoy aquí? —se angustió la alcaldesa, que, tras recuperar un color normal en la cara, volvía a palidecer.

—Lo vemos improbable.

—Bien, esta tarde quiero que venga a ayudarnos una amiga. Es una bruja de Daimiel. Le voy a habilitar un pequeño cuarto en el ayuntamiento, no va a molestar a nadie. Simplemente es para que nos eche un cable —propuso la alcaldesa ante el gesto de sorpresa y murmullo de algunos de los que conformaban la mesa.

—Pero, Prado, para qué vamos a traer a una vidente —le interpeló el teniente de alcalde con los hombros encogidos. El concejal de Seguridad se inclinó hacia delante en la mesa queriendo hablar. A Nieves no se le escapó que Ramón Toboso no le quitaba ojo a la alcaldesa.

—Toda ayuda es poca en un día como hoy. ¿Por qué no? No creo que moleste mucho precisamente, todo lo contrario. Teresa, ¿se lo podrías plantear?

Todos miraron con estupor a la subinspectora. Salvo las palabras que se dedicaron entre ambos, reinaba un silencio denso.

—Sí, claro, descuida. —El inspector miró a la comisaria con un gesto que parecía decir «¿qué quieres que yo haga?». Decidió hablar ante la cara de enfado que esta tenía.

—Quiero que conste que todo esto concierne únicamente a vuestro ámbito privado. Y que quede expresamente retirado del diario de sesiones. Por supuesto, no debe interferir en ningún momento en la labor policial.

—Está bien, inspector, así será. Se levanta la sesión. A mediodía volvemos a reunirnos. Por favor, que todo el mundo vaya con mil ojos —zanjó la alcaldesa, tambaleándose mientras se levantaba de la silla.

—Prado, ¿estás bien? —le preguntó el inspector Toboso, agarrándola del brazo.

—Me he levantado muy deprisa y me he mareado. Con el calor ya de por sí me baja la tensión, con que con todo este asunto imagínate cómo estoy.

—Vete a descansar un rato —le sugirió Toboso, que abarcó con su brazo el cuerpo de Santana.

—Tienes razón. Me voy a tumbar en un sillón que tengo en el despacho antes de empezar con los actos de la mañana.

En ese momento, la subinspectora se unió a ambos, muy excitada. Nieves la siguió, montando en cólera de manera interna cuando vio que la alcaldesa era sujetada por Toboso.

—Perdonad que os interrumpa. Ramón, me llaman de la Científica porque te han estado llamando a ti, pero no contestabas. Tienen los resultados definitivos de los pechos que aparecieron en la catedral. Efectivamente, son los de la dueña de la cruz que crece en Ballesteros. No hay margen para la duda, coincide al cien por cien con el ADN de la cucharilla de su café de anoche.

El inspector Toboso permaneció unos segundos mirando a su subordinada sin saber qué decir. La alcaldesa, visiblemente fatigada, no parecía procesar la nueva información.

—Bueno, yo, si me disculpáis, me retiro un rato. Luego me contáis qué pasa.

—Vale, Prado. Reposa, te veo al límite —reconoció el inspector, haciendo un amago de caricia en la barbilla de Prado Santana, que sacó fuerzas para apartarse de él con rudeza y se dio media vuelta.

—¿Nos habrá mentido? Me pareció convincente y una buena mujer. Que la traigan a comisaría, no nos queda más remedio que hacerle un interrogatorio oficial aquí. —El inspector se pasó una mano por el pelo.

—Me he anticipado a tu respuesta y ya tengo a una patrulla yendo con las sirenas puestas a Ballesteros.

—Vale, otra cosa, Teresa. ¿Qué es esto de la vidente? —le reprendió el inspector con dureza. Nieves, violentada por el tono de este, se apartó.

—¿No te lo había dicho ya la alcaldesa?

—Sí, pero no pensaba que fueseis a llegar tan lejos. Me dijo que simplemente le ibais a preguntar para que echara las cartas desde su casa, cosa que a mí me da igual.

—La culpa es mía. Yo se lo propuse a la alcaldesa. Sé que no debería haberlo ni siquiera pensado, pero créeme, es una mujer extraordinaria. Si yo estoy aquí de pie es gracias a ella.

—¿A ella o a tu psicóloga?

—A ambas. Mal no va a hacer a nadie. Te aseguro que no se va a meter en medio de nada. Confía en mí, Ramón. ¿Alguna vez te he fallado?

—Nunca, la verdad —el inspector se ablandó—. Está bien. Voy a confiar en ti. Al fin y al cabo, no es la primera vez que la policía consulta de estraperlo con una vidente. Pero sí que te pido máxima discreción y que nadie más se entere de esto. Y solo como consulta. Tú eres lo suficientemente buena policía como para depender de videntes.

—Tranquilo. No voy a defraudarte. —Teresa le dio la mano como si estuviesen haciendo las paces.

***

La mañana estaba transcurriendo menos calurosa que la anterior. La bajada de temperaturas permitió que las ventanas permanecieran abiertas pese a estar bien avanzada la mañana. La aséptica sala de interrogatorios carecía de ventilación, pero estaba permanentemente acondicionada con una temperatura agradable. A pesar de ello, Laura no paraba de temblar mientras esperaba la entrada de los policías. Al verla de esta guisa, demacrada y en un estado de inquietud, Nieves decidió que también pasaría para, con su presencia cercana, procurar algo de paz a la mujer. Esta vez, en lugar de la alcaldesa de Ciudad Real, que seguía reposando en soledad dentro de una sala aislada del ruido que reinaba en el resto del ayuntamiento, fue el alcalde de Ballesteros de Calatrava al que se le permitió asistir al interrogatorio desde el otro lado del cristal. El regidor, de aspecto campechano y habitualmente tranquilo, asistía asombrado a cómo su pueblo se había convertido en el segundo centro gravitacional de un caso que no alcanzaba a comprender. Ante la escalada en intensidad de los hechos que se iban sucediendo, acordó pasar el día en Ciudad Real, sin despegarse de los policías encargados de la investigación y de las autoridades municipales capitalinas. El inspector se quedó acompañando al alcalde, dejando el interrogatorio en manos de la subinspectora Lara y la policía Morales. Una joven abogada abrazaba a Laura y le aconsejaba cuando las dos hicieron su entrada.

—Laura, lo primero, antes de todo, tranquilízate —empezó Nieves, cogiendo a su paisana de las manos—. Estamos aquí para ayudarnos mutuamente. Si colaboras y nos dices la verdad, te aseguro que haremos todo lo que esté en nuestras manos para que no pase nada. Te ruego que, por favor, nos digas estrictamente la verdad, voy a ser pesada con eso, pero créeme que es lo primordial. Se te ve una mujer sincera.

La afligida mujer asintió sin subir la cabeza, que miraba al suelo.

—Laura, vamos a comenzar el interrogatorio. Como te ha dicho Nieves, tranquila, sé sincera, y acabemos con esto rápido. En tu opinión, ¿cómo pudieron llegar tus pechos hasta la catedral de Ciudad Real?

—Les juro por lo más sagrado de mi vida, que son mis hijos, que no lo sé —respondió, temblorosa, con una estampa de la Virgen de la Consolación en la mano—. Bastante tengo con lo mío como para ahora esto.

—¿En algún momento has tenido o has podido ver los pechos cortados después de la operación?

—No he tenido esos pechos desde el momento en el que me los quitaron. No los he traído a Ciudad Real. No sé quién lo ha podido hacer y no sé por qué han elegido los míos para ponerlos ahí. No tengo nada que ver con esto —parecía que la vigorosidad de sus negaciones estuviera recomponiendo a la mujer.

—¿Nos confirmas entonces que no estás implicada?

—Nieves, mírame a los ojos. —Así lo hizo—. Te repito: yo no he sido —enfatizó cada una de las palabras.

La subinspectora bufó y se reclinó sobre su espalda. La abogada permanecía hierática sobre la silla. Nieves reparó en que su cara le resultaba familiar. Detrás de los cristales, el alcalde de la villa sufría.

—¿Quién te operó? —la subinspectora retomó la iniciativa.

—La doctora Romero.

—¿Qué te dijo al terminar la operación?

—Que todo había salido bien. Que me habían tenido que extirpar los dos pechos, pero que afortunadamente el cáncer estaba concentrado y no se había expandido más. Me tienen que dar quimioterapia por prevención por si alguna célula maligna se ha escapado, pero a vista del ojo humano me he quedado limpia. Me han hecho análisis y todo da bien. Ahora estoy esperando a que me hagan un PET TAC una vez que ya me encuentre totalmente recuperada de la operación. Me habló de reconstruirme los pechos en un futuro si todo sigue así de bien. Me tranquilizó mucho y me quedé contenta, la verdad.

—¿Dónde estaban tus familiares mientras te operaban?

—En la sala de espera, vamos, lo normal. Cuando terminó la operación mi marido y mis hijos pasaron un momento a la UCI a verme.

—¿Vieron u oyeron algo raro?, ¿te han comentado algo fuera de lo normal?

—No, señora. Ya le digo que todo fue bien. Si es que no pasó nada extraño, se lo vuelvo a jurar.

—Pues entonces, Laura, no entiendo nada. —Teresa se tomó un momento para volver a preguntar—: Por último, ¿qué hicieron con tus pechos?, ¿lo sabes?

—Como ya le dije en mi casa, imagino que los tirarían. Vamos, los analizarían y ya los tirarían.

—Está claro que no los tiraron, no. Laura, ahora mismo eres sospechosa por indicios más que evidentes, pero dado tu estado, vamos a permitir que vuelvas a casa. Sí que te voy a pedir, por favor, que no salgas de ella y que estés siempre localizable. De no hacerlo, te tendríamos que detener. Siento ser tan dura, pero no tengo más remedio que informarte.

—Señora subinspectora —protestó la abogada con un tono de altivez que le hizo desconfiar a la interpelada—, ¿en base a qué es sospechosa mi tía?

«Claro, es la sobrina, la hija de la hermana o del hermano, ya decía yo que me sonaba —cayó Nieves—. La habré visto por el pueblo».

—En base a que sus pechos aparecieron en la catedral enmarcados en un contexto de amenazas a esta ciudad. ¿Le parece poco?

—No tiene pruebas de que los haya puesto ahí ella ni de que esté participando de esas amenazas —retó con una mirada desafiante.

—Todo quedará aclarado pronto, ojalá sea así, de verdad. El interrogatorio ha terminado. Laura, si cambias de opinión y quieres volver a declarar, nos llamas. Buenos días —finalizó Teresa, molesta y cansada. Se levantó de inmediato para no dar pie a contrarréplica. Nieves Morales le siguió, indicando con un gesto a Laura que estuviese tranquila.

Nada más salir de la sala, las dos fueron abordadas por el alcalde ballesterano.

—Nieves, conozco a Laura, esta gente no es mala. Ella no ha sido. Está penando mucho por lo de la enfermedad, no le hagáis más daño —rogó con suplicio en la mirada.

—Si yo te entiendo, Emilio, pero el análisis de ADN no ha dado lugar a duda. Anoche, en su casa, cogimos unas muestras de su saliva. El inspector las llevó de inmediato al laboratorio y en pocas horas lo han tenido. La coincidencia supera el noventa y ocho por ciento. Está más claro que el agua.

El alcalde pareció de repente abatido. Murmurando algo por lo bajini, se dio la vuelta para dejar caer todo su peso sobre una silla pegada a una pared.

—Habéis hecho muy bien —susurró el inspector a sus dos compañeras—. Señor alcalde —alzó la voz para que el alicaído hombre le oyera—, voy a mandar que un coche patrulla que tiene que salir enseguida le lleve al ayuntamiento para que se una a Prado Santana. Allí va a estar bien. Anímese, buen hombre.

Nieves se fijó en que el móvil del inspector, el cual lo tenía cogido al revés, se iluminaba. Le estaba llamando Lorenzo, el cura de la iglesia de San Pedro. Decidió avisarle de la llamada, pero haciéndose la ignorante sobre de quién procedía.

—Jefe, te están llamando, creo, al menos la pantalla del móvil la tienes iluminada —le advirtió con tono despreocupado.

—Anda, es verdad. Permitidme un minuto. —Toboso se apartó unos metros. No paraba de sonreír.

—He visto quién le estaba llamando —confesó Nieves a Teresa, que acababa de abrir un zumo—, era Lorenzo. Aquí hay parche.

—Perdonad, eran del Ayuntamiento para decirme que está todo en calma. La ofrenda a la Virgen en la catedral se ha desarrollado sin problemas. Ante la ausencia de la propia Virgen del Prado han colocado una réplica que tenían guardada. Es lo único que hoy hemos permitido hacer allí. En fin, ojalá todo sea así en este día. ¿Un café en mi despacho?

La subinspectora Lara y la agente Nieves Morales se llevaron una monumental sorpresa conforme cruzaron el umbral del despacho del inspector. Todo el mobiliario había sido cambiado a una velocidad récord, de apenas un día. Los viejos muebles aparecían ahora sustituidos por otros de claro corte modernista, de color blanco impoluto, que dotaban al espacio de un ambiente mucho más agradable y motivador para el trabajo. La mesa nueva, también blanca, lucía recién limpia con dos pequeñas macetas en su extremo y una simulada pizarra de muy reducido tamaño con un lema que invitaba a ese impulso motivador que el inspector había decidido dar. Un ambientador de frutos rojos hacía que hasta apeteciese comer el aire. Donde antes colgaban unas antiguas cortinas, ahora se colocaban unos estores de color verde adaptables al nivel de luz que se desease. Fotografías y otros objetos ornamentales salpicaban las nuevas estanterías, llenas de libros, archivadores y grupos de folios en un perfecto orden.

—¿Qué ha pasado aquí? —pudo al fin decir Nieves.

—¿Os gusta? Me lo montaron ayer en un santiamén. Tardé muy poco en volver a colocarlo todo. De paso, me ha servido para tirar cosas inservibles que tenía acumuladas —les informó el inspector con un orgullo que le hacía más atractivo aún.

—Impresionante, Ramón. ¡Estoy alucinada! Qué buen gusto tienes —exclamó Teresa inspeccionando cada rincón de la estancia.

—Sentaos, que vuestros cafés ya están en la mesa preparados. Oled, oled, son de Barrenengoa, la tienda de la plaza Mayor, no he probado cafés más puros y deliciosos que los de ese sitio. —Señaló hacia donde dos tazas echaban humo de un café recién hecho acompañadas de una bandeja dorada con pastas de todo tipo.

—Ramón, si lo que pretendes es conquistarme, lo acabas de hacer. Es oficial. Serías el perfecto yerno para mi madre, aunque me saques unos cuantos años. Bastantes diría yo.

El inspector rio con ganas ante el comentario no tan en broma de Nieves.

—Bueno, Nieves, anda que no habrá escuchado veces esa frase nuestro jefe —intervino Teresa, que de verdad lo había oído en innumerables ocasiones de boca de muchas mujeres.

—No creáis, no tantas. Muchas veces quien me interesaba no me lo ha dicho, qué le vamos a hacer. En cambio, en quienes no tenía el más mínimo interés son los que más me han tirado los tejos.

El inspector se dio media vuelta para cambiar la posición del estor y dejar pasar más luz cuando unas primeras nubes en el cielo consiguieron tapar el sol.

—¿Ha dicho «los»?, ¿eso significa que han sido chicos los que le han pretendido? —susurró Nieves a Teresa. Esta le hizo un gesto con los hombros y, moviendo los labios pero sin emitir sonido, Nieves pudo leer: «No sé».

El inspector se sentó en su flamante sillón de cuero que olía a nuevo.

—Antes de nada, quería preguntarte cómo estás, Teresa. No te he querido decir nada últimamente por si en ese momento estabas pensando en otra cosa y yo podía traerte el escabroso tema de nuevo a la mente.

—Estoy bien, Ramón, muchas gracias por interesarte. La base del tratamiento psicológico de estos años ha hecho su efecto y me siento mucho más segura de mí misma. Rafa y mi familia están a tope conmigo. Me encuentro dura como un roble, de verdad. Voy a superar esta pequeña prueba.

—Cómo me alegra oír eso. —El inspector le dedicó una cariñosa sonrisa, que Teresa le devolvió—. Me he permitido indagar un poquito y ya he visto que pasado mañana vuelve a prisión. He hecho alguna llamada y me han confirmado que la Guardia Civil de Daimiel lo tiene bien vigilado. Ya sabes que aquí estoy para lo que haga falta. Cambiemos de tema. Hace un rato me han pasado más informes, ya definitivos, de la Científica sobre las cruces aparecidas. Echadles un ojo. —Repartió unos folios que las dos mujeres devoraron con la vista.

—«Material desconocido» —leyó la subinspectora en voz alta.

Nieves seguía leyendo el informe en silencio.

—Esto ha salido de la cruz desaparecida de Ballesteros de Calatrava. La cruz que crece.

—Habrán cortado unos trozos de la original para hacer de una manera burda las cruces pequeñas. Como ya sospechábamos, esto no hace sino confirmar que los que han lanzado las amenazas son los mismos que robaron la cruz de casa de Laura.

—Ramón —cortó Nieves la conversación—, leo aquí que una de las cruces tiene restos de saliva.

—Me has quitado la exclusiva. —Toboso le guiñó un ojo, lo que puso a Nieves contenta para media mañana—. Efectivamente. Han descubierto una diminuta gotita de saliva en la cruz encontrada en San Pedro. Eso constituye una prueba de valor incalculable. Tenemos la saliva de Lucio, Olga, los padres de los Raros y de Laura y sus hermanos. Si ha sido alguno de ellos, lo tendremos. En caso contrario, lo cotejaremos con la base de datos por si es de algún viejo conocido.

—Al menos avanzamos en algo —dijo Teresa.

—Vamos ahora a otra parte muy importante.

El inspector repartió un folio a cada una.

—Aquí tenemos un informe muy completo sobre la calavera. Es simplemente tener por escrito lo que ya nos ha venido diciendo Ruiz a lo largo de estas semanas. ¿Qué averiguaciones habéis hecho?

—Que te cuente Nieves, que estoy un poco agotada —Teresa fingió estar cansada, pero realmente quería que Nieves fuera tomando un protagonismo cada vez mayor.

—Voy a empezar por lo más importante. Hemos detectado que con fecha 31 de julio ha habido años salteados con muertes violentas o ser sospechosas de ello. —Nieves abrió una carpeta de la que empezó a sacar papeles—. Mira, tenemos, por ejemplo, un hombre asesinado con un disparo de bala en el término de Almodóvar del Campo en 1961, una mujer en Aldea del Rey con un fuerte golpe en la cabeza como el de la calavera en el año 1965, otra mujer, de la que se sospecha que la mató el marido, pero nunca se pudo llegar a demostrar, que presentaba múltiples contusiones y varias quemaduras en Bolaños de Calatrava en el año 1978. En fin, y así un largo etcétera que, curiosamente, coinciden en ese día. Tengo aquí otros casos que no fueron homicidios, sino suicidios. —El inspector Toboso ojeaba las hojas mientras la agente le desgranaba la información.

—Y, por ejemplo, ¿habéis comprobado que la tumba de esta mujer de Aldea del Rey no ha sido profanada?

—Sí, ayer mismo llamamos al encargado del cementerio de allí, miró y estaba todo en orden. En los de Ballesteros y Ciudad Real tampoco han detectado nada extraño. Estamos contactando con los de los demás cementerios.

—¿Qué nexo de unión podemos encontrar entre esos muertos el mismo día?

—Aparentemente, ninguno. Se resolvieron como ajustes de cuentas, violencia de género, accidentes, algún asesino que actuó al azar. No hay nada a simple vista que los pueda unir.

—Tú lo has dicho, a simple vista. Ahora, Nieves, toca mirar detrás de bambalinas y sacar el instinto policíaco. Hay que poner todos los sentidos en buscar la clave, que seguro que la hay.

—Mientras hablabais se me estaba ocurriendo una cosa —intervino Teresa, que veía cómo Toboso intentaba poner nerviosa a Nieves—. En esos informes vamos a buscar si hay algo que tenga que ver con Ballesteros. Sobre todo, con la familia de los Raros o con la de Laura. Según Científica, hablamos de los años 50 más o menos, ¿no?

—Así es —confirmó el inspector.

—Bien, pues la saliva de todos los que han ido desfilando por aquí la vamos a enviar a Científica y que crucen estas muestras con las de la calavera.

El sonido del teléfono del inspector interrumpió a Teresa. Treinta segundos de tensa conversación sirvieron para que Toboso perdiera su habitual afabilidad.

—Mierda, mierda, ¡mierda! —gritó nada más colgar.

—¡¿Qué?! —chillaron al unísono Teresa y Nieves, inclinadas hacia el inspector.

—Tenemos a una mujer muerta en lo alto de la puerta de Toledo. Vámonos.

CAPÍTULO 22

Las nubes iban poblando el cielo ciudadrealeño con el paso de las horas, ayudando a que el día, que ya de por sí había salido inusualmente fresco, alejara la sensación de plena canícula. Pese a la corta distancia desde la comisaría hasta el monumento más representativo de la ciudad manchega, el inspector Toboso, la subinspectora Lara y la agente Nieves Morales llegaron en un coche del parque policial a la puerta de Toledo. Casi tirándose del coche en marcha, llegaron a sus pies e inmediatamente fueron abordados por el inspector Ruiz del cuerpo de la Científica. Un amplio dispositivo había perimetrado los alrededores, donde grupos de curiosos hacían guardia con el objetivo de no perderse un detalle.

—Toboso, parece que aquí tenemos lo que nos temíamos —dijo el inspector Ruiz sin más preámbulos—. Le informo: mujer de mediana edad, calculamos entre treinta y cinco y cuarenta años. Posee pelo rubio, largo, ojos claros y una tez muy blanca. Mide 1,75 metros aproximadamente. Abundantes signos de violencia, mantuvo una lucha con su agresor y se intentó defender desesperadamente. Presenta marcas en el cuello compatibles con una estrangulación. Nos la hemos encontrado con un gesto en la cara de absoluto pavor. Mira que he visto cadáveres, pero este es uno de los que más me ha impresionado por su terrible semblante. No os voy a negar que estoy afectado. En fin, ya se me pasará. Y aquí viene el punto simbólico: sobre su vientre hemos hallado la figurita de lo que parece una Virgen.

—¿Cómo la han encontrado? Está encima del monumento, desde abajo no se ve.

Todos dirigieron la vista a la parte superior de la puerta medieval, que en su día formó parte de la muralla de la ciudad.

—Un grupo de turistas, que ha venido con motivo de la Pandorga, iba a hacer una visita guiada. Cuando ha llegado el guía, se ha extrañado al ver la puerta abierta, pero, claro, quién va a pensar que el motivo era un asesinato. Cuando les ha explicado lo que fuera abajo, han subido las escaleras y se han encontrado con el pastel. El homicidio se ha producido esta mañana y, cuando han llegado, estaría recién cometido. Les están atendiendo prácticamente a todos por una crisis de ansiedad.

—¿Ya la han identificado?

—No, pero estamos en ello, como podéis suponer. Hemos tomado fotografías y muestras, vamos a ver si coincide con alguna mujer desaparecida o alguien que podamos conocer. En muy poco tiempo vamos a saber quién es.

—¿Cómo habrá acabado el cuerpo de la mujer ahí arriba? La puerta de acceso está permanentemente cerrada.

—Bueno, la puerta no es que fuese la más blindada del mundo. Está forzada ligeramente, pero no les ha hecho falta realizar un esfuerzo sobrehumano para abrirla.

—¿Nadie ha visto nada?, ¿no tenemos testigos tratándose de un sitio tan transitado?

—Aún no se han puesto en contacto con nosotros posibles testigos. Acaba de ocurrir, dejemos pasar un rato hasta que se corra la voz. Lo más probable es que cuando la noticia corra como la pólvora, algo que ya está ocurriendo, nos llamen. Bueno, ¿vienen a ver el cuerpo?

—Una última cosa antes de que subamos. —Teresa Lara se interpuso entre ambos inspectores—. ¿No ha aparecido ninguna cruz en el cuerpo?

—He estado mirando y no. Ahora mismo siguen trabajando sobre el cadáver, pero hasta el momento no hemos detectado ninguna cruz. Yo mismo personalmente he registrado sus bolsillos, por si acaso, y tampoco. En fin, subamos y ya seguimos hablando ahí arriba. Nos está esperando el médico forense.

Los cuatro subieron los escalones que conducían a la parte superior de la puerta de Toledo, imbatible durante siglos y que ahora contemplaba con horror una escena que sus piedras silenciosas nunca hubieran imaginado que iban a tener que soportar. El cuerpo de la mujer asesinada se encontraba en el mismo borde de piedra del espacio cuadrado que conformaba esa parte alta de la puerta, con la cabeza sobresaliendo de la misma, aunque ese detalle solo se percibía arriba. En cuanto se acercaron, Nieves ahogó un grito de pavor tapándose la boca con la mano. El inspector Toboso se agarró del brazo de la subinspectora Lara, la cual cerró los ojos y tomó aire nada más ver a la joven. Detrás de ellos, nubes cada vez más desarrolladas y más oscuras contrastaban con un espacio azul intenso entre ellas. Los pinos que se encontraban dentro del cementerio, a pocos metros del emplazamiento medieval, parecían susurrar y comentar la escena entre ellos al son de una brisa que los balanceaba con finura. Todos pensaron que la expresión facial del cadáver no la olvidarían jamás. La mueca de infinito pánico se componía de unos ojos abiertos hasta el extremo, como si la visión de lo que tenía ante sí en los momentos previos a morir fuera lo más espantoso que un ser humano fuera capaz de soportar, además de la boca abierta y ladeada, que había petrificado un grito mudo que iría a permanecer toda la eternidad. Daba la sensación de que, en cualquier momento, la joven, que poseía rasgos que denotaban belleza antes de su fatídico final, fuera a levantarse y fuera a salir corriendo despavorida, como si la fotografía congelada en la que se había quedado se descongelara en cualquier momento y continuara la acción previa.

—¡Dios mío! —Nieves fue la primera en romper el silencio que se había impuesto.

—Qué horror, esto es inhumano. ¿Qué habrá tenido que sufrir la pobre chica? —se preguntó el inspector, aún agarrado de la subinspectora. En ese momento se acercó el médico forense. El inspector Ruiz se colocó al lado de su colega Toboso, a quien le musitó: «Os lo dije, esto es de auténtico espanto».

—No tengo palabras para describir esto —afirmó el médico forense, muy consternado—, en los más de treinta años que llevo trabajando en esta ciudad, en donde he visto muchas cosas, aunque parezca que no, nunca me había encontrado con algo igual. El nivel de ensañamiento con esta chica solamente puede ser obra de un monstruo. Alguien que no puede ser calificado como ser humano, desde luego. No sé ni por dónde empezar.

—Vamos a intentar mantener la calma. Está claro que nosotros sí que somos humanos y tenemos sentimientos. Pero también policías. Así que vamos a dar caza a la bestia que ha cometido este brutal asesinato —afirmó el inspector Toboso, totalmente metido en el papel de su rango policial, intentando calmar los ánimos.

Se colocó de espaldas al cuerpo, de tal manera que la subinspectora Lara y Nieves no lo pudiesen ver bien y, así, todos pudieran centrarse en el aspecto profesional.

—Mejor será así —retomó el médico forense repasando las notas de una libreta—. Procedo: el cuerpo pertenece a una mujer joven, más cerca de los treinta y cinco años que de los cuarenta.

La causa de la muerte todo parece indicar que fue por estrangulamiento, dejo para lo último con qué lo hicieron. Antes de matarla, el asesino la torturó. Presenta diversas quemaduras por todo el cuerpo, con el ánimo de hacerle daño, no de matarla todavía. Hay algunos mechones de pelo arrancados, dos uñas están a punto de despegarse de sus dedos, así como golpes y contusiones indiscriminadamente. Le falta una pieza dentaria. El inspector Ruiz me ha comentado que revisara bien por si aparecía alguna cruz, cosa que no he detectado por ninguna parte. Ahora bien, encima de su cuerpo hay una figura religiosa, de pequeño tamaño, a la que le han pintado algunas cosas obscenas. Ahora se asoman y la ven. Por otra parte, el asesino se ha llevado una de sus orejas. El corte ha sido limpio. Ahora sí, un dato relevante: el estrangulamiento se realizó con un cíngulo, el cual el asesino no ha tenido reparo en dejar tirado al lado del cuerpo.

—¿Qué es un cíngulo? —preguntó Ramón Toboso.

—Es una especie de cordón que tiene dos borlas en sus extremos, se lo habréis visto puesto a muchos sacerdotes u obispos a modo de cinturón —explicó Nieves, que parecía haber conseguido concentrarse en las explicaciones del doctor—, se lo debían colocar al alba. Les recuerda que deben mantener el voto de castidad y el látigo con el que flagelaron a Jesucristo.

—Eso es —confirmó el médico—. ¡Ah!, y otro detalle que les quería comentar: la muchacha se defendió hasta la extenuación, y ya podemos certificar que tenía restos de piel del agresor bajo las uñas. El homicida se fue corriendo en cuanto vio que ya estaba muerta. Vamos a analizarlo todo y, con ello, esperamos dar con él en las próximas horas. Ahora acérquense y vean la figurita que ha dejado encima de la chica.

Los policías le hicieron caso y volvieron al cadáver. Tras el impacto inicial, los sentidos empezaban a acostumbrarse a aquella visión y tomaron un cariz más profesional.

—Esta figura es de santa Águeda, la misma santa que pusieron en la catedral —pudo constatar Nieves, agachada, viendo muy de cerca la figura, pero sin tocarla—, le han dibujado un falo, algún dibujo obsceno, sí, y algún símbolo satánico. Teresa, míralo, a ver qué te parece. Por si piensas lo mismo que yo.

Teresa se agachó, apartándose el pelo que se le venía a la cara.

—Imagino que pensarás que la puesta en escena ha sido un tanto cutre. Yo también me esperaba un gran espectáculo visual. Y aquí lo único destacable visualmente es esta pobre muchacha. Anotemos, de todas formas, el detalle de la oreja.

Desde arriba, el inspector Ramón Toboso vio cómo la gente que rodeaba los cinturones policiales se contaba ahora por decenas, además de abundantes medios de comunicación. Al mismo tiempo, se percató de cómo la policía dejaba paso a la alcaldesa, Prado Santana, el concejal de Seguridad y una mujer mayor. Detrás de ellos, a varios metros de distancia, se acercaba a toda prisa el párroco de la iglesia de Santiago. «Ahora sí que ya estamos todos», ironizó.

—Teresa, baja a recibir a nuestros nuevos invitados. Me da que ahí viene tu vidente.

La subinspectora bajó rápidamente los escalones del interior de la puerta de Toledo y se reunió con la comitiva recién llegada.

—¡Cruces! Tenía pensado recogerte después de comer, ¿cómo has llegado hasta aquí?

—He ido yo a recogerla —atajó la alcaldesa capitalina—, ya sabes, para ganar tiempo.

—Bien hecho, Prado. En fin, menuda tenemos aquí montada. Cruces, ya que estás aquí, ¿tú serías capaz de contactar con una chica a la que han asesinado?

—Me costaría mucho. ¿No tenéis nada suyo que pudiera tocar?

—No, y de ella no me puedo llevar nada porque cualquier cosa puede constituir una prueba. Aunque estoy pensando... ¿estarías dispuesta a ver un cadáver? Te advierto que no presenta muy buen aspecto. Alcaldesa, tú y el concejal deberíais permanecer aquí abajo.

La vidente se sonrió.

—En peores plazas hemos toreado, querida Teresa. He visto ya de todo, a mis años no me voy a asustar.

De repente, se escuchó una voz medio asfixiada.

—¡Oiga! ¡Oiga! ¡Agente!

Teresa se dio media vuelta y vio al cura de la iglesia de Santiago vestido de paisano.

—¡Ah, hola, Enrique! Lo siento, pero ahora mismo no puedo atenderle.

—Pues debería —le reprendió el cura, atropellándose las palabras—. Tengo información que seguramente sea de alto interés. Alguien, creo que un hombre, va a intentar cometer varios asesinatos en Ciudad Real esta tarde. O lo paran o esto se convertirá en una carnicería.

CAPÍTULO 23

Cruces miraba fijamente el cadáver que tenía delante. Algunas rachas de viento moderadas provocaban juguetones remolinos en la falda ligera y suelta que llevaba. Los árboles se balanceaban cada vez con más violencia. Las nubes algodonosas iban engordando, aunque todavía no suponían amenaza de tormenta. Flanqueándola, un pequeño grupo de policías guardaba un prudente silencio. Los tres encargados de la investigación miraban indistintamente al cuerpo y a la vidente. Pese al murmullo de la gente que se apostaba en las cercanías, en lo alto de la puerta de Toledo se había creado un ambiente que más recordaba al de la quietud y el recogimiento de una iglesia. A lo lejos, en los Montes de Toledo, unos enormes torreones de nubes amenazaban con descargar su furia sobre las recortadas montañas.

—Necesito tocar el cadáver, ¿puedo? Me vale solo con tocar una mínima parte, por ejemplo, la punta de un dedo del pie —pidió la octogenaria vidente con arrojo.

—No podemos contaminar las posibles pruebas que haya en su cuerpo. Toma, ponte un doble guante. Es de la única manera que puedes hacerlo. Solo unos segundos, Cruces —respondió el inspector.

Cruces cerró los ojos y se agachó hacia la joven muerta. Se creó un silencio sepulcral a su alrededor. La curiosidad arrimó a algunos policías más tras la primera línea formada por el inspector Toboso, la subinspectora Lara, la agente Nieves Morales y el inspector Ruiz de la Científica. La vidente daimieleña palpó suavemente el pie de la asesinada. Nada más tocarla se estremeció, si bien continuó con los ojos cerrados. «Pobre chica», se pudo entender entre sus murmullos. A Teresa Lara le parecía que la temperatura del aire había descendido varios grados. Una nube, que destacaba entre las demás a su alrededor por su ennegrecimiento, tapó el sol. Un encogimiento acompañado de un «¡ay!» sacudió a Cruces, que incluso se tambaleó y estuvo a punto de perder el equilibrio. A los pocos segundos se puso de pie, ayudada por Teresa, muy pendiente de ella.

—La ha matado un hombre —determinó—. Un hombre al cual conocía muy bien, aunque no logro determinar qué relación tenían. Ella no sabía que la iban a matar, me parece que estaba aturdida. Vio algo terrible antes de morir, en un último momento de lucidez, pero no me lo ha podido mostrar. Sí puedo asegurar que fue algo espantoso. Cuánta maldad hay en la vida, de verdad —suspiró mientras se pasaba un planchado pañuelo azul por la frente—. Por cierto, su alma estaba aquí. Tengo que trabajar sobre ella, aún no sabía que estaba muerta. Ahora en el ayuntamiento me retiraré un rato para enseñarle el camino e intentar que alguien venga a por ella. Qué lástima, Dios mío de mi vida —terminó su parlamento santiguándose.

—¿Qué detalles sobre ese hombre nos puedes dar? —le preguntó el inspector, tocándose la barba de tres días.

—Solo he visto como ráfagas. Le he visto de espaldas primero, era corpulento, pero no muy alto. Después, al darse la vuelta, justo antes de mostrar su cara de pleno, la visión se cortaba. He podido distinguirle rasgos morenos, poco más. Pelo negro. Se me figuraba una persona joven, como vosotros. Le he visto un aura muy oscura. Lo ubico cerca de aquí, si no de Ciudad Real, de los alrededores. Vais bien sobre la pista del grupo satánico.

Cruces cogió su bolso del suelo y se lo colgó en la mitad del brazo, flexionando este ligeramente. Antes de seguir hablando, se cercioró de que en el mismo seguían estando su cartera y sus llaves de casa, un gesto compulsivo que repetía cuando salía a la calle.

—De todas formas, como os he dicho, tengo que hacer una sesión para hablar con ella. Quizás ahí me dé más datos. Siento no poder ayudaros más. Me marcho ya, no quiero ser una molestia.

—No te preocupes, Cruces —la consoló Teresa—, que bastante estás haciendo. Los datos que nos has dado nos pueden servir de mucho. Ramón —se dirigió al inspector, que estiraba los brazos hacia atrás—, el cura de la iglesia de Santiago quiere hablar con nosotros. Según él, nos puede proporcionar información muy relevante para el caso.

—Que Dios nos coja confesados, nunca mejor dicho —contestó en tono guasón—. Está bien, que tapen el cadáver y bajamos.

No habían hecho más que extender la sábana blanca sobre la cara de la asesinada cuando el menudo eclesiástico apareció atravesando como un rayo la puerta que daba acceso a las escaleras.

—Hola, Enrique, ¡menuda sorpresa verte por aquí! —El inspector le tendió la mano. Los demás sonrieron ante sus ademanes burlones.

—¡Virgen santa! —Tras el fugaz apretón de manos con Toboso, el cura se tapó la boca con las manos—. Dios acoja en su reino celestial al alma de esta pobre muchacha. Imagino que es una mujer por el pelo que le sobresale de la manta. En fin, Señor Jesucristo, apiádate de ella y acógela.

Cruces y él se santiguaron a la vez. «Así sea», le correspondió la vidente.

—Vamos para abajo mejor, dejemos trabajar a los policías.

Todo el grupo descendió las escaleras del monumento y en la explanada que lo precede formaron un semicírculo.

—Y bien, ¿qué nos puedes contar?

El inspector no había terminado de formular la pregunta cuando el cura se apartó hacia un rincón y empezó a hablar.

—Pues verá, mi informante, de la cual le hablé cuando vinieron a la iglesia, ha tenido un soplo. Una persona que, como ella, está intentando escapar de esa secta maliciosa adoradora de Satán le ha comentado que ese grupo estaba preparando una acción en la propia Ciudad Real. La persona que se lo ha dicho es un varón, por lo que debe pertenecer a la parte masculina de ellos. Es que verán —dijo cogiendo del brazo a Teresa y Nieves—, hombres y mujeres no se mezclan. Tienen divisiones distintas y solo se juntan en ocasiones especiales. Por lo visto, el jefe de la sección masculina ha prevenido a los componentes de la misma para que estén alerta y no destaquen, sabiendo como saben que con todos estos jacobeos están siendo vigilados por mil ojos. Y uno de esos miembros le dijo a este hombre que el motivo es que la cúpula va a realizar una serie de sacrificios humanos. El sitio es impepinablemente Ciudad Real capital. ¿Por qué?, todavía no lo sé.

—¿Y por qué debe ser un hombre el que lo vaya a acometer? —indagó el inspector, que parecía cansado y receloso de la información de un cura que, a sus ojos, parecía un chismoso.

—Porque los sacrificios los suele llevar a cabo el líder, aunque siempre se acompaña de los privilegiados espectadores que acuden con él a la masacre. Solo ese líder puede matar.

—¿Tenemos el nombre del tan famoso líder?

—No, ya se cuidan ellos de que no trascienda. Muy pocos lo saben. Siempre se reúnen encapuchados. Tan solo sus colaboradores más estrechos conocen su identidad. Me va a costar más saber quién es, pero lo voy a intentar. Esta tarde he quedado con la chica en la iglesia de Santiago.

—¿Podríamos ir alguno de nosotros a ese encuentro? —El inspector parecía ahora más presto a oír al cura.

—Imagino que no habrá problema, sí. Casi que mejor que venga alguna de sus compañeras, me parece que esta chica se siente más cómoda con las mujeres.

—Perdonen que me entrometa —irrumpió Cruces, que hasta ahora no había ni siquiera pestañeado.

—¿Sí? —dijo el cura acercándose a la mujer, analizándola de cerca, a la vez que se ajustaba las gafas que resbalaban por el sudor.

—Ha hecho usted mención a un grupo satánico, ¿verdad?

—Así es, señora.

—¿De dónde son esa gente?

—Que yo sepa, su base está en Miguelturra, pero tienen miembros de varios pueblos de la provincia.

Cruces se quedó pensativa. Se hizo el silencio a su alrededor. Todos fijaron la mirada en el gesto de la vidente.

—Si son los que creo que son, no pararán hasta conseguir el objetivo que se hayan propuesto.

—¿Los conoces? —se sorprendió Teresa.

—Sí, una familiar mía está ahí metida —suspiró—. Aunque, si como dice este parlanchín, las mujeres y los hombres no se mezclan, la que yo digo estará con las primeras. —Apuntó con el dedo a Enrique, lo que provocó que el inspector a duras penas pudiese contener una carcajada.

Entre los policías se cruzaron miradas de extrañeza.

—Eso no lo sabía, Cruces, ¿cómo es que tú eres una bruja buena y alguien de tu familia es mala? —intervino Teresa ante el pasmo de los restantes asistentes a la espontánea reunión.

—Así es la vida. Una paradoja en sí misma. De una misma raíz familiar hay ramas que se tuercen y otras que siguen un camino recto.

—Necesitamos que nos cuentes más para poder tirar del hilo —urgió el inspector.

—Está bien, joven. Es la historia de mi familia. Como veo que se va acercando la hora de comer, os invito a lo que queráis y os cuento. Padre, véngase usted también.

Cruces se recolocó el bolso y, sin mediar palabra, se marchó del lugar seguida por los demás.

CAPÍTULO 24

Daimiel, 3 de julio de 1540

—¿Es usted Juana Ruiz? —interrogó el licenciado Juan Yáñez.

—¡*To*, pues claro! Si ya lo dije cuando me detuvieron —contestó Juana, airada.

—¿Sabe usted de qué le acusamos? —volvió a preguntar Yáñez, acompañado del juez Francisco Tello de Sandoval.

—¿De qué va a ser? De bruja —la sexagenaria mujer comenzó a reír sonoramente, arrugando una prominente nariz porrona.

—¿Y es eso cierto?

—Le juro por mis siete hijos que es mentira.

Dejó de reír en seco, se besó un dedo y desafió a Yáñez con la mirada. Pocos instantes después, hizo un intento de levantarse de la silla en la que se sentaba, que emitía crujidos a cada movimiento suyo.

—¡Siéntese! ¡Y deje de jurar en vano! —vociferó Tello de Sandoval.

—Eso ya lo veremos —continuó Yáñez—, vamos a ir analizando varios testimonios que tengo por aquí.

—¡Testimonios de *lenguaranas* como usted! —gritó Juana, apuntando a Yáñez con el dedo.

—¡Que se siente y se calle o hago que la quemen! —le reprendió Tello.

—Juana, cálmese o será peor. Parece ser que usted ronda de noche por el cementerio de esta localidad, Daimiel, junto a la iglesia de Santa María, y coge huesos de los difuntos y se los lleva. En muchas de esas ocasiones la han visto desnuda. ¿Qué tiene que decir sobre eso? —preguntó Yáñez en tono tranquilo.

—Algún hueso he cogido, sí, pero han sido siempre de animales. Y de desnuda nada. Siempre vestida. Esos huesos son para hacer unos ungüentos que luego le doy a gente como su familia —volvió a reír con un fuerte estruendo.

—Mucho me temo que de seguir así, señora Juana, va a acabar usted en la hoguera —Yáñez empezaba a elevar el tono, mientras Tello parecía que iba a explotar a tenor de la rojez de su cara.

—Si es que no hace más que decirme tonterías.

—Sigamos. Según Olalla Díaz, estaban una noche ella y su familia sentados en torno al fuego de su cocina cuando, tras escuchar unos ruidos, apareció usted por la chimenea. De ahí salió corriendo y no la volvieron a ver.

—Olalla Díaz es una guarra y lo que dice es mentira. Yo no me meto por chimeneas, se lo aseguro. Usted cree que, si yo fuese capaz de hacer esas cosas, ¿estaría ahora aquí sentada viendo sus feas caras?

—¿Es verdad que en cierta ocasión estaba usted desnuda en mitad de unas viñas y cuando la descubrieron dos personas pidió que la llevaran a casa, en nombre de Dios, puesto que no podía tornar?

—Creo que se refiere a un día que salí al campo, oscureció y me perdí. Pasaron por allí dos labradores, muy buenas personas, que me guiaron hasta el pueblo. Les pedí que tuvieran clemencia de mí y la tuvieron. De la poca gente de este sitio que no ha huido de mí, porque vamos, ni que tuviera la peste. No se me arriman ni las ovejas. El caso es que luego mi casa se llena de mujerzuelas que quieren pedirme potajes para que un hombre las quiera.

—¿Y no será que iba usted volando para realizar alguna obra diabólica, mentó a la Virgen o a Cristo y el diablo la descabalgó y la desnudó? —teorizó Tello, algo más sereno.

—Ni pensarlo siquiera. En la vida me ha pasado a mí algo así. Lo crean o no, le tengo pavor al diablo.

Juana también parecía estar domando su ímpetu.

—Hace dos años, cuando estuve aquí averiguando, me dijo Isabel de Céspedes que un cardador, familiar suyo, le vio en la viña. Por su parte... —Yáñez paró unos segundos para leer más de cerca unos papeles—. Ah, sí, la mujer del bachiller Marcos me refirió cómo la hija de la viuda Florencia López le agarró de los pelos y se quedó con varios mechones en la mano. En el cementerio la han visto gente como Catalina López, la esposa del alguacil, Elvira de Mingolla o Mari López.

—Me está usted nombrando a gente que me quiere mal. Han dicho eso porque son personas con las que mi marido y yo hemos tenido problemas.

—A propósito de su marido, Juan de Valdelomar —cortó Tello—, resulta que es nieto de un confeso de la localidad de Almagro. Su madre fue reconciliada de delitos de injurias. No parece que sea un buen trigo ese hombre, ¿no cree?

—Mi marido es una bellísima persona, señor juez. Seguramente sea mucho mejor que usted. —Tello volvió a recuperar un rojo intenso en su tez y el cuello—. Al tener unas tierras tan grandes, pues ya sabe, se levantan envidias e intentan machacarlo. Ante todo eso, le juro por Dios que mi marido es un buen cristiano.

—Muchos en Daimiel aseguran que usted ha provocado la muerte de varias personas, llamando la atención de que la mayoría de esos muertos son niños y mujeres recién paridas. Precisamente la hija de Florencia López acababa de dar a luz cuando usted fue a por ella, pero la chica le enganchó de los pelos y usted tuvo que escapar de la paliza que le iba a dar. De ser verdad, bien empleada le hubiera estado una buena tunda de palos —dijo Tello apretando los puños.

—No sé de qué me habla, señor juez —respondió Juana con una extraña quietud—, esa chica debe estar loca, porque jamás he tratado con ella. Por supuesto, no le he deseado la muerte a nadie nunca, como para encima querer provocársela. A ver si resulta que las brujas van a ser ellas —dijo mientras cruzaba los brazos sobre su vientre.

—Lo sentimos, Juana —habló Yáñez pausadamente, colocando unas hojas en un taco—, pero ante la gravedad de las acusaciones no nos queda más remedio que condenarla a prisión de manera temporal hasta que sea juzgada, cosa que ocurrirá el tres de agosto en Toledo. Prepárese bien su defensa, pues testificará ante el Santo Oficio y ahí no están para bromas ni exabruptos. Que Dios le proteja y que sea Él el que nos guíe hacia la verdad. He dicho —sentenció Yáñez con el beneplácito de Tello. Juana se quedó sentada, llorando en silencio como desde hacía mucho que no hacía.

CAPÍTULO 25

Nada más terminar de comer, Cruces, la subinspectora Teresa Lara y el cura Enrique se dirigieron a la iglesia de Santiago. La hora de la comida había traído una relativa paz tras el enorme revuelo causado por el asesinato mañanero. La alcaldesa de Ciudad Real había insistido en acompañarlos, pero, finalmente, ante la recomendación de todos los que estos días la rodeaban, se quedó reposando en su despacho del consistorio, aquejada de un fuerte malestar.

Decidieron ir dando un paseo, ya que el día no estaba resultando especialmente caluroso. Pese a ser horas centrales del día, las nubes que iban tomando cada vez más posiciones en el cielo ciudadrealeño y el viento permitían un relativo respiro. El alivio fue a más cuando entraron en el templo, donde la temperatura era sensiblemente inferior. Pasaron directamente al despacho del cura, el cual había monopolizado la conversación desde que salieron del restaurante Carmen Carmen, donde probaron varias raciones. Cruces se había empecinado en pagar la cuenta y, aunque los demás se resistieron, no tuvieron más remedio que ceder.

Ya sentados en el despacho del cura, hicieron tiempo hasta que la joven a la que estaban esperando llegara.

—Cruces, una pena que no te haya dado tiempo a contar toda la historia sobre la raíz de tu familia —inició Teresa la conversación para que, de ese modo, el cura dejara de hablar.

—Seguro que tendremos más tiempo, solo he podido contar la primera parte de la historia. La segunda, donde está realmente mi origen, me ha faltado. La mujer a la que me he referido, Juana Ruiz, fue solo la que inició algo más gordo, en la que se inspiraron un grupo de mujeres de unos años más tarde —mientras hablaba, Cruces sacó un abanico y comenzó a darse aire—, y ahí es donde entra en escena mi familiar lejana. Pero vamos, Juana no fue la única bruja en su tiempo, ¿eh?, estuvo por ejemplo Isabel de la Higuera. A esta la acusaron de perjurio y de embaucadora, ya ves tú. Dice la leyenda que un hombre le requirió porque estaba muy mal, entonces Isabel le dijo al hombre que le habían hechizado porque en la comida le echaron mierda de culebra y de lagarto.

Cruces y el cura se rieron con una mueca de asco.

—Total, que dijeron que ella había adivinado lo de este hombre por tener contacto directo con varios demonios que tenían forma de puercos y a los que, en teoría, Isabel les daba de comer. En fin, las habladurías de aquel entonces. Para curar al hombre, Isabel tuvo que comprar un montón de cosas para fabricar un potingue, según me contaba mi abuela, almendras, arroz, menjuí y yo qué sé, muchos ingredientes más. Luego tenía que rezar con san Juan delante y echar al pozo un mejunje compuesto de sal, salvado y pis de este tío. Cuando llegó a oídos del Santo Oficio, se armó el belén. Fueron a por ella y le quitaron sus bienes. La estuvieron torturando para que cantara, pero ella se mantuvo firme. ¿Y sabéis qué? Que al final la tuvieron que soltar y declararla inocente. Es lo que pasaba, que detenían mucho, pero luego las tenían que liberar porque no había pruebas convincentes. Yo para mí que se aburrían y se inventaron que había brujas para entretenerse un rato.

—Ah, ¿que a Juana la absolvieron? —preguntó interesado el cura, que había permanecido callado, milagrosamente, durante el relato.

—Si hablara un poco menos y escuchara un poco más, se habría enterado en la comida — respondió, mordaz, Cruces. Teresa no pudo reprimir una risita afilada. El cura se quedó callado sin saber qué responder, por lo que Cruces retomó la palabra.

—La absolvieron, sí, libre de todo cargo. Fíjese, sesenta y tres vecinos de Daimiel testificaron a su favor, todos diciendo que era una buena madre y que cumplía con lo que el cristianismo mandaba. Los de la Inquisición indagaron y vieron que los que le acusaban eran malas personas. Por ejemplo, lo que os he contado en la comida de la escena de la viña se lo había inventado un miembro de la cofradía del marido de Juana con el que este había tenido una disputa, la cual había ganado. Y así con todo. Cuántas mujeres no habrán sufrido por considerárselas brujas sin razón ninguna —suspiró, dando por finalizado su parlamento.

El cura salió de la profunda concentración que le habían producido las palabras de Juana y se miró el reloj.

—Qué raro, esta chica es muy puntual. Debería haber llegado hace ya un cuarto de hora. Dejaremos un poco más de tiempo por cortesía. Voy a mandarle un mensaje.

—En el ayuntamiento, mientras os preparabais para la comida, he contactado con la muchacha asesinada. Está todavía muy asustada, esta tarde si tengo tiempo voy a intentar que algún difunto de su familia vaya a por ella. Ha debido de ser tan violento todo que no había preparado a nadie para recogerla cuando pasase a la otra vida —dijo Cruces abanicándose con fuerza.

—¿Usted cree que luego van con Dios? —le preguntó el cura, que se sentaba y se levantaba cada poco tiempo para mirar por la ventana.

—Sí, al final acaban con Dios —afirmó Cruces muy convencida—, pero muchas almas pasan primero por el purgatorio. Es ahí sobre todo cuando hay que rezar por ellas y acompañarlas, darles luz.

—Me resulta curioso cómo religión, superstición y brujería van muy cogidas de la mano, cuando en teoría son tan antagónicas —reflexionó Teresa, que seguía la conversación apasionada.

—Es que realmente nos complementamos —dijo el cura, volviéndose a levantar—, no sé por qué ha habido tanta persecución por parte de la Iglesia. Al fin y al cabo, la mayoría de las brujas de hoy en día persiguen el bien. A quien hay que atizar es a quien haga el mal, como estamos aquí haciendo juntos. Pero si, de manera fundada o infundada, una mujer o un hombre hace el bien, ¿para qué incriminarlos?

—Diga usted que sí —Cruces mostró su acuerdo—, en la lucha contra el mal estamos unidos todos. ¿Es verdad que usted ha ido a exorcismos?

—Sí, señora. He estado en varios, dirigiendo algunos de ellos. La mayoría fuera de la provincia de Ciudad Real.

—¿Y no ha pasado usted miedo ahí?

—Sí y no. Miedo porque al mal hay que temerle, pero no rehuirle, porque, si no, no lo enfrentaríamos nunca. Dios me daba las fuerzas necesarias para luchar contra el demonio, me he sentido protegido por Él en todo momento. Si en algún momento flaqueaba, pensaba en Dios y el coraje volvía a mí. Al final, siempre hemos vencido.

—Compartimos sentimientos entonces —respondió Cruces, muy vivaz con el cariz que tomaba la conversación, dándole con más brío al abanico—. Yo me he enfrentado al demonio, aunque nunca metido en el cuerpo de otra persona, sino a través de enviados suyos. Sería interesante que un día nos juntemos para intercambiar ideas. Ya no tanto por mí, que estoy vieja, como puede comprobar, sino por las que estoy enseñando.

—¿Enseñas a gente a ser bruja? —preguntó Teresa Lara con sorpresa.

—Claro, niña, como a mí me enseñaron en su día. Tuve una maestra del pueblo que me hizo ser como soy, y ahora intento que las aprendices sigan ese mismo camino. Mi madre también era bruja, pero lo de enseñar no se le daba tan bien.

—Ya hablaremos, en ese caso. Quizás me pueda interesar ser alumna tuya. —Teresa miraba con pasión a la vidente.

—Lo estudiaré, tenemos que ver si tienes el don. Por una parte, hay que tener y, por otra parte, aprender a desarrollarlo y usarlo.

—Como he dicho antes, señora Cruces —intervino el cura, alzando la voz para hacerse de nuevo con el protagonismo—, si es para hacer el bien, espero que Dios los guíe. Me parece bien su propuesta de reunirnos y hablar sobre lo que hacemos. Seguro que podemos aprender el uno del otro.

—Siempre y cuando usted me deje hablar, porque parece que desayuna lengua.

No tuvieron más remedio que reírse ante el comentario, incluido el cura, que se había ido relajando conforme avanzaba la amena charla. El potente tono del teléfono móvil de la subinspectora Lara interrumpió el momento de distensión.

—¿Dígame?, ¿Ramón?

—Está hablando con el inspector —susurró Cruces al cura con los brazos cruzados sobre el abultado vientre y ya sin su inseparable abanico, puesto que había reparado en que la estancia estaba lo suficientemente fresca.

—Sí, y por la cara que tiene, debe ser algo importante —le contestó este, que se sentó a su lado y miró de nuevo el reloj.

Teresa Lara colgó el teléfono y se sentó donde estaba, al lado de Cruces, la cual quedó en el medio de los tres.

—Ya sabemos a quién han matado en la puerta de Toledo y contamos con los primeros testimonios de testigos. Todos hablan de un hombre merodeando en la zona a primera hora de la mañana, y una cámara ha podido captar algo.

—¿Algún sospechoso? —preguntó Enrique con las manos cruzadas.

—Podría ser, la víctima había presentado hace pocos años algunas denuncias por violencia de género. Obtuvo una orden de alejamiento que fue quebrantada en alguna ocasión. Por lo tanto, el sospechoso número uno es su expareja, pero aún no podemos descartar ninguna hipótesis.

El cura se quedó, de repente, mudo y pensativo. Tras unos segundos de silencio generalizado, Enrique, volviéndose a poner de pie, habló con un tono temeroso:

—Teresa, sé que no puedes y que es tu trabajo. Pero te garantizo máximo secreto de confesión y que lo que me digas no saldrá de aquí. ¿Me podrías decir el nombre de la víctima?

—Enrique, yo te lo diría, pero... —vaciló la subinspectora, que desconfiaba de una persona tan habladora.

—Lo que me digas lo sé. Te juro por Dios que de aquí no saldrá. Y mira que para que yo diga eso...

—Está bien. Confío en vosotros. Se llama Estela Sendarrubias.

El cura se desplomó sobre la silla que se encontraba a la izquierda de Cruces.

—¿Qué pasa? —Teresa se levantó y se arrodilló ante el hombre cogiéndole las manos—. ¿Estás bien, Enrique? ¡Tienes la cara blanca! —Cruces le empezó a abanicar la cara con tal ímpetu que unos visillos cercanos se movieron.

—Ay, Señor mío —atisbó a contestar en gesto de plegaria—, acoge a Estela ahí arriba. Señoras, Estela es la chica que huyó de la secta satánica de Miguelturra. La chica que estábamos esperando aquí. Ahora ya sabemos por qué no llegaba.

Enrique se echó a llorar desconsoladamente.

CAPÍTULO 26

Ante el aviso recibido, la subinspectora Lara regresó de inmediato a comisaría. Por el camino desde la iglesia de Santiago iba pensando en lo lejana que veía su última charla con la psicóloga, como si hubieran pasado años de aquello. La vorágine de unos acontecimientos tan seguidos le había tenido absorta en el caso. «Casi que me alegro de estar en un no parar constante». En cuanto abrió la puerta de la sede policial se encontró con una Nieves muy sonriente.

—Pasa, Teresa, que estamos hasta arriba —su alegría no correspondía con lo que decía.

—Ya me ha dicho Ramón que se sabe quién es la asesinada. Oye, te veo muy contenta, ¿no?

—Sí, porque por primera vez me he encargado yo sola de algo.

—¡Qué me dices! Vamos a la oficina y me dices qué ha pasado —Teresa se alegró al ver cómo Nieves comenzaba a tomar iniciativas.

Las dos se sentaron frente al ordenador de la agente, que tomó un gesto más formal.

—Verás, casi a la par de conocer que la víctima del asesinato de esta mañana era Estela Sendarrubias, nos llegaba de parte de Científica algo que me parece que te va a impactar.

Nieves tecleó en el ordenador y acercó la pantalla a Teresa.

—Coincidencia del noventa por ciento. ¿Qué es eso?

—La comparativa del ADN de Laura, la de la cruz y los pechos, con el extraído de la calavera.

—No me lo puedo creer —dijo Teresa en una reacción que cumplía las expectativas de su compañera.

—Pues créetelo. Total, que Ramón me ha dicho que no me fuera de comisaría porque hoy tenemos que estar operativos todo el tiempo, pero que hiciera las llamadas pertinentes que yo considerara. Y a eso me he dedicado todo este rato.

—Antes de que me sigas contando, ¿por qué la coincidencia no es mayor con la propia Laura?, ¿qué significa este noventa por ciento? —Teresa se hizo la tonta para comprobar qué respuesta le daba.

—Muy fácil. Es de un familiar cercano suyo. Ruiz me ha dicho que o su madre o su abuela. Por las fechas que barajamos, debe ser su abuela.

—Continúa.

Teresa se sentía orgullosa de ver la profesionalidad con la que le estaba hablando su subordinada, un tono distinto al que tenía el 1 de julio. Notaba cómo, además, modulaba la voz y hablaba de manera menos atropellada.

—Como te he dicho, primero he llamado a Laura. Le he preguntado por la causa y fecha de la muerte tanto de su madre como de su abuela. La madre queda descartada porque murió hace poco y estaba con ella cuando falleció en el hospital, o sea, que nada. De la fecha exacta de su abuela no se acuerda, cree que fue el año 51 o 52, me lo tiene que confirmar. Sí que sabe que llevaba algunos días o semanas deprimida porque se acababa de morir su Luisa del alma. Le gustaba mucho salir a andar y, aunque era mayor, seguía paseando por el monte. Parece ser que se desorientó un poco y tuvo un accidente, cayéndose en un barranco. La encontraron herida, inconsciente y con la cadera rota, la trajeron a Ciudad Real, pero, finalmente, no lo pudo superar y falleció a los pocos días. El guardia civil de mi pueblo me va a hacer el favor de ir a casa de Laura, a ver si encuentran papeles que lo certifique por algún sitio. Si no, pues tocará sacar información del hospital. He llamado al alcalde, que estaba con Prado Santana descansando un rato, y él también va a hacer algunas llamadas a ver qué le cuentan. Por último, voy a pedir a través de Toboso que abran la tumba de Laura de manera inmediata en el cementerio de Ballesteros para cerciorarnos de que, efectivamente, no esté allí su calavera.

—Muy bien, Nieves. Estás haciendo un gran trabajo. —Esta correspondió a Teresa sonriendo satisfecha.

—Hay algo más —le advirtió mientras se recogía el pelo en un moño.

—Soy toda oídos.

—Le he pedido a Ruiz que analicen, siempre que sea posible, a través de los restos de Laura si pudo ser envenenada; en definitiva, si se puede deducir que le introdujeran alguna sustancia.

—¿Por qué? En teoría, según Ruiz, le tuvieron que dar un fuerte golpe en la cabeza y cayó desplomada gravemente herida.

—Por si los autores del asesinato de Laura, porque sospecho fuertemente que la mataron, y así me lo ha vuelto a corroborar Ruiz, siguieron un *modus operandi* similar al del homicidio de Lucio.

—Sí, señora. —Teresa le dio una palmada en la espalda—. Es probable que el grupo de hoy en día tenga relación con alguien del pasado. Muy bien pensado.

—Muchas gracias, la verdad es que contigo estoy aprendiendo mucho y muy rápido. Y como agradecimiento, mira lo que te tenía preparado.

Nieves sacó de un cajón una palmera de chocolate envuelta en un papel.

—Como sabes ganarme, ¿eh? —Teresa juntó su cara con la de Nieves, un gesto de cariño que atrajo la atención de los demás policías que trabajaban en la misma oficina.

—Entonces, ¿puede ser que la misma secta satánica que presuntamente está actuando en Ciudad Real sea la misma de la que habla Cruces y que estén detrás de un asesinato cometido a principios de los años 50? No se nos puede escapar el hecho de que Laura era la poseedora de una cruz con mucha leyenda.

—Yo creo que sí. Me parece que cometimos el error al principio de no darle la suficiente importancia a la amenaza. Y también hemos pecado de buenos, nos hemos creído a todos los que han ido desfilando por aquí, aunque los he visto a todos sinceros. Cruces es la que nos podría dar pistas que seguir y detenerlos antes de que cometan asesinatos, tal y como nos ha advertido nuestro gracioso cura —dijo Teresa con la boca llena mientras se chupaba los dedos para limpiarse restos de chocolate.

—Habla demasiado ese hombre, no me gusta. Por cierto, ahora que hablas de Cruces, ha llegado a oídos de la comisaria que estuvo en la escena del crimen de la puerta de Toledo. Le ha echado la bronca a Ramón, y él por lo visto le ha dicho que no va a volver a suceder. Tendrá que hacer sus averiguaciones de tapadillo —le confesó Nieves casi en un susurro.

—Lo sé. No va a suceder más, pero al menos hemos conseguido que nos diga algo. Coincide con Enrique en que debe haber hombres tras este asunto, si bien la furgoneta de los Raros la conducía alguien que a mis ojos parece una mujer. Pueden tener una cómplice —divagaba Teresa con los carrillos llenos.

—Mira, Teresa, en esta hoja me he hecho un esquema. —Nieves abrió un folio doblado mientas el moño recién hecho amenazaba con desmoronarse—. Tenemos que Daimiel siempre ha sido pueblo de brujas, tanto buenas como malas. Según Cruces, esto ha pervivido hasta nuestros tiempos. Por otro lado, una cruz con una leyenda detrás en mi pueblo a cuya dueña casi seguro que mataron. Debe haber un punto en común entre los dos sitios. —Trazó una flecha entre los nombres de Daimiel y Ballesteros—. Aquí, en el medio, podría estar Miguelturra, donde nos dice el cura que podría tener su base logística por lo menos el grupo masculino satánico de la provincia. Quizás sea ahí donde han coincidido y donde gentes procedentes de Ballesteros pudieron exponer el caso de la cruz. Esta cruz sería su objeto de deseo y por eso la han robado. La duda que me surge es: ¿por qué han matado y por qué querrían matar si ya han conseguido su trofeo?

Teresa, realmente impresionada por lo centrada que veía a Nieves, se limpió la boca de chocolate con lentitud mientras seguía las explicaciones de la joven. Se quedó pensativa por unos segundos.

—Porque quizás necesiten una ofrenda humana. Si tenían la calavera de Laura es porque pudo ser objeto de ofrenda por lo que significa esa persona. Y hoy a lo mejor tienen una gran ceremonia que requiera de una gran acción. Hay que averiguar el porqué de esta fecha. Es lo que nos puede indicar dónde y contra quién pretenden actuar. Va a ser difícil, Nieves. Estoy segura de que alguien con quien hayamos hablado o visto lo sabe, pero se tapan los unos a los otros. Y tienen establecidos círculos de seguridad para no ser pillados. En otros casos satánicos que he leído de otros puntos de España donde han asesinado, lo tenían así organizado. Suelen funcionar con una estructura piramidal donde cada escalafón está casi aislado del siguiente, con una comunicación casi nula, apenas cuentan con uno o dos enlaces entre esos grupos jerárquicos.

»Y al hilo del punto en común entre Daimiel y Ballesteros... —Teresa hizo una cruz sobre los dos pueblos—. Está claro que los de tu pueblo tuvieron que informar a los líderes de la existencia de la cruz. Llevamos desde el inicio del caso pensando en los Raros, más que nada por la furgoneta y por los pelos de Lucio en la catedral, pero ¿y si realmente esto no viene de ahora, sino de antes?, ¿y si de verdad los mayores de Ballesteros tienen razón y su abuelo sí que estaba metido en esta organización? Muchas veces, un pasado puede marcar la línea de futuras generaciones. Apúntalo ahí en tu lista de cuestiones que resolver.

Mientras Teresa le pasaba el bolígrafo a Nieves, sonó el teléfono fijo de la mesa de esta última. Lo cogió al segundo tono.

—Dime, Ramón, estoy aquí con Teresa. Genial, estamos listas. Vamos para allá.

—¿Qué pasa?

—Ya tenemos la orden judicial para abrir la tumba de Laura. Su nieta va a estar presente. Nos vamos de inmediato las dos al cementerio de Ballesteros.

***

Por el camino las dos policías charlaban animadas. El único momento en el que el semblante de Teresa se ensombreció, coincidiendo con una nube que tapaba el sol, fue cuando volvieron a pasar por el sitio en el que se celebró su banquete de bodas. Nieves, que esta vez ya sabía de su historia, le cogió una mano y le dio un beso. Ese simple gesto consoló a la subinspectora, que se vio reconfortada y se alegró de tener otra amiga en la que confiar. La agente habló de un tema diferente para distraer su atención.

—Pues fíjate, creo que ahora sí que estoy un poco celosa de la alcaldesa, ¿te lo puedes creer?

—¿Y eso? —El efecto que buscaba Nieves fue un éxito, ya que Teresa se centró por completo en lo que la primera le contaba.

—Porque mientras tú estabas en la iglesia de Santiago pillé a Ramón hablando con ella. Y no era sobre el caso, porque le escuché algo de quedar y de que estaba guapa. Me debe gustar el imbécil este, porque me ha entrado una rabia que no te quiero contar.

—Así que te has maquillado. Estás muy guapa, Nieves, aunque a ti no te hace falta nada porque ya lo eres de por sí. No te obsesiones, Ramón es así. A mí me ha dicho millones de veces también que le encantan mis ojos o que tengo buen cuerpo. Y no le gusto, te lo aseguro. Lo que pasa es que eso de flirtear lo lleva en la sangre. Si eres celosa, yo que tú me iba olvidando de él.

—Eso quiero, que se me vaya de la cabeza. Pero como llevamos casi un mes en el que no nos separamos, pues los sentimientos como que se potencian más. Es un chico que tiene un trasfondo mucho más amplio de lo que aparenta, le veo algo detrás, una sensibilidad que me atrae y que quiero descubrir.

—Coincido contigo en que es una buena persona. Él, como sabe mi historia y que estoy loca por mi marido, la verdad es que ha sido siempre muy respetuoso, pero con muchas otras personas le gusta mostrar los musculitos y soltar piropos. En las distancias cortas, cuando por ejemplo hemos hablado de lo mío, ha demostrado ser un trozo de pan, como dices tú, muy sensible. Y si le pides un favor, se desvive por hacértelo. Pero eso no quita que tenga el problema de estar siempre necesitando que la gente le diga lo guapo que es. Y para alguien celoso puede ser matador.

—Sí, sí, a mí me está ayudando mucho y se interesa y pregunta por mi familia o por cómo me encuentro emocionalmente con la tensión del caso. También es que yo soy un poco paranoica. Llegué a creerme que le gustaba el cura de san Pedro.

—Si creo que me gustó hasta a mí —las dos rieron a la vez—. Oye, me parece que acabamos de pasar un cartel que ponía «cementerio».

Nieves dio un volantazo.

—Ostras, ¡es verdad! Estaba tan despistada hablando del inspector que no me he dado cuenta, ¡y eso que es mi pueblo!

El implacable sol canicular estaba siendo abatido por unas nubes de evolución que iban en aumento. El viento había ganado en fuerza por momentos, hasta tal punto que en los alrededores del cementerio se levantaban tolvaneras. Dentro solo se oía el rumor de las hojas de los árboles mecidas por el aire solano. La subinspectora Lara y Nieves tenían, a un lado, a Laura y, en otro, al cura del pueblo. El inspector Ruiz, un juez y un médico forense estaban más apartados. El sepulturero y dos operarios más se esforzaban en remover la losa que tapaba la tumba de varios familiares de Laura. A los veinte minutos sacaron una bolsa.

—En teoría, aquí es donde deben estar los restos de Laura.

Sobre la misma losa abrieron la bolsa. El médico forense y Ruiz se acercaron a inspeccionar los restos que había dentro. En pequeñas bolsas herméticas guardaron dos huesos de tamaño muy pequeño. Todos guardaron silencio que solo el viento se atrevía a romper.

—Efectivamente, falta el cráneo. Queda confirmado con esto que el que apareció en Ciudad Real era el de esta mujer —concluyó Ruiz después de murmurar un par de minutos con el médico forense.

—¿La losa y la tumba no estaban forzadas? —preguntó Teresa, que apuntó todo lo que allí sucedía en su libreta.

—No —respondió el sepulturero—. Esto no lo han sacado ahora, la tuvieron que profanar hace bastante tiempo. Desde que yo trabajo aquí, que son ya veinte años, no habrían podido abrir la tumbar sin forzarla sin que yo lo supiera.

En ese momento, Laura se echó a llorar. Fue su paisana Nieves la que la abrazó para infundirle ánimo.

—Ha quedado claro. Gracias. Nieves, tenemos que irnos a la reunión en el ayuntamiento. Laura, después te llamaremos para volver a hablar contigo, ve pensando en quién podría estar interesado en sacar restos de tu abuela.

CAPÍTULO 27

El comité de crisis estaba reunido en la ya llamada «sala de los nervios» del ayuntamiento capitalino manchego. Daba la sensación de hacerse de noche a causa de unas negruzcas nubes que, ahora sí, amenazaban con desembocar en una tormenta en un no muy largo plazo de tiempo. El perfume de Cruces predominaba sobre cualquier otro olor en la estancia.

—Antes de que empecéis, os voy a dejar unas bandejas con pasteles que he traído de mi pueblo —propuso Cruces, muy alegre.

—Pero bueno, ¡estás en todo! —respondió alegremente Teresa Lara mientras la abrazaba—, ¿son de La Duquesita?

—Sí, estos de la *capitaleja* tenían que probar los pasteles de allí. —La vidente le guiñó un ojo para luego alzar la voz y empezar a enumerar los tipos de pasteles que había llevado—. Comed, comed, aquí tenéis pezuñas, porrazos, tartas de merengue, bambas y yo qué sé, de todo, de todo, coged de lo que queráis. Luego me decís si os han gustado. Me voy con el Enrique ese, a ver si no acabo con la cabeza loca.

El cura, que la esperaba fuera, no alcanzó a oír el comentario de Cruces y las carcajadas que lo siguieron.

—Enrique que entre un momento —ordenó Toboso.

Entre el humo de cafés y diversos tés, y con las bocas llenas, comenzó la reunión.

—Inspector Toboso —inició la alcaldesa con toda solemnidad—, ¿nos puede contar en qué punto estamos?

El inspector se puso de pie y empezó su exposición, apoyado en un proyector.

—En estos momentos tenemos a una chica, Estela Sendarrubias, asesinada en la puerta de Toledo. El sospechoso es su expareja, al cual aún no hemos podido localizar. Vive aquí, en Ciudad Real capital, hemos ido a su domicilio y no había nadie, todo ello después de llamarle por teléfono sin éxito. Ya conocemos quién es su familia, por lo que estamos contactando con ellos para que nos den pistas de su paradero. Los testigos hablan de un hombre de mediana edad al que muchos han visto en diferentes horas de la mañana dando vueltas cerca de nuestra famosa puerta. Las cámaras del Rectorado le han podido pillar. No hace falta que diga que estamos trabajando a contrarreloj para identificarlo y para detener al ex. Según testimonios de amigos y familiares de la chica, este muchacho seguía estando enamorado de ella, pero Estela no quería reiniciar la relación.

—¿Hay relación entre este asesinato y el caso de la Pandorga? —le interrumpió la alcaldesa, que al hablar tuvo que parar de morderse una uña.

—¡Sí! —atajó el cura desde la silla roja que ocupaba junto a la subinspectora. Todos se volvieron para mirarle.

—¿Nos la puedes contar, Enrique? —urgió la alcaldesa, que parecía más repuesta que durante la mañana.

—Los policías ya lo saben. —Se puso en pie para ser oído y tomar protagonismo—. Estela es conocida mía. Vino a mí cuando intentaba escapar de una secta satánica en Miguelturra. La cuestión es que había obtenido información sobre el caso que trae de cabeza en Ciudad Real, y esta tarde habíamos quedado en la iglesia de Santiago. Nunca llegó la pobre. —Alzó la vista al cielo, como esperando que la chica le contestase.

—¿Te llegó a contar algo antes de su desaparición? —dijo la alcaldesa antes de dar otro sorbo al café.

—Muy poco. Este grupo que os he comentado tiene entre manos un sacrificio. Al parecer están en una fecha muy importante para ellos. Alguien de dentro de la organización, que también está planeando huir, le había dado el soplo. Estaban preparando una acción muy importante.

—¿Y la identidad de los que la quieren llevar a cabo?

—Ni idea. Son grupos tremendamente cerrados, me sorprende incluso que una información de este calibre haya llegado hasta mí. Como ya saben, me llevo moviendo en estos submundos desde hace mucho tiempo, así que he hecho unas llamadas y he conseguido sacar que el propio líder masculino de estos seres del mal es el que va a perpetrar el atentado. Os puedo confirmar desde ya que ellos robaron a la Virgen del Prado. Me parece que a lo largo de la tarde, gracias a un miembro infiltrado, me voy a poder enterar de dónde la tienen —afirmó Enrique, que se tuvo que subir los pantalones cuando amenazaron con dejar al descubierto más de lo debido.

En ese momento la sala se llenó de murmullos. La alcaldesa pidió silencio y todos se callaron casi instantáneamente.

—Por favor, Enrique, en el mismo segundo en el que lo sepas, te suplico que nos lo comuniques —rogó Prado Santana.

—Puedes marcharte ya, gracias por tu colaboración.

—A ti, inspector —le contestó Enrique, disgustado por tener que irse.

El inspector Toboso volvió a ocupar, de pie, una posición preeminente para acaparar la atención de la mesa.

—Con estos datos, vamos a seguir diversas líneas de actuación, pero trabajamos con la hipótesis de que la expareja de nuestra víctima de hoy esté metida en ese grupo. Muy probablemente, Lucio, el hijo de los Raros de Ballesteros de Calatrava, también estaba metido dentro y tenga conexión con él. Es probable, que no seguro, que él robara la cruz que crece de su pueblo.

—Perdone que le interrumpa —el alcalde de Ballesteros, que se mantenía en un prudente silencio, pidió la voz casi de manera sumisa—. Conozco muy bien a esa familia. Quizás ese chico, Lucio, hiciera algo malo, no me extrañaría mucho. Pero del resto de la familia yo pongo la mano en el fuego, y esa gente no ha hecho nada. —Nieves afirmó con la cabeza al oírlo.

—Efectivamente, en las últimas horas nos hemos inclinado a pensar a que su familia no sabía nada —continuó el inspector—, tanto la hermana como los padres parecen sinceros. Pero la participación de Lucio en los hechos nos explicaría la presencia de su pelo en la catedral y que robaran ovejas en Ballesteros. Desgraciadamente, ya no está entre nosotros para confirmárnoslo. Por otra parte, Laura, la dueña de la casa de la cruz, tampoco nos parece sospechosa de nada. Estamos, más bien, detrás de sus hermanos.

—La hermana, señor inspector —volvió a intervenir el alcalde de la pequeña villa del Campo de Calatrava alzando la mano—, háganme caso, la hermana siempre ha sido una persona muy oscura. No la pierdan de vista.

—Así haremos, gracias, alcalde. —El inspector le dedicó una cálida sonrisa.

—¿Puedo hablar? —pidió Teresa.

—Adelante, por supuesto —dio permiso el inspector.

—Estela no tenía un exnovio, sino dos. Regresando de Ballesteros me ha llamado un compañero del equipo para informarme de que constan denuncias por malos tratos por parte de uno de ellos. La familia me lo ha confirmado. Ya estamos buscando a los dos para llevarlos a comisaría e interrogarlos. Este mismo compañero va a comparar las fotografías de ambos con los testimonios de los testigos y las imágenes de las cámaras cercanas. No descarto que alguno de ellos perteneciera a ese grupo satánico. Si Estela estaba aún en proceso de huida del grupo femenino, a lo mejor ha sido su ex el que la ha asesinado por ese mismo motivo. Otra cosa más y me callo, creo que deberíamos vigilar muy mucho la catedral. Si hoy es su día elegido para atentar contra algo o contra alguien, optarán por ella para hacerlo por ser el sitio religioso más importante de la ciudad y el más simbólico.

—Descuida, Teresa. Todos los accesos al templo los tenemos blindados. Hay policías en todas y cada una de sus puertas. Es absolutamente imposible que nadie entre sin que nosotros lo sepamos.

—Y hemos suspendido el acto que teníamos allí esta tarde —añadió la alcaldesa, que parecía más animada y confiada.

—Nieves —volvió a hablar el inspector—, apunta el dato de que es posible que Estela conociera a su asesino de su etapa negra dentro de esa organización. Pese a que siempre Enrique nos ha recalcado que hay una marcada separación entre hombres y mujeres, imagino que esa frontera será porosa, sobre todo, si hay relaciones sentimentales entre ellos.

—Me hago cargo —respondió efusivamente.

—Si me dan unos minutos, voy a preparar una presentación que hemos elaborado en comisaría sobre los siguientes pasos que dar —rogó el inspector.

En ese intervalo, se crearon varias pequeñas conversaciones en la sala de reuniones en donde todos intercambiaban impresiones sobre los avances del caso. Sin embargo, hubo una conversación que no se focalizó en ese monotema.

—Teresa, y tú, ¿cómo te encuentras?, ¿estás tranquila? —preguntó Nieves cogiéndola de la mano.

—A ratos, ahí voy. —Teresa adoptó una actitud cabizbaja—. He estado hablando con Rafael y lo noto nervioso, como es normal. Aun así, me ha calmado mucho y me ha dicho que está todo en orden. Temo el momento de volver a Daimiel, pero me noto con fuerzas. Le he propuesto salir a cenar, si es que llego a tiempo. Si no, vamos a dar un paseo por el pueblo. Ya estoy harta de vivir con miedo y escondiéndome. Necesito disfrutar de la vida y alejar poco a poco lo que me pasó. Soy joven y no puedo estar así para siempre.

—¡Esa es mi chica! —Nieves le dio un beso en la mejilla.

—Y apenas pase la Pandorga, nosotras nos vamos a cenar juntas otra vez. —Teresa le correspondió pegando su mejilla con la de ella de manera cariñosa.

—Por cierto —Nieves bajó la voz—, ¿cómo has llegado a esas conclusiones que acabas de exponer?

—Por Cruces. Antes de entrar a la sala me ha dicho que ha contactado con Estela.

—¿Ha hablado con la muerta? —Nieves abrió los ojos desorbitadamente.

—Sí. La pobre chica estaba perdida, pero, según Cruces, después de dos sesiones, al final su abuelo ha ido a por ella y por fin está en paz. Por lo visto fue un hombre el que la mató y venía acompañado de un aura muy negra, como si viniese desde el mismísimo infierno, cree que sin duda proviene del grupo satánico masculino. En una de estas sesiones Estela le ha insistido en la catedral, de ahí que yo haya buscado la forma de incidir en ese punto. Ahí tienes a tu querido inspector, que no se está enterando ni de la misa la mitad de todo lo que estamos moviendo entre bambalinas —finalizó Teresa, con risitas por parte de ambas.

El inspector terminó de conectar las imágenes y se quedó de pie mirando a la concurrencia para indicar que ya debían callarse y atenderle.

—Bien, con todo lo ya hablado aquí, como ya hemos dicho, todos los templos ciudadrealeños están sellados. Nadie puede entrar a ninguna iglesia. Todo el perímetro central está cerrado por la Policía e igualmente las salidas de la ciudad. Estamos controlando a todos los que salen y entran, que deben pasar por un control. El asesino de Estela y el de Lucio no ha podido escapar —aseveró, sentándose encima de una mesa auxiliar al lado de la pantalla.

—¿Qué pasa si finalmente ocurre algo? —apostilló el concejal de Seguridad, atrayendo la mirada inmediata de Teresa y Nieves.

—En ese remoto caso, el que lo haga no podrá moverse más de doscientos metros sin que le pillemos. —El inspector le dedicó una amplia sonrisa y un guiño mientras le contestaba, lo que provocó que Teresa, Nieves y la alcaldesa se cruzasen miradas—. Por otro lado, la Guardia Civil tiene sendos retenes en las casas de los Raros y la de Laura, ambas en Ballesteros, con sus habitantes dentro de ellas, ya que, finalmente, se ha decidido que Laura pueda volver porque no hay nada que haga retenerla más, y esa mujer estaba realmente sufriendo ya demasiado. Le hemos hecho caso a Enrique y, como esa secta tiene su base en Miguelturra, nadie puede venir desde allí a Ciudad Real sin pasar por un control que hemos instalado conjuntamente con la Guardia Civil, centrándose especialmente en los varones. Todos están siendo identificados. Además, ambos cuerpos están intentando localizar su sitio de reunión, no vaya a ser que allí tengan a la patrona. Ya solo me queda decir que hemos informado de todo a la prensa, siguiendo con la política de transparencia que acordamos en la segunda parte de esta crisis.

—Espero que no tengamos más sustos —la alcaldesa volvió a sumirse en el pesimismo—, todos confiamos en vosotros, Ramón. Tenéis a la Policía Local y a Protección Civil a vuestra disposición.

—Lo sé, hay una colaboración de lo más estrecha. Ciudad Real va a tener por delante las horas más seguras de su historia —afirmó el inspector Toboso, asomándose a la ventana. Desde esa panorámica, comprobó cómo poco a poco cada vez más manchegos y visitantes paseaban por las calles de Ciudad Real.

—Por cierto, Teresa, le tenemos que decir a Cruces que los dulces de La Duquesita de tu pueblo están que quitan el sentido, ¿eh?

—Gracias, alcaldesa, yo se lo diré a ella y a los dueños. Nunca fallan.

—Bien, pues terminamos la reunión. Seguimos en comunicación constante. Vamos a comenzar ahí fuera con la Pandorga.

Un trueno no muy lejano anunciaba tormenta.

CAPÍTULO 28

Daimiel, 1625

El día era frío en la vasta llanura manchega. Desde Daimiel podían verse los Montes de Toledo de un blanco reluciente por la nieve caída la noche anterior. En el llano caían copos de nieve esporádicos de manera casi horizontal como causa del fuerte y helado viento. A pesar del frío, el trasiego de viajeros era constante en los caminos que confluían en la Venta de Borondo que, pese a todo, lucía orgullosa sus zócalos color almagre. Ana Díaz atisbó el torreón de la venta a lo lejos. «Ya me queda poco, pero con este frío se me va a hacer eterno hasta que llegue», pensaba mientras portaba una pequeña bolsa a sus espaldas. Más cerca, entre la blancura de sus paredes, la nieve y la niebla, destacaban hondamente los oscuros huecos de las ventanas y la negra veleta de la cruz de Calatrava. Los caprichosos copos le acariciaron la cara hasta que, por fin, pudo atravesar el zaguán de entrada.

—¡Buenos días, Justo! —saludó alegremente Ana.

—¡Ana! ¡Qué alegría verte de nuevo! —Un chico joven salió de un pequeño cuarto y abrazó a la mujer.

—Ay, hijo mío, a mí sí que me da alegría. ¡He pasado las de Caín!

—¿Se ha solucionado todo al final?

—Sí, pero me han dejado pobre de necesidad, más de lo que ya estaba. Una va a ser desgraciada hasta que se muera. Será que Dios así me lo ha dispuesto —se lamentó con voz quejicosa.

—¿Quién te delató? —se interesó el joven, sentándose sobre un banco de piedra.

—Qué sé yo —contestó Ana, colocándose la bolsa de su espalda—, lo mismo fue la Isabel Ortiz esa, que me pidió que curara a su hija y, como se murió, me la juró. A ver qué culpa tenía yo de que Dios la llamase para llevársela. Cuando Dios la requiere, no hay conjuro que valga. En fin, a ver si puedo salir un poco adelante, hermoso mío. Dios proveerá. ¿Han llegado ya las demás?

—Sí, ahí tienes a las alcahuetas esas —contestó riéndose—. Las Durillas han sido las primeras en llegar, y luego enseguida han entrado la Francisca y la Isabel.

—¡Qué puntuales son siempre, leche! Voy para dentro, a ver qué se cuece, luego nos vemos, guapo —le contestó la bruja dándole un beso en la frente al chico, que se enrojeció.

Ana cruzó un patio cuyo suelo se iba emblanqueciendo conforme la nieve arreciaba. Pese a la caída del blanco elemento, el sonido de los animales de los dos corrales era bullicioso. Abrió una puerta que daba acceso a unas escaleras, que le devolvió al calor de las lumbres que dentro de las estancias se encendían para mitigar las gélidas temperaturas. Una vez había subido unas estrechas escaleras, abrió la puerta de una habitación, poniendo antes la oreja para oír las voces de sus amigas.

—¡Pero qué *calentica* que está esta alcoba! —gritó nada más pasar.

—¡Ana! —chillaron a la vez cuatro mujeres que se levantaron, de manera sincronizada, de unos cojines dispuestos en el suelo de la habitación de forma circular en torno a un fuego. Todas se abrazaron con efusividad a la recién llegada.

—¡Mis chicas! ¡Lo que las he echado yo de menos!

Tras unos minutos en los que las cinco, ataviadas con gruesas capas, rieron, se tocaron la cara y hasta lloraron, la algarabía formada se fue apagando y todas tomaron su asiento del suelo. Isabel López, una de las componentes del binomio brujeril conocido en Daimiel como las Durillas, junto con Catalina Fernández, fue la primera en hablar:

—Yo *pa mí* que la tiparraca esa, Ana de Molina, fue la que te denunció. Vino a mí también porque decía que su marido seguía sin venir, y que tú no habías hecho nada. Cogí un corazón de carnero, tres hierros como rejones, los alfileres gordos que me diste, pimienta que tenía yo por mi casa y tres agujas. Clavé los alfileres y las agujas en el corazón, le eché la pimienta y dije el conjuro que me enseñaste, pero nada, hija mía. Luego estuve cociendo el corazón durante nueve días en el puchero *llenico* de vinagre y ese tío no apareció. Eché suertes con las habas y vi que estaba en Madrid, pero que la Ana no se quedó tranquila y se fue farfullando. La oí decir que nos iba a denunciar a todas.

—Yo decía de la Isabel, la que dice que yo maté a su hija, pero ahora que lo dices, no me extrañaría que esa perra judía de la Ana se fuese con el cuento a los de la Inquisición.

—Cuando me dijeron que estabas libre, lloré como una niña, mira, si es que lo pienso y me viene otra vez la llorera —desvió la atención Catalina, sacando un pañuelo de tela blanco para sonarse los mocos.

—¿Te han hecho pagar algo? —preguntaron al unísono Francisca de Oviedo e Isabel Rodríguez, las otras dos brujas daimieleñas que cerraban el conocido grupo de la localidad.

—Me han quitado *todico* lo que yo tenía. —Subió la mirada hacia el techo, como cuando de pequeña imploraba a todos los santos que la ayudaran—. Para pagar mi comida en la prisión se llevaron mis dos lechoncillos, el arca vieja de mi madre, los ocho cuartos que tenía ahorrados, la sortija de oro heredada de mi padre y el mondadientes de plata que era de mi abuela. Me he quedado con la casa, y gracias. Una vecina, que eso es un ángel caído del cielo, me ha dado comida para toda la semana.

—Nosotras hemos hecho lo que hemos podido —dijo Catalina mientras se levantaba y cogía un saco—, así que mira, aquí tienes más comida. Luego te ayudamos a llevarlo, porque esto pesa quintales.

Ana Díaz no pudo contener las lágrimas y se echó a los brazos de sus benefactoras, que nuevamente le dieron un abrazo conjunto mientras le secaban las lágrimas con algunos trapos. Intentando recomponerse, les preguntó:

—Bueno, ¿y qué tenemos por aquí?, ¿qué ha pasado en mi ausencia?

Todas suspiraron a coro, como si hubiesen ensayado esa reacción a la previsible pregunta de Ana Díaz una y mil veces. El fuego crepitó con una fuerza desbocada, lanzando una lengua hacia el techo.

—Quédate ahí *sentaica*, que tenemos parche —le contestó inmediatamente Francisca de Oviedo, que se erigió portavoz del grupo y que era la experta en curar males de estómago y cabeza.

Durante unos pocos segundos, todas recolocaron sus posiciones para acomodarse por un largo rato. Tras ello, y con un caldo caliente delante en cuencos de barro humeantes, Francisca comenzó su relato:

—La bisnieta de Juana Ruiz se ha debido volver loca. O algo peor que no quiero ni nombrar. —Bajó la mirada y dio vueltas a su cuenco con una cuchara de madera—. Nos hemos enterado de que se está juntando con otras cuatro chicas con malas, muy malas intenciones. Nos contaron que se juntaban en Las Tablas, en la isla del Pan. Una servidora, que ya sabes que no me fío ni de mi sombra, fue a comprobarlo y, efectivamente, allí las vi. La noche era oscura, negra como la pez, pero allí estaban y decían cosas que yo no entendía. Otras veces, según me dijo un labrador, se van donde la motilla del Azuer. Pero yo, con mis ojos, os certifico que las he visto haciendo una cosa mala donde la isla.

—Y, según tú —interrumpió Ana Díaz—, ¿qué hacían?

—¿Que qué hacían? ¡Invocar al demonio, Ana! ¡Hablaban con Satanás! —respondió con vehemencia Francisca agarrando del brazo a Ana mientras los ojos se le abrían al extremo—. Y cogieron unos animales, los lanzaron al fuego mientras recitaban una oración donde nombraban al diablo. Cuando se fueron, me acerqué y comprobé que había restos de serpientes y como de cabritillas. Todavía tengo el susto en el cuerpo. —Terminó sorbiendo el caldo de su cuenco como si tuviera que recuperarse de un esfuerzo sobrehumano.

—Luego dicen que las brujas somos nosotras —farfulló Catalina Fernández, la Durilla. Todas asintieron.

—Tenemos que pararlas —dictaminó Ana Díaz alzando la voz.

—¿Y qué hacemos?, ¿las denunciamos a la Inquisición? —propuso Catalina sin mucho entusiasmo.

—Claro que no, todas hemos estado procesadas por ellos. Aunque nos hayan dejado en libertad y hayan comprobado que no hemos hecho nada y que todo eran habladurías, si vamos ahora con este cuento, nos van a tomar por locas y nos volverán a encerrar. Es mejor no remover más con esos, que bastante hemos tenido ya. Propongo que hablemos con Pedro, el cura. Nos estima a todas, y una vez a mí me dijo que había sacado el demonio de dentro de algunas personas.

Las Durillas se taparon la boca de la sorpresa y todas las mujeres se santiguaron con fervor a modo de talismán contra la presencia maligna, que rehuía de los gestos religiosos.

—¡Jesús bendito! ¿Hay gente a la que se le mete el demonio dentro, Ana?

—Siempre has sido la más inocente de todas nosotras, Isabel —contestó Ana Díaz provocando el enfado evidente de la aludida—, ¡pues claro! Satanás está siempre buscando una treta con la que colarse en el mundo. Y una de ellas es meterse dentro de las personas. Les hace hablar en idiomas extraños, pueden volar, te devuelven la comida y, muchas veces, los acaba matando.

—Para, Ana, que me estoy poniendo mala —dijo Francisca mientras el fuego soltaba otra grande bocanada.

—Propongo lo siguiente: vamos a ir, sin que se den cuenta, donde ellas van y vamos a lanzar conjuros para atraer al bien. Tenemos que echar al demonio de esos sitios. Durante una semana vamos a tener que coger todos los ingredientes necesarios; no os despistéis, que, si no, nos ganan terreno ellas. Hoy mismo voy a ir a hablar con Pedro, él yo sé que no se irá de la lengua. Preparaos porque lo mismo tenemos que ir todas a ayudarle a que expulse el mal del cuerpo de esas pobres chicas.

—¿Pobres chicas? Por Dios, Ana, ¡que tratan con Satanás de frente! —chilló Francisca cogiendo a Ana de las muñecas; esta se zafó rápidamente de la primera.

—Francisca, cálmate, hija mía, que parece mentira que ahora te sorprendas de estas cosas. Digo pobres chicas porque seguramente Satanás las haya engañado con sus cantos y sus mentiras, que son capaces de cautivar hasta al papa.

—Bueno, pues ya está. Haremos lo que ha quedado dicho. Vamos a rezar para que Dios nos asista en nuestro cometido.

Las cinco brujas de Daimiel se cogieron de la mano en círculo, con el fuego, ya más bajo, en el centro, y rezaron durante un buen rato. Fuera, la nieve ya había cubierto todas las superficies y el blanco de la Venta de Borondo se fundía con el del suelo.

CAPÍTULO 29

—Entonces, Cruces, tu antepasada, Ana Díaz, lideró una respuesta contra una secta satánica que, curiosamente, tenía como jefa a una descendiente de Juana Ruiz, ¿no es así? —le preguntó la subinspectora Teresa Lara, fascinada por estas historias, acompañada en otra sala del ayuntamiento por Nieves, el inspector y la alcaldesa.

Los cuatro habían decidido que, en el poco rato que tenían libre, Cruces les terminara de contar la historia de sus raíces. El inspector parecía estar más abierto a oír este tipo de cosas.

—Sí. Desgraciadamente, no lo consiguieron. Y resulta que esa lucha llega hasta nuestros días. Estamos las brujas blancas, que hacemos el bien, y las herederas de esas que os he contado haciendo el mal, las negras. Y no solo somos gente de Daimiel en ambos bandos, sino de muchos puntos de la provincia —afirmó mientras las dos policías tomaban notas sin parar.

—¿De qué sitios?, ¿lo sabes? —interrogó el inspector, muy interesado en la posible implicación de los grupos actuales en su caso.

—Cómo no lo voy a saber, inspector, si yo soy la jefa de las buenas —contestó, provocando la risa de los asistentes a la reunión, que pensaban que se echaba un farol—. Somos de Daimiel, Ciudad Real, Ballesteros de Calatrava, Miguelturra y Almagro fundamentalmente. Alguna hay suelta más por ahí, de Almadén, otros pueblos del valle de Alcudia o del Campo de Montiel. En esta última comarca y en Alcudia y Madrona siempre han ido más por libre.

—¿Y las malas de dónde son?

—No te puedo asegurar porque ya se cuidan ellas de que no sepamos nada. Sí que te garantizo que una prima mía está en todo el meollo. Las familias de Juana Ruiz y Ana Díaz llegaron a tocarse, aunque no del todo. Esta que yo os digo viene de la primera, y yo de la segunda, pero desde el siglo XIX las familias se unieron por dos primos que se casaron.

—¿Nombre? —el inspector habló con una voz profunda y grave que dejó embelesada a Nieves.

—Ramona Ruiz. Vive en Daimiel, al lado del museo.

El inspector llamó a través de su teléfono móvil y dio orden de que una patrulla fuera inmediatamente a por la mujer nombrada. La alcaldesa, Prado Santana, se sentó en un pequeño sofá blanco situado en una esquina de la sala, donde se dejó caer. Se miró el reloj: eran las ocho de la tarde del día de la Pandorga. Fuera, el gentío era ya más que considerable y una orquesta tocaba unos acordes a modo de prueba de sonido. Los truenos sonaban cerca, pero todavía no llovía. Enrique, el cura de la iglesia de Santiago, se sentó a su lado. La alcaldesa percibió un olor desagradable a sudor, pero enseguida la pituitaria se acostumbró y dejó de pensar en ello.

—Prado, si te sirve de consuelo y esperanza, el bien siempre gana. Hoy no será menos.

—Dios te oiga, Enrique. Ya sabes que yo soy muy creyente, aunque no muy practicante. No paro de rezar estos días.

A las nueve de la incipiente noche, el eje que unía la plaza Mayor de Ciudad Real con el Prado y la catedral estaba ya a rebosar de gente. Familias y grupos de amigos, ataviados con el pañuelo de yerbas azul contrastando con el blanco de las camisetas, paseaban tranquilamente esperando a que dieran comienzo los actos populares al aire libre y las verbenas callejeras. La alcaldesa había sacado fuerzas, no sabía de dónde, para ataviarse con el traje tradicional de manchega. Tenía que presidir un acto multitudinario en la plaza Mayor. «A ver si así me entretengo un poco», pensó mientras se retocaba el estirado moño en el que recogía su intenso pelo negro a juego con los ojos. Desde una ventana del consistorio vio el escenario, ya montado y decorado, para el acto, si bien unos relámpagos amenazaban con arruinarlo. Enrique y Cruces bajaron a la plaza a tomar asiento en unas sillas dispuestas frente al escenario para poder ver de cerca el evento y divertirse un rato. El inspector Toboso, la subinspectora Lara y la agente de policía Nieves Morales se marcharon a comprobar el dispositivo de seguridad en el centro de la ciudad y, sobre todo, en el perímetro de la catedral. Aminoraron la marcha aprovechando que la temperatura bajaba conforme aumentaba la espesura de las nubes y el viento. Los ciudadrealeños, conscientes de la situación por la que estaba pasando la ciudad, veían con normalidad la presencia de la Policía en las calles y disfrutaban con total naturalidad las fiestas. Todos pensaban que, de haber alguna acción, no sería violenta contra ninguna persona, sino simbólica contra algún emblema religioso. A la altura del reloj de carrillón pararon para ver a la alcaldesa de lejos, subida ya al escenario donde iba a comenzar el nombramiento de la Dulcinea del año y el Pandorgo de hogaño.

—Tiene aspecto de estar tranquila y serena —comentó la subinspectora Lara, refiriéndose a Santana, que ahora sonreía encima del escenario.

—No le queda otra que estarlo. Es la alcaldesa, tiene que dar sensación de seguridad para calmar a los habitantes, no la pueden ver histérica. Si supiesen cómo está en realidad... — respondió el inspector acariciando levemente la funda de su revólver reglamentario.

—Ramón, te voy a hacer una pregunta, que ya no me aguanto más, ¿a ti te gusta la alcaldesa? —preguntó de sopetón Nieves. El inspector se ruborizó escandalosamente, lo que provocó que Nieves se disculpase temiendo haberle contrariado.

—Perdóname, perdóname, a lo mejor he sido demasiado indiscreta y he pecado de exceso de confianza.

«Esta chica está como una cabra», Teresa elevó los párpados.

—No, no pasa nada. Es que estas cosas me dan un poco de vergüenza, pero oye, ya es momento de hablar de intimidades, sí. Total, estamos todo el día juntos. No, la alcaldesa no me gusta. Es guapa y muy maja, pero no es mi tipo. —Poco a poco, la cara del inspector volvía a su ser.

—¿Y cuál es tu tipo? —insistió Nieves, que había cambiado sus redondas gafas doradas por las lentillas antes de bajar a la calle y se había puesto un sujetador con más relleno que consiguió el día anterior.

—No tengo un prototipo de persona específico. Tiene que ser que me entre por el ojo.

—¿Y yo no te entro por el ojo? —le soltó la policía de manera descarada, notando cómo Teresa Lara le pellizcaba en el brazo.

—Ja, ja, ja, ¿por qué no? —rio el inspector cogiéndola por el hombro.

—Ramón, yo es que fíjate, te veo atractivo y seguro de ti mismo, y bueno... —Nieves suspiró soltando el aire de forma lenta.

—¿Me estás insinuando algo? —el inspector empezó a notar que Nieves iba en serio.

—Quizás.

En ese momento, una serie de chillidos los sacó de la conversación. Parecían provenir de los contiguos jardines del Prado. Desde la puerta de la heladería Morán, salieron corriendo en dirección a la catedral accediendo por la calle Prado. Una marea humana corría en dirección contraria a ellos, haciendo que se chocaran con cientos de personas que huían despavoridas del entorno de la catedral manchega. Nieves notó un dolor intenso en el hombro derecho tras sufrir un fuerte golpe contra un fornido hombre que corría con un niño en brazos, pero la adrenalina le hizo seguir adelante. Vieron cómo había una zona, justo en el centro del Prado, casi bajo el templete para la música, donde se estaba creando un hueco. Un trueno retumbó entre los edificios que rodean la explanada, que actuaba de amplificadora del sonido. Por las ansias de querer llegar rápido, el inspector dio un traspiés, pero consiguió mantener el equilibrio y no cayó al suelo. Unos metros más adelante la vieron: era Consuelo, la hermana de Laura, la dueña de la cruz que crece, totalmente ensangrentada y con un cuchillo en la mano. Deambulaba desorientada a través de la tierra de los jardines que dan acceso a la catedral dejando un reguero de gotas de sangre a su paso, como trazando un camino irregular a ninguna parte. En cuanto llegó el inspector, el primero de los tres, la mujer se desplomó sobre los escalones del templete. No había pasado ni un minuto cuando el inspector, la subinspectora y Nieves se encontraban agachados sobre la mujer intentando averiguar de dónde procedía la cada vez más abundante sangre que bañaba su cuerpo. Pronto advirtieron que, además, empezaba a perder la consciencia.

—Dios mío, ¿pero qué has hecho? —chilló Nieves, tirándose de rodillas al suelo.

—No te duermas, mírame, ¡¡mírame!! —gritaba a la mujer, desquiciado, el inspector Toboso. La subinspectora Teresa Lara, bloqueada, cogió la mano de la herida.

—Venga, ¡eh! —Nieves le daba pequeños golpes en la cara—. Cuéntame qué ha pasado.

—Ella me.... obligó —balbuceó la agonizante mujer mientras intentaba enfocar la mirada hacia Nieves.

—¿A qué? —le preguntó a voces la agente de policía.

—La cruz —contestó Consuelo con apenas un hilo de voz.

—¿Robaste tú la cruz? —Nieves acariciaba su rostro intentando así retener la vida que se escapaba por momentos.

—Sí.

—¿Quién te obligó? —susurró Nieves, a la que se le empezaban a saltar las lágrimas.

—Ella.

—¿Ella?, ¿quién es ella?

—La líder suprema.

Consuelo emitió un fuerte ronquido y, después, se hizo el silencio. Los intentos de reanimación del inspector fueron en vano, su vida se había marchitado para siempre. Nieves estaba a punto de llorar fruto de la tensión del momento y la subinspectora Lara se había quedado agarrada a la mano de la mujer como esperando que esta se la volviera a apretar. El inspector cogió a Nieves de los hombros y la obligó a mirarle fijamente.

—Concéntrate ahora mismo, ¿qué te ha dicho?

—Que la líder le obligó a robar la cruz —contestó Nieves, muy conmocionada. El inspector dejó de agarrarle los brazos.

—Imagino que se referiría a la jefa de su secta. Por tanto, estamos en la senda buena, son ellos los que andan jugando con nosotros. Pero esto entraría en contradicción con lo que nos ha dicho Enrique. Según él, sería un hombre.

—Sin duda alguna, sean unos u otros, son los de la secta a los que tenemos que coger. Pero ahora tenemos otro enigma que resolver —habló Teresa Lara sujetando todavía la mano de la mujer, acariciándola suavemente—. ¿Por qué han matado a esta mujer?

—¿Cómo sabes que la han matado?, ¿y si se ha suicidado ella con el cuchillo que traía en la mano? Mira, tiene las venas de la muñeca cortadas y también otro corte en el cuello —dijo el inspector señalando las heridas.

—No, Ramón, ella misma no ha sido. Estoy convencida de que la han matado. Ha hablado, lo que significa que estaba dispuesta a traicionarlos y a alejarse de ellos. A todo aquel que lo hace lo matan.

La policía había acordonado todo el Prado, que ante la dantesca escena que se estaba viviendo había provocado que en menos de cinco minutos todas las personas que lo llenaban hubieran salido despavoridas. La subinspectora Lara estaba exponiendo su versión de lo ocurrido cuando un agente de la Policía Local se les acercó a toda prisa con un rostro de absoluta gravedad.

—Inspector. Vengan a la catedral. Es urgente.

Con una carrera digna del atleta más experimentado, los tres entraron en la catedral justo en el momento en el que pequeños granizos empezaban a caer en el exterior acompañados de sonoros truenos. El viento doblaba los árboles que observaban la escena sin dar crédito. El olor a tierra mojada invadía cada rincón, incluso dentro del templo. En el altar, unos bultos sobresalían de entre un gigantesco charco de sangre. Teresa Lara cogió del brazo a Nieves, paralizadas las dos como si de una instantánea eterna se tratase. Desde debajo del coro de la catedral, ambas se quedaron un minuto, junto con el inspector, asimilando lo que estaban viendo. Contaron cinco cuerpos a lo lejos, con uno de ellos en el centro del semicírculo perfecto que formaban, como si presidiese la macabra puesta en escena de la muerte. La entrada al templo de la alcaldesa, secundada por el cura de la iglesia de Santiago y por Cruces, los sacó del trance. El inspector permitió que solo por un minuto estos dos últimos pudieran entrar a la catedral. La alcaldesa, vestida de manchega, no pudo reprimir un grito ahogado. Finalmente, el inspector echó a andar con el resto de la comitiva unos pasos por detrás de él, temerosos de lo que estaban a punto de descubrir. El primer cuerpo que reconocieron, aún en la lejanía, no dejaba lugar a duda de quién era. La alcaldesa, Prado Santana, fue la que en voz alta verbalizó lo que todos tenían en mente:

—¡Dios mío! ¡No me lo puedo creer! ¡Han matado al obispo! —Se tapó la boca con las manos con gesto horrorizado.

Como si en los pies llevaran bloques de plomo, se seguían acercando al altar e iban identificando a los yacentes.

—Nieves, Teresa, mirad al que está en ese extremo.

—¡Es Anselmo! ¡El trabajador de la recogida de basuras que se encontró las ovejas con otro compañero! —gritó Nieves.

—Son todo hombres. No reconozco, de primeras, a los demás.

En ese momento, la subinspectora Lara pegó un agudo chillido y se desmayó, aunque no llegó a darse contra el suelo porque Nieves amortiguó su caída. Fuera, la virulencia de la tormenta había llegado a su clímax y la lluvia y el granizo provocaban un gran estruendo en el interior de las paredes de piedra de la catedral.

—Pero ¡qué le ha pasado! —El inspector se lanzó al suelo a comprobar el estado de Teresa, cuya cara había quedado blanca y apenas emitía sonidos ligeramente audibles.

—Yo lo sé —afirmó Cruces, muy seria—. Uno de los muertos es el hermano de su marido Rafael. Su cuñado, el hombre que abusó de ella en su noche de bodas.

CAPÍTULO 30

La subinspectora Teresa Lara se encontraba tumbada sobre un banco de la catedral con los pies en alto. Nieves se los sujetaba para ayudar a que volviera en sí. Cruces, sentada junto a su cabeza, le daba aire con el abanico mientras el inspector Toboso buscaba ayuda médica. La alcaldesa de Ciudad Real, que se mantenía ataviada con el traje tradicional de manchega, se sentó en un banco junto con el alcalde de Ballesteros, recién llegado a la catedral capitalina, contemplando la dantesca escena que había frente al altar. El obispo de Ciudad Real, vestido con el hábito, yacía con una profunda herida en el pecho de la que todavía brotaba algún hilo de sangre. A su alrededor se disponían los otros cuatro cuerpos, todos con heridas muy parecidas a las del primero, formando un semicírculo alrededor de un altar salpicado de irregulares manchas de sangre, un rojo líquido que caía por los escalones a modo de lentos riachuelos que corrían hacia los bancos con multitud de meandros. La tormenta había parado de golpe y un intrépido rayo de sol, el último del día, se colaba por el rosetón de la catedral, dotando al interior de un ambiente fantasmagórico. Varios olores de distinta índole se mezclaban sin remedio, predominando el de la muerte. El interior y el exterior parecían un hormiguero donde policías de diferentes brigadas entraban y salían a toda prisa.

—Qué tragedia, Dios mío, ¡qué tragedia! —bramaba Enrique sin parar de andar por la nave única de la catedral, donde el sonido de los *flashes* de las cámaras fotográficas de la Policía destacaba entre los murmullos.

Mientras tanto, en el exterior, el cuerpo de la hermana de Laura era también fotografiado por la Policía Científica, que empezaba a hacer una primera valoración sobre las heridas sufridas por la mujer y las posibles causas de su muerte. Todo el Prado, corazón neurálgico de Ciudad Real, había enmudecido y la plaza Mayor se había evacuado por completo. Una Operación Jaula se había puesto en marcha para tratar de atrapar a los que habían cometido unos asesinatos de tamaña magnitud.

Una enfermera de Protección Civil atendía a la subinspectora Lara inmediatamente después de que Toboso llamara a algún médico o enfermero a gritos.

—No se preocupen, es un simple vahído.

—Ha sido del disgusto —completó Cruces, acariciando la cara de Teresa, que poco a poco iba recuperando el color—. Ya pasó, niña. Si Dios lo ha querido así, por algo será. Ahora ya podrás dormir tranquila. La pesadilla ha terminado.

El inspector se había arrodillado frente a Teresa y le cogía una mano. Nieves, pese al momento de extrema tensión, eliminó a todos los agentes externos de su mente para focalizarse en la escena frente a sus ojos de manera inconsciente. «Qué galán, qué sensibilidad tiene —se sorprendió fantaseando con ser ella a la que el inspector asistía—. ¡Nieves, para, en qué estás pensando con la que hay aquí montada!».

—Cruces —dijo la subinspectora con voz baja y ronca.

—No hables ahora, estate tranquila, anda —contestó esta, poniéndole una mano sobre la frente.

—No. Al entrar a la catedral he sentido mucho frío. Y al verle ahí, muerto, me ha parecido ver una figura que venía hacia mí y me daba un golpe muy fuerte, con un dolor insoportable. Era una especie de punzada, parecía que algo quería abrirme el cuerpo en canal.

Enrique, que acababa de sentarse en el mismo banco junto a la vidente, se alarmó al oír el relato de Teresa.

—¿Qué has visto que se te acercaba, dices?

—Era una figura grande que venía desde la zona de donde están los muertos, como si surgiera de entre ellos. Me había dado la sensación de que surgía de detrás del altar. Ha sido rapidísimo, he sentido como cuando alguien clava su vista en ti, y de inmediato se ha lanzado a por mí. Cuando podía casi sentir su aroma es cuando he sentido que me clavaban un cuchillo.

—¿Llevas alguna medalla o algo? —preguntaron a la vez el cura y Cruces.

—Sí, tengo una cruz de Caravaca y un puño negro. —Les mostró Teresa, ya casi repuesta del todo, de debajo del cuello de la camiseta. A ratos, daba sorbos a un Aquarius que el inspector le había dado. Cruces se puso una chaqueta de tela, muy fina, de color morado, y se la abrochó como si de sopetón tuviera mucho frío.

—Eso es lo que te ha protegido.

—Prueba a sentarte ya, Teresa —indicó el inspector para intentar cortar el transcurso de la conversación.

Enseguida hizo su entrada el inspector Ruiz, de la Policía Científica, seguido del superintendente de la Policía Local, Manuel Román. El primero fue el que, con un gesto, indicó que se sentaran, dándose un cierto aire de importancia:

—Toboso y demás invitados —dijo mirando indistintamente por encima de las gafas, que se le escurrían por la nariz, a Cruces y al cura—, la mujer que se encuentra ahí fuera, llamada Consuelo, para que la llamemos por su nombre, presenta una profunda herida por arma blanca en el vientre. Probablemente haya sido causada por el cuchillo que tenía en la mano. Es un único corte profundo, limpio. Y estoy casi seguro de que se lo hicieron mientras ella estaba atada, ya que presenta marcas y fuertes rozaduras de cuerdas a lo largo de todo su cuerpo. Por otra parte, le dieron un fuerte golpe en la cabeza con algún objeto contundente, un golpe que le provocó una brecha y un derrame cerebral. Su muerte ha sido muy cruel. Un último dato: un trozo de intestino ha sido diseccionado. Quien le cortó en el vientre pretendía no solo matarla, sino también llevarse tripas suyas. Me resulta también muy curioso que, después de eso, le intentaran tapar la herida de manera muy burda. Sospecho que pudiera ser que querían que tuviera una muerte más lenta y dolorosa. La desataron, ella pudo ponerse de pie y fue cuando, en sus últimos momentos de vida, salió aquí, al Prado, a pedir ayuda. Esto demuestra que los asesinos pretendían que, moribunda, Consuelo saliera fuera para que la gente la viera y cundiera el caos. La salvajada que hicieron con ella la cometieron arriba, en el coro. Su sangre está ahí, fue dejando luego un rastro y hemos encontrado un trozo de cuerda en esa zona. Lo último, y con esto ya termino: en su teléfono móvil había mandado mensajes al cura de la iglesia de Santiago, aquí presente. Un rato después de mandar esos mensajes, lanzó una llamada a ese mismo número, pero apenas duró dos segundos. Seguramente el autor o los autores de su asesinato la sorprendieron en ese instante, de ahí que durara tan poco. El contenido de los mensajes ha sido borrado.

Rápidamente, Enrique consultó su teléfono. Con la cara pálida y el pulso tembloroso, apenas atinaba a marcar teclas en el teléfono móvil, que amenazaba con saltar de sus manos de un momento a otro.

—Llevan razón. Es la persona de dentro de la organización que me iba a informar, la que le había dado el soplo a Estela. Como la mataron, se iba a poner en contacto conmigo. Tengo tanto esa llamada como esos mensajes.

—¿Y te había puesto dónde se encuentra la Virgen del Prado? —urgió el inspector Toboso, que le lanzó una mirada inquisitiva.

—Desgraciadamente, no. Me aparecen como mensajes borrados, excepto el primero, donde simplemente me saluda. Qué pena, ¡qué cerca lo hemos tenido! —parecía relajarse.

—Uf, vaya mala suerte.

—Inspector —intervino el superintendente de la Policía Local—, yo venía porque creemos tener localizado al exnovio de Estela, la chica asesinada esta mañana en la puerta de Toledo.

—Parece que han pasado siglos de aquello —esta apreciación de Nieves fue compartida por los demás.

El superintendente continuó:

—Al parecer, le gustaba ir mucho a Peralbillo a hacer deporte a la orilla del embalse y a La Atalaya. Estamos ahora mismo peinando esas zonas por si se ha escondido en alguno de los dos sitios, ya que se los conoce como la palma de su mano. Está desaparecido desde ayer. Después de analizar las imágenes de las cámaras de la zona junto con compañeros vuestros, hemos llegado a la conclusión de que la persona que merodeaba por la Puerta de Toledo es él. Por lo tanto, si lo cazamos, tendremos a una pieza muy importante de todo este entramado.

—Mantenedme informado, por favor —pidió el inspector Toboso, ajustándose los pantalones—. Ruiz, ¿habéis hecho una primera valoración de estos cuerpos de la catedral?

—Por supuesto, ¿con quién te creías que estabas hablando? —le respondió este con una sonrisita burlona—. Vamos a ver, son cinco varones, todos con heridas en la zona del pecho y en el cuello que parecen haber sido producidas por una espada o un artefacto similar. Previamente, habían sido atados porque tienen rozaduras de cuerdas, como la mujer de ahí fuera. Con el obispo se ensañaron algo más, presenta más heridas y cortes más profundos. Además, tiene vino por encima, está por confirmar que sea con el que rellena el cáliz, no sé, tiene pinta de formar parte de un ritual. Encima del cadáver hemos encontrado una figurita religiosa, qué contradicción todo, ¿eh?

—Será otra figurita de santa Águeda, seguro —apostilló Nieves, que notaba cómo los ojos se le secaban.

—No lo sé, yo os la paso y eso luego lo analizáis vosotros —le contestó el inspector Ruiz, con las gafas en la punta de la nariz, a punto de resbalar y caer al suelo—. Por lo demás, creemos que están ya todos identificados gracias a que todos tenían documentos identificativos encima, aunque falta que un familiar vea el cuerpo correspondiente y lo confirme. Además del obispo, tenemos aquí a Anselmo Barroso, trabajador de la RSU de Ciudad Real; Tomás Romero, natural de Daimiel, estaba de permiso carcelario; Alberto Núñez, hijo de un exconcejal de aquí, según hemos visto; y José Antonio Ramírez, muy conocido en el mundo cultural ciudadrealeño, vivía a caballo entre la capital y Almagro. Todos tienen grabadas a fuego en la tripa cruces de poco tamaño. Y a todos les falta alguna parte de su cuerpo. Unos dedos, algún trozo de tripa, la lengua, etc. Al obispo le falta el dedo donde lleva el anillo episcopal. No han seguido ningún patrón, son partes aleatorias.

—La cruz de la tripa será como la que también grabaron a Lucio, el de los Raros —dijo Teresa, a la que miró el inspector Ruiz por encima de las gafas con aire molesto.

—Bueno, pues es todo lo que puedo contarles hasta ahora —zanjó Ruiz, doblando el papel que llevaba en las manos, marchándose sin dar lugar a réplica alguna.

Cruces se puso de pie, no sin dificultad. Cuando ya la musculatura se estiró y quedó en perfecto equilibrio, llamó a la subinspectora Lara. Al verla, se le unió la alcaldesa capitalina.

—Anda, Teresa, levántate. Vamos a dar un paseo por la catedral, que ese cuerpo se vaya entonando, y yo ya me salgo fuera.

La subinspectora se levantó con cuidado para no marearse. Aunque estaba mejor, todavía sentía una pequeña sensación de angustia. Se cogió del brazo de la alcaldesa, que le correspondió con una cándida sonrisa. Echaron a andar de espaldas al altar, mirando hacia la puerta de entrada. Por unos momentos, parecía que en la catedral no había pasado nada y que simplemente se daban un paseo tranquilo por su interior.

—Teresa, escúchame lo que te voy a decir —dijo Cruces, disimulando con su gesto corporal lo que su voz anunciaba—, vigilad a ese cura. Algo no me cuadra en él.

—¿El qué no te cuadra? —Teresa y la alcaldesa la miraron muy sorprendidas.

—Qué sé yo, chica, qué sé yo. Intentaré averiguar qué pasa con ese hombre, pero ya te advierto que lo tenéis que vigilar. Cuando estábamos sentados le he rozado y me ha subido un escalofrío que no se me va —concluyó cerrándose más aún la chaqueta, que ya no daba más de sí.

—Si tú lo dices, yo me lo creo. Me encargaré personalmente de no quitarle ojo de encima. Gracias, Cruces, nos estás sirviendo de muchísima ayuda. —La subinspectora le dio un beso en la mejilla a la vieja vidente.

—Por cierto, Teresa, hija mía, tendrás que llamar a Rafael. Piensa bien en cómo le vas a dar la noticia.

—Lo sé. No paro de darle vueltas.

—Bueno, chicas, yo os dejo. Me voy a cambiarme de ropa, que mirad de qué guisa estoy todavía. En un rato vamos a dar una rueda de prensa aquí, en la puerta de la catedral, así que voy al ayuntamiento a quitarme de una vez el traje. Estoy derrotada. He llegado a un punto en el que he superado el umbral de tanto nerviosismo y tanto dolor por lo que estoy viviendo y ahora mismo es como si la cosa no fuera conmigo. Ni en mis peores pesadillas hubiese imaginado que iba a tener que lidiar con algo así. Me ha tocado a mí la peor Pandorga de la historia, y sí, soy alcaldesa, pero también soy persona y todo esto me tiene muy afectada.

La subinspectora y la vidente abrazaron a la alcaldesa, verdaderamente necesitada de cariño, que, a continuación, salió de la catedral pesarosa. Desde el umbral de la puerta, las dos la vieron alejarse entre grandes charcos y aún con restos de granizo en la calle después de la fuerte tormenta que había azotado a una ciudad que vivía conmocionada unas horas inéditas en su historia reciente. Tras respirar algo del aire húmedo del exterior, Teresa despidió a Cruces, que vio a lo lejos acercarse a Lorenzo, el cura de San Pedro, al que había conocido un rato antes en la plaza mayor, y decidió ir a saludarle. La subinspectora cerró las puertas del templo y se encaminó, de nuevo, a los pies del altar. Recién se había unido al grupo cuando vieron encaminarse hacia todos ellos al superintendente Manuel Román, que casi corría por el pasillo central. Al verlo, el inspector Toboso se preparó para recibir alguna noticia impactante.

—Inspector —el superintendente jadeaba con la lengua fuera—, hemos hallado a uno de los exnovios de Estela, llamado Luis Roncero, pero no estaba ni en La Atalaya ni en Peralbillo. Un ciclista lo ha encontrado en la Laguna de la Posadilla, en Valverde, a muy pocos kilómetros de aquí. Estaba haciendo una ruta por la zona, decidió ir a ver el antiguo volcán y vio algo extraño en el mar volcánico de La Posadilla. Bajó y se dio cuenta de que era una persona muerta, por lo que nos llamó y nosotros, a su vez, también os pasamos el aviso a vosotros.

—¿En La Posadilla? —exclamó el inspector con los ojos como platos.

—Y eso no es lo único sorprendente. Agárrate, porque nos dicen que, por el estado del cuerpo, lleva muerto un cierto tiempo. Vamos, que no es de hoy.

La agente Nieves Morales, que se encontraba al lado del inspector, se hizo la tonta y se cogió de su brazo fingiendo un gesto de gran sorpresa.

—¿Y eso cómo puede ser? —replicó la joven—. Si, además, ¿no salía en las cámaras de la zona del asesinato de esta mañana, según nos han comunicado?

—Así es. Hemos vuelto a revisarlas y, en un momento dado, el chico mira directamente a una de las cámaras. No hay duda de que es él. Además, el inspector Ruiz me ha dicho que han analizado los restos de piel bajo las uñas de Estela y son suyas.

—Ahora hablo con el inspector Ruiz, pero eso no puede ser, lógicamente. No la va a haber matado un muerto —contestó el inspector, que se dio cuenta de las intenciones de Nieves y apretó el brazo—. Esto va a ser cosa de Cruces —dijo riéndose.

—Él no ha sido el asesino, Ramón. Tenemos que seguir indagando. —El superintendente se dio la vuelta y se marchó dando grandes zancadas sin un rumbo fijo.

El inspector Toboso agarró a Nieves del hombro.

—Anda, que tú que pensabas que este caso iba a ser una minucia, mira qué panorama tenemos.

—Puf, pero estoy muy despistada, y eso me fastidia mucho —contestó ella, intentando disfrutar de ese momento apretada junto al cuerpo de Ramón Toboso. Unos segundos después, se soltaron y formaron un círculo con el resto de los presentes.

—Bien, Teresa, Nieves, tenemos que pensar. Nos vamos a ir al despacho del obispo todos para intentar aclararnos. El exnovio de Estela está muerto, fallecido probablemente antes del homicidio cometido contra la chica, con lo cual, él no la habría matado. Aparte, tenemos que actuar muy rápido para detener a los que hayan hecho esta barbarie, no vaya a ser que no sean los últimos asesinatos de la noche —dijo con firmeza Toboso, señalando a los cuerpos de los cinco hombres muertos.

—Ahora que tenemos todos sus nombres, es hora de establecer el vínculo que los une —recapituló Teresa Lara—. ¿Por qué a estos hombres y no a otros?, ¿con qué motivo?

CAPÍTULO 31

Rafael miraba por la ventana, contemplando el perfil de Daimiel bajo los últimos rayos de sol que, a través de majestuosas nubes de tormenta, se colaban para dorar, por última vez durante el mes de julio, las partes más altas de los edificios y los campos amarillos, secos, de La Mancha estival. Todavía no se había recuperado, ni se recuperaría jamás, de lo que él pensaba que sería lo peor que le pasaría en la vida. «Todavía no puedo creerme que me haya encerrado en este infierno de por vida mi propio hermano», pensaba mientras miraba a la lontananza. Durante los preparativos de la boda con Teresa, su hermano Tomás le había acompañado a muchos sitios, se había volcado y ayudado en todo lo posible, igual que su otra hermana. Estaba muy orgulloso de su familia. Algunas veces había observado que Tomás era muy cariñoso con su prometida, Teresa, pero lo veía normal; no obstante, llevaba con ella toda la vida, como se suele decir, y ya era otra más de la familia antes de casarse con él. «Cómo no lo vi venir. ¡Dios mío!, pero ¿cómo me iba a imaginar yo eso? ¡Si mi hermano siempre ha ido muy buena persona, el mejor de los tres!». Y otra vez a llorar. Lo solía hacer cuando Teresa no estaba. No quería que lo viese así, demasiado había sufrido como para, encima, tener que estar pendiente de él. «Si yo sé que ella no puede ni siquiera cuidarse a sí misma, pero ¿quién me cuida a mí?». Volvió a repasar mentalmente, a la par que vigilaba sin mucho entusiasmo a los que entraban y salían de la iglesia de San Pedro daimieleña, toda aquella escena que recordaba en la que su hermano y Teresa estuviesen juntos. Por mucho que se empeñaba, no veía ninguna señal que le pudiese haber hecho saltar las alarmas, todo lo que acudía a su cabeza eran celebraciones con risas, juegos y cantos en las que todo era absolutamente normal. Estos recuerdos se entremezclaban anárquicamente con los de su infancia: tantos ratos de juegos compartidos; de peleas de niños; de correr a comerse la primera torrija cuando sus padres anunciaban que ya estaban hechas; los preparativos para salir, junto con toda la familia, en la procesión de «Los Moraos» con sus pequeños capirotes; los buñuelos puestos en bandejas en la cocina el día de Todos los Santos; o las primeras conversaciones sobre amores adolescentes en las camas de la habitación que compartían. De nuevo, un lloro desconsolado al pensar en cómo un hermano puede hacer algo así. Muchas veces había hablado con sus padres. Ellos estaban, como él, destrozados por fuera y por dentro, sin dar crédito aún, y nunca lo harían, a lo que estaban intentando hacer frente. Desde que su hijo Tomás fue declarado culpable, su vida se metió en un pozo oscuro y profundo del que nunca iban a salir. Era tal el daño que Tomás había provocado que se pusieron del lado de Teresa y de su otro hijo, Rafael. Lo que había hecho Tomás no tenía perdón para ellos, y Teresa, esa desgraciada muchacha a la que querían como una hija más, no se merecía esto. Ya no es que fuese violada en su noche de bodas, sino que lo repitió varias veces más aprovechando celebraciones familiares o simples comidas. Era rápido, sibilino, se movía como una serpiente y aprovechaba el bloqueo que paralizaba a Teresa para atacarla. Ella se quedaba inmóvil, rígida, sin pestañear, casi sin respirar, mirando a un punto fijo.

Cuando él terminaba, se marchaba, y ella tardaba unos minutos en reaccionar. Después, no se acordaba de nada. Tras las sesiones con Patricia, su psicóloga, de hipnosis, en las que vio quién era su agresor, le tendió una trampa. Un día, Rafael iba a estar fuera de casa y Teresa sacó todo el valor del mundo para obtener la prueba que necesitaba para desenmascararlo: puso una cámara a grabar y lo llamó, aduciendo que le tenía que ayudar con unas cosas de bricolaje. Pasó lo que ella esperaba, que no era otra cosa que Tomás, llamándola con palabras obscenas, la arrinconó para perpetrar una nueva violación. Esta vez el resultado no fue el que él esperaba, ya que Teresa le propinó una fuerte patada en los genitales que hizo que su cuñado se tirara al suelo y chillara de dolor. Estando en el suelo, le siguió golpeando hasta que lo dejó debilitado y lo arrastró fuera de su casa. Fue el fin de la incertidumbre de todos los que la rodeaban, que no acababan de entender qué le pasaba, y el principio de una vida no exenta de menos dolor, pero al menos con la certeza de saber la verdad. Ante la evidencia de las pruebas, las familias de Teresa y Rafael primero y la justicia después no pudieron más que declarar culpable a Tomás, pena de prisión incluida. Era el momento de reconstruir, en la medida de lo posible, el resquebrajado puzle de sus vidas que iban a cargar para siempre con la amargura, pero al menos ahora, con evidencias probadas, podían aprender a convivir con ella. Rafael rememoraba estos momentos desde su ventana, por la que ya solo entraban las luces de las farolas ante la naciente noche, con las manos puestas en la cabeza a modo de desesperación.

Antes del permiso penitenciario, Rafael, sus padres y su hermana habían hablado largo y tendido sobre cómo enfocar la salida por unos días de Tomás.

—Hijo mío, lo que hizo Tomás nosotros no lo vamos a perdonar nunca. Pero entiende que, aunque el dolor que tengo se va a venir conmigo a la tumba, en el fondo de todo es también mi hijo y no lo puedo dejar en la calle —clamaba la madre ante el silencio del padre, que desde el día de la condena de Tomás permanecía impertérrito, sentado en su sillón, sin apenas mediar palabra con los demás.

—Te comprendo, mamá. Pero, lógicamente, esos días no esperes que yo venga por aquí. No creo que sea capaz de poder volver a verle nunca más —sentenció Rafael, comprensivo y enfadado a partes iguales.

—Lo sé, lo sé, no te preocupes. Cuida de Teresa, *pobrecica* —respondió la madre, cogiendo la mano de su hijo para besarla.

Hacía un rato que su madre le había llamado para comunicarle que su hermano llevaba casi un día desaparecido. Había salido a comprar el pan y se esfumó. Corriendo, su madre fue a notificar la desaparición al ver que pasaba el tiempo y no volvía, activándose así un protocolo de búsqueda ante lo que parecía ser una fuga. Inmediatamente, Rafael avisó al inspector Toboso para que redoblara la vigilancia sobre Teresa, por si acaso a su hermano se le había ocurrido cometer alguna locura:

—Descuida, Rafael. No la voy a perder de vista ni un minuto. Pásame una foto de tu hermano, la voy a enviar de forma interna para que todas las patrullas estén alerta. No salgas de casa y, ante el más mínimo movimiento sospechoso que veas, llama a la Guardia Civil de Daimiel. Tu mujer va a estar bien cuidada, te lo garantizo.

—Muchas gracias, Ramón. Por favor, no le digas nada a ella. Lo está pasando muy mal estos días y, si encima se entera de esto, se va a poner peor. Cuando se resuelva el asunto, ya se lo contaremos; mientras tanto, que esté lo más tranquila y ocupada posible.

Rafael teorizaba sobre los motivos que podían haber llevado a su hermano a escaparse, pero un malestar se apoderó de él desde el momento en el que su madre le llamó. Un malestar y una angustia que crecían irremediablemente con el paso de las horas hasta provocarle varias oleadas de vómito. La oscuridad de la noche parecía invadirlo todo, las sombras de los árboles de la calle se colaban en su ventana intentando agarrarlo. Se fue al pasillo de la entrada de su nuevo hogar, huyendo del primero, el que con tanta ilusión habían comprado y amueblado, pero que tuvieron que abandonar ante las crisis de pánico y ansiedad que ponían al límite a Teresa, si bien siguieron en la misma zona ante la petición de su mujer, que no podía separarse de su iglesia. Tras tomarse un tranquilizante y un paracetamol, dormitaba junto a la puerta de su morada, guardándola de cualquier invasión externa. El inesperado sonido de su teléfono móvil le hizo sobresaltarse. Vio que era Teresa y cogió la llamada dando al botón verde torpemente:

—Rafa, ¿qué haces? —preguntó su esposa al otro lado del teléfono, con voz temblorosa.

—Nada, cariño, estaba medio dormido en el sofá. Quería esperarte por si venías a cenar como dijimos —mintió.

—No voy a poder ir a cenar, Rafa. Las cosas se han complicado mucho. Llamo para darte una noticia, te advierto de que no te va a gustar nada.

—Creo que ya sé lo que me vas a decir. Adelante, estoy tranquilo, cuéntame.

—Tu hermano, en fin, ya sabes —Teresa parecía estar a punto de ahogarse—. Lo hemos hallado muerto dentro de la catedral de Ciudad Real.

CAPÍTULO 32

El despacho del obispo de Ciudad Real dentro del complejo catedralicio desprendía una tranquilidad y una paz asombrosas, como si fuera una burbuja ajena a la tragedia que se vivía en apenas unos metros de distancia. Abrieron unas escuetas ventanas para que entrase el aire más fresco y húmedo que se había quedado tras la tormenta, de la que aún se divisaban rayos en la lejanía. Todos tomaban un zumo que el superintendente de la Policía Local, que se había unido al núcleo duro de la investigación, les había proporcionado. El inspector Toboso se valió del descanso al que les inducía ese pequeño despacho para atusarse la ropa, desabrocharse botones y volver a recolocarse el pelo. Nieves, que se había echado varias veces lágrimas artificiales con tal de no quitarse las lentillas, acompañaba a la subinspectora Lara, cogiéndola de una mano. Acababa de darle la noticia a su marido acerca de la muerte de su hermano y se encontraba desolada. Pidió a sus padres que fueran a hacerle compañía hasta que ella llegara, cosa que no sabía cuándo ocurriría.

—¿Cuál podría ser el nexo de unión de todos los asesinados?, ¿pertenecen todos a esa secta quizás? —se preguntaba en voz alta Toboso mirando por la ventana.

—Que son hombres —respondió Nieves en tono jocoso.

—Qué graciosa. En vez de chistes, que ahora no es el momento de hacerlos, podrías estrujarte la cabeza en pensar cómo cazar a los culpables —respondió el inspector provocando el sonrojo de la agente.

—Tampoco hace falta que le contestes así, Ramón —le reprochó Teresa muy seria—. Ella y todos los que estamos aquí queremos saber lo mismo. Una broma puede relajar el ambiente y esa relajación llevarnos a pensar mejor. No podemos estar siempre en tensión.

El inspector, herido en su orgullo, las miró, pero no contestó. El superintendente intentó volver al tema que les ocupaba para que todos se calmasen.

—Lo que está claro es que ese chico no fue el asesino de Estela y, por ende, tampoco el de estos hombres, salvo que ahora los muertos tengan la capacidad de asesinar, que era lo que nos faltaba. Por lo tanto, las sospechas recaen directamente en el líder del grupo satánico que Enrique nos ha referido.

—Ya, Manuel. Pero ahora dime qué conexión tenemos con el robo de unas ovejas en Ballesteros de Calatrava, la cruz de Laura y la calavera de su abuela, que dejen figuritas religiosas de santa Águeda, que hayan escogido precisamente este día, el asesinato de Lucio, el de Estela y su exnovio, y así un largo etcétera. Tenemos tantas piezas que encajar que no sé ni por dónde empezar.

—El componente religioso está presente, eso ya es indudable. La cruz, santa Águeda, la violación de espacios sagrados y las informaciones que se nos han ido filtrando nos llevan a ese grupo satánico —dijo Nieves, ya repuesta del golpe verbal de Toboso, con un tono reflexivo—. Tengo varias hipótesis. Por ejemplo, una de ellas es que cabe la posibilidad de una especie de guerra entre el grupo de hombres y el de mujeres. Quizás el de mujeres deja como sello de su identidad a santa Águeda o como pasó en la iglesia de

San Pedro cuando aludieron a Leonor, el fantasma que supuestamente allí se aparece. En una carrera entre ambos bandos por culminar con la acción de hoy, puede ser que hayan dejado un rastro de asesinatos y, al final, hayan ganado las mujeres, porque encima del obispo había otra figurita de santa Águeda. Quieren que sepamos que ellas han sido las vencedoras. Esta hipótesis la lanzo porque Teresa y yo, el otro día, leímos que alguna vez han luchado entre grupos de estos para hacerse con el liderazgo de todos ellos y someterlos. Luchas de poder entre ellos, vaya.

—¿Y qué otras hipótesis barajas? —le contestó el inspector Toboso, que había abandonado su ofuscamiento y ahora se mostraba sosegado.

—Que sea una lucha de todos ellos contra el bien y trabajen de forma colaborativa. Se saben perseguidos por la Iglesia y por brujas buenas como Cruces, entonces esto puede tomarse como un desafío hacia ellos. Por otra parte, cabe la posibilidad de que esta fecha tenga un significado muy especial y tuvieran que realizar un sacrificio de tamaña magnitud para contentar a su líder, que no es otro que el diablo. De hecho, estoy cayendo en una cosa. —La cara de Nieves se iluminó—. La cruz cayó en verano. Lo sé porque cuando mi abuela ha contado esa historia hablaba de una tormenta de verano. ¿Y si fue, precisamente, un 31 de julio? Ahora después haré una llamada para preguntarle si conoce la fecha exacta.

—Ramón, ¿qué te dije? Esta Nieves es una muy distinta a la que teníamos al empezar con el caso. Aún se distrae a veces, pero está muy centrada —le susurró Teresa, que se había puesto de pie al lado del inspector y de una de las ventanas.

—Lo de que sean unos descerebrados casi que lo podríamos ya desechar. La organización y la movilización para cometer algo así requieren de una estructura y de un grado de coordinación que no lo van a tener cuatro tarados. Se necesita un armazón fuerte y un plan muy bien trazado y delimitado —Nieves se crecía al verse, de nuevo, en el centro de la picota.

—Me gustan tus hipótesis, Nieves —le dijo el inspector a la par que le guiñaba un ojo—. Creo que deberíamos dar otra vuelta por Ballesteros, los Raros deben saber más de lo que nos dicen, así como volver a preguntar a Laura profundizando más en su hermana. Hay otra pregunta que no paro de hacerme: ¿cómo narices han entrado a la catedral si estaba blindada?

Justo en el momento de formular la pregunta el inspector, se empezaron a oír gritos desesperados del interior de la catedral. Todos se levantaron de un salto y corrieron a conocer qué pasaba. Al cruzar la puerta que daba acceso a las estancias del obispo, vieron a una mujer que, chillando, corría por el pasillo central de la única nave del santuario, mientras varios policías intentaban agarrarla e impedirle su avance.

—¿Quién es? —preguntó, alarmado, Toboso al jefe de Protección Civil, al que vio venir con un psicólogo detrás de ella.

—La mujer de Anselmo, el trabajador de la recogida de basuras.

Entre varios agentes de policía agarraron a la mujer, que se tiró al suelo llorando con un amargor que sobrecogió a todos cuantos la miraban. Teresa sintió cómo se le encogía el corazón e intentó reprimirse unas inaguantables ganas de llorar. Toboso ordenó que se llevaran a la mujer al despacho del obispo para tumbarla en un estrecho sofá, situado en una esquina, y hablar con ella fuera de esa escena macabra. Si bien de primeras la mujer se resistió y solo quería avanzar hasta tocar a su marido, no tuvo más remedio que acatar las indicaciones y fue trasladada hasta el inusitado centro de operaciones en el que se había convertido el hasta ahora anodino despacho, llevándola entre varios policías casi en volandas.

—Tranquila, tranquila —le repetía Nieves mientras la mujer lloraba en su hombro.

—¡Mi marido! ¡Qué le han hecho! ¡Qué le han hecho! —gritaba sin cesar la desconsolada mujer.

—¿Cómo te llamas? —le preguntó la agente, que intentaba agarrarla entre sus brazos.

—Pepi —respondió la mujer entre sonoros sollozos.

—Muy bien, Pepi. Tranquila, mira, ¿ves a todos los que estamos aquí? Pues somos profesionales que vamos a dar en nada de tiempo con los que han hecho esto.

—¿Y él por qué? ¡Anselmo era la persona más buena que he conocido en mi vida! —cuestionaba la mujer a grito pelado, haciendo que las paredes del despacho retumbaran.

—Estoy segura de ello —le decía Nieves mientras la acariciaba—. Pagarán por esto, te lo garantizo.

—Pero ¿tienen alguna idea de por qué han matado a mi marido?

—No, estamos intentándolo averiguar. Mira, te voy a hacer una pregunta, ¿vale?, ¿sabes si tu marido estaba reñido con alguien?

—¡Ni pensarlo siquiera! —contestó su esposa, airada.

—No te lo decimos a malas, es por saber un poco más sobre él —le calmó Nieves alcanzándole un vaso lleno de tila.

—Ahora estábamos en lo mejorcito los dos. No le quedaban muchos años para jubilarse y nosotros, después de un bache, volvíamos a estar juntos tan ricamente.

—¿Por bache te refieres a que os habíais divorciado? —preguntó Teresa, sentada frente a la mujer.

—¡No!, ¡eso nunca!, habíamos pasado una racha mala. Hija, ya sabes cómo son los hombres. Me olía que se veía con otra o lo que fuese, una mujer esas cosas siempre las sabe. Lo descubrí, pero lo perdoné, son cosas de hombres. Me confesó que algunas veces se había ido con los amigos a un puticlub, le engañaron un poco y le liaron. Lo perdoné, a ver qué voy a hacer a mis años... Y tampoco quería yo que mis hijos sufriesen más de la cuenta. —Pepi se sonó los mocos con un pañuelo de papel que Nieves le tendía.

—Te entiendo —le compadeció la subinspectora con tono lastimero.

—Así que ya os digo, eso es lo único raro que nos ha pasado, él me pidió perdón millones de veces, arrastrándose, llorando. Luego hemos estado tan felices.

—¿Y quién sabía de todo esto que os pasó? —le volvió a interrogar Nieves dándole un sorbo de tila.

—No mucha gente, qué vergüenza, por Dios. Mis hijos y yo, un poco nuestras familias, mis hermanas, sobre todo, y ya está. En casa ya me hacía yo cargo de que no alzáramos la voz, que luego las vecinas tienen una lengua de larga que no te quiero yo contar.

—¿Alguien de tu familia es posible que se quisiera vengar de él? —Nieves dejó uno de sus brazos sobre los hombros de la mujer.

—No, no y rematadamente no. Se ha quedado entre nosotros y fuera, al vernos que otra vez estábamos bien, ellos volvieron a admitirlo y sin ningún problema.

—Por lo menos se solucionó y no te has quedado con esa espina clavada. ¿Tus hijos qué tal lo llevaron?

—Hombre, pues como te puedes imaginar, gracia no les hizo ninguna. Todos lo pasaron mal, pero la mayor y el pequeño los que más, que son los que más enmadrados están. A estos dos los tuve que llevar a tratamiento psicológico, porque estaban que ni dormían y se pusieron rebeldes. Ahora ya se han recuperado, aunque recelaban de su padre. Pero vamos, que bien, ¿eh?, que ellos son personas normales.

—Pepi, te tengo que pedir un favor —le dijo Nieves bajo un gesto de aprobación del inspector Toboso—. En cuanto puedas, pásame un listado con el nombre de todos tus hijos, tus familiares, los psicólogos que atendieron a tus hijos y los amigos con los que Anselmo iba a... ya sabes, a ese sitio. Solo te pido eso con urgencia, ¿vale?

—Así lo haré, no se preocupe usted.

—Ahora le va a acompañar para fuera una psicóloga de Protección Civil. La necesitamos tranquila, serena. Solo así nos podrá ayudar y, por ende, nosotros a usted. Muchísimo ánimo, y puede contar con nosotros para lo que necesite.

La subinspectora y la agente fueron las encargadas de despedirla con un abrazo. Pepi acabó de secarse los restos de lágrimas con otro pañuelo, el cual guardó escrupulosamente doblado en un bolsillo del sencillo vestido que llevaba y se dispuso a marcharse. Renqueando, la esposa de Anselmo salió acompañada de la psicóloga, que la sujetaba de un codo.

***

La noche seguía avanzando imparablemente y el cansancio, sobre todo el mental, hacía mella entre algunos. El superintendente decidió irse a por unos cafés, que un rato después llegaron todavía calientes, de un bar cercano, acompañados de algunos sándwiches mixtos para los que los habían pedido. Para Ramón Toboso el simple olor del café ya era revitalizante. Con un solo sorbo, siempre nada más tenerlo encima de la mesa para que así no se enfriase, pareció recobrar una vitalidad más propia de primera hora de la mañana. A través de la ventana, una fuerte ráfaga de aire removió algunos papeles, pero la frescura de la misma hizo que los demás escalaran en sus niveles de atención.

—Pobre mujer —apuntó el superintendente mientras removía su café.

—Antes de nada —dijo Teresa al terminar de dar un largo trago al suyo—, os quería comentar una cosa que me ha confesado Cruces. Solo para que, por si acaso, le echéis un vistazo. Según ella, no le gusta Enrique. Piensa que trama algo.

—¿Enrique? —se sorprendieron el inspector y el superintendente.

—Sí, Enrique. No le parece que sea trigo limpio.

—Y a mí que me parece que a las brujas a veces se les va la olla —Toboso empezó a reírse con gesto burlón.

—Sí, sí, mucha olla, pero como tenga razón, quiere que le pagues una cena —mintió Teresa.

—Y aunque no la tenga, la voy a invitar de igual manera. Es una mujer adorable. —Toboso le guiñó un ojo.

«Este se piensa que se va a cachondear de mí a mis años. Engañará a jovencitas tontas, pero a mí no, por muy guapo que sea», le había rumiado Cruces a Teresa en la comida mientras se colocaba una servilleta sobre las piernas para no mancharse el vestido. La subinspectora se acordó de esas palabras en ese momento. Nieves cambió de tema.

—Ya sé por dónde han entrado a la catedral.

—¿Cómo? —alzó la voz Toboso, que no se esperaba algo así.

—Le estaba dando vueltas a la cabeza y me ha venido. Han entrado por el suelo. Ciudad Real está horadada de túneles, pasadizos y aguas subterráneas en su interior. Toda la parte que era medieval está llena. El túnel más famoso, que ahora está de moda por unas obras, es el del Torreón del Alcázar, que sepa Dios con qué conecta.

—Nieves...

—Ya, ya sé que tengo que ir al grano. Os estaba poniendo en contexto. Que yo sepa, hay un túnel que conecta el patio de la casa de Hernán Pérez del Pulgar con una salida a la propia catedral. Lo que ya no sé es en qué punto desemboca, pero era un pasadizo por el que, como nobles que eran, venían a oír misa sin tener que mezclarse con el pueblo llano.

—Eso explicaría todo —intervino la subinspectora—. Los dormirían como a Lucio y a Estela y los conducirían hasta aquí por ese pasadizo subterráneo. Lo tenían todo previsto. Pero, para ello, debían tener una ayuda para entrar en la casa-museo.

—Solo se me ocurre el conserje. Hoy no habrá más personal allí.

—Ahora mismo mando compañeros a que lo retengan y que miren si ese túnel está abierto —resolvió el inspector, contento de ir resolviendo cosas más concretas.

Súbitamente, Teresa se echó a llorar. Ramón Toboso hizo el intento de ir en su auxilio, pero Nieves puso un brazo para impedirle el paso y, mediante un gesto, le indicó que se volviera a sentar. Sentada a su lado, la abrazó y dejó que la cara de la primera reposara en el hombro de la segunda. Entre lamento y lamento, nombraba a su marido, pero se atisbaba también en ella un cierto alivio por no tener que pensar más en encontrarse con su agresor. La aparición de Pepi le había hecho evadirse, pero con la bonanza del rato tranquilo que estaban pasando, la tensión explotó. No habían hecho más que terminar el café y calmar a Teresa cuando un policía sudoroso asomó con recelo la cabeza por la puerta del despacho.

—Inspector.

—¿Sí?

—Tiene una visita, está empeñado en verle.

—Que pase.

Y entró la visita. Como si ejerciera un magnetismo atrapante, el inspector Toboso era incapaz de desviar su mirada a otra parte que no fuera su visitante, el cura de la iglesia de San Pedro ciudadrealeña. Detrás, en un segundo plano, se encontraba Cruces.

—¡Lo-Lorenzo!, ¿cómo tú por aquí? —Toboso se levantó y abrazó al cura ante el asombro de todos.

—Hola, inspector y demás presentes —pronunció paladeando cada letra, no sin cierto retintín, la palabra «inspector»—. He venido porque tengo información que puede ser interesante, creo.

—¡Genial!, siéntate.

—Gracias, Ramón. Estoy aquí porque la Iglesia es como una gran agencia de servicios secretos. Si te empeñas, puedes saberlo todo. No os podéis imaginar la maquinaria que mueve. Pero, bueno, no estoy aquí para hacer ahora una tesis sobre la Iglesia y su espionaje. Se podría decir que he liderado una investigación con gente de mi plena confianza y he juntado Roma con Santiago para obtener información. Nuestros tentáculos, afortunadamente, han llegado muy lejos y os puedo comentar, por ejemplo, que en la Iglesia de Ciudad Real hay un infiltrado del grupo satánico que estáis buscando. Estamos haciendo una auténtica caza de brujas, con perdón de la aquí presente —dijo mirando con media sonrisa a Cruces—, pero aún no estoy en disposición de deciros quién es ese infiltrado. Lo que sí sé es el nombre del grupo, se llaman los Hijos de Satán. Muy ingeniosos ellos, no se han quebrado la cabeza para ponerlo.

—¿Se siguen llamando así? —preguntó sorprendida Cruces.

—¿Los conoce?

—Un poco. Pero pensaba que se habían cambiado el nombre. Así se hacen llamar desde hace varios siglos, cuando lo fundaron en Daimiel.

—No les habrá dado para pensar en otro nombre. Bueno, lo más importante, sé quién es el líder masculino. Se llama Gonzalo

Berzosa. Lo tenéis ahora mismito intentando salir de Ciudad Real en dirección a Miguelturra, según me dicen.

—Muy bien, Lorenzo, millones de gracias —contestó entusiasmado el inspector poniéndose en pie—. Paso la incidencia en este instante y nos ponemos en marcha para pillarlo. No se nos va a escapar. Te debo una. Y, por favor, quédate con nosotros en esta larga y tediosa noche —le pidió acariciándole un hombro.

—No tengo otra cosa mejor que hacer, y aquí huele de maravilla.

El inspector Toboso cogió su teléfono móvil laboral para notificar a las patrullas que controlaban la ruta entre Ciudad Real y Miguelturra cuando todos se percataron de que leía con atención la pantalla. Teresa, pese al abatimiento que se cernía sobre ella, no dejaba de prestar atención a cada detalle de lo que se movía a su alrededor, fue la que se interesó por saber qué leía con tanto ahínco.

—Algo pasa, Ramón, ¿verdad?

—Pues sí —contestó este mirando directamente a la vidente, que se secaba torpemente con la quinta servilleta a la que le daba uso los restos de café de un vaso de plástico que llevaba en la mano de la comisura de los labios—. Tu prima, la daimieleña satánica, está en paradero desconocido.

CAPÍTULO 33

Prado Santana. Cuando ese nombre fue proclamado como el de la persona que iba a ostentar la alcaldía de Ciudad Real, no cabía en sí de orgullo. Después de años persiguiendo ese objetivo, sentía que era la culminación de una carrera de fondo en la que había luchado contra todo y contra todos, incluidos aliados suyos. Llegó a la alcaldía con ilusión y con un proyecto ambicioso, pensando que tendría unos años tranquilos por delante. Porque ese era el carácter de su ciudad, tranquilo, pausado, amable y sin mucho ruido. «Quién narices me iba a decir a mí que me iba a encontrar con esta papeleta, ni en mis peores sueños. Con que iba a tener una legislatura tranquila —musitaba Santana mientras se quitaba el traje de manchega para ponerse un vestido serio y formal, acorde con las circunstancias—. Ahora es cuando me tengo que emplear a fondo. Todos van a fijarse en cualquier palabra que diga y cualquier movimiento que haga. La talla de un líder se mide en ocasiones como estas. Prado, que te vean serena, con firmeza y decisión, eres la capitana de un barco muy grande. Como salga airosa de esta, tengo la alcaldía por muchos años», se aconsejaba a sí misma frente al espejo de un baño de su casa, a la que se había dado el placer de ir durante cinco minutos para cambiarse de ropa e ir al baño.

La presión de las últimas semanas le estaba pasando factura. De un lado, factura física, con unas cada vez más moradas bolsas en los ojos que hacía que sus hijos bromeasen llamándola «mapache». El cansancio y la fatiga se habían hecho crónicos, cualquier momento era bueno para tumbarse en un sofá, incluso hace unos días su marido se la encontró sentada en una silla dormida sobre la mesa de la cocina. De otro lado, la factura era también emocional. Julio era para su matrimonio un mes difícil. Durante el curso, el trabajo de su marido como profesor, pero, sobre todo, el suyo como alcaldesa, impedía que marido y mujer se vieran con la frecuencia que ellos proclamaban desear. Fantaseaban con lo que harían cuando estuvieran de vacaciones, pero lo cierto era que, tras unos primeros días, el sueño se desmoronaba y la tensión entre ambos afloraba. Más de un final de julio y principios de agosto se habían planteado la separación, pero, al volver a la rutina, ese planteamiento se desvanecía y la paz y el amor retornaban al hogar. En estas semanas, la zozobra era máxima. Unas veces la sola presencia de su marido le encrespaba y otras veces la buscaba para refugiarse, aunque fuese por unos minutos, del alocado exterior. Esta bipolaridad le conducía a pensamientos que pocas veces en su vida habían despuntado. Las policías, Teresa y Nieves, no sabían, o eso creía la alcaldesa, que el inspector Toboso le mandaba mensajes invitándole a todo tipo de proposiciones, desde una cena o un desayuno a un paseo fuera de la ciudad. Todas ellas las había rechazado, pero tenía que reconocer que en los últimos tiempos lo dudaba. «Además, es tremendo el cómo gestiona los tiempos y cómo sabe qué decirme en cada momento. Guapo es a rabiar, y qué cuerpo tiene, parece un futbolista. ¿A quién le amarga un dulce? Total, casarme con él no lo iba a hacer, es un arrogante de narices. No sé, bueno, ya veremos». Cuando se daba la vuelta y veía a su marido, la pena inundaba su siempre bullicioso mundo interior y se sentía profundamente decepcionada consigo misma por pensar siquiera en algo tan grave como ponerle los cuernos. «Encima que el pobre mío soporta que pase fuera de casa la mayor parte del tiempo y siempre me recibe con una sonrisa... No tengo derecho a hacerle nada que le dañe».

Había terminado de vestirse y maquillarse, se miró al espejo y, por primera vez en mucho tiempo, se sintió guapa. Durante el último mes no le había dado tiempo a mirarse. Se ciñó el vestido todo lo más que pudo, se calzó zapatos con un tacón alto que le estilizaba la figura, se echó su perfume favorito y salió de casa, no sin antes besar tiernamente a su marido, preocupado por ella.

—Ten cuidado, Prado, que esta gente está apuntando alto, mira lo que han hecho con el obispo. Ándate con ojo.

—No te preocupes, voy a estar bien. Menuda Pandorga la de este año. ¡En fin!, me voy.

—Escríbeme siempre que puedas. Vas a triunfar, confío en ti.

—Gracias, mi vida.

A su llegada a las puertas de la catedral, la expectación era máxima. Todo el mundo la estaba esperando para la rueda de prensa improvisada, al lado de los jardines del Prado, toda vez que el juez ordenó el levantamiento del cadáver de la hermana de Laura. Prado Santana había dado muchas ruedas de prensa, pero era consciente de que esta iba a ser una de las más importantes y en la que, probablemente, se jugaría su futuro político. El inspector Toboso le instó a que se fuera con él al despacho del obispo para asesorarla antes de salir ante los medios, pero esta se mostró reticente.

—¿Y no me lo puedes contar dentro de la catedral?

—¿Con los muertos ahí delante? Anda, ven, si no vamos a estar solos, van a estar también el superintendente, el alcalde de Ballesteros y el inspector Ruiz, de la Científica. Y aunque estuviéramos solos, tranquila, que no muerdo —le contestó Toboso con una pícara sonrisa.

—Mira, Ramón, nos vamos a dejar ya de tonterías, que ya somos mayorcitos —sorprendió la alcaldesa al inspector, que no se esperaba una reacción así de furibunda—. Tengo mi marido, mi familia y mi vida ya resuelta, lo que menos me apetece son berenjenales de estos. Yo me tomo un café contigo cuando quieras, como los amigos que hemos vuelto a ser. Punto y final.

—Anda, Prado, reconoce que en algún momento has pensado en mí, por lo menos para pasar un buen rato —retó el inspector, que no se quitaba la sonrisa de la boca, acercándose a Santana, que de sopetón cambió el color de su cara por el de un rojo extremo fruto de la vergüenza.

—No, Ramón, no he pensado en ti para nada —mintió mirando al suelo y al cuerpo del inspector indistintamente. Una gota de sudor incipiente le empezó a caer de la frente. Sentía que, una vez más, Toboso resquebrajaba la firmeza con la que se había propuesto actuar.

—Tendré que creer en tus palabras, porque tu cuerpo no dice lo mismo. —Toboso le acarició, muy suavemente, un brazo desnudo y olió el perfume que salía de su cuello.

—¡Bueno, ya está!, ¡vamos a lo que vamos y déjame en paz! —le gritó Santana dándole un manotón.

—Tranquila, tranquila, no te pongas así, mujer. Que no es para tanto. Además, ¿quién te ha dicho a ti que yo quiero algo contigo?, ¿y si fuera que no? —le preguntó en voz alta mientras Santana se encaminaba con rapidez hacia el despacho del obispo para encontrarse con los demás.

La alcaldesa se frenó en seco y se volvió hacia el inspector con cara de asombro. Iba a decir algo, pero cuando estaba a punto de hablar, con la boca llena de aire y una cara de gran enfado, se giró al frente y retomó su camino con más rapidez si cabe.

CAPÍTULO 34

El líder de la secta satánica se encontraba esposado, dentro de la catedral, con la cabeza agachada. En el despacho del obispo, pese a estar en pleno verano, hacía frío en ese momento. La traicionera brisa que se había impuesto tras la imponente tormenta, la noche y la presencia de la muerte en la catedral dejaban una refrialdad que hizo que algunas personas tuvieran que echar mano de alguna prenda de ropa de manga larga fina. Aunque el trasiego de policías continuaba, su ritmo había decrecido algo, y es que muchos se iban turnando para irse a algún sitio cercano donde cenar. El inspector Toboso y toda su cohorte de ayudantes, de tan distinta índole, ni siquiera habían pensado en cenar. El café y el sándwich que se habían tomado hacía un rato había suplido esa necesidad por el momento. La adrenalina de la situación y de haber conseguido un primer trofeo importante, como era este líder, los cegaba ante cualquier otro tipo de distracciones más o menos humanas y naturales. La subinspectora Lara, que acababa de confirmar que sus padres estaban con Rafael y, por tanto, se había tranquilizado, volvía a estar centrada en su trabajo.

—Gonzalo Berzosa, treinta y nueve años. Nacido en Almagro, vive actualmente en Miguelturra. No está casado ni tiene hijos.

Trabaja como informático, es autónomo. Mide 1,75 m y pesa 75 kg. ¿Estoy en lo correcto, Gonzalo? —preguntó con toda suntuosidad la subinspectora.

—Sí, es correcto —contestó el interpelado sin quitar la vista del suelo.

—Hemos encontrado en su casa todo tipo de material relacionado con su actividad como líder de una secta cuyo objeto de devoción es el diablo. ¿Te gusta mucho Satanás? —Teresa Lara se iba mostrando más agresiva.

—Sí, ¿algún problema? —contestó Gonzalo, desafiante, alzando los ojos hasta la misma altura que Teresa por primera vez. Ella sintió como si alguien siniestro hubiera pasado por su lado, rozándole el pelo, y se quedase al lado del interrogado.

—Sí, que, como te descuides, te voy a mandar a que le hagas compañía a tu jefe —le increpó Teresa acercando su cara a la suya. El inspector Toboso la apartó suavemente de él.

—En tu casa hemos encontrado cuerdas compatibles con las que han atado a algunas de vuestras víctimas antes de matarlas. Por supuesto, los objetos propios de los rituales y demás parafernalias que os montáis estaban allí, todos bien colocaditos. Lo más sorprendente, o no, es la camisa con restos de sangre que hemos hallado. Ya la estamos analizando, vamos a saber de quién es en un rato, le calculo no más de una hora —dictaminó el inspector, que parecía disfrutar con la situación—. Así que, Gonzalo, tú mismo. O nos dices de quién es ya o va a ser peor para ti.

—No tengo problema en decíroslo. —Gonzalo le devolvió una amplia sonrisa que mostraba unos dientes amarilleados por el consumo de tabaco—. Pertenece a Luisito. Había que enseñarle qué le ocurre a los chivatos.

—El exnovio de Estela —dijo Nieves por lo bajini.

—¿Chivato?, ¿de qué se ha chivado? —le preguntó el inspector, que se pasó una mano por el pelo con gesto de impaciencia.

—No llegó a hacerlo, le paré los pies. Quería venir con el cuento a vosotros, junto con su querida Estela. A ella también la maté —dijo con toda pasividad.

—¿Por qué? —El inspector le cogió de la cara obligándole a mirarle—. ¿Cómo cometiste ambos asesinatos?, ¿por qué dejaste a Luis en La Posadilla?

—¡Cuántas cosas me preguntas, inspector! Me vais a tener que traer algo para cenar si queréis que os lo cuente, estoy hambriento.

El inspector Toboso, lleno de ira, le soltó un bofetón que resonó en todo el despacho. Después, la subinspectora Lara, casi una cabeza más alta que el detenido, se le acercó y le cogió de la camiseta a la altura del pecho. Nieves, acongojada, incluso asustada, permaneció sentada, muy impactada al ver a sus compañeros de esa manera. Era la primera vez que veía al adorable inspector transformarse en una bestia. De Teresa imaginó que dio rienda suelta a la presión de los últimos días.

—Está bien, está bien, perdonad —Gonzalo adoptó una actitud radicalmente distinta en cuestión de segundos, arreglándose la camiseta como podía con las manos esposadas. Por primera vez, se sintió intimidado por Toboso, que se puso a su lado y le empequeñecía—. Hoy teníamos que hacer una ofrenda al anticristo. Estela y Luis, de personalidad más débiles, se achantaron y corrieron a contaros mis planes, a Estela no le pudimos parar los pies antes porque nos pilló de sorpresa, pero al otro sí. Solo tenían que guardar silencio y no lo supieron hacer. Luis era amigo mío, él no sabía de mi otra vida, por decirlo así. Le propuse como plan dar una vuelta por Alarcos y ahí lo maté, al pie de la ermita, para que vuestras vírgenes, santos y vuestro Dios lo vieran. Quería que lo encontraseis, pero tampoco tan fácilmente, que a Alarcos va mucha gente. Así que lo llevé muy cerca, a La Posadilla, para que tuvieseis que esforzaros un poco y ganar tiempo para poder hacer la ofrenda de la catedral.

«Menudo engreído asqueroso», pensó Teresa, que sentía cómo poco a poco la rabia le cegaba.

—¿Y Estela? —preguntó el inspector, rojo de cólera.

—Le tuve que estrangular, ¡cómo se resistía! —nuevamente, volvió a mostrarse soberbio y con aires de superioridad—. Ah, por cierto, a ver si ponéis una cerradura más fuerte a la puerta de Toledo, si casi la tiro de un soplido...

El inspector no le dejó terminar. Se levantó y le agarró de la pechera, haciendo un gran esfuerzo por no volver a pegarle. Esta vez, armada de valor, Nieves fue la que se levantó y le contuvo. Al volver a sentarse, notó que la tripa se le empezaba a remover.

—Hay que ver, inspector, lo susceptible que está hoy, de verdad —le dijo el asesino confeso con parsimonia.

—¡En ningún momento te he dicho que hagas bromas!, ¿está claro? —vociferó el inspector.

—Entendido. Bueno, pues eso, yo la conocía por ser la exnovia de Luis, manteníamos trato, aunque no amistad. Cuando llegó a mis oídos que hablaba con un curilla de tres al cuarto, le tendí una trampa. Como le gustaba mucho la historia, le propuse visitar la puerta de Toledo, a lo que accedió sin pega alguna. Antes de llevarla forcé la puerta, le había mentido diciéndole que tenía las llaves porque era guía turístico. Al llegar, subimos y tuve la ocasión perfecta.

Tardaron un breve intervalo de tiempo hasta que pudieron retomar el interrogatorio, un lapso en el que tanto el inspector como la subinspectora se salieron fuera para recuperar la templanza necesaria en estos casos. La imagen de Estela acudió a sus mentes. Dejaron a Nieves al cargo y, enseguida, volvieron a entrar.

—¿Dónde está la Virgen del Prado? —inquirió Teresa, que respiraba profundamente.

—No lo sé, y os digo la verdad. Me la robaron.

—¿Cómo que te la robaron? —Teresa puso cara de incrédula.

—Sí, me la llevé a un sitio para preparar un ritual y, cuando volví, no estaba.

—¿Cuál es ese sitio?

—Las Tablas de Daimiel, donde el molino de Molemocho.

—¿Y quién te la pudo quitar?

—No lo sé. La dejé allí, junto con todo lo demás ya preparado, y cuando volví esta mañana para ver que no me faltaba nada no estaba, se la habían llevado.

—Mientes. Como lo has estado haciendo todo este interrogatorio. Sabemos que Estela huyó de ti. Antes de que llegaras hemos sabido que la maltrataste y que seguías obsesionado con ella. La secuestraste, torturaste, le diste una sustancia que la durmió, la subiste a la puerta de Toledo y allí la mataste de una forma cruel. Afortunadamente, ella está ya tranquila y descansando. Tú no podrás decir lo mismo. Tu alma jamás descansará. A Luis lo mataste porque se quisieron mucho y, pese a que dejaron su relación, se tenían un cariño que jamás conseguirías tú.

Gonzalo se removió en su silla, pero guardó silencio.

—Vente con nosotros —ordenó el inspector Toboso levantando a Gonzalo de la silla, que sangraba un poco por el labio debido al bofetón—. Vamos al altar de la catedral a que nos cuentes qué ha pasado aquí. Después seguiremos con más detalles sobre estos y otros asesinatos.

Todos salieron del despacho del obispo y se dirigieron a donde aún yacían muertos los cinco hombres. Desde la puerta de la catedral, los dos curas, Cruces, la alcaldesa de Ciudad Real y el alcalde de Ballesteros vieron pasar a la comitiva entre cuchicheos. El detenido parecía disfrutar de la visión que tenía ante sí y no pudo reprimir una sonrisa de satisfacción. Teresa Lara rezó por lo bajini al llegar a la altura de los cuerpos. El hedor empezaba a tornar-se insoportable, de tal manera que Nieves y Cruces se taparon la nariz al acercarse a los fallecidos.

—Aquí tienes tu obra maestra, enhorabuena —dijo, irónico, el inspector.

—Gracias, la verdad es que no ha estado mal.

—¿Cómo entraste en la catedral?

—Por la puerta. Tus compañeros no estaban muy hábiles.

—Muy bien, lo veremos en las cámaras que hemos instalado ahí fuera. —Gonzalo reprodujo una mueca de sorpresa al oír la afirmación de Toboso—. ¿Y cómo lograste introducir a toda esta gente aquí?

—Ya estaban dentro. Alguien me los trajo hasta aquí, creo que drogados —contestó sin mucho convencimiento.

—¿Cómo los mataste? —preguntó el inspector, que dudaba de la veracidad del testimonio de Gonzalo.

—Cuando llegué, estaban todos preparaditos, atados, con unos ojos saltones que me suplicaban piedad. Con un cuchillo largo los fui abriendo, uno a uno, mientras recitaba unas palabras, que no puedo decir, para así ofrecérselos a mi señor. Según nuestro ritual, primero el pecho y luego el cuello. Lo cumplí a la perfección, fijaos qué cortes más limpios. Se resistieron, pero atados con cuerdas no se iban a escapar, no. El viejo este... —Señaló con el dedo hacia el obispo, vestido con toda la pompa de sus hábitos—. Era el más tonto de todos, él no opuso resistencia. Estaba tranquilo, la verdad.

Cruces, que hasta ahora se había mantenido pulcramente en un segundo plano, se acercó al presunto asesino para sorpresa de todos.

—Joven, déjame que te quite un momento un poco de sangre de la cara, que estoy sufriendo de verte así —dijo mientras se le acercaba con un *kleenex* y una pequeña botella de agua. Gonzalo se quedó paralizado por lo inesperado del gesto de Cruces, que no le dejó otra opción que dejarle hacer.

—Hala, ya está. ¿Ves?, ahora ya estás mejor, que estabas con la cara llena de chorretones. Podéis seguir. —Cruces se hizo a un lado.

La subinspectora Lara, sabiendo de las intenciones de la vidente, la miró. Esta le hizo un gesto de negación, lo que Teresa interpretó lo que venía sospechando desde el principio, que él no era el autor de estas muertes. Decidió hacer unas preguntas para corroborar esta hipótesis.

—¿Qué es lo que le echaste al cura al acabar de matarlo?

Gonzalo miró el cuerpo del cura, intentando entender el sentido de la pregunta de Teresa.

—Le tiré un poco de su propia sangre. Para que donde esté supiese lo que le habíamos hecho a los que nos quería liquidar.

—Ya. ¿Mataste también a Consuelo?

—¿A quién?

—A la mujer que apareció moribunda ahí fuera, a unos metros de aquí —le respondió Teresa, mirando al inspector, que enseguida le entendió.

Nieves seguía parapetada dos pasos más atrás, junto a Cruces. No sabía por qué, pero no era capaz de sacar el coraje que ella pensaba que siempre llevaba dentro. Un fuerte dolor de tripa le hizo doblarse por unos segundos.

—¡Ah, sí!, otra que quería huir. Creo que el mensaje ha quedado claro para todo aquel que nos quiera destapar.

—¿Qué le diste en la mano antes de sacarla fuera de la catedral?

«Lo de Teresa es increíble. Hace un rato estaba mareada, llorando, depresiva, y ahora parece una bestia indestructible. Hasta soltando hostias. No me lo puedo creer. ¿Y a mí qué me pasa?, ¿por qué estoy tan parada?», se preguntó Nieves.

—El cáliz de la catedral. Para que todo el mundo católico viera la caída de lo que tanto venera —contestó tras unos segundos de silencio.

El inspector y Teresa se miraron, sonriendo. Gonzalo estaba mintiendo descaradamente. El conserje de la casa de Hernán Pérez del Pulgar había sido detenido y en su casa hallado material propio de un seguidor de sectas satánicas. El propio conserje, al verse acorralado, confesó que había abierto el acceso al túnel y permitido la entrada a los de su organización.

—Veo que habéis hecho bien los deberes —replicó.

—Sí, pero me parece que tú te has dejado algunos ejercicios sin hacer —le rebatió Toboso, ahora divertido—. Anda, vamos de nuevo al despacho del obispo mientras preparamos tu traslado a comisaría.

De camino, volvieron a ver al pequeño grupo conformado por los alcaldes, la bruja y los dos clérigos. Al verlos, Gonzalo se paró en seco. El inspector y la subinspectora tiraron de él, pero renqueó y les indicó que le dejaran un momento mientras clavaba su mirada en el corro que formaban estas personas. Los alcaldes se volvieron para otro lado, pero los curas no cambiaron su postura.

—¡Hombre, Enrique!, ¿cómo tú por aquí? —gritó Gonzalo al aludido, que pensaba que la distancia y la penumbra le harían irreconocible.

—¿Lo conoces? —le preguntó el inspector dándole un fuerte tirón que hizo que el líder satánico reanudara la marcha.

—¡Cómo no!, nos ha ayudado en esto —rio fuertemente.

El inspector llamó a Nieves y, muy bajito, al oído, le dio una orden: «Cogedlo inmediatamente y mantenedlo retenido aquí en la catedral».

CAPÍTULO 35

—¿Raquel? ¡No te esperaba a estas horas!

—Hola, Patricia —la saludó Nieves con voz lánguida—. Perdona que te llame tan tarde. Me he imaginado que estarías en la calle, aunque con esto de los asesinatos mucha gente lo mismo se ha ido.

—Sí, me has pillado en la calle, pero no pasa nada. Ya te dije que me podías llamar cuando tú quisieras.

—Muchas gracias, es que estoy muy agobiada. Como te comenté el otro día, la obsesión por mi jefa está llegando ya a límites enfermizos, y no quiero que eso me pase. Ya sabes, la subinspectora.

—Dime, ¿has conseguido algún acercamiento a ella? —la psicóloga parecía muy interesada.

—Creo que sí, no sé. Desde luego, la veo más receptiva conmigo —contestó Nieves, rizándose el pelo rubio, que le llegaba hasta los hombros, con los dedos.

—Está bien que te guste, Raquel, que incluso te intentes acercar, pero ten cuidado. No entres en una espiral peligrosa que solo puede llevarte a la autodestrucción. Si, como me dijiste, está tan enamorada de su marido, tú poco puedes hacer. ¿Ella cómo está?

—Pues fatal. Resulta que han matado al hombre que le estaba atormentando, el que la violó.

—Pero eso está muy bien, ¿no?

—Supongo que sí. Lo que pasa es que le preocupa su marido. Las cosas como son, ese hombre se ha portado muy bien con ella. Patricia, ayúdame. Dime qué puedo hacer para quitármela de la cabeza.

—Uf, es que tu situación es muy difícil. ¿No te gustaría que por fin nos conozcamos en persona y me lo cuentes? Por teléfono no puedo hacer mi trabajo bien. Unos minutos me podría escapar.

—¡Imposible! Estamos en la catedral y no me puedo mover de aquí.

—¿Y no tenéis pensado ir hacia otro lugar? Así, tú puedes decir que vas sola y yo te acompañaría en el trayecto.

—No, por el momento permaneceremos en la catedral. No le digas nada a nadie, pero hemos detenido al líder de la secta satánica y a un cura que parece ser que era un topo. Sabemos ya cómo metieron a los que asesinaron dentro de la catedral. Vamos ya muy avanzados con la investigación, desde luego.

—¡Qué me dices! ¡Pero eso está muy bien! ¿Te notas que ya no te tratan como a una niña, sino como la gran policía que eres?

—Sí, bueno, el inspector tiene sus recelos, pero la subinspectora me tiene en palmitas. Está muy orgullosa de mí, así me lo ha transmitido.

—¡Qué bueno! Ya te dije que, si confiabas en ti misma, llegarías muy lejos. Tengo muchas ganas de conocerte, Raquel. Espero que los próximos días estés más libre y puedas venir a mi consulta. Que Teresa te recomendara a mí para tratarte me ha alegrado que tú no lo sabes bien.

—Es que me dijo que eras la mejor, y después de hablar contigo me lo creo. En esta semana nos vemos fijo. ¿Te podría llamar si me veo peor a lo largo de la noche?

—¡Claro! No hay problema. Voy a estar con unas amigas, dormiremos poco. De todas maneras, si no me llamas, luego te pregunto por WhatsApp cómo estás.

—Vale, muchísimas gracias, de verdad. Es increíble tener a alguien dispuesta a ayudarte en cualquier momento y poder desahogarme.

—El placer es mío. Hablamos, Raquel.

Apartada unos metros de la puerta de la catedral, Nieves colgó. Miró el móvil, que ya tenía la pantalla negra, y sonrió.

CAPÍTULO 36

Ballesteros de Calatrava, 1950

El otoño avanzaba imparable sobre La Mancha. Las hojas caídas de los árboles formaban una alfombra sobre el suelo empedrado de las calles del pueblo. «Ya viene el aire de nieve», decían las más mayores cuando, por las mañanas, se afanaban por limpiar las casas por dentro y por fuera, barriendo y fregando el espacio de la calle más próximo a sus puertas. Las lluvias de los últimos días hacían bajar a los arroyos de la sierra de Calatrava llenos de agua, incluso uno de los días cayó tal cantidad de agua que la casa que se encontraba a medio camino entre el pueblo y el cerro donde se ubica San Isidro, en plena cuesta de subida, se inundó, como pasaba cada vez que una nube descargaba con más furia de lo normal.

Las arrugas surcaban la cara y las manos de Luisa, que esa mañana había madrugado más de la cuenta. Cuando salió de su casa, con el sol bien alto en el firmamento después de un amanecer con una niebla muy densa, ya se había dejado todo limpio. Era hora de salir a comprar huevos y verduras, así como de llevarle a Laura, ya también mayor, aunque algo menos que ella, unas comidas que había preparado. El desgraciado destino había querido que el marido de Laura se hubiese ido unos años antes, y Laura, pese a ser más joven, contaba con una salud mucho más delicada. Luisa se seguía sintiendo en deuda con el matrimonio, que fueron los que le sacaron de trabajar en el campo y le aseguraron un sueldo mensual con el que dar de comer a sus hijos. Nunca había faltado el plato en la mesa ni una ropa con la que cubrirse el cuerpo, por lo que todo lo que hiciese por Laura le sabía a poco. Cuando llegó a su casa, esta le recibió, como siempre, con un sincero beso. Luisa se quitó el pañuelo negro que le cubría la cabeza y dejó en la entrada el grueso chal con el que protegía su espalda del frío. Vestida de luto por el reciente fallecimiento de su nonagenaria madre, se sentó con Laura en la mesa del salón, donde ambas se pusieron por encima de las piernas las faldas de la mesa para sentir el calor que desprendía el brasero.

—Ay, Laura, hija mía, qué *cansadica* que estoy —se quejó Laura con un suspiro mientras se recolocaba en la mesa. Las dos se pusieron a pelar habas sobre un mantel de tela de cuadros rojos y blancos.

—No te creas, Luisa, que yo tampoco me he quedado hoy parada. Esta mañana me fui lo primero a coger agua al pozo de la Esperancilla, me gusta a mí de siempre el agua de ahí más que la de la glorieta, y fíjate que están al lado. Luego me vine y le he dado un buen *japoteo* al salón, que mira cómo reluce. Parece nuevo. —Le mostraba con la mano a Luisa con gran orgullo.

—Uy, sí, sí, vaya cómo se nota. Qué hermoso se te ha quedado, en el suelo se pueden hacer unos huevos de lo limpio que está. Si al entrar me ha dado el olor —contestó Luisa, afanada en su labor de pelar las habas.

—Bueno, y tus hijos, ¿cómo van?

—Pues me siguen dando muchos disgustos, yo no sé cómo me han salido así. Son los *zajoriles* los que me están dando mucho ruido. Están con unas compañías que a mí no me gustan nada, vienen de Daimiel, los visitan mucho, y esa gente no me da buena espina. Ahora les ha dado por visitarme más, la chica viene con sus niños, que oye, yo a mis nietos los quiero mucho, pero la noto rara y se pone a curiosear en mi habitación no sé qué, porque ya ves tú lo que yo tengo. Y el chico lo mismo, dice que viene más porque yo estoy más mayor, pero el otro día me lo encontré husmeando en una cajita donde guardo yo mi rosario y unas estampitas. Una medalla que tenía de san Fernando me ha desaparecido, sospecho de él, pero me jura y me perjura que no ha sido, que la habré perdido yo. En fin, qué sé yo, qué sé yo —suspiró.

—Ten cuidado, Luisa. Las malas lenguas dicen que han visto a tu hijo en La Conejera. Y ya sabes que en ese sitio cosas buenas no se han hecho de nunca —le advirtió Laura sinceramente preocupada.

—Lo sé, mis hijos mayores me lo han dicho también. Ellos me están cuidando mucho, dicen que algo raro se traen entre manos, estamos a ver si se lo sacamos. Un día me los encontré a la gresca a los dos, pero al entrar yo se callaron. Está visto que a una lo que le ha tocado en esta vida es sufrir.

—*Na*, hija mía, *na*, pero por lo menos tienes a tus otros hijos velando por ti. Y aquí estoy yo, eso no lo olvides nunca, que mira, nos tenemos la una a la otra, que no es poco.

—No sabes cómo te lo agradezco, has sido para mí un ángel de la guarda en vida. Dios te lo sabrá recompensar.

—Bueno, estas habas ya están. Vamos a rezar el rosario, que le vamos a pedir que tus hijos se enderecen. Seguro que te da consuelo y esperanza —propuso Laura levantándose hacia un cajón del viejo mueble que presidía el salón para sacar su rosario.

Tras rezar las dos juntas, algo que hacían siempre con cualquier excusa, Luisa se despidió de la que consideraba su salvadora y se fue a su casa. Al salir advirtió que la niebla se había vuelto a cerrar de golpe tras unas pocas horas de sol. «Cómo se nota que los días ya han acortado, ya están aquí los nieblones», pensó al tiempo que se cerraba el chal todo lo más que podía y se ajustaba el pañuelo a la cabeza. Algunas de las pocas bombillas que, sobre un platillo, intentaban alumbrar algo las calles para que no estuviesen sumidas en la más absoluta oscuridad se encendieron. Apretó el paso para que la humedad y el frío no se le metiesen en los huesos, que luego le costaba quitárselo del cuerpo. A menudo, en días de tiempo frío, se ponía una palangana con agua caliente en los pies y se quedaba horas sentada junto a la lumbre. Al llegar a la puerta de casa, le llegaban desde dentro voces infantiles chillando. Nada más entrar, tres criaturas de corta edad corrieron hacia ella.

—¡Abuela!

—¡Pero si están aquí mis niños!

Los tres, tras un fugaz abrazo a su abuela, salieron corriendo hacia su salón, donde otro niño, más pequeño aún que los otros, saltaba sobre un antiguo pero muy bien cuidado sofá. Desde otra puerta que también daba acceso al salón, entró su hija.

—¡Pero, bueno, es que este chico tiene azogue!, ¡ay, me vais a fenecer lo poquito que tengo! —gritó Luisa, que fue detrás del niño con una alpargata en la mano. El niño, riendo, se juntó con sus hermanos y todos se desperdigaron corriendo por la casa.

—Madre, no se preocupe, que luego les voy a dar una azotaina que les voy a dejar el culo como un tomate. ¡Preparaos, que hoy os vais a ir calentitos a casa los cuatro! —amenazó su hija con un gesto en la mano con el que les indicaba que les esperaba una buena.

—¿Cómo que habéis venido otra vez? —preguntó Luisa, curiosa.

—Pues madre, para advertirle a usted. Mi hermano mellizo Pepe no está en sus cabales, no le voy a decir cosas que hace para que no sufra usted, ya me encargaré yo de pararle los pies. Óigame atentamente: no le dé información de nada, las cosas religiosas que tenga usted aquí y que quiera conservar me las da a mí. Hágase la tonta, y cualquier cosa que le pregunte, usted no sabe nada. ¿Entendido?

—Sí, sí, pero hija mía, me estás asustando —respondió Luisa, que sintió más frío si cabe.

—A usted no le va a hacer nada. Estese tranquila, no tema, eso se lo garantizo. Pero hágame caso en lo que le digo, será mejor así.

Justo en ese instante, Pepe entró por la puerta de la casa. La hija de Luisa, disimulando, sacó un trapo que llevaba colgando del mandil e hizo que limpiaba con afán una puerta. La propia Luisa se puso un poco nerviosa y solo atinó a hacer que colocaba un coqueto jarrón blanco hasta dejarlo puesto justo en el centro de un tapete. Al abrirse la puerta, la niebla pareció querer internarse dentro de la casa.

—¡Cierra, hijo, cierra!, que hace un frío que pela y mis huesos se resienten.

—Hola, madre, ¿cómo está? —Pepe se le acercó y le dio un beso.

—Bien, bien, me duele un poco la espalda, cosas de la edad.

—¿Y tú qué haces aquí? —interrogó a su hermana, que le miraba con desdén.

—¿Pues no ves? Limpiando la casa a tu madre, a ver si un día vienes y me ayudas en vez de dar tumbos por ahí —le recriminó, si bien él obvió el comentario.

—Madre, te quería hacer una pregunta. Varias veces nos has contado la historia de esa cruz que crece, ¿no crees que la deberíamos tener nosotros en vez de esa Laura? —preguntó aparentando inocencia.

—Mira, jovencito. —Luisa se le acercó apuntándole con un dedo amenazante—. No se te ocurra volver a mencionar a Laura de esa manera. Si tú estás aquí y has crecido y eres fuerte, es gracias a ella. Que sea la última vez. Para todos vosotros es y será doña Laura. Esa cruz cayó donde cayó, y por algo sería. Punto final de la historia. ¡A ver ahora a qué viene la cruz!

—Porque me gustaría verla, tengo curiosidad —le contestó su hijo, que ahora disimulaba peor y dejaba escapar un halo autoritario en la voz.

—Eso va a ser imposible. Esa cruz ya no está aquí —mintió Luisa.

—¿Cómo que no está aquí? —chilló el hijo de Luisa.

—El cura se enteró de lo que tenía Laura y vinieron unos señores que mira, daba miedo verlos, y se la llevaron. Sepa Dios dónde esté esa cruz. —Luisa aprovechó que Pepe, pasándose una mano por la cabeza, se volvió hacia una pared, y miró a su hija, que le dedicó un gesto de aprobación.

—Bueno, no pasa nada. Como le he dicho, era pura curiosidad.

Pepe le dio un beso a su madre y salió de la casa con premura. Luisa se quedó hondamente preocupada. Se sentó sobre una silla de menor tamaño, que utilizaban sus nietos, juntando sus manos sobre los muslos.

—¿Para qué quiere la cruz tu hermano?

—No lo sé, madre, pero ha hecho usted muy bien. Esa cruz se tiene que quedar donde está. No se preocupe más, esta casa y usted misma están protegidas.

—¿Seguro? —insistió Luisa, que sentía cómo le entraba dolor de barriga.

—Seguro. De verdad. Un día ya lo hablaremos despacio. Ahora descanse, póngase su palangana de agua caliente y rece, rece mucho por todos nosotros. La comida la tiene preparada en la mesa ya. ¡Niños, nos vamos!

La hija de Luisa, con sus cuatro retoños, inició el camino de vuelta a casa. Nada más salir, sacó un frasco de agua bendita y echó unas gotas sobre la puerta de entrada. Se hizo la señal de la cruz y echó a andar de la mano de los dos hijos más pequeños que tenía, internándose en la rabiosa niebla que cubría el pueblo.

CAPÍTULO 37

—Enrique, no estás aquí en calidad de detenido. Todavía no. Pero te vamos a hacer unas preguntas y nos tienes que decir la verdad —el inspector Toboso, flanqueado por Teresa y Nieves, puso una voz severa.

—Está bien, no os voy a mentir, lo juro por Dios. —El cura temblaba, no sabía si de nervios, de frío o de ambos. Su mano era incapaz de sostener siquiera un bolígrafo que había cogido para descargar la tensión en él.

—¿Por qué Consuelo, la hermana de Laura, te intentó llamar por teléfono?

—Para pasarme información. Quería salirse de la organización. Fue ella la que robó la cruz que crece en Ballesteros de Calatrava de la casa de su hermana. Eso no se lo perdonó a sí misma nunca, así que fue cuando decidió que se iba, estaba desesperada porque no sabía cómo devolverla a su sitio original. Cuando se enteraron de sus intenciones, hicieron con ella lo mismo que con Estela, su exnovio y el que se les pusiera por delante. Primero, ella había hablado con Estela para preguntarle quién le estaba ayudando, y entonces ella le pasó mi número.

—¿Y tú qué papel jugabas en todo esto? —preguntó el inspector echándose hacia delante.

El cura se puso pálido, temblaba con violentos espasmos y sudores fríos le empezaron a brotar de la frente. El bolígrafo que sostenía en la mano se le cayó al suelo. En el fondo, estaban sintiendo pena por él.

—Voy a confesar, pero, por favor, aseguraos de que no me pase nada —suplicó casi echándose a llorar.

—Te lo prometemos, Enrique, pero nos tienes que ayudar —le tranquilizó el inspector.

—En fin, será que Dios así lo ha dispuesto —se resignó, mirando a ambos lados, como si esperara que el ente divino apareciera para darle consuelo.

Antes de seguir hablando, Enrique se santiguó y realizó un rezo rápido. En ese renuncio, Teresa reparó en que Nieves estaba embelesada mirando al inspector. Le dio un golpecito en la pierna para que volviese en sí, a lo que Nieves respondió con un movimiento brusco, como si le acabasen de despertar de un largo sueño.

—Como ya sabéis, yo me he encargado por muchos años de hacer exorcismos y de combatir el mal en esta provincia. No es que fuera el único, sino que me encargaba de coordinar a todos. Aquí, como en todas partes, nos hemos intentado neutralizar mutuamente. Lógicamente, Dios siempre gana en estas batallas, no podía ser de otra manera.

—Sí, pues no será ahora —apostilló, socarrón, el inspector.

—Si no lo ha hecho ya, es porque será después. Pero vencerá, no te quepa duda. Un día, estaba tranquilamente en la iglesia de Santiago cuando vino Gonzalo, el líder de la secta, con una mujer. No sé el nombre de ella, no se presentó, pero sospecho que sería la jefa de las mujeres. Me amenazaron de muerte a mí personalmente, así como de crear una matanza en Ciudad Real y quemar mi iglesia si no hacía lo que ellos me dijeran. ¿Qué iba a hacer yo entonces, denunciarlos?

—No hubiera estado mal, Enrique —le respondió Teresa, que no paraba de tomar notas.

—Tú no conoces a esa gente, es capaz de cualquier cosa. Acepté, porque, además, de esa manera, también yo podría obtener información sobre sus planes. Algunos de mis contactos e infiltrados, que los tengo después ya de tantos años, me confesaron que había hecho bien, por lo visto estaban más que dispuestos a matarme si hubiera rechazado su imposición, y hoy ha quedado claro que así era.

—¿Qué te pidieron? —le preguntaron el inspector y la subinspectora casi pisándose entre ellos.

—Ellos tenían sospechas de que su siniestra organización tenía fisuras y, dado mi currículum, era probable que vinieran a mí a pedirme ayuda. No se equivocaron, unos días más tarde, acudió Estela a la iglesia y me explicó todo lo que vosotros ya sabéis: que quería salirse de la secta y no sabía cómo hacerlo. —El cura se emocionó nada más nombrar a la desgraciada chica.

—¿Y tú la delataste? —saltó Teresa casi gritando.

—Sí. —Enrique bajó la cabeza, cruzando las manos sobre el regazo—. Ella me contaba todo, confiada en que iba a auxiliarla. Yo la escuchaba y sí que es verdad que luego no me chivaba de todo a los de la secta. Hubo cosas que me las guardé. Realmente intenté salvarla, los engañé diciendo que se resistía a contarme nada relevante, que simplemente quería escapar de sus garras, pero al final no sirvió de nada. La mató Gonzalo, eso os lo puedo asegurar.

—¿Y al exnovio?

—También. Pero no es el exnovio que vosotros pensáis —dijo a la vez que entraba el superintendente en el despacho.

—¿Cómo? —respondió Teresa sin subir la mirada del cuaderno en el que hacía anotaciones. «O sea, que sí está diciendo la verdad».

—Que vosotros hablabais de que en las imágenes de las cámaras aparecía un exnovio, que es el que luego ha sido asesinado, y que Estela le había interpuesto denuncias por maltrato. Y no es correcto. Al que han matado es a su último novio, pero no le maltrató jamás. Todo lo contrario, la cuidaba muchísimo. Rompieron porque tenían un carácter muy distinto, pero realmente se seguían queriendo mucho, especialmente Luis, que tenía adoración por Estela. El novio que le maltrataba, y que fue el que la metió en todo esto, fue Gonzalo, al que habéis detenido como líder masculino satánico.

—¿Estela fue novia de Gonzalo? —Nieves se hizo la sorprendida.

—Sí. Fue el que la maltrató. Una amiga de Gonzalo intimó con ella y fue en la que se apoyó cuando, por razones obvias, lo dejó con él. Esa amiga estaba metida de lleno en la secta, estoy seguro de que Gonzalo lo orquestó todo para que así fuera. Por lo que sea, tenía metida en la cabeza a esa chica, estaba obsesionado con ella.

—A ver que yo me aclare —el inspector, cuyo nerviosismo volvía a aflorar, cortó al cura—. Me estás diciendo que Gonzalo, líder de la secta, maltrató a Estela. Lo dejaron, ¿y luego la mata?, ¿y en las cámaras sale el último novio que tuvo cuando presuntamente ya estaba muerto y, además, bajo las uñas de Estela estaba su piel?

—Toboso, te digo yo que Gonzalo es el autor de esa muerte. Te lo juro por Dios.

—Pero, entonces, ¿qué hacía ahí el último exnovio?

—Protegerla —alzó la voz Cruces, que guardaba un escrupuloso silencio desde la puerta. Todos se dieron la vuelta para escucharla—. Él, bueno, su espíritu, se intentó interponer entre ese bárbaro del que habláis y la chica a la que seguía amando, pero esa bestia estaba poseída por el demonio, estaba cegado. Su fuerza era demasiado bruta y acabó con ella. Estela vio al mismísimo Satanás antes de morir. Por eso tenía la cara desencajada cuando la encontrasteis. El espíritu de su amado vaga desde entonces por la zona, está desesperado.

—¿Nos estás diciendo que lo que han captado las cámaras es un fantasma? —preguntó el inspector con voz incrédula.

—Así es —sentenció Cruces, muy seria y convencida.

—No solo las cámaras, muchos testigos afirman haber visto a ese chico por la zona merodeando desde esa mañana —el superintendente se posicionó de parte de la vidente.

—Es un alma atormentada. No se irá de ahí hasta que no comprenda lo sucedido y vea a Estela en el otro lado para poder irse juntos. Me ocuparé de él —dijo Cruces con toda solemnidad. Un golpe de aire a través de la ventana abierta provocó un violento portazo. A Teresa se le puso la piel de gallina, pero no hizo caso a esa reacción corporal—. Tere, he venido para decirte que pronto partirán desde Daimiel los padres de Rafael. Para que lo supieras. Me voy para afuera de nuevo.

El inspector esperó a que la vidente se marchara para seguir con las preguntas.

—Siguiendo con el hilo de este chico, ¿por qué lo mataron?

—Porque se enteró de todo y quiso denunciar a la Policía a toda esta banda que tenía amenazada a Estela.

—Gonzalo nos ha dicho que era amigo de este chico, ¿es así?

—No. Os ha mentido. Nunca os fieis de lo que diga, lleva al diablo dentro y la verdad no es su fuerte. Estela no le quería contar nada a ese muchacho, pero tenía confianza con él y le acabó reconociendo el problema en el que estaba metida. Como os he contado, aunque habían cortado, se tenían un cariño muy grande, eran amigos, aunque él seguía enamorado de ella. Gonzalo le odiaba porque veía que Estela era feliz con él. Luis no pertenecía a la secta ni nada de eso.

«Lo que yo pensaba», se dijo Teresa.

Todos los presentes en el interrogatorio se intercambiaron miradas, dejando un breve lapso de tiempo para asimilar toda la información que acababan de recibir.

—Vamos a pasar a otro capítulo. ¿Qué sabes sobre Lucio, el hijo de los Raros?

—Poca cosa, a decir verdad. Un día vino a la iglesia la mujer esa que acompañó a Gonzalo la primera vez para volver a amenazarme. Me dijo que me iba a pasar como a uno de Ballesteros, que por listo y por bocazas acabó asfixiado. Os juro que no sé más de por qué lo matarían.

—Enrique, es que me parece tan surrealista todo... —dijo Teresa dejando un momento apartado el cuaderno y el bolígrafo—. Hemos confiado en ti, has estado presente en todo lo que ha sucedido, te teníamos metido en el equipo. Y tú, un servidor de Dios, ¿no has tenido un ápice de compasión hacia las víctimas?, ¿o algo de empatía con nosotros?

El cura, avergonzado, clavó los ojos en el suelo.

—Siempre deseé que los cogierais. Me pudo el miedo a la muerte.

—Tú sabrás, pero el de arriba no creo que esté muy contento contigo. Nosotros te juzgaremos aquí, pero el verdadero juicio ya sabes que lo tendrás cuando pases al otro lado. Ya veremos si Él te perdona —le recriminó la subinspectora, muy seria. Al escuchar sus palabras, Enrique lloró amargamente.

El inspector dejó que Enrique se calmase antes de volverle a preguntar. Notó que Nieves, con el paso de los minutos, se le arrimaba y casi se tocaban. Un policía llamó a la puerta, si bien entró sin esperar respuesta.

—Inspector, siento entrar de este modo, pero es urgente.

—Dime, dime. —Toboso se pasó una mano por la frente, que brillaba debido al sudor.

—El inspector Ruiz me ha dado esta nota para que se la pase. —El joven agente le pasó un papel a Toboso, que lo devoró nada más tenerlo en la mano. Volviéndose a disculpar, salió del que había sido el despacho del obispo.

—Mirad, Teresa, Nieves. Es sobre Estela y sobre Laura, la de antaño. —Al oír el primer nombre, el cura redobló sus llantos.

—Está claro que la drogaron antes de matarla —comentó Teresa antes de dejar el papel sobre el escritorio principal.

—Sí. Es de suponer que Gonzalo la llevó atontada a la puerta de Toledo para matarla. Posiblemente en sus momentos finales se despertó, de ahí la cara de horror que se le quedó grabada. Vería cómo su maltratador iba a acabar con su vida.

—Cruces dijo que el cuerpo que veía Estela era de Gonzalo, pero el alma del diablo —apostilló Teresa, que con la mano se colocaba el flequillo.

—O lo vio fruto de las sustancias que llevaba en el cuerpo. De todas formas, ver a tu maltratador a punto de asesinarte y ver al demonio es exactamente lo mismo.

Todos asintieron mientras recordaban la boca retorcida, la nariz arrugada y los ojos saltones que el cuerpo de Estela presentaba. A Teresa un escalofrío le recorrió el cuerpo. La puerta del despacho del obispo se abrió, pero no pasó nadie. Nieves se levantó a cerrarla. «Habrá sido la corriente», dijo antes de volver a su sitio. La subinspectora no parecía compartir la opinión de la agente, pero prefirió no iniciar un debate estéril.

—En cuanto a Laura, han encontrado posible trazas de una sustancia narcotizante —dictó el inspector.

—Ese mérito es de Nieves, que fue a la que se le ocurrió la idea.

—Pues enhorabuena, Nieves, tus sospechas estaban en lo cierto. Si ya le habían dado un golpe en la cabeza, ¿por qué le intentaron atontar después?

—Tengo una hipótesis sobre ello. Le llevo dando vueltas todo el día —Nieves volvía a retomar vigorosidad después de haber estado casi muda—. Le dieron el golpe para llevársela y luego le atontaron, quizás para hacerle preguntas y, de esa manera, anularle un poco la voluntad. Si no fue mucha cantidad, sería para que no se diera bien cuenta de la realidad.

—¿Preguntas de qué tipo?

—Sobre la cruz. Estoy segura de que querían que Laura se la diese. Opondría resistencia y la querían doblegar. Imagino que no la consiguieron y, aunque dejaron a Laura, esta al final murió.

—Tiene su sentido. ¿Quién nos lo podría corroborar?

—Indagaré por mi pueblo. La gente mayor quizás sepa algo.

—Adelante, cuando tengas algo, nos avisas. Volvemos a ti, Enrique. Ahora te tengo que preguntar por otro punto importante —retomó Toboso—. ¿Te obligaron a contactar con nosotros?

—Sí. Como yo era experto en este tipo de cosas, sabía que, de una manera u otra, vendríais a por consejo. De nuevo, Gonzalo y esa mujer vinieron a la iglesia para decirme que tenía que infiltrarme como fuera en vuestro equipo porque, además, querían saber quiénes llevaban la investigación del caso. Se me ocurrió llamar al obispo, ya que él, obviamente, me conocía y me daba el beneplácito a todo lo que hacía. Quedamos en que os mandaría a la iglesia de Santiago a hablar conmigo, como así fue. No tuve más remedio que decirles vuestros nombres, el de Nieves no porque ellos querían el de los altos cargos, e ir informándoles puntualmente del curso de las pesquisas.

Como fuera de sí, hecho una furia, el inspector se levantó con violencia, provocando el susto de las dos policías y de Cruces, cogió de la pechera al cura, le dio una patada a la silla y lo elevó varios palmos por encima del suelo.

—¡Maldito cura de mierda! ¿Cómo se te ocurre dar nuestros nombres, eh? —gritó Toboso.

Teresa se levantó corriendo, esta vez asustada, a intentar sujetar al inspector, que amagaba con lanzar al suelo al eclesiástico, que gemía temiendo acabar con los huesos destrozados. La subinspectora logró que lo soltase.

—¡Este pedazo de cerdo ha dado nuestros nombres! —vociferaba intentando zafarse de la subinspectora.

—Tranquilo, Ramón, nuestros nombres de todas formas aparecen por todas partes, hemos dado ruedas de prensa y firmamos muchos papeles, así que, si no era por el imbécil este, se hubiesen enterado de cualquier otra manera. Ramón, sabes que esto no se hace así. Venga, siéntate, vamos a terminar con el interrogatorio y nos vamos a comisaría a investigar el punto de unión de los asesinados. —Teresa le miró a los ojos intentando transmitir templanza, le guio hacia su silla y ayudó a Enrique a levantarse.

—Venga, Enrique, que vamos a terminar ya —le dijo Teresa en tono conciliador—. ¿Qué más les has dicho?

—Nada más, les mentí un poco y les dije que estabais absolutamente perdidos. Expresamente tenía órdenes de guiaros hasta Gonzalo, por eso en la puerta de Toledo insistí tanto en hablar con vosotros y os dije que el líder masculino de la secta era el que iba a perpetrar la masacre. Os juro que ya no hay nada más —dijo tembloroso y mirando de soslayo al inspector, temiendo otra reacción violenta.

—¿Crees que de verdad ha sido él el asesino?

—No lo sé. Es capaz de esto y de mucho más, pero no lo sé.

—Bien, te vamos a pedir dos cosas. Lo primero, nos tienes que dibujar al menos y describir cómo era la mujer que acompañaba a Gonzalo. Y lo segundo, estrújate el cerebro para recordar cualquier detalle más. Porque imagino que no sabrás ni dónde está la cruz que crece ni la Virgen del Prado, ¿verdad?

—No, no lo sé. Que Dios me provoque un mal ahora mismo si estoy mintiendo. Me está empezando a costar respirar, me duele aquí —se quejó, señalándose hacia las costillas.

—Vamos a llamar a un sanitario para que te vea —le dijo Teresa con voz más dulce.

—Y vas a decir que te has caído accidentalmente —añadió el inspector con una seriedad desconocida en él. Enrique no habló más.

Mientras que Teresa se quedó con Enrique, los demás salieron del despacho del obispo. En ese momento, Lorenzo se acercó al inspector nada más verlo salir.

—Ramón, ¿ves como no te mentía?, teníamos a una oveja negra dentro de la Iglesia. Menos mal que lo hemos destapado.

—Ya he visto, ya. Creo que voy a tener que confiar más en ti —respondió Toboso, que retornó a su actitud previa radicalmente y ahora se mostraba solícito y cariñoso, tocándole un brazo a Lorenzo.

—Claro que sí —le contestó con una sonrisa, devolviéndole el gesto de tocar el hombro. Nieves enfureció al ver el trato que se dispensaban—.Vente, que vamos a volver a ver los cuerpos a ver si os puedo ayudar a sacar algo en claro.

El inspector, como seducido por una especie de atracción mágica, siguió a Lorenzo como si este fuera el flautista de Hamelín, dejando a Nieves y Cruces, que se había acercado hasta ellos, solas. Cruces notó que la primera tenía un gesto contrariado y triste. No le quiso preguntar por el motivo, pero supo que debía sacarla de los pensamientos que tuviese rondándole la cabeza.

—Nieves, hermosa, anda, ¿nos salimos un poquito?, creo que necesito que me dé el aire.

Ambas salieron de la catedral por la puerta principal, pero apenas avanzaron unos cinco metros más, donde se quedaron de pie mirando al Prado. La luna aparecía oculta entre algunas nubes, el viento era suave, amable, invitando a pasar la noche al aire libre.

—Oye, ¿hay algo nuevo sobre lo de Ballesteros de Calatrava?

—Sí, a la abuela de Laura no la envenenaron como tal, sino que parece ser que le administraron de alguna forma una sustancia que la adormiló. Mi teoría es que lo hicieron para sonsacarle información, como, por ejemplo, dónde tenía la cruz.

—Estoy casi segura de ello. ¿Dices que eres de Ballesteros? —Cruces entornó los ojos cuando lanzó la pregunta.

—Sí, mi padre es de Almagro, pero yo nací en Ballesteros y allí vivimos —contestó orgullosa.

—¿Pues de quién eres hija? O, mejor dicho, nieta, que yo soy muy vieja y conozco más a los abuelos que a los padres de la gente joven.

—Mi abuela se llama Valeria, mi abuelo era Alejo, pero ya se murió el pobre.

Cruces sonrió y le tocó la cara.

—Eres igual que ella. Ya decía yo que me sonaba esa cara.

—¿Cómo?, ¿la conoces?

—Y muy bien. Vamos a sentarnos en ese banco de ahí enfrente, que tú y yo tenemos una charla larga por delante.

CAPÍTULO 38

Ballesteros de Calatrava, 1950

La Navidad se había echado encima en un abrir y cerrar de ojos. Los hijos de Felicidad, una de las hijas de Luisa, estaban pletóricos con lo que habían recaudado en el aguinaldo. Naranjas, alguna onza de chocolate, algún otro dulce suelto y una moneda fue el botín obtenido por los aguerridos chiquillos, que colocaron todo sobre un humilde estante de madera y no permitieron que ni su madre ni nadie tocara todo eso, intentando alargar por días la consumición de esos productos, ya que les encantaba levantarse y ver que había cosas nuevas. El día de Nochebuena estaban especialmente contentos. Ayudaron a su madre en todo lo que ella les pedía con una ilusión que solo se entiende en tiempos de infancia.

—Niños, venga, ahora a bañaros, ¡que hoy viene a cenar la tita Valeria con los primos!

—¡Bien, bien! —repetían una y otra vez, a coro, los cuatro infantes.

—Y tengo una sorpresa para vosotros —le dijo Felicidad con suspense, disfrutando de esos momentos con sus hijos.

—¿Cuál, mamá?, ¿cuál?, ¿cuál? —le preguntaban los niños danzando a su alrededor.

—¡Hoy viene también a cenar Cruces con sus hijos!

—¡Toma! ¡Vamos a jugar un montón esta noche! ¿Van a dormir aquí? —preguntaron ilusionados.

—Sí, así que luego prepararemos arriba las camas, alguno la tendréis que compartir.

Los cuatro salieron disparados a la planta de arriba a preparar sus habitaciones para acomodar a sus invitados y pensar en qué juegos podrían llevar a cabo esa Nochebuena. El día era gélido, había amanecido bajo una intensa niebla que recluía a los habitantes del pueblo tras las paredes de sus casas, pertrechados de mantas y arrimados junto al fuego mientras organizaban el menú de tan especial noche. Eso el que podía, ya que Felicidad vio cómo muchos se encaminaron a primera hora de la mañana a seguir recogiendo la aceituna. Por la tarde, la niebla había dado paso a un cielo cubierto, plomizo, con un viento racheado, que bajaba serpenteando desde los montes hasta las calles ballesteranas, que hacía que la sensación térmica fuera de varios grados bajo cero. Sin embargo, este frío glacial no era impedimento para que, por un lado, partidas de amigos jóvenes, lanzados, atrevidos, que pellizcaban a una chica si tenían ocasión de rozarse por la calle, y pandillas de amigas alegres y despreocupadas, por otro, amenizaran la tarde con el paso esporádico por las calles con sus zambombas y sus cantos de villancicos populares. Luisa, la madre de la anfitriona, llegó a primera hora de la tarde, justo en el momento del día menos frío, con varias capas de ropa y una cesta con algunos productos, todos ellos cultivados en su huerto, para preparar la cena de esa noche tan especial.

—Felicidad, si quieres, me pongo yo con la sopa. ¿Me salgo a la cocina de fuera?

—Ni se le ocurra, madre, que mire cómo está el día. Está el cielo de panza de burra, en cualquier momento se va a poner a nevar. Hoy cocinamos dentro. En lo que se hace la sopa preparo yo los pollos.

—Hija, ¿y cómo que viene esa amiga tuya de Daimiel hoy a cenar?

—Porque se quedaban solos en su casa y me daba mucha pena, otros hermanos suyos no los podían acompañar, así que le dije que se vinieran. Usted ya la conoce, es muy buena mujer la Cruces —dijo Felicidad mientras iba sacando los ingredientes necesarios para cocinar varios pollos que compondrían el plato principal de Nochebuena en su casa y en la de muchos vecinos.

—Yo la vi buena mujer cuando la conocí, sí. A tu hermano, Pepe, no le cayó muy bien, creo yo. Hoy yo sé que tenía a sus suegros y a algunos cuñados en su casa, pero le pregunté que si se quería pasar por aquí un ratito para vernos, y me dijo que estando esa amiga tuya no. Que le daba vergüenza y que, además, cuando un día la vio, no le dio buena espina —dijo Luisa con inocencia aparentada, ya que en realidad quería sacar información a su hija sobre el conflicto latente entre ambos desde hacía años.

—¿Sabe el Pepe que va a venir hoy aquí Cruces? —se sorprendió la joven mientras se cambiaba de mandil.

—Sí, le dije eso. ¿He hecho mal?

—No, no, para nada, si la verá cuando vayamos a la iglesia de todas formas. Madre, ¿y sabe si después de la misa del Gallo se va a ir Pepe con los amigos?

—Yo qué sé, digo yo que sí, como hacen siempre los hombres.

—Ah, vale, nada, era por si mi Santiago iba, aunque dice que está molido, esta mañana se ha dado un buen tute en la aceituna. Este año están los olivos pariendo unas aceitunas por lo visto de lo *mejorcico* que se ha visto en lustros.

—Sí, eso me han dicho. A tu marido déjalo, que estará muerto y mañana tendrá que ir otra vez. Y total, para lo que hacen, que solo se emborrachan y hacen locuras. Ya sabes cómo son los amigos del Pepe. Con lo formales que sois los demás, a ver este chico a quién me habrá salido. Aunque, bueno, a saber, quizás ha sacado algo de la bestia que tenga por padre. Si hubiera vivido mi marido, con lo serio y recto que era, un hombre de los pies a la cabeza. ¡Ay, Señor, qué pronto te lo llevaste! —se lamentaba Luisa secándose con un paño de cocina algunas ácidas lágrimas que le terminaban en la boca.

—Venga, madre mía, ya está. Usted nos ha criado excelentemente, el Pepe es el cabra loca de la familia, pero mírenos al resto. Que sí, trabajamos en el campo, somos humildes, pero buenas personas. Y eso ha sido gracias a usted. —Felicidad le dio un tierno beso a su madre y un abrazo que la reconfortó—. Venga, séquese esas lágrimas y vamos a apañar esto, que mire qué horas son y la Valeria tiene que estar al caer. Su Alejandro se ha ido también esta mañana en la misma partida que Santiago, pero me ha dicho que le iba a arrear para que se vistiese rápido y venirse pronto a ayudarnos.

Efectivamente, a la media hora, Valeria y su familia llamaban a la puerta. Los aldabonazos provocaron el jolgorio entre los cuatros hijos de Felicidad, que corrieron a abrir y a guiar a sus primos a la sala de juegos que habían montado en la planta más superior de la casa, la cámara, para pasar la noche.

—¡Tened cuidado, que está eso lleno de los aperos, de grano y de cien mil cosas! —les advirtió Felicidad—. ¡Y nada de pegarse ni hacer ninguna trastada, que cojo la alpargata y os breo el culo!

Mientras el marido de Felicidad invitó a su cuñado a sentarse junto al fuego, las dos hermanas y su madre se afanaban en cocinar, limpiar lo que se iba usando para que no se acumulara y preparar la mesa, no sin compartir confidencias y chinchorreos entre medias.

—¿Habéis visto lo que tiene el médico? —les decía Luisa a sus hijas en un cuchicheo.

—¿El qué? —preguntaban ellas, a sabiendas de lo que era.

—Una caja que por lo visto salen los militares haciendo sus cosas. Mira, qué miedo. Y que por ahí va a salir gente hablando y qué sé yo, qué sé yo —explicaba Luisa apretando con fuerza una bayeta mojada con la que limpiaba las encimeras de piedra de la cocina.

—Una caja dice. Madre, eso es una televisión, me ha dicho el alcalde que se llama así. Van a poner ahí muchas cosas para ver, también para los niños. La matrona, como su marido ya sabes tú que es pudiente, que tienen hasta una criada, se ha comprado una y la van a poner en la ventana para que la gente pueda ir a verla. Ahora poca gente irá con este frío, pero en verano no va a caber un garbanzo al lado de esa ventana. Luego, como la veremos en la misa, que os lo cuente.

Daban las siete de la tarde cuando la daimieleña Cruces hizo acto de presencia. Los invitados fueron dirigidos al salón, pero Cruces insistió en que ella ayudaba como una más de la casa. De la bolsa en la que traían prendas de ropa sacó otro mandil y se puso a la faena, encargándose de ir haciendo unos chorizos y un gran revuelto de huevos con jamón. Desde abajo oían una algarabía proveniente de la cámara, donde todos los niños jugaban y se revolcaban por el suelo. Felicidad quiso ir a reprenderlos, pero las otras mujeres la pararon. «Déjalos, son críos, que disfruten, que ya tendrán tiempo de penar». Mediaban las ocho de la noche cuando todos se sentaron a la mesa. «Y tarde es ya», se quejaba Luisa, a la que las tripas le rugían, acostumbrada a cenar poco después de las siete. Valeria advirtió que fuera caían algunos copos de nieve. El fuego crepitaba con fuerza en el salón, que parecía más acogedor que nunca, avivado por los tres hombres presentes en esa Nochebuena. Entre cantos y villancicos, la música de una bandurria, una guitarra y varias zambombas, pasaron una velada de risas, a la par que de recogimiento y ambiente hogareño. La nevada arreciaba ligeramente y los tejados comenzaban a emblanquecer, pero no fue motivo para que nadie se achantase dentro de las casas. Viejos, jóvenes y niños iban en un goteo constante por las calles en dirección a la iglesia cuando ya pasaban de las diez de la noche. Un buen rato antes de la misa del Gallo, que comenzaría puntualmente a medianoche, los ballesteranos se congregaron frente a las puertas de su iglesia para cantar, al calor de algunas hogueras, canciones populares y villancicos. Numerosas familias y grupos de amigos saltaban, tocaban zambombas y castañuelas, y bailaban a pesar del frío y de los copos de nieve que acariciaban sus caras, sin que a ellos les importase. Durante un rato decidieron apartar las penurias y las preocupaciones del día a día para entregarse a la alegría y a la comunidad. Luisa se quedó, junto a una hoguera, con su inseparable Laura y otras amigas, todas ancianas, que criticaban a los jóvenes que se excedían en la fiesta. En otra hoguera, Felicidad, Valeria y la forastera Cruces se juntaron con los restantes hermanos de las primeras, exceptuando Pepe, que de lejos los miraba receloso.

—Bueno, chicas —interpeló Cruces—. ¿Habéis avisado ya al resto del grupo de mujeres de Ballesteros? Sobre todo, decidles que sean precavidas y que se refugien en la oscuridad para no ser vistas. Nadie nos puede molestar ni parar en el cometido que tenemos por delante. No pasa nada si se lo dicen a sus maridos, ellos creen que eso de ser brujas es solo para que nos juntemos a cotorrear, pero siempre y cuando se aseguren de que estos no lo van a comentar con amigos ni con nadie.

—Sí, sí —tomó la palabra Felicidad, que se tapó la boca con una bufanda cuando un pequeño remolino de copos de nieve fue a estamparse contra su cara—, están ya todas avisadas. Después de la misa, primeros iremos a nuestras casas para que no sospeche la gente. Luego nos vamos a reunir junto al arroyo y, de ahí, partiremos juntas a La Conejera.

—¿Tenemos información de si van a ir allí los adoradores de Satán? —preguntó Cruces.

—Mi madre me ha dicho que mi hermano seguramente luego se junte con los amigos. Tenemos que llegar antes que ellos, desde luego. Si nos ven allí, se marcharán y les joderemos los planes. Además, si nos espían y ven que estamos purificando el volcán, es posible que lo abandonen para siempre y no vuelvan más. No podemos permitir que se hagan fuertes en Ballesteros.

—¿Cuántas sois?

—Vamos a ser seis en total contando con nosotras dos. Bueno, siete contigo, Cruces. Entre ellas, la matrona del pueblo, a ella el don le viene de casta. Su madre, su abuela y su bisabuela, que ella sepa, eran todas brujas.

—Sí, sí, la conozco. Pero tú, Felicidad, por ser *zajoril*, deberás ser la jefa. Eso es así, es una de las reglas principales.

—Lo sé. Estoy más que preparada —afirmó esta.

—Venga, vamos a pasar a la misa, que ya son las doce.

Las campanas de la iglesia avisaron de la medianoche. De repente, la música y las voces de la gente callaron de golpe, y todos los allí congregados, que eran la inmensa mayoría de los habitantes de la villa, fueron pasando al templo dedicado a la Virgen de la Consolación. Durante el transcurso de la misa, Pepe dedicó varias miradas cargadas de maldad a Cruces, que le correspondía sonriéndole. Las hermanas Felicidad y Valeria hacían gestos a su hermano para que las dejara en paz, pero este insistía en fulminarlas con unos ojos que parecían estar orquestados por el mal. Una vez terminada la ceremonia, las tres mujeres salieron al exterior para contemplar cómo, tras la austeridad y el recogimiento que exige la misa, la gente volvía a estallar de júbilo y se dedicaba a romper, con una gran jarana, las zambombas, algunas hechas con pieles de animales como el conejo, entre los aplausos del gentío, que volvían a desempolvar sus voces para cantar los villancicos que ya antes habían entonado. Con el paso de los minutos, se fueron conformando cuadrillas de hombres, excepto los ancianos, que se iban a casas o viejos cobertizos, generalmente a las afueras del pueblo, a continuar con la fiesta. Felicidad advirtió que su hermano Pepe se arrimaba a un pequeño grupo que se arremolinaba en una esquina.

—Vámonos ya. Es la hora.

Las tres dejaron a sus maridos al cargo de los pequeños, que correteaban en dirección a casa de Felicidad, adonde ellas fueron apretando el paso para darse prisa y adelantarse al resto. Las calles del pueblo iban engalanándose de color blanco, con una nieve que seguía cayendo lentamente, como si quisiese abrazar a cada uno de los aldeanos que, con paso lento, se disgregaban de nuevo a poblar las temporalmente solitarias casas. Una vez llegaron a casa de Felicidad, Cruces cogió una pequeña bolsa de tela que tenía guardada entre sus ropas dobladas con esmero. Sin dejar tiempo a que llegaran el resto de sus familias, salieron amparadas por la nevada y la oscuridad de la noche y enfilaron el camino que las llevaba hasta el arroyo Rondín. Nada más salir de las empedradas calles, vieron que en pleno campo la nieve ya había cuajado sustancialmente y el suelo estaba algo resbaladizo. Entre el difuso horizonte vislumbraron la figura de varias personas.

—Ya están ahí las chicas —dijo Felicidad, agarrada del brazo de su hermana Valeria para no perder el equilibrio sobre el suelo helado.

Cuando estuvieron a pocos metros, vieron a unas ateridas mujeres que, muy juntas para darse algo de calor y enfundadas en gruesas estolas, chales y abrigos, las esperaban con impaciencia. Sin preámbulos y sin apenas tiempo ni ganas para presentaciones, comenzaron la ceremonia prevista bajo el mando de Cruces.

—Hermanas de Ballesteros, como jefa de todas las brujas de esta provincia, os doy la bienvenida a nuestro grupo. Estamos todas juntas en la misión que tenemos encomendada por poseer el don. Como ya sabéis, desde hace siglos, Satanás tiene la vista puesta en nuestra tierra. Empezó por Daimiel y ha ido extendiendo sus tentáculos por más sitios. Ha infectado la mente de ciertas personas, a las que usa como escuderos para perpetrar atentados contra Dios. Pero aquí estamos nosotras para pararlo a él y a sus lacayos. No vamos a consentir que se hagan con el dominio de las tierras de Ciudad Real. Como ya sabéis, se han hecho fuertes aquí, en Ballesteros de Calatrava, y han cogido La Conejera como su sitio de referencia. El fuego de los volcanes los atrae, ya que el demonio surge de él. Lo primero que voy a hacer es consagraros como brujas blancas de pleno derecho, como ya hicieran las primeras brujas que en Daimiel lucharon contra esos seres despiadados. Después, nos vamos a ir todas juntas a purificar ese volcán para que el diablo vea que no podrá acceder a él nunca más.

Tras estas palabras, Cruces sacó de su bolsita una serie de amuletos, pequeñas figuritas religiosas, un par de estampas y una reliquia para realizar la ceremonia de bendición de las que estaban llamadas a liderar la conjura del bien contra el mal en el pueblo. Nombró a Felicidad como la jefa de todas ellas y una a una fueron besando todos los objetos religiosos, a la par que Cruces les rociaba con agua limpia del arroyo por sus cabezas. Rápidamente, con una toallita que también había facilitado la daimieleña, se secaron la cabeza para no coger más frío del que ya tenían. Una vez todas habían sido consagradas, juntaron sus manos para rezar un padrenuestro y un avemaría. A cada una les dio una piedra de cuarzo y una bolsa con sal. Rápidamente, Cruces recogió todos aquellos objetos que atraían a Dios hacia ellas, guardándolos en su bolsita de tela, y partieron hacia el volcán más conocido por los ballesteranos. Unos metros le separaban del relieve volcánico cuando vieron fuego sobre él. «Hemos llegado tarde», dijo, en voz muy baja, Valeria a su hermana Felicidad. Decidieron ir a escondidas y sin hacer ruido, pisando allí donde veían la nieve más húmeda para que no crujiese y el ruido las pudiera delatar.

—Ahí está mi hermano Pepe —susurró Felicidad al resto de mujeres.

Escondiéndose entre los árboles, cuyas ramas iban inclinándose por el peso de la nieve acumulada, llegaron hasta muy cerca de los que allí conjuraban al diablo. Sin ser conscientes del frío que las atenazaba, asistieron horrorizadas a una misa negra, donde las referencias jocosas al nacimiento de Dios esa noche provocaban la risa de los que allí se congregaban. Vieron cómo quemaron unas estampas de la Virgen de la Consolación y de san Fernando de Ayala, patrón del manchego pueblo, y mataban algunos animales vivos que habían llevado. Todas lloraron de rabia y dolor al ver esas escenas, especialmente cuando el grupo satánico ultrajaba a los intocables símbolos religiosos de Ballesteros, su patrón y su patrona. Todas se percataron de cómo, al echar una figura de la Virgen junto con los restos de una oveja, el fuego lanzó una llamarada que parecía querer alcanzar el cielo. El grupo de mujeres interpretó que era una exclamación de alegría del diablo, que era el que alimentaba ese fuego.

Para poder preservar su identidad y la discreción que debían llevar para asegurarse el éxito de su labor, aguantaron escondidas, mordiéndose los puños de la impotencia, hasta que, una vez terminada la misa negra, Pepe y los demás abandonaron el volcán rumbo al pueblo. Fue entonces cuando ocuparon el espacio antes mancillado por los invocadores del diablo y dieron rienda suelta a sus lloros y maldiciones contra ellos.

—Tranquilas —les decía Cruces, que no sabía cómo consolar a tantas mujeres tan dolidas—, ya veréis cómo dentro de poco los veremos derrotados. O quizás no lo veamos nosotras, pero seremos las que pongamos las primeras piedras sobre las que luego otras construirán aquí la victoria. Meteos esto en la cabeza: Dios siempre triunfará. Vamos a hacer una primera limpieza de este sitio.

Donde antes había fuego y yacían los restos de los objetos y animales quemados, el grupo de brujas se esmeraba en rociar agua bendita y realizar todo tipo de oraciones. Los trozos más grandes de los cuerpos de animales fueron marcados con la señal de la cruz. De la sal que Cruces les había proporcionado, cogieron varios pellizcos para esparcirlos por la tierra circundante. Finalmente, todas se cogieron de las manos para rezar el rosario e invocar a Dios. Cruces derramó agua del arroyo que había guardado en un frasco de cristal y un brebaje que había preparado previamente, cuyo ingrediente principal eran hierbas extraídas de Las Tablas de Daimiel.

—Esto trae la buena nueva a este lugar. Es una pócima que Juana Ruiz, una bruja de mi pueblo, preparaba siempre para atraer la buena suerte y que se ha demostrado que solo puede traer bien. Y ella la utilizaba porque así se lo habían transmitido sus mayores, por lo que a saber desde qué generación venga la fórmula. Vámonos, mujeres. Vendré otro día para enseñaros más cosas. Seguid utilizando vuestro don para curar almas y hacer el bien.

Encorvadas por el frío, que se les metía dentro del cuerpo, notando cómo invadía sus huesos, iniciaron un descenso hacia el pueblo en mitad de la nieve, que acumulaba ya una cuarta sobre el suelo.

CAPÍTULO 39

—Entonces, Cruces, ¿me estás diciendo que mi abuela y tú os conocéis?, ¿habéis estado juntas en mi pueblo? —le preguntó Nieves, sentada junto a ella en un banco frente a la catedral, con un helado de chocolate en la mano.

—Sí, desde que somos pequeñas. Ojo, que la historia que te he contado no está protagonizada por nosotras, sino por nuestras madres.

—Pero ¿no me hablabas de una Cruces y una Valeria?

—Sí, nuestras madres. Somos viejas, pero no tanto. Tanto tu abuela como yo somos las mayores de nuestros hermanos, de mujeres me refiero, y por eso tenemos el mismo nombre que ellas. Esa Nochebuena la pasé allí, con tu abuela y sus hermanos, y sus primos, los hijos de Felicidad, la *zajoril* que parió Luisa y a la que tu bisabuela cuidaba con devoción como hermana mayor que era. No se me va a olvidar en la vida, lo pasamos bomba. Dormimos poquísimo, estuvimos jugando antes y después de la misa del Gallo y luego nos liamos a contarnos historias de miedo. Oímos a nuestras madres volver de lo que te he contado y pusimos la oreja para escuchar la conversación. Tu abuela y yo siempre hemos tenido el don, así que nuestras madres fueron nuestras maestras.

Y, hoy en día, nuestros grupos siguen activos. Una hija y un hijo de Felicidad también eran videntes y curaban el mal de ojo, pero ya han muerto los dos. De las de nuestra generación aún quedamos vivas un puñado, pero lo que hacemos es enseñar a chicas jóvenes para que sigan el mismo camino y nuestra obra. Hemos hecho mucho por la gente, no te creas.

—Hay algo que estoy pensando. Vamos a ver, si los Raros descienden de Luisa, ¿son familia mía? —advirtió Nieves abriendo los ojos justo al lamer un hilo de helado de chocolate deshecho que se escurría por la galleta.

—Sí. No de manera directa, pero sí. Vuestra bisabuela es la misma, Luisa. Los Raros provienen de Pepe, que es su abuelo. La madre de Lucio, al que mataron, es prima hermana de tu abuela —explicó Cruces con otro helado que se le derretía entre las manos, manchándoselas de marrón.

—¡No me lo puedo creer!, nunca lo hubiera pensado. ¡Pero si mi abuela no los puede ni ver!

—Porque esto viene de la familia de entonces. Pepe solo se llevaba bien con sus hermanas delante de su madre, tenía esa consideración, pero luego no tenían relación. El demonio lo apartó de su familia y del camino correcto. Espero que, allá donde esté, se haya dado cuenta de que lo que hacía estaba mal, haya pedido perdón por ello y Dios se lo haya aceptado. Su madre, Luisa, no se merecía eso. Tenía un corazón de oro. Aunque nunca le dijeron nada directamente, ella sospechaba todo lo que se movía a sus espaldas. Tonta no era, y entre lo que le contaba la gente del pueblo y las peleas que vio entre sus hijas y su hijo, pues se hizo una composición de los hechos.

—¿Cómo era mi bisabuela?

—Como te digo, una bellísima persona. Yo la recuerdo mayor, claro, encorvada, pero con una vitalidad que muchos jóvenes querrían. Muchas veces llevaba su pelo blanco recogido en un moño, casi siempre vestida de negro, con su mandil de cuadros grises y blancos. De altura ponle como la mía ahora mismo, más bajita que tú. Sufrió mucho, su violación fue un escándalo en su familia, imagínate, en un pueblo la gente hablaba que se las pelaba en esos tiempos. Pero como era tan buena, todo el mundo la tenía que querer por fuerza. Y sus nietas son su viva imagen —Cruces se había puesto nostálgica, con la mirada en un punto perdido del cielo.

—Yo a Felicidad, la prima de mi abuela, sí la conozco, vive en mi misma calle y entre ellas la relación es más bien de hermanas. En el pueblo muchos sé que son primos segundos míos y esas cosas, pero como la familia es tan extensa, me pierdo. Mi abuela se los sabe todos al dedillo. No entiendo cómo nunca me ha contado nada.

—Estas cosas no las contamos, ni siquiera a la familia más directa. Forma parte de otra dimensión donde se tocan lo terrenal con lo celestial, otro plano distinto a este, y no todo el mundo lo entiende ni está preparado para ello, por muy familia que sean. Mi marido se piensa que solo leo las cartas y quito el mal de ojo, pero ese no sabe todos los tejemanejes que yo me traigo entre manos. Llevo siendo por muchísimos años la jefa de un montón de brujas, luchando contra estos piezas, y ni se ha enterado. ¡A ver si es tonto el *jodío*!

Las dos lanzaron grandes risotadas pensando en el marido de Cruces.

—A mí estas cosas me gustan mucho, se lo diré a mi abuela para que me cuente historias. Ella sé que el mal de ojo lo quitaba, y algunas mujeres le consultan cosas, pero, claro, cómo me iba yo a imaginar que formaba parte de una verdadera organización. ¡Menudas mafiosas estáis hechas!

—Tu abuela la que más —rio Cruces—, vale, díselo, a ver qué te cuenta. Ella ha sido también siempre muy discreta.

—¿Crees que yo tengo ese poder? —preguntó Nieves, más por curiosidad que considerándolo en serio.

—No te veo yo a ti así, y mira, mejor, unos problemas menos que te quitas. Te voy a contar un secreto, mira esa que viene por ahí —dijo la vidente señalando con el dedo a Teresa, que salía de la catedral en su dirección.

—¿Teresa?, ¿qué le pasa? —respondió Nieves muy extrañada.

—Ella sí que lo tiene. Siente cosas, solo falta que alguien le enseñe a abrir la puerta. Estaba esperando a que me lo pidiera, y ya lo ha hecho. Me parece que está llamada a sucederme, que para eso no vale cualquiera. Debe ser alguien puro, con un interior bueno y limpio. Como ella. —Cruces la miró con dulzura.

—¿Teresa va a ser la bruja jefa? ¡Ay, que me da algo! —Nieves parecía una niña traviesa.

—Sí, bueno, eso espero. Cuando acabe esto, la instruiré. No le digas nada, eh, que ya te he visto que te gusta mucho hociquear.

—No lo diría yo así. Me gusta mucho enterarme de las cosas, pero luego no las cuento, me las guardo para mí —afirmó Nieves con una media sonrisa.

—Por cierto, ¿qué pasa?, ¿que te gusta el inspector?

—Te voy a ser sincera, sí. ¿También lo has visto en tu bola? —Nieves volvió a reírse con ganas.

—No, para eso no me ha hecho falta sacar la bola, solo observar cómo le miras. Y si te cambias de las gafillas esas que llevabas antes a las lentillas, y ahora te has puesto unos tacones más altos...

—¿Te has dado cuenta de que también me he cambiado de zapatos? Si es que, como soy bajita, pues me gusta usarlos, pero para el trabajo si son altos son incómodos.

—Es que soy muy observadora, una bruja no solo adivina lo que no se ve, sino que tiene más peso lo que ve.

—Al final me vas a dar hasta miedo. Sois tal para cual mi abuela y tú, desde luego.

—Bueno, calla ya, cambia de tema, que viene tu amiga.

***

Las dos fingieron estar hablando de otros banales asuntos cuando llegó Teresa Lara a su posición, seguida pocos pasos por detrás del inspector y de Lorenzo.

—Vaya, ¡qué bien se os ve! —saludó Teresa.

—No estamos mal, nos hemos comido un helado que nos ha sentado de perlas —contestó Cruces mirando el último trozo de galleta de helado que le quedaba.

—Tenemos varias novedades de última hora. Ya se han llevado a Enrique. Nieves, te vemos un poco apocada, ¿te pasa algo?

—Me pasa que os habéis puesto como fieras, y a mí esas cosas me echan mucho para atrás, me violentan. ¿No os habéis pasado un poquito?

—Yo estoy pasando un día de perros —contestó rápidamente Teresa—, aunque, bueno, en realidad más que día debería decir años. Estoy con los nervios en punta y cualquier cosa me afecta. Estoy harta de que todo tenga que ver conmigo, como si el destino solo me preparase cosas malas. No puedo más. He saltado porque creo que necesitaba un clic para disparar mi ira acumulada. Ahora después voy a llamar a mi psicóloga, que me dijo que daba igual a la hora que fuera, que pasase lo que pasase, la llamara. Estoy derrotada.

—¿Cómo está Rafael? —preguntó Nieves, que se puso de pie, reconfortándola con la mano encima del hombro.

—Se ha tomado un tranquilizante para estar más relajado. Está como dormitando, entre el sueño y la realidad. Mis padres no se separan de él ni un milímetro. Los suyos están ya de camino para acá, pero yo no me veo con fuerzas para encontrarme con ellos.

—Pobre. Y a ti, Ramón, ¿qué te ha pasado? No he entendido muy bien lo tuyo. Si hasta habéis salido en rueda de prensa, vuestros nombres eran más que públicos.

—Que no puedo con las injusticias, es algo que me saca de quicio. Esa gente ahí muerta, a ver por qué, ese daño gratuito, ver a Teresa mal. En fin, un cúmulo de cosas que al final han hecho que explote, pero ya estoy más sereno. Una charla de Lorenzo me ha ayudado mucho.

«No me suena convincente —pensó Nieves—. Lo dejaré pasar. Sigo viendo desmedida su reacción».

—Hombre, inspector, un poco más suave sí que podrías haber hecho las cosas —respondió el interpelado—, me alegro de que mis palabras te hayan servido para que no lo vuelvas a repetir. —Nieves no perdía detalle del tono que usaban para hablarse.

—Y bien, ¿qué novedades son esas que nos teníais que contar?

—Vamos por partes —Teresa adoptó una actitud formal—. Lo primero, aquí está el dibujo hecho por Enrique sobre la mujer que le visitaba con Gonzalo. Pensamos firmemente que es la líder satánica femenina. Me suena de algo y no sé de qué. —Alargó el papel con el dibujo a Nieves.

—¡Uy!, y a mí, esta cara la he visto yo en algún sitio. Me recuerda a alguien, pero tengo que pensar a quién.

—Lo segundo, el inspector Ruiz, de la Científica, nos ha pasado nuevos datos. Otra de las crucecitas de madera tenía una microscópica gota de saliva que están ya analizando para ver si coincide con la saliva hallada en San Pedro. Por otra parte, queda confirmado que tanto Estela como su exnovio presentan restos de un potente somnífero, por lo que la hipótesis principal ahora mismo es que los durmieron o, al menos, los dejaron muy atontados antes de trasladarlos, a ella a la puerta de Toledo, a él a Alarcos, donde dice Gonzalo que le mató. Es probable que ese somnífero esté presente en los asesinados esta tarde. Estamos actuando en varios frentes: rastreando contactos de Consuelo, la hermana de Laura, para determinar con quién se codeaba antes de intentar escapar de la secta; siguiendo la pista daimieleña de la prima de Cruces; tomando todos los datos posibles en los registros de la casa de Gonzalo y del conserje de la casa de Hernán Pérez del Pulgar; indagando, asimismo, los contactos de Enrique, nuestro cura que actuó como doble agente.

»Y contamos con información valiosa de Lorenzo, aquí presente, sobre unos archivos que el obispo nos había ocultado, no sabemos por qué, que nos pueden dar pistas sobre esta secta, y de los que había una copia en San Pedro gracias a que a Lorenzo también le gusta jugar a los espías. Mientras Enrique dibujaba el retrato de esta mujer, se me encendió la bombilla, no sé por qué. —En ese momento, Cruces miró a Nieves, «¿ves como esta chica tiene algo?», pareció decirle con la mirada—. He hecho un listado a mano con los lugares donde se produjeron asesinatos en tal día como hoy gracias a la labor que hicimos cuando apareció la calavera de Laura. He encontrado más de la misma fecha y, Nieves, algunos de estos hechos sucedieron en tu pueblo. Lo que pasa es que, al no ser todos los años allí, a la gente le da tiempo a olvidarse de la fecha concreta de una muerte. También tenemos registradas muertes en 31 de julio en Daimiel y, en menor medida, en otros puntos del Campo de Calatrava, como, por ejemplo, Bolaños, Poblete, Corral de Calatrava o Cabezarados. Qué curioso, ¿no?

—Pensemos: ¿qué une a esas poblaciones? —preguntó el inspector en voz alta.

—Volcanes —señaló Cruces—. En esos pueblos que decís, hay volcanes, símbolo sagrado del satanismo de La Mancha. Y Daimiel es el centro brujeril desde hace siglos. Compartimos protagonismo con Navarra y el País Vasco. ¿Habéis cenado algo?

—No, aún no, ¿por qué? —le preguntó el inspector, que intuía que Cruces ya tenía un plan.

—Comed algo rápido. Inspector, no soy yo quién para dar órdenes, pero deberíais ir a Daimiel, a Las Tablas. Si son gente tradicional y hoy pretenden ofrecer una ceremonia épica, Las Tablas podría ser el lugar escogido. Mira que lo hemos intentado veces, pero no hay manera de expulsarlos de allí. La noche va a ser larga. Teresa, hija, ahora que caigo, ¿en qué punto exacto te pidió Rafael la mano?

—Al lado del molino de Molemocho.

—Ya está. Estuviste justo donde ellos se reúnen muchas veces, en el siglo XVIII se habla de que en ese sitio se aparecía el demonio adoptando forma de animales. Creo que el Mal puso los ojos en ti por haber estado ahí, y quizás por eso te pasó lo que te pasó. Seguramente hacía poco tiempo de algún aquelarre justo ahí y la presencia maligna se quedaría atraída por los conjuros. Pobre niña mía —le dijo dándole un beso en la mano.

—Y Gonzalo nos ha dicho que allí es donde dejó a la Virgen del Prado. No nos queda otra que ir a cerciorarnos, total, aquí poco más podemos hacer.

—Voy a preparar un coche —respondió Toboso muy excitado—. Cruces, Lorenzo, vosotros podéis venir, pero siempre en la retaguardia, muy por detrás de nosotros. Hasta que un emplazamiento sea seguro no podréis aparecer. Os necesitamos para que, en el caso dado, nos tengáis que traducir lo que allí encontremos. No podemos perder tiempo y la información esta noche debe ser inmediata.

—Venga, prepáralo, Ramón —urgió Teresa—. Con suerte, hasta es posible que pillemos in fraganti a los causantes de esta desgracia.

—Me vais a tener que esperar en lo que Toboso prepara todo. Tengo un apretón que no os podéis imaginar —dijo Nieves levantándose del banco entre risotadas.

***

Nieves se metió en un bar y fue directa al baño. Se encerró y sacó su teléfono móvil.

—¡Hola, Patricia! Soy yo de nuevo.

—No sé por qué te estaba esperando, Raquel. Antes te noté inquieta. ¿Tan mal estás?

—Pues sí. A veces pienso que puedo hacer una locura, puf. Además, no puedo soportar ver a la subinspectora sufriendo así. Se me parte el alma. Si pudiera, la cogería entre mis brazos, la besaría, le daría consuelo...

—Raquel, aléjate de ella. ¿Para qué incidir en algo que solo te va a hacer mal? La subinspectora no es para ti.

—Lo voy a intentar al menos. En fin, ahora que nos vamos de viaje, haré por pensar en otras cosas.

—Es lo mejor. ¿Dónde vais, si se puede saber? ¡Estamos todo el mundo en la ciudad como locos!

—A Daimiel. Concretamente, a Las Tablas. Vamos a coger a los autores de la matanza de hoy allí. Ni que decir tiene, Patricia, que espero que esto no salga de aquí. ¿Crees que de camino me podría descubrir ante la subinspectora?

—Yo no lo haría. Mi recomendación es que, cuando te vengan pensamientos e imágenes de ti con ella, te evadas. Piensa en tu familia, en otros compañeros, lo que sea, siempre y cuando en tu mente esté el menor tiempo posible. Si le dices algo, tu relación con ella va a empeorar y no seréis ni siquiera amigas.

—Está bien, te haré caso. Bueno, me tengo que marchar, que ya nos vamos a ir a Daimiel.

—¡Qué noche más emocionante tienes por delante!

—¡Desde luego! Aunque ya me noto cansada, a ver si en Daimiel cerramos el asunto.

—Si terminas pronto, quedamos por aquí un rato, ¿te parece?

—A lo mejor sí, porque cada vez tengo más ganas de verte en persona. Al menos por teléfono eres una persona muy atrayente.

—Gracias por el cumplido. Bueno, Raquel, te dejo, no vaya a ser que te echen la bronca por tardar. Nos vemos pronto. Un beso.

—Otro, guapa.

Nieves colgó el teléfono. Inspiró de manera fuerte y espiró soltando el aire muy lentamente. Salió del baño y se fue, dándose prisa, a juntarse con los demás.

CAPÍTULO 40

La temperatura, después de haber descendido bruscamente con la tormenta, volvía a rebotar y la noche se tornaba pesada, cargada. Teresa no sabía qué espacio buscar donde evadirse y aislarse durante un pequeño rato. Mientras Ramón Toboso iniciaba los preparativos para el viaje a Daimiel era el momento idóneo. Sentía la necesidad de hablar con Patricia, su psicóloga. Todo había pasado demasiado rápido, los acontecimientos se sucedían sin cesar, como un tren de alta velocidad que no hace paradas, sin tiempo a asimilar el mar de emociones que se entrecruzaban sin poder identificar ninguna en concreto. «Unos minutos de sosiego, de poner en orden la cabeza, me van a venir bien». Decidió subir hasta lo alto de la torre para desde allí contemplar el cielo de Ciudad Real, como si el cielo ya casi limpio de nubes fuera también a despejar sus pensamientos y le pudiera transmitir la paz que anhelaba más que nunca. Con poco esfuerzo, gracias a su buen estado físico, ascendió los más de doscientos escalones de madera que le separaban del campanario. Una vez la respiración volvía a su normal compás, cogió el teléfono y marcó el número de Patricia.

—¡Teresa! No sé por qué, estaba pensando en ti ahora mismo. Parece que tenemos alguna especie de conexión mental. Justo acababa de colgar después de hablar con otra paciente. Esta noche estoy muy solicitada.

—Ya ves. Patricia, necesito hablar un poquito contigo. Han pasado muchas cosas y me encuentro abatida, me fallan las fuerzas en ciertos momentos, aunque en muchos de ellos intento disimular —le dijo Teresa con voz pesarosa.

—Dime, mi niña, ¿qué ha pasado? —se alarmó la psicóloga.

—Han matado a mi cuñado —le comunicó Teresa junto a una de las siete campanas de la catedral, mientras miraba el perfil nocturno de la ciudad. Aprovechó para dejarse su pelo moreno suelto, abandonándolo al juguetón viento.

—¿Qué me dices? ¡No me lo puedo creer! ¿Cómo ha sido?

—El cómo ha sucedido lo estamos investigando, pero es uno de los muertos en la catedral.

—Madre mía, ¡me dejas helada! Como todo el mundo en la ciudad, he oído las noticias que llegan de la catedral, me parece increíble todo, pero, claro, no sabía quiénes eran los muertos. Vamos a lo importante, ¿cómo te sientes tú ante esto?, ¿aliviada?

—No lo sé. Se me enfrentan los sentimientos, pero egoístamente me queda la tranquilidad de que nunca más me lo tendré que encontrar. Ya sabes que uno de mis mayores temores era qué pasaría cuando saliera libre de la cárcel, y eso ya no sucederá. Estoy preocupada por Rafael y su familia. Que sí, que me apoyaron en todo, están conmigo, pero eso no quita que este desgraciado sea de su misma sangre, por lo que lo han debido sentir. Para Rafael esto supone otra carga más, por si no tenía bastante.

—Tu marido es de los que merecen vivir, todo lo contrario que su hermano. Estoy segura de que al final lo superará y conseguiréis estar bien. Si quieres, y él acepta, un día te lo puedes traer a mi consulta y lo trato también. Ya verás como todo irá bien —

le aseguró Patricia con un tono de voz muy dulce. «Cuando se pone así, se parece a Rozalén cantando, con esa voz que parece que te está acariciando», pensó Teresa.

—¿Y si no?, ¿y si ahora me ve a mí como la causante de la muerte de su hermano? —lanzó la pregunta Teresa mientras jugaba con una manga de su camiseta con la ciudad de fondo.

—No pienses eso por nada del mundo. Los hombres malos tienen su merecido, de una manera o de otra. A este le ha tocado morir, qué le vamos a hacer, a otros les tocan otras cosas. Pero tarde o temprano les llega el escarmiento. Él ha sido el causante de su fatal destino.

—Ya, supongo. ¿Por qué lo habrán matado? Porque por lo mío no creo. No sé si quizás estaría metido en una organización satánica.

—Algo habrá hecho para que se lo hayan cargado —le cortó enseguida la psicóloga—. He oído en las noticias que hay más muertos, se habla de cuatro o cinco más, ¿puede ser? Como puedes imaginar, los grupos de WhatsApp están que arden y quiero presumir de amiga policía.

—No se lo digas a nadie, Patricia, sabes que confío en ti. Aparte del hermano de Rafael tenemos cuatro muertos más, incluido el mismísimo obispo de Ciudad Real. Debe haber un hilo conductor que, al tirar de él, nos lleve al punto de unión de los cinco, pero por el momento se nos escapa. Que yo sepa, la familia de Rafael no tenía ninguna relación con el obispo, solo conocen a curas de Daimiel. Hasta ahora solo podemos determinar que son hombres.

—No lo sé, Teresa. Viéndolo como espectadora, sabemos que Rafael te hizo eso a ti. Mira a ver si los demás hicieron algo parecido, por ejemplo.

—¿Un obispo violando a una mujer? —se extrañó Teresa, que acariciaba una de las campanas.

—¡Pues claro! ¿Es que te sorprende ahora que un obispo haga algo malo? —respondió extrañamente risueña la psicóloga.

—A ver, no, pero se me hace raro. En la televisión a veces salen cosas, pero no es lo normal.

—En los medios hablan también del grupo satánico que tú me has comentado, que podrían ser los mismos que robaron a la patrona, ¿qué sabes de eso?

—Estamos sobre esa pista. Tampoco hace falta ser muy listos para seguir esa hipótesis, profanar iglesias, robar imágenes religiosas y matar a gente es de sádicos que podrían estar perfectamente guiados por un demonio. Reales o productos de la mente, no lo sé, pero fantasmas malos a todos nos rondan alguna vez, lo que pasa es que hay gente que cae en sus tentaciones y trampas.

—¿Tú crees que caerías en ellas, Teresa?

—¿Por qué me preguntas eso? —Teresa notó que el tono de Patricia cambiaba a uno más serio mientras una ráfaga de aire helada le recorría el cuerpo—. Creo que, si no he caído ya, no lo haré nunca. Con todo lo que me ha pasado...

—Ya, no has tenido buena suerte, la verdad. En fin, menudo caso te ha tocado para ser Ciudad Real —dijo Patricia recuperando una voz jovial y alegre—, y encima mezclado con rollos de dioses y demonios. O sea, ¿que existen estas cosas en nuestra zona?

—Sí, ha existido desde hace muchos siglos, que sepamos. Mi pueblo ha tenido la fama, y parece que esta actividad de lo paranormal sigue activa allí y se extiende por toda la provincia.

—Daimiel, el pueblo de las brujas, sí. Abundan por allí, pero muchas serán charlatanas.

—Unas sí, pero otras no. Créeme, Patricia, que yo he visto algunas cosas y normales no eran. Luego, claro, hay muchas historietas, no sé, mi madre siempre habla de que cuando era pequeña le daba miedo pasar por la casa de doña Mercedes, creo que en la calle Santa Teresa de mi pueblo, porque vivían dos hermanas que decían que hablaban con brujas. Era una casa enorme, con cuevas, pero ya no existe. O la casa de detrás de la estación, que es la típica que nos da a todos mucho miedo y no nos acercamos. Eso son leyendas, pero hay cosas que son reales.

—No seré yo la que te quite esa ilusión o creencia.

Teresa notó un tono hostil en Patricia.

—¿Tú en qué crees? —se interesó Teresa, molesta con ser ella la cuestionada. «¿Será normal tener una conversación de este tipo con una psicóloga? Creo que tenemos demasiada confianza. Cuando todo esto acabe, voy a buscar a otra», reflexionó mientras miraba a la pantalla del móvil frunciendo el ceño.

—No soy yo muy de creer, pero pronto, si te parece, te lo diré con una comida delante, estas conversaciones me gusta tenerlas tranquilamente. Quizás te pueda invitar a algo y podamos hablar como amigas más que como mi paciente. Tengo tantas ganas de pasar tiempo contigo... Me pareces una persona muy interesante —afirmó Patricia recuperando la dulzura.

—¿Yo interesante? Si solo me pasan cosas malas.

—Pero noto un interior muy profundo que hay que sacarlo a flote. Cambiando de tema, ¿estás ahora mejor después de esta charla tan amena?

—A decir verdad, sí. Con esta conversación me he olvidado por completo de todo —respondió Teresa parpadeando varias veces, como si un sueño acabase de terminar.

—¿Ves? Has hecho bien en llamarme —le contestó una Patricia triunfante.

De repente, Teresa oyó por el teléfono voces de personas y movimiento tras la voz de Patricia, que en la última frase la alzó para tapar ese ruido. Percibió una mala sensación, a la par que el aire aumentaba súbitamente de fuerza, con ráfagas que hacían que incluso las campanas catedralicias se mecieran a su son.

—Uy, pensaba que estabas en tu casa, se oye mucho ruido, ¿no? —se atrevió a preguntarle Teresa, que se apoyó sobre un muro ante las fuertes rachas de viento que amenazaban su estabilidad.

—No, estoy en la calle, me ha pillado en el centro todo el barullo, nos hemos quedado un rato por la zona esperando noticias y ahora ya vamos de camino para casa.

—¿Vamos?, ¿no vivías sola?

—Sí, pero hoy unos amigos se quedan a dormir en casa. Habían venido desde otros pueblos para pasar la Pandorga aquí —dijo Patricia con total tranquilidad.

—Ah, bien. Sea como sea, que disfrutéis, aunque me parece que ya esta noche va a haber poca Pandorga.

—Gracias, Teresa. Nos veremos pronto, ¿verdad? —Patricia dejó soltar una risita para sorpresa de la subinspectora.

—Sí, imagino que sí.

—Estoy segura, Teresa. Un beso muy grande. No olvides que te quiero y te apoyo en todo.

—Gracias.

«Qué raro todo. Esta no es la misma Patricia que conocí al principio, profesional, implicada, meticulosa. No entiendo este cariño tan grande que dice que me ha cogido. ¿Se habrá enamorado de mí?, nunca me ha hablado de novios ni nada por el estilo. Quizás sea eso. No lo voy a pensar más, es mi psicóloga y, por un rato, he podido hablar de algo distinto, me ha venido muy bien. Me quedo con eso. Ya indagaré el porqué de la rareza de esta chica. La tendré que conocer más», divagaba Teresa descendiendo los escalones de la torre de la catedral para reunirse con el inspector Toboso y con su compañera Nieves Morales.

***

—Ramón, ya estoy aquí. ¿Y Teresa? —Nieves se hizo la desinteresada.

—Se ha ido a hablar con la psicóloga. Ha tenido otro pico de ansiedad y necesitaba desfogar.

—Oye, ¿estás seguro de que Cruces y Lorenzo pueden venir a Daimiel?, ¿no sería una irresponsabilidad?

—No veo por qué no. La comisaria está de acuerdo. Primero aseguraremos la zona nosotros y ya después podrán entrar ellos. En muchas ocasiones, cuando hay asesinos en serie con simbología de por medio, la Policía echa mano de expertos para asesorarlos. Esos expertos nos ayudan tanto en los despachos como en el trabajo de campo. Es de lo más habitual. Ahí sí que es normal que estén presentes. ¿Qué pasa, que estás celosa de Lorenzo? —El inspector arqueó la boca desde un extremo.

Nieves se puso roja, a punto de estallar.

—No, no, para nada, era simplemente que no sabía hasta dónde está el límite con gente ajena al cuerpo.

Toboso le agarró de la cintura. Ella se quedó paralizada.

—Puedes estar tranquila, Nieves. Me estás ganando —le susurró al oído.

Rápidamente se despegó de ella, que no podía articular palabra, e hizo como si no hubiese pasado nada.

—En cualquier caso, los protegeremos.

Nieves cambió de tema, imposibilitada para seguir con el mismo hilo.

—¿Tan mal estaba Teresa? —alcanzó a preguntar tartamudeando.

—Sí. Ten en cuenta que a la presión por su historia personal se le añade la del trabajo. Estaba atacada.

—Pobrecita. Creo que tiene mucha fe espiritual y que Cruces le ayuda mucho, ¿verdad?

—Cada uno se busca sus mañas como puede. Si esos temas le reconfortan, bueno está. He temido que mezclara esas cosas con el trabajo, pero parece que lo está sabiendo diferenciar. Cuando pasas por un evento dramático grave o por un estrés postraumático tienes que agarrarte a algo que te aporte tranquilidad y esperanza. Bueno, vente conmigo, te voy a presentar a los suegros de Teresa. Y buen trabajo, estás evolucionando muy bien. —Toboso le dio una palmada en la espalda.

Nieves, perpleja, se fue detrás de él.

***

—¡Ah, Teresa!, ¡ya estás aquí! —la saludó Nieves dándole un beso en la mejilla—. ¿Qué tal?, ¿más tranquila?

—Sí, estoy mejor, más oxigenada. Ya no solo por la conversación, sino por el airazo que se ha levantado, que mira qué pelos me ha dejado. Me voy a hacer una coleta.

—¡Qué bien! Aquí han pasado algunas cosas. Ya hemos conocido a tus suegros, que se han vuelto a marchar, han durado poco. Tu suegra no podía con tanta presión. Te lo contamos durante el camino, que Ramón ha conseguido ya coches para marcharnos de excursión. Nos vamos a Las Tablas de Daimiel.

CAPÍTULO 41

Las Tablas de Daimiel eran un remanso de paz y calma en esa noche de verano. Las estrellas contemplaban sorprendidas cómo, a esas horas de la noche, unos inusuales habitantes rompían la paz del paraje, habituado a la invasión humana, pero que aprovechaba la oscuridad para reposar y recuperar su ancestral sosiego. Antes de llegar ahí, habían rastreado el Carril de las Brujas, junto al paraje de La Aurora, a las afueras de Daimiel. «Por si acaso, que aquí se han juntado brujas malas tiempo atrás», les había advertido Cruces. En silencio, para no sorprender a los que pudieran estar realizando un demoníaco aquelarre, como si del siglo XVI se tratase, el inspector Toboso, la subinspectora Lara, la agente de policía Morales, Cruces y Lorenzo iban por el camino de piedra que daba acceso al molino de Molemocho. Los dos alcaldes habían decidido quedarse en Ciudad Real. La alcaldesa capitalina se sentía molesta con la presencia del inspector, por lo que decidió pasar el menor tiempo posible junto a él. Además, los cuadros policiales les habían aconsejado que se quedasen en un lugar seguro para no correr peligros innecesarios.

La linterna del inspector iba guiando, como un faro al borde del mar, el camino de los demás. Cruces, con una estabilidad más precaria por su avanzada edad, iba cogida del brazo del cura. Unos metros antes de alcanzar el molino, el inspector apagó la linterna y el grupo se quedó en silencio. La intensa oscuridad los atrapó al instante, envolviéndolos en su regazo y haciendo que hasta su respiración fuera insonora. La diversa fauna que habita el humedal era la única que, aparentemente, emitía sonidos, que solo en ocasiones se mezclaban con el murmullo de los árboles y los arbustos cuando eran sacudidos por el suave viento que hacía más agradable la temperatura y mitigaba el bochorno. «Vamos a la parte posterior del molino, donde cuenta la leyenda que se reunían las brujas», propuso Cruces. Todos hicieron caso de su consejo y descendieron, por un pequeño terraplén, a un espacio abierto donde la tierra se mezcla con el agua. Primero los policías y después Lorenzo y la vidente. Sin rastro de presencia humana, Toboso llamó a Lorenzo para indicarle que podían llegar hasta allí. Todos encendieron las linternas de sus teléfonos móviles para buscar restos que pudieran delatar alguna reciente actividad, del tipo que fuera. El resultado fue negativo. Plantas y tierra fue lo único que visualizaron.

—¿Qué hacemos ahora? —preguntó el inspector, enfadado porque estaba convencido de que allí encontrarían lo que buscaban.

—Yo es que no sé por qué hemos venido aquí —puso en duda Lorenzo, que miró directamente al inspector.

—Porque lo dijo Gonzalo de primeras, y luego Cruces nos contó que aquí se reunían en este punto exacto a hacer sus cosas. Tenemos siempre que intentar todo por todas las vías —respondió Toboso, que no quería mostrarse grosero ante él.

—¿Y os fiais de ese hombre? Propongo que vayamos a la isla del Pan. Ese es el sitio originario, el punto más mágico. Allí es donde iban las primeras brujas a hacer sus hechizos amatorios.

—¡La isla del Pan! ¡Ya no me acordaba! —bramó Cruces, malhumorada por haberse permitido tener un fallo en un momento tan crucial.

—Qué nombre más curioso, ¿no?, ¿es que se hacía pan ahí? —preguntó Toboso.

—Se llama así por el dios romano Pan, el que cuidaba del ganado de la gente. Cuando vayamos, fijaos aunque sea de noche, pasaremos por restos de construcciones que era donde se cercaba a los animales de los ganaderos de aquí, y de pequeñas quinterías, donde los agricultores y ganaderos guardaban sus aperos y se quedaban a dormir muchas veces.

—Vaya, sí que sabes, Lorenzo.

—Es que mi familia proviene también de aquí, de Daimiel. Y en cuanto a la brujería en Ciudad Real, también sé. Es un tema que me apasiona, tanto que he investigado por mi cuenta y paralelamente al grupo que Enrique tenía creado. Sé de la actividad de los que la practican, tanto la buena como la mala.

—Ya me contarás más cosas. Venga, en marcha, vamos a la isla del Pan.

La comitiva partió hacia su nuevo objetivo. Las numerosas pasarelas de madera por las que tuvieron que pasar crujían a su paso, con ruidos que a veces parecían gritos y quejidos de una noche cerrada. Teresa se paró en mitad de una de las pasarelas y dirigió su linterna hacia atrás.

—¿Qué pasa, Teresa? —le preguntó Nieves, que iba junto a ella.

—Alguien acaba de pasar detrás de mí. He sentido como si alguien me tocara la espalda y, al darme la vuelta, he visto una sombra cruzar la pasarela y andar sobre el agua.

—Habrá sido una sensación, hace algo de aire.

—No sé, puede ser, pero estoy convencida de haber visto una figura de mujer que daba pequeños saltos en el agua.

—No te preocupes, que si hay alguien nos lo cruzaremos en algún momento. Vamos cinco personas, podremos con ella si nos ataca. Yo no he visto nada y la habríamos oído chapotear.

El inspector se detuvo en seco y, con un brazo, impidió que las demás personas que le seguían continuaran avanzando. Todos lo entendieron al instante: una hoguera se elevaba en la lejanía sobre una explanada junto a una arboleda.

—Creo que eso está al lado del bosque de los Tarajes —apuntó Cruces con la voz ronca al estar un rato sin hablar.

—Vamos, pero sigilosamente. Teresa, Nieves, nosotros primero. Tened la pistola a mano —ordenó el inspector desenfundando su arma.

Con pasos grandes pero seguros, sin hacer ruido, el grupo se fue acercando hacia el punto de luz que generaba el fuego. Intentaron adivinar figuras humanas en torno a ese fuego, pero no eran capaces de atisbar ninguna. El inspector y la subinspectora iban a la cabeza apuntando con su revólver, mientras que Nieves hacía lo propio, pero dos pasos por detrás y algo temblorosa. Cruces y Lorenzo andaban con paso firme, si bien cautelosos ante lo que pudieran encontrarse. Los dos sujetaron juntos, con dos de sus manos fundiéndose en una, un crucifijo de poco tamaño. Consiguieron llegar a un grupo de árboles muy próximo que los protegía de la vista de posibles amenazas externas. Tras agazaparse gracias a la protección de sus gruesos troncos, observaron con detenimiento. Una hoguera, que conoció tiempos de gran vigor y que ahora luchaba por no extinguirse, disponía a su alrededor diversos objetos que no podían identificar a distancia, pero no había rastro de ninguna persona. «Creo que se han ido», susurró el inspector, de manera casi inaudible, a sus compañeras. Salió de detrás de su árbol seguro de no encontrarse con nadie, lo que animó a los demás a hacer lo mismo. Aún con precaución, se acercaron en dirección al centro del fuego agonizante. Con las linternas apuntaron al suelo.

—Mira, Ramón —indicó Teresa dirigiendo el haz de luz a un punto del suelo—. ¿No es eso una oreja?

—Sí, lo parece.

—¿Será la de Estela? —dijo Nieves con la cara blanca.

—Es más que probable. Voy a llamar para que vengan los de Científica —determinó el inspector cogiendo el teléfono móvil.

Nieves se interpuso entre él y Lorenzo. «Nieves, céntrate ahora en lo que tenemos que estar. No te distraigas en otras historias. Necesitamos poner todos los sentidos en esto», le susurró Teresa, adivinando las intenciones de la agente con su movimiento.

—Hay más. Se ven restos de animales, creo que de ovejas —afirmó Nieves con cierto miedo en su voz—. Y, mirad, hay algunas velas de color negro apagadas y... ¿qué es eso?, ¿sal?

—Sí —afirmó Cruces con rotundidad, alzándose autoritariamente—. Usan mucho la sal para sus conjuros, como también hacemos nosotras. Esto rojo que hay por el suelo imagino que será del vino robado de la catedral. Es para ellos un trofeo muy preciado.

—¡Mirad! —chilló Nieves—. ¡Hay tripas en el suelo!

—Dios mío, pueden ser de la hermana de Laura o de los que han matado en la catedral —aseveró el inspector, al que se le veía impactado pero guardando mejor la compostura.

—Ramón, antes de que vengan más policías, déjame que limpie espiritualmente este lugar. No voy a tocar nada, pero el alma de esas mujeres y hombres no puede quedar mancillada —pidió Cruces, muy seria.

—Sí, sí. Procede, pero sin tocar los objetos ni, por supuesto, los restos aparentemente humanos.

Durante unos minutos, todos se quedaron en un segundo plano, en silencio, observando cómo Cruces dedicaba una oración dirigida, sobre todo, hacia los restos humanos esparcidos por el suelo, y sacaba un pequeño frasco con lo que suponían sería agua bendecida, dejando verter unas gotas por el terreno, siendo muy escrupulosa en las indicaciones del inspector. Lorenzo, por su parte, inició un rezo que se prolongaría por un pequeño rato, haciendo la señal de la cruz varias veces. La subinspectora Lara y Nieves se apartaron junto al inspector.

—No paro de darle vueltas a lo del obispo. Tenemos que el hermano de Rafael me hizo eso, ya sabéis. A Anselmo, que le puso los cuernos a su mujer, el hijo del exconcejal del que nos hemos enterado de que fue condenado por abusos a una niña y al actor José Antonio Ramírez que, en Almagro, se cree que participó en el asesinato de una actriz de teatro, aunque nunca se pudo probar. Todos han atacado, de una manera o de otra, a una mujer. Pero ¿y el obispo? —analizó la subinspectora.

—Habría que investigar entre su entorno. Alguien debe saber lo que sea, es el último eslabón que nos falta y dudo que se diferencie del mismo patrón que los demás —le respondió el inspector.

—Yo estoy intentando buscar en mi mente de qué conozco a la mujer cuyo retrato ha pintado Enrique, nuestro cura infiltrado —intervino Nieves—, estoy muy segura de haberla visto.

—Lorenzo, ven un momentito, por favor —llamó el inspector. El joven se acercó a los policías.

—Dime, Ramón.

—Verás, todos los asesinados en la catedral tienen en común haber atacado, de alguna manera, a una mujer o niña. En cuatro de ellos tenemos identificado el posible motivo, pero nos falta uno. El obispo. ¿Nos podrías aportar algo de luz? —le preguntó Toboso sin parar de sonreír.

—Siempre se ha rumoreado que el obispo tenía una hija. Por supuesto, jamás le pregunté personalmente, pero era la comidilla en nuestro mundo. No os podría decir quién ni dónde estaría esa chica ni nada. Como digo, nadie nos hemos atrevido a hablar con él sobre ello, como tampoco sé de dónde proviene ese rumor. Sí que os puedo decir, como supongo que ya habréis visto, que los papeles que tenía en mi iglesia, y que os facilité, hacen referencia y se encaminan hacia un grupo satánico, liderado por mujeres, con vínculos con Daimiel y Miguelturra, pero que podría tener un centro de operaciones importante en Ballesteros de Calatrava.

—Sí, estamos sobre ello —apuntó el inspector—. Ahora, en cuanto lleguen los refuerzos y esta zona quede bajo vigilancia, vamos a ir a este pueblo a sacar información a una familia que está bajo nuestra lupa. La de Lucio, el primer muerto que encontramos.

—¿Cómo se llama esa familia?

—Los Raros —intervino Nieves—. Así es como los llamamos allí.

—Os vais a reír, pero juraría haber oído ese nombre de boca del obispo. Tengo que pensar en qué momento se lo he escuchado, pero me suena una barbaridad. ¿Sabíais que el obispo fue, en sus inicios, el cura de Ballesteros?

—¿Cómo? —se sobresaltó el inspector—. ¡No lo sabíamos!

—Probablemente, hasta ahora, nadie se haya acordado o le haya dado importancia, porque fue, claro está, hace muchas décadas, pero ya que nombráis tanto Ballesteros, pues me he dicho: «Quizás esto les pueda servir». Tampoco sé mucho más, eh, solo eso, hay veces que el obispo me ha contado su trayectoria hasta llegar a su cargo. Quizás me haya hablado de esa familia en alguna de esas ocasiones, no sé.

—Lorenzo, te pido por favor que te estrujes la cabeza. Cualquier detalle puede ser la llave de la resolución del caso.

—Descuida, Ramón. Sabes que siempre estoy al quite para ayudarte —le respondió Lorenzo. Esta frase hizo el silencio en el grupo, solo roto por el sonido de un animal, parecido a un pato, al fondo.

Cruces terminó su recogido rito y se acercó a los demás, cabizbaja y pensativa.

—Me parece que aquí han hecho el antiguo conjuro de cercos y demonios, muy popular entre ellos. Suele ser para conseguir, con malas artes, a la persona que se quiere y, para ello, invocan directamente al demonio. El dar como ofrenda partes de cuerpo de algún muerto es para facilitar que el demonio les conceda lo deseado, seguramente él se lo pediría. Puede ser que Gonzalo, después de matar a Estela, trajera aquí su oreja e iniciara el ritual para ligarse a ella de por vida. Para que surta efecto, la hoguera debe estar encendida veinticuatro horas. Habrá dejado a alguien al cargo. Me huele a que alguien les dio un soplo sobre nuestra visita y abandonaron el fuego precipitadamente. Por suerte, le hemos cortado el conjuro.

—O sea, ¿que utilizan partes de cuerpo humanas para rituales? Lo que nos faltaba. —El inspector se pasó la mano por la frente, brillante debida a unas gotitas de sudor que pugnaban por escapar de la gruesa capa de piel.

—Oye, ¿dónde está Teresa? —preguntó Cruces, alarmada.

El inspector, Nieves y el cura Lorenzo miraron a su alrededor.

—¡Pero si estaba aquí hace un momento! —gritó el inspector casi fuera de sí.

—¡Teresa! ¡Teresa! —llamó Nieves, sin respuesta, al borde del llanto nervioso.

—¿Cómo es posible? ¡Si estaba hablando con nosotros hace un segundo! —la voz del inspector retumbó en todo el paraje.

—Justo detrás tenía este árbol —dijo Cruces señalando a un ancho tronco.

Con las linternas de los móviles hallaron huellas de pisadas junto a las que debían de corresponder a Teresa. Más adelante, enfocaron hacia unos signos de pies siendo arrastrados por la tierra.

—Se la han llevado —afirmó el inspector con la vena del cuello hinchada.

—Nos hemos equivocado de sitio. Nos tenemos que ir ya a Ballesteros, Ramón —dijo Cruces severamente—. Ya. Y nada de ir ver a los Raros.

—Nos tenemos que ir directamente al volcán de La Conejera —Nieves y Cruces casi acompasaron sus voces.

CAPÍTULO 42

La alcaldesa de Ciudad Real se quitaba con un pañuelo de papel el sudor de la frente tras la rueda de prensa dada en los jardines del Prado a los medios de comunicación, cada vez más numerosos, que allí se congregaban. La noticia de los asesinatos en la catedral, que se sumaban a los cometidos previamente, había hecho suspender los actos de la Pandorga y corría como la pólvora, hasta tal punto que empezaron a aparecer incluso medios nacionales. Algunos canales cortaron la emisión para informar, en directo, de la situación que se vivía en la capital sentimental manchega. Prado Santana estaba más que acostumbrada a enfrentarse a las cámaras, pero en esta situación le costaba hablar ante los focos. No quería dar ningún paso en falso para no truncar su carrera política, como tampoco interferir en la labor policial, de modo que se refugió en su cara estándar, la media sonrisa falsa y la corrección de las palabras para quitarse cuanto antes a los periodistas, que insistentemente le preguntaban sobre la investigación y sobre la identidad de los muertos. Por orden de la Policía, solo pudo desvelar que uno de ellos era el obispo de Ciudad Real, lo que causó un estupor generalizado entre los trabajadores de la prensa, que dejaron de darse empujones y de gritar durante un minuto, pasmados ante la envergadura y lo icónico de ese crimen y del lugar donde se había producido. «Prado, estamos ante un hecho insólito en esta ciudad y sigues poniendo la misma cara que cuando en un pleno la oposición te critica, haces un anuncio o inauguras la Feria. Muéstrate más humana, enseña un poco tus emociones, los ciudadanos deben empatizar contigo», le aconsejaba su segundo de a bordo, Bernardo. «¿Qué quieres que haga?, ¿me pongo a llorar, que es lo que me apetece muchas veces?, ¿salgo hecha un manojo de nervios y les vomito encima?», le contestó ella, muy airada.

Al pasar a la catedral, cerró la puerta y, por unos breves segundos, apoyó la espalda sobre ella resoplando. Intuía que no sería la última vez que tuviera que comparecer en esa eterna noche que había roto todos los esquemas de lo esperable en una pacífica ciudad de interior. El olor a muerto había invadido la catedral, o eso pensaba. La nariz se le encogió ante ese hedor y sintió ganas de vomitar. No quería que le vieran de esa guisa, así que tomó aire, se colocó el vestido negro que le tapaba hasta la mitad de la rodilla y miró al frente como la alcaldesa que era. Se puso a hablar con Enrique. Este le preguntó si sabía algo nuevo, a lo que ella contestó negativamente. Entonces, vieron pasar a los policías agarrando a Gonzalo, de vuelta desde el altar hasta el despacho. Prado se estremeció cuando vio al inspector estrujando con fiereza el brazo del endiablado hombre, pero más aún se encogió cuando vio que ordenaban que atraparan a Enrique. Con la mirada, escrutó al cura, que le devolvió un escueto: «Lo siento mucho». Prado sintió que ya no se podía fiar de nadie. «Como siempre. Desde que estoy en política no he podido coger confianza con ninguna persona casi. Qué decepción de vida. ¿Pensarán lo mismo de mí, que no soy de fiar?», se preguntaba en su mundo interior cuando se le acercó el alcalde de Ballesteros con su camisa de manga corta a cuadros azules y un simple pantalón gris.

—¡Ah, Emilio!, estaba ahora mismo divagando si merece la pena confiar en alguien. Se han llevado a Enrique, el cura. El líder satánico le ha delatado, por lo visto debía ser un cómplice suyo. No me lo puedo creer, de verdad. ¿Cómo están los ánimos en tu pueblo?

—Tengo a la gente revolucionada. Hoy te digo yo que allí nadie se acuesta, me han dicho que las calles están repletas de gente, mucha gente mayor se ha sacado sus sillas a la calle, como es habitual, y han formado unos corros que prácticamente no dejan pasar un coche porque han invadido la carretera. La Guardia Civil está vigilando la casa de Laura, la de la cruz que crece, sobre todo, después de haber matado a su hermana. Con lo buena que es esa mujer, verse envuelta ahora en esto... —se lamentó el humilde alcalde.

—Nada, Emilio, es lo que nos ha tocado ahora vivir. ¿Tú qué crees que ha pasado?, ¿de verdad en tu pueblo hay también brujas malas de estas?

—Qué sé yo, Prado. Allí de siempre se ha hablado de los Raros, que por lo visto tenían un abuelo que se juntaba con otras malas gentes, pero pueden ser habladurías, historias de viejas para asustar a los niños y que no se vayan solos por el campo. Hay, supuestamente, tres puntos mágicos alrededor del pueblo, que son los lavaderos, el volcán de La Conejera y, un poquito más apartado, donde hay una fuente de agua agria en la carretera que va a Aldea del Rey, que decían que allí la noche de san Juan se te aparecen criaturas mágicas. También que en la noche de ánimas, si vas allí e intentas contactar con un familiar tuyo muerto, se te aparece. Pero como habrá también aquí sitios en Ciudad Real e historias asociadas a ellos. Ahora, que yo te puedo decir que Laura es una bellísima persona, ella no ha hecho nada. Y con los

Raros yo he tratado personalmente, han venido al Ayuntamiento algunas veces por asuntos de sus tierras y, oye, han sido de lo más educados, sin dar ni un problema. Una de las hijas es un poco bruta, esa es que menuda bicha está hecha, pero yo le veo un buen corazón. Y pocas veces me equivoco.

—Los alcaldes tenemos un sexto sentido, ¿verdad? —le dijo la alcaldesa sonriendo.

—Un poco sí. Yo me conozco a la gente de mi pueblo muy bien, ¿no ves que vienen a mí con pleitos por las tierras y me cuentan sus desgracias? Pues me sé sus vidas de pe a pa. Pese a los años en los que estamos, los hermanos se siguen peleando por una huerta o por un piazo. Es así.

—Bueno, pues vamos a ver cómo acaba esto, Emilio —sentenció la alcaldesa pasándole la mano al alcalde por uno de sus hombros caídos. Él hizo lo mismo con una de sus manos morenas, arrugadas y con los bordes de las amplias uñas negros.

La conversación se cortó cuando vieron entrar a unos sanitarios que, enseguida, sacaron a Enrique en una camilla entre intermitentes quejidos. La alcaldesa prefirió girar la cabeza, espantada ante todo el horror que visualizaba en tan poco espacio de tiempo. Detrás apareció el inspector, que le llamó para que se acercara a él. No sin cierto reparo, dejó al alcalde ballesterano conversando con Lorenzo, recién llegado, y fue a su encuentro.

—Qué atractiva estás de negro. Muy apropiada para la noche que estamos viviendo.

—Y tú qué imbécil estás, como siempre —le respondió ella irónicamente.

—Lo sé, no lo puedo cambiar. Oye, el cura palurdo este nos ha confesado que Gonzalo y una mujer misteriosa lo tenían amenazado y que no tuvo más remedio que colaborar con ellos. Se cagó de miedo, lo que pasa es que incluso nos ha puesto en riesgo a Teresa, Nieves y a mí. Me ha puesto de los nervios. ¿Tú tenías trato con él?

—Apenas. Conozco a los curas de aquí, pero con el que más relación he podido tener es con el obispo. A Enrique lo he conocido más ahora, porque normalmente no era uno de mis interlocutores con la Iglesia. Tiene fama en su barrio de bueno. En el fondo me da pena.

—A mí también, pero me he desquiciado cuando ha soltado que les había pasado nuestros nombres a esos cerdos satánicos. Ahora, en frío, pienso que tiene un fondo bueno y que simplemente esta gente le aterró. Ha sido muy blando, pero, claro, es que su blandura ha favorecido muchas muertes —le explicaba el inspector conforme andaban en dirección a la sala capitular, pasando al lado de los cuerpos.

—Ramón, ¿y de verdad no tenemos aún un sospechoso claro?

—No, pero estamos muy seguros de que la mujer que visitaba a Enrique junto con Gonzalo está metida en esto hasta el fondo, no era una mera acompañante amenazadora. Y la prima de Cruces ha desaparecido, por lo que intuimos que puede ser la persona que andamos buscando. La líder.

—Quizás es la que salía en las cámaras de la policía, dentro de la furgoneta de los Raros, la noche de las ovejas descuartizadas —Prado Santana se iba relajando con el transcurso de la conversación, sintiendo incluso que la disfrutaba en compañía del seductor inspector.

—¿Pasamos a la sala capitular? Dicen que tiene cosas antiguas —sugirió Toboso.

—¡Claro! Vamos —dijo la alcaldesa, confiada.

Accedieron a la sala con un gentil Ramón Toboso sujetando la puerta para que pasase la alcaldesa.

—Mira, Ramón, ese cuadro de ahí enfrente es una copia de Murillo, el que sale es santo Tomás de Villanueva —le explicó la alcaldesa, mucho más animada.

—Prado, yo en realidad te he traído aquí para hablar contigo a solas. Te quería pedir perdón. Me he pasado contigo, sin pensar en consecuencias ni nada, y no debería haberlo hecho. Espero que algún día me perdones —el inspector se confesó agachando la cabeza.

—Ya está, Ramón, no pasa nada. Mi parte de culpa he tenido por haber accedido al juego, algo que yo tampoco debería haber hecho. Me pillaste en unas horas bajas y en un momento delicado, entonces me dejé llevar un poco por la pasión cuando te escribía.

—¿Has llegado a sentir algo por mí? —le interrogó el inspector.

—No, solo un poquito de atracción tonta, nada más —le respondió la alcaldesa, que fijó su mirada en sus ojos.

—Si te soy sincero, es parecido a lo mío, creo. Tienes una belleza madura, de sabia, algo de erótica de poder quizás entremezclada.

—Ja, ja, ja, mira, ¡eso sí que no me lo habían dicho nunca! —se sinceró la alcaldesa con cierta mirada picante.

—Me atraes mucho. Pero no sé si estaba jugando bien mis cartas.

—Tienes tus tretas, como yo las mías. —Prado tenía tan cerca al inspector que podía percibir su olor corporal.

—No soy el único travieso aquí, ¿eh? —El inspector le agarró de la cintura.

Como si una mano invisible guiara la cabeza de Prado Santana, esta cerró los ojos y dirigió sus labios a los del inspector, que le dejó hacer. En cuanto ambos se pusieron en contacto, Prado notó cómo un calambre le recorría de pies a cabeza, una sensación electrizante que le encendía lo más profundo de su ser. Se mantuvo abstraída del mundo por unos segundos, paladeando cada instante en el que su boca se aventuraba a lanzarse contra la del hombre hechizante que tenía ante sí.

Unas voces provenientes desde la puerta de la catedral la sacaron del frenesí en el que se hallaba inmersa. El inspector fue el que se alejó unos milímetros de ella.

—Tengo que salir, Prado, ya continuaremos con esta gratificante conversación. Creo que son los suegros de Teresa —le dijo con una embriagadora sonrisa.

La alcaldesa no contestó. Vio a Ramón Toboso abandonar la sala capitular, dejándola sola. Instantáneamente sintió vergüenza de sí misma y un arrepentimiento que sabía que la acompañaría por el resto de su vida. Se dejó escurrir por la pared llorando con amargura.

CAPÍTULO 43

—Todo esto ha sido culpa mía, Ramón —se confesaba Nieves entre sollozos en el coche policial en el que iban camino a Ballesteros.

El inspector la miró sin entender el sentido de su frase.

—¿Por qué va a ser culpa tuya?

—Porque sé quién ha montado todo esto. He investigado por mi cuenta y he llegado a la conclusión de que estas muertes fueron orquestadas desde Ballesteros de Calatrava, lo que pasa es que yo también pensaba que el ritual final sería en Daimiel porque estos días las brujas buenas de mi pueblo, entre las que está mi abuela, no habían detectado movimiento en La Conejera. Me parece que la líder es la psicóloga de Teresa. Y yo la llamé para informarle de nuestros movimientos.

—¿¡Que has hecho qué!? —El coche dio un bandazo junto con el grito del inspector.

—Lo siento, Ramón, lo siento. —Nieves temblaba como una hoja al viento—. Quería ver si estaba en lo cierto y, no te voy a mentir, que así me felicitarais y vierais que soy capaz y buena profesional. Mi intención fue atraerlas hasta aquí porque, por lo que me ha ido contando Teresa, su psicóloga estaba obsesionada con ella. Cuando descubrí quién era, no me cabía duda. Creo que intentaba captar a Teresa como lo quiso hacer conmigo. Al ver la hoguera pensé que estaban ahí y que había acertado, porque además creo que querían que las pillásemos al final de todo. Ha sido un error garrafal de cálculo que no me perdonaré mientras viva. Si le pasa algo a Teresa, voy a ser la culpable, no lo voy a poder soportar. Mis informantes de Ballesteros me han dicho que esta noche sí han visto a gente rondando La Conejera. Qué error, Dios mío, qué error he cometido —Nieves no aguantó más la presión y se echó a llorar.

Toboso guardó silencio durante un minuto que a Nieves se le hizo eterno.

—Que sea la última vez que haces nada por tu cuenta. Has sido una inconsciente que nos ha puesto en riesgo a todos. Si hemos venido aquí ha sido fundamentalmente por el testimonio de Gonzalo y, cuando hay un testimonio, hay que contrastarlo. Sobre todo, en este caso por su especial urgencia. Cuando un asesino mata a alguien y dice dónde ha dejado a su víctima, la Policía siempre va. Unas veces son verdad y otras mentira, pero hay que ir. Las historias de Cruces, Lorenzo y demás son circunstanciales y de ahí solo se debe diseccionar lo que nos pueda valer. Pero tú la has liado bien, Nieves. Y sí, si le pasa algo a Teresa caerá, sobre tu conciencia.

—Ya lo sé. —Nieves, cuyos lloros arreciaban, abrió la ventana de su lado del coche hasta abajo para que le diera el aire.

—Espero que lo solucionemos. ¿Cómo sabes que ha sido su psicóloga?

—Simplemente lo sé. No sé de qué manera estará unida con mi pueblo, es lo único que me falta por averiguar. En un momento de tranquilidad, Teresa me contó cosas que le ha dicho y hecho y creo que le quiere a ella. Me dio su nombre y, bueno, es una vieja conocida mía. Conseguí su teléfono y al volver a oír su voz pensaba que el corazón se me iba a parar. Con todo lo que ha pasado en Las Tablas, ya no tengo ninguna duda. A través de mi abuela y de otras del pueblo he ido obteniendo información. Llevan tras la cruz décadas, Ramón, y ahora que la han conseguido quieren hacer el ritual de sus vidas.

—¿Por qué no nos diste la posibilidad de ir a La Conejera?

—Porque todas pensaban que, aunque la cruz era de Ballesteros, el lugar del ritual iba a ser Daimiel, su capital ancestral. Sería como volver a los inicios, al origen de todo.

—O sea, que te has fiado de las palabras de unas que, a tu juicio, son brujas. Muy bien. Espero que esto te sirva de lección. Nuestras acciones deben basarse en pruebas, Nieves, pruebas. Investigación policial. Nos podemos apoyar, como estamos haciendo, en ayudas puntuales como la de Lorenzo y Cruces, pero nunca tomar lo que digan como dogma.

—Pues tú bien que te crees a Lorenzo.

—¡Joder, Nieves! ¿Ves? Eres irracional y te pueden los impulsos. Yo jamás me creo nada de nadie. No prejuzgues. Y, ahora, haz el favor y céntrate en solucionar la madeja. En grupo, con tus compañeros. No sola. Que no tenga que volver a decírtelo.

El inspector la fulminó con la mirada. Nieves sacó la cabeza por la ventana. El aire arrancaba las lágrimas que le caían por las mejillas y las esparcía por el campo manchego.

***

La consciencia de Teresa pugnaba por despejar una intensa bruma que lo nublaba todo. El traqueteo de un coche la animaba a espabilarse, si bien la vista no podía enfocar nada, dentro de su cabeza notaba un zumbido que le aturdía. La oscuridad era absoluta. Sentía frío. Un bache le hizo desperezarse con más ímpetu y empezó a ver. O a no ver, ya que ante sí tenía la tapa de un maletero. Se miró y se vio en ropa interior, con las manos atadas y una cinta cubriéndole la boca para impedirle hablar. Con los dedos palpó el suelo del maletero en busca de algún objeto que le pudiera servir de ayuda. Nada. El cerebro le seguía mandando señales de confusión y modorra, pero era capaz, cada vez más, de imponer claridad e, incluso, de poder poner en marcha los primeros pensamientos. El maletero olía bien. «A perfume de mujer», cayó enseguida en la cuenta. Los últimos recuerdos que tenía eran la cara de Nieves hablando con el inspector y a Cruces delante recitando unas palabras que no alcanzaba a comprender. Después, un tirón, un golpe y un profundo sueño.

Primero, de una manera suave, intentó, con los pies, probar a abrir el maletero. Sabía que la posibilidad era remota, pero, ante la desesperación, probar cualquier opción era casi una obligación. Después le dio una patada más fuerte. El maletero no hizo ni siquiera el más leve ademán de ceder. Oía alguna voz de mujer, se le hacía lejana, aunque sabía que solo le separaba de ella el respaldo de un asiento. No podía escapar, pero sí hacerse notar para intentar sonsacar información sobre quién la había secuestrado. Despacio, se fue tumbando de lado, con la espalda apoyada lo más cerca posible de la cerradura del maletero. Previamente, había comprobado que la espalda de uno de los asientos traeros estaba llena de jirones, por lo que intuyó que se trataba de un coche muy viejo. Flexionó las piernas y, con toda la fuerza que pudo reunir, apretó una patada hacia el respaldo de uno de los asientos del coche con una insólita energía, que estaba claro que nacía de la pura claustrofobia. Fue tal la violencia del golpe que rompió ligeramente el asiento, saliendo una gran cantidad de polvo en el momento de la rotura, e hizo desplazarse hacia delante un cuerpo que ni por asomo se esperaba el patadón que iba a recibir.

—¡Ay, mi espalda! ¡Ay, ay! —se escuchó mascullar a una mujer.

«Juraría que era una chica joven», pensó Teresa, que, pese a lo dramático de la situación, no pudo reprimir una risa tonta al imaginarse a la afectada, tan tranquila sentada, recibir un golpe, sin esperarlo, mayor que el de una coz de un caballo. Tomando de nuevo impulso, asestó otra patada que, a su juicio, fue con más fuerza todavía que la anterior, animada por las voces de dolor de la que las recibía.

—¡Para, para! ¡Que me está pataleando! —se quejó la desconocida secuestradora, que se movía constantemente desde su asiento para intentar esquivar potenciales golpes.

—¡Pero, chica, cómo voy a parar! ¡Que ya llegamos tarde!

—¡Que me ha hecho polvo! ¡Creo que me ha roto algo! ¡Mi espalda, ay, ay! —protestaba la joven con amargura.

—¡Aguanta, que ya llegamos!

Teresa se seguía riendo, esta vez de una manera más audible. «Esto es surrealista. Una panda de catetas me secuestra en un coche que tendrá cincuenta años y lo hacen tan mal que hasta atada les puedo dar una paliza. —Con la mano tocó algo—. Creo que es un gato para el coche. ¿Será posible que sean tan tontas como para dejarse aquí una herramienta? Pues voy a seguir divirtiéndome». Dejó pasar un par de minutos para que la chica a la que había pataleado se relajase y se confiase. Sintió que dejaba de moverse y volvió a atacar. Esta vez, se incorporó ligeramente, reunió todas las fuerzas con las que contaba, volvió a flexionar ligeramente las piernas y, con ellas, se impulsó hacia atrás con el gato apuntando en dirección al asiento, dando gracias a las intensas sesiones físicas con un entrenador personal. No solo clavó el gato en la espalda de una de las secuestradoras, sino que consiguió abrir un pequeño agujero en la espalda del asiento. «Este coche se deshace como un azucarillo».

—¡Aaaahhhh! —berreó la secuestradora, enloquecida.

—¡Joder, Leonor, aguanta! ¡Que pareces de goma! —le reprochó la conductora, que daba algunos volantazos.

—¡No puedo, me ha clavado algo! ¡Qué dolor!

«Leonor, Leonor, que no se me olvide ese nombre. ¡Coincide con el que escribieron en las paredes de la iglesia de San Pedro!». Teresa miró por el pequeño agujero y vio a cuatro mujeres, todas ellas tapadas y vestidas de negro. Era imposible adivinar sus rasgos físicos, pero de la que le había destrozado la espalda no cabía duda de que parecía joven por la voz. Sollozaba doblada, mientras que la otra mujer situada en los asientos de atrás le frotaba la mano por la zona dolorida. Teresa pudo ver cómo atravesaban lo que parecía ser un pueblo por la fisionomía de las casas. «Estoy casi segura de que estamos en Ballesteros», creyó al reconocer algunas casas. Un poco después, iban por un camino de tierra a través de un paisaje sumido en la negrura de la noche. De pronto, el coche se paró. El maletero se abrió y una linterna apuntó directamente hacia la cara de Teresa, haciendo que cerrase los ojos. En sus manos, atadas a la espalda, agarraba el gato del coche. Entre dos personas la cogieron y la sacaron del maletero, provocando que se le cayera el gato. La herramienta golpeó una gran piedra.

—Si es que sois tontas de remate —dijo una mujer entre risotadas—. La metéis en el maletero con una herramienta dentro. Poco os pasa para lo que debería.

—No puedo respirar —decía la chica joven con un hilo de voz.

—¿Qué ha pasado? —preguntó la mujer que se reía.

—Que esta zorra me ha dado dos coces en la espalda y luego me ha clavado algo, habrá sido la herramienta esa. Para mí que me ha tenido que romper alguna parte de la espalda, o de la columna vertebral, o algo importante. Creo que hasta he perdido la sensibilidad de las piernas.

—Lo que os digo. Tenéis que secuestrar a una mujer y una de vosotras me aparece lisiada. Sois las mejores —respondió la mujer irónicamente—. Anda, vamos, que nuestra señora nos está esperando.

Con una suavidad que sorprendió a Teresa, que esperaba mucha mayor brusquedad, la llevaron hacia una hoguera en mitad de lo que a ella le parecía un cerro, donde otra figura negra esperaba de pie. El cielo estrellado contemplaba a Teresa, casi desnuda, siendo arrastrada hacia el borde de ese fuego. Alrededor de la pira vio partes de cuerpo: entre ellas, un dedo con un gran anillo. «Dios mío, es el dedo del obispo». La figura negra ante la que la presentaron guardaba silencio. Una capucha del mismo color le tapaba la cara al completo. A lo lejos, vio acercarse una silueta: otra mujer llegó corriendo al grupo que se iba configurando en torno al fuego.

—La cruz no está —anunció sin resuello.

—¿Cómo que no está?, ¿has buscado bien? —le contestó otra.

—Pues claro, he mirado en todos los antiguos lavaderos y ahí no había nada. Primero he ido, lógicamente, adonde la teníamos escondida, no parecía que la tierra estuviera removida, así que he supuesto que seguía ahí. Cuál no habrá sido mi sorpresa cuando he visto que debajo no había nada. He puesto todo patas arriba y nada. Ha desaparecido. —La mujer no recuperaba la respiración.

—¿Funcionará sin la cruz? —preguntó la primera.

—Seguro que sí. Tenemos todo menos eso, por una cosa qué va a pasar... —le respondió la mujer que tanto reía al descubrir a su malograda compañera al abrir el coche—. Ya la buscaremos después. Comencemos.

Teresa, que seguía atada y con la boca tapada, fue tumbada junto al fuego. Vio cómo encima de su vientre una de las encapuchadas puso la figura en miniatura de una santa. «Seguro que es santa Águeda». Colocaron a su alrededor los restos humanos y vertieron sobre ella, recitando unas palabras en latín, vino que la subinspectora intuyó que correspondía al robado en la catedral. Todas agacharon la cabeza y musitaron unas palabras que a Teresa ni siquiera le sonaban a latín. El fuego subió en intensidad. Teresa sintió una mala sensación, notando dentro de sí un agudo desasosiego. La líder del grupo, a la que aún no había escuchado, se giró hacia atrás y cogió una figura más grande. Era la Virgen del Prado, la patrona de Ciudad Real. Sobre ella roció el mismo vino y la puso bocabajo. La subinspectora se arrimó a un trozo de madera que sobresalía y cuyo extremo ardía, se aseguró de tener su mano cerca de él. No es que aún estuviese en condiciones de atraparlo con las manos atadas, pero era un clavo ardiendo al que poder agarrarse.

—¿Aparecerá? —preguntó la chica joven, echándose mano sin parar a la espalda.

—Sí —le respondió otra del grupo—, siempre aparece antes del cantar del gallo. Vas a ver.

Por primera vez, la que actuaba de líder habló:

—En el fuego haré un corazón de ceniza y lo echaré en un puchero con agua y lo haré hervir...

Teresa se quedó inmóvil de la impresión. Conocía esa voz a la perfección.

—Y saldrá convertido en carne.

Sobre la tierra, Teresa, aterrorizada, sin atreverse casi a respirar, vio cómo de la lumbre emergía una figura negra.

—Demonio, vente a mí y, si no, al infierno me iré por ti y a mi alma encomiendo.

La figura se engrandeció enfrente de Teresa, que consiguió asir con una mano el palo cuyo extremo seguía en llamas al estar en contacto con la hoguera. Con un largo cuchillo, la líder se acercó a la policía, a la que el miedo había dejado tan noqueada que, pese a tener los ojos llenos de lágrimas, no era capaz de expulsar ninguna de ellas. Con los ojos como platos agrietados, solo pensaba en la manera de escapar de allí. Sabía que, con todas las miradas puestas en ella, no se podría desplazar siquiera unos milímetros. La líder, muy conocida por Teresa, dejó asomar sus ojos, que se cruzaron con los suyos. Con la punta del cuchillo, le hizo una señal de cruz invertida en la tripa de una manera muy superficial, pues la piel solo se enrojeció y no llegaba a sangrar. Con la punta del cuchillo, acarició su torso, sus pechos y su garganta. La sombra, que a Teresa se le figuraba con rasgos cada vez más humanos y masculinos, asistía sonriente a la escena a la espalda de su enviada de carne y hueso.

—La quiero a ella —pidió la líder a la siniestra figura que tenía detrás, sin volverse ni mirarla.

La negra silueta se acercó a Teresa, que solo en ese momento reaccionó volviendo la cara y comprimiendo el abdomen en una muestra de resistencia. Le pareció que la pseudocara de esa figura se percataba de la presencia del dedo del obispo con el anillo puesto, riéndose al verlo. Entonces, clavó su roja mirada en ella, que notó una punzada muy fuerte allá donde el corazón se ubica para insuflarnos vida.

—Métete en ella y entrégamela —ordenó la líder de carne y hueso.

Teresa chillaba, con la cinta de la boca ahogándole los pocos sonidos que lograba emitir al exterior. Quería vomitar, pero sabía que, si lo hacía, se ahogaría. Vio pasar momentos felices con Rafael, su marido, cumpleaños familiares, imágenes de cuando era pequeña con sus padres. Y a su Virgen de las Cruces. Pensó en ella, entornando los ojos para rezar, mentalmente, mientras miraba a lo que podría ser el demonio acercarse cada vez más a ella.

—¡Marta, Marta, la que los montes salta y los infiernos quebranta!

La frase resonó con fuerza en todo el antiguo volcán. Teresa, que en ese momento miraba al cielo, creyó ver en el mismo una estrella fugaz, como si el firmamento celebrase su salvación. Las voces que gritaron a los cuatro vientos esas palabras no provenían del corrillo diabólico. Su origen estaba a unos metros de distancia, y sabía que una de ellas era Cruces. En el coro de voces que realizó el llamamiento a santa Marta no solo estaba ella, sino también algunas ancianas más. Giró la cabeza. Las vio con simples vestidos veraniegos, retocados mil y una veces por sus manos de costureras y modistas, algunas con delantales puestos, mirando desafiantes a sus oponentes de mal agüero. Guardando las espaldas de las valientes ancianas, el inspector Ramón Toboso y Nieves Morales apuntaban con sus pistolas a las mujeres lideradas por Patricia. Todas ellas se acercaron, sin miedo, haciendo retroceder a sus contrarias. Abrieron sendas bolsas y, acercándose, tiraron su contenido, que no era otro sino enormes puñados de sal, alrededor del fuego y sobre el mismo. Lorenzo hizo la señal de la cruz y empezó a derramar agua bendita. Cuando Teresa volvió la cabeza para comprobar si el diablo seguía amenazándola, vio algo que le hizo llorar al instante. Su difunto abuelo, acompañado de su abuela, que le miraba con ternura, era ahora el que se le apareció sonriéndole, una cándida sonrisa que solo un ángel de la guarda puede dedicarte. Sintió cómo él le cogió de la mano y le dio un beso en la misma. Acarició su frente y oyó, con meridiana claridad, cómo le susurraba al oído: «Tranquila». Con movimientos suaves y sutiles, su abuelo le quitó la cinta de la boca y le desató las cuerdas de las manos. «Estoy contigo», fueron las últimas palabras con las que su abuelo la tranquilizó antes de desaparecer. Teresa, liberada, cogió el tocón de madera incandescente y con él atacó a la chica joven, la cual sabía que estaría más débil. La líder, que se acercaba al grupo de mujeres mayores que le hicieron contra, le pillaba lejos. La joven que recibió el ataque de Teresa pegó un alarido del que todavía se oyen ecos en la sierra de Calatrava. La mujer que se encontraba a su lado fue a por Teresa, pero esta, preparada para este tipo de situaciones, la esquivó y le clavó la madera ardiente en el vientre bajo, haciendo que la mujer se doblase y se tirase al suelo.

—¡Patricia, alto! —vociferó Nieves, enloquecida. La psicóloga de Teresa se acercó, con una sonrisa que parecía impostada, hacia las mujeres que invocaban a todo tipo de asistencia de santos, santas, Dios y la Virgen María.

—Vaya, vaya, la mosquita muerta Nieves ha despertado. ¿O debería llamarte Raquel? ¡Qué alegría volverte a ver! —le contestó la líder satánica, que, cuchillo en mano, seguía en su camino hacia las brujas.

—¡Que pares, te he dicho! —continuó amenazando Nieves.

En un movimiento rápido, ágil, como impulsado por el desaparecido diablo, Patricia hundió el cuchillo que portaba en el vientre de Cruces, que en ese momento miraba hacia el cielo con las manos en alto. Lorenzo vertió el agua bendita que le quedaba sobre Patricia. Nieves y el inspector no dudaron e, instantáneamente, dispararon a Patricia en los pies y las piernas. Esta cayó al suelo riéndose a carcajadas. El resto del grupo satánico femenino se quedó en silencio mirando cómo se desarrollaban los hechos. El inspector tiró una pistola por el aire a Teresa, que la cogió al vuelo y apuntó con ella a las demás. La más joven se retorcía de dolor sobre el polvoriento suelo de La Conejera. Las brujas blancas tumbaron a Cruces y Nieves se tiró a ella para taponar la herida. El inspector disparó al aire para acongojar a las brujas negras, a las que les mandó quitarse las capuchas.

—¡Una de ellas se llama Leonor! —gritó Teresa.

—Lo sabemos —contestó el inspector Toboso—. Es la hija de Anselmo, el trabajador de basuras asesinado en la catedral. La segunda de a bordo es la prima de Cruces. Dejó su saliva en la cruz de la iglesia de Santiago. Todo lo vamos sabiendo con rapidez por minutos.

Desde Ballesteros de Calatrava llegaba el rumor creciente de sirenas de coches de policía, Guardia Civil y ambulancias.

—A las demás las tenemos ya identificadas. De la líder sabemos su nombre, Patricia, porque era la psicóloga que atendió a Leonor, la hija de Anselmo, cuando este le puso los cuernos a su madre.

—Y también es mi psicóloga —confesó Teresa. El inspector le abrazó y le dio una camisa y unos pantalones para que se vistiera. «También sabíamos que era tu psicóloga, ya te lo contaré», le dijo al oído. Antes de retirarse un momento para colocarse la ropa, propinó una patada a Leonor, que vomitaba sin resuello—. Eres una cabrona.

Los todoterrenos de la Guardia Civil fueron los primeros en llegar, seguidos de ambulancias y policía. Fueron esposando, una a una, a las seguidoras de Patricia, que no opusieron ningún tipo de resistencia. Teresa, ya vestida, se sentó junto con Cruces, apretándole la mano.

—Cruces, aguanta, por favor, aguanta —le imploraba la subinspectora, llorando de nuevo amargamente.

—Lo intentaré, pero soy muy mayor para estos trotes, hija mía.

—No te puedes ir ahora. Me tienes que enseñar a ser bruja, como tú. He visto a mi abuelo.

—Lo sé, lo sé, lo llamé yo para que acudiera en tu ayuda. Es tu protector.

—Te vas a poner bien. —Teresa no parada de darle besos en manos y cara.

—Eso ya lo veremos —dudó Cruces, al tiempo que un ejército de sanitarios se hizo cargo de la anciana.

El resto de brujas blancas y Lorenzo, compungidos, rezaron a una sola voz, mientras Cruces era trasladada en una camilla a la ambulancia.

CAPÍTULO 44

El avance de la noche no era capaz de contener a los habitantes de la villa manchega de Ballesteros de Calatrava. Dos coches de policía volvían a sobresaltar a los que se repartían entre los que formaban corrillos en aceras y carretera del pueblo, la mayoría sentados en sillas cuyas telas y hierros habían soportado muchas tertulias nocturnas veraniegas, y los que deambulaban por el pueblo sin rumbo fijo, vagando en búsqueda de novedades. Hordas de chiquillos corrían, excitados por el nerviosismo que los mayores le transmitían. En uno de los coches policiales, el inspector Toboso llevaba a la alcaldesa capitalina y al alcalde ballesterano, que habían llegado a los últimos compases del espectáculo que se había desarrollado en el antiguo volcán contiguo al pueblo. El otro coche lo compartían la subinspectora Teresa Lara, que llamó a sus familiares para tranquilizarlos, la agente Nieves Morales, que no podía evitar el sentimiento de orgullo al pasearse de uniforme, en un coche de policía con las luces y las sirenas puestas, ante la atenta mirada de sus paisanos, y en el asiento de atrás Valeria, en su faceta de recién descubierta bruja buena del pueblo. Lorenzo acompañaba a Cruces en la ambulancia que le trasladaba al hospital de la capital. El destino de ambos coches era la casa de Laura.

Cuando llegaron a la Glorieta, a escasos metros de su objetivo, tuvieron que frenar, ya que grupos de gente invadían la calzada y no se apartaban. La Guardia Civil, amablemente, instó a los curiosos a echarse a un lado. Lo hicieron a regañadientes y los coches pudieron pasar, cerrándose el círculo humano inmediatamente para conseguir el puesto que asegurara la mejor visión de lo que allí se cocía.

—Nieves, ¿has llamado a mi prima, la Felicidad? —le preguntó, por tercera vez en un rato, Valeria, que cuando no hablaba murmuraba entre dientes.

—Que sí, abuela, ya tiene que estar donde Laura. En cuanto la he llamado ha dicho que iba disparada.

—Y eso que ya le cuesta andar, que por eso no se ha venido con el resto del grupo a La Conejera. Pero a esto tiene que venir. Es que, a nuestras edades, dos cabezas hacen lo que media de la vuestra —le dijo dándole en el brazo a Teresa para reclamarle su atención.

Tras aparcar en la propia puerta de la casa de Laura, el grupo se reunificó. Una mujer mayor, con cierto parecido a Valeria y a Nieves, esperaba bajo el quicio de la puerta. Con el pelo cardado de haber estado en la peluquería hacía poco tiempo, los esperaba todo lo erguida que su estado le permitía, con un babi de verano de lunares rojos y verdes.

—¡Felicidad! ¡Ay, hermosa, *todico* lo que te tengo que contar luego! —le gritó Valeria cuando todavía no había ni siquiera descendido del coche—. Joder, pero qué babi te has puesto, que pareces las bandejas esas que venden con los pimientos rojos y verdes mezclados —le dijo en lo que ella creía voz baja, pero que oyeron todos. Nieves tiró del vestido a su abuela para que se callara.

—Para quien me tiene que ver, ni que vayamos a ir con un ministro. Tú sabes el vuelco que me ha dado el corazón cuando me ha llamado tu Nieves. Anda, vamos adentro, que la Laura ya nos espera. —Felicidad empujó la puerta con una energía inesperada a tenor de su apariencia frágil.

Cuando pasaron al salón, se encontraron con una Laura envuelta en lágrimas, vestida de riguroso negro, que lloraba hablando por teléfono.

—Esto, esto, una desgracia, una desgracia. Y todavía no podemos velarla, le tienen que hacer la autopsia. Oye, te tengo que dejar, que ya está aquí la Policía, luego hablamos —cortó Laura a su interlocutor, sorbiéndose los mocos con un pañuelo tan blanco que resaltaba enormemente con el negro de su vestido.

El alcalde de Ballesteros se acercó a la mujer y le dio un abrazo, transmitiéndole el pésame por la muerte de su hermana. Los «te acompaño en el sentimiento» se sucedieron conforme después Nieves, su abuela Valeria, Felicidad, la subinspectora, el inspector y la alcaldesa de Ciudad Real hacían lo propio. Fue la primera la encargada de hacer las preguntas que, por trabajo, debían hacer. «Lo dejamos en tus manos, Nieves, que sois del mismo pueblo y contigo cogerá más confianza», le indicó el inspector justo antes de entrar.

—Laura, verás, sé que estás en un momento doloroso, pero te doy mi palabra, como paisana tuya que soy, de que te vamos a ayudar. Creemos que ya hemos detenido a las asesinas de tu hermana.

—¿Son mujeres? —se sorprendió.

—Sí. De primeras pensamos que fue un hombre, pero nos decantamos ahora por mujeres. No sé si sabías lo que te voy a contar, pero te debo informar igualmente. Tu hermana Consuelo pertenecía a una secta satánica, que es la que ha cometido la matanza de hoy en Ciudad Real. No sabemos cómo la captaron ni nada, pero estaba ahí metida. La mataron precisamente porque quiso escapar de ella. —Nieves dejó pasar unos segundos para ver cuál era la reacción de Laura. «Ya lo sabía», adivinó al instante—. El motivo de su huida era que la obligaron a robarte la cruz que crece. —Ahí sí que notó en la mujer una expresiva mueca de sorpresa.

—¿Así que fue ella?

—Sí. La culpa la estaba torturando porque sabía lo que eso significaba para su familia. Creo que, en su interior, tuvo una lucha interna y digamos que su ángel bueno al final venció al malo, aunque haya sido casi en su último suspiro. No te preocupes, Laura, no murió sola, expiró con nosotras al lado. Le cogimos la mano y se fue en paz.

—Gracias, Nieves.

Laura se acongojó, llorando en silencio, acariciando los bordes de su pañuelo.

Teresa tuvo un escalofrío. El gesto no pasó desapercibido para Valeria y Felicidad, que se miraron cómplices. Valeria se acercó a la subinspectora y le habló en voz muy baja: «Cuando se tiene un escalofrío, es porque un espíritu ha pasado por tu lado. Mi prima y yo lo hemos sentido, son Laura y Luisa, las de antaño, que acaban de acudir a este salón, a su salón. Se te están abriendo los sentidos como una amapola en el mes de mayo».

—¿Tú sabías que tu hermana hacía esas cosas? —le interrogó Nieves, que no quería nombrar más adjetivos como «satánico» o «demoníaco».

—Sí. No de seguro, pero lo sospechaba. Mi hermana y yo hemos sido uña y carne, hablábamos por teléfono todos los días y nos hemos visto siempre que hemos podido. Esas cosas las acabas por saber. Primero me lo pintaba como que lo de creer en Dios y la Virgen era una tontería, y, luego, un día, en su casa, vi un libro que hablaba sobre el demonio. Me dio hasta un mareo yo creo. No me atreví a decirle nunca nada.

—¿Y cómo no nos lo dijiste cuando estuvimos aquí?

—Uy, calla, calla, a mí esa gente me da un miedo que me muero. Vaya, si se enteran de que os lo había contado, me cortan el cuello seguro. Bastantes problemas tengo yo ya. Y mira, ahora otro, el peor de todos —dijo sollozando.

—Te entiendo, pero es conveniente siempre contarnos todo, porque así nosotros podemos impedir que pasen cosas como esta. Pero, bueno, estate tranquila, te comprendemos. Otra cosa que te queríamos preguntar, ¿tu hermana acudió a una psicóloga alguna vez?

—Sí, claro. Yo no sé ni cómo contar lo que os voy a decir. Ay, Dios mío —suspiró—. Un hombre abusó de una nieta suya y eso fue para todos algo que mira, no lo quiero ni pensar. Eso enterró a toda la familia en vida. Ella no dormía, no vivía, y tuvo que ir a una psicóloga, me contaba que le iba muy bien. Era una chica jovencita, creo, muy mona, según me decía, allí en Ciudad Real. Es verdad que yo la veía un poquito más rehecha, pero ella siempre decía que era que había aprendido a vivir con la angustia, pero que la pena le iba a acompañar hasta la tumba.

—El hijo del exconcejal, otro de los asesinados en la catedral, había abusado de una niña. Otra pieza que nos encaja —informó en voz alta el inspector.

—¿Te suena si la psicóloga se llamaba Patricia? —retomó Nieves el interrogatorio.

—Creo que sí, que ese era su nombre. Se hicieron amigas y todo, sé que se han visitado en sus casas, por lo visto, era una chica muy dulce y agradable.

—Bueno, mira, Laura, esa chica era la líder de esa secta. Yo la conozco del instituto. —Teresa miró al inspector Toboso, que asintió muy ligeramente—. Juraría haberla visto alguna vez en el pueblo. No estoy segura del todo, pero me suena que una vez la vi de lejos.

—Ahora mismo yo así por el nombre no te sé decir, quizás si viera una foto podría intentar acordarme.

—En cuanto pueda te la mando, de momento no tenemos. Hay otra cosa de la que también te debo informar. Como ya sabes, los pechos que aparecieron en la catedral sobre una bandeja que portaba santa Águeda son los tuyos, está más que confirmado. En cuanto hemos identificado a las componentes de este siniestro grupo, nuestros compañeros se han puesto a atar cabos y no han tardado mucho. Una de ellas es una cirujana del hospital de Ciudad Real. Tu cirujana. Sospechamos que tu hermana le informó. Además, seguramente es ella la que seccionó partes del cuerpo de los asesinados o les sacó las tripas, según el caso. A tu hermana parece ser que, deprisa y corriendo, intentó cerrarle la herida abierta.

—Dios mío. Yo con esto ya he dejado de vivir. —Laura se echó las manos a la frente—. Bueno, ¿y por qué querían mis pechos?

—Porque para los que adoran a Satán, el cáncer es un arma del demonio para corromper los cuerpos creados por Dios. Como un anticristo. Tú eras una pieza muy cotizada doblemente, lo primero porque eras la dueña de la cruz y, lo segundo, por tener cáncer de mama.

—Me dejas helada. ¿Van a venir a por mí? —preguntó Laura, muy asustada.

—No, tranquila. Están todas detenidas y me voy a responsabilizar en primera persona de que pasen el resto de su vida entre rejas. A partir de ahora puedes vivir incluso más tranquila que antes, porque antes no sabíamos nada y se les podría haber ocurrido tener otras intenciones contigo. Ahora, al menos, van a estar vigiladas.

Teresa tenía la vista fijada en una foto en blanco y negro, donde dos mujeres muy viejas aparecían riendo y cogidas del brazo en un patio con flores y un pequeño pozo en medio.

—Perdonad que os interrumpa. ¿Las mujeres de esa foto son Laura y Luisa?

—Sí —contestó la Laura actual—. Eran como hermanas. Inseparables. Se cuidaron la una a la otra hasta su muerte. Fallecieron con solo unos días de diferencia, seguramente mi abuela se murió de pena porque se había marchado su amiga del alma.

—Teresa lo dice porque están aquí —aseveró Valeria con el asentimiento de Felicidad.

A modo de saludo, la foto se movió y, pese a estar todas las ventanas cerradas, las cortinas blancas del salón se ondularon. Solo las mujeres más mayores y Teresa lo vieron. Un intenso aroma a rosas, mezclado con el típico olor a mujer mayor en el que se combinaba un propio olor corporal, agradable, con agua y productos de limpieza, aderezado con fragancia de fritos y pucheros, se hizo presente en toda la estancia. «Así olía la abuela Luisa cuando llegaba de su casa a las nuestras y nos traía, en primavera, un ramillete de rosas, ¿te acuerdas?», Felicidad apenas podía contener la emoción al compartir el recuerdo con su prima Valeria. Teresa, conmocionada, volvió a hablar.

—Antes de que llegarais a La Conejera, una de las mujeres llegó corriendo, medio asfixiada, diciendo que la cruz había desaparecido. Por lo visto, la tenían escondida en los antiguos lavaderos.

—¿En los lavaderos? —preguntó retóricamente Laura—. Allí ahora han hecho un espacio cerrado donde antes iban las mujeres a lavar, sí.

—Sí, pero no estaba dentro de un espacio cerrado, sino enterrada fuera.

—Seguramente será al lado, donde dicen que también se hacía brujería y donde se habría aparecido la Virgen de la Consolación. También, según las leyendas, en la noche de san Juan la gente ha visto a la Encantá o la Sanjuanera, o a una Trocanta como la de

Granátula. Es un sitio mágico del pueblo —explicó Felicidad con tono misterioso.

—¿Aquí ha habido tormenta esta pasada tarde? —inquirió Teresa.

—Sí, enorme, con granizo y todo.

Los presentes en el salón se miraron los unos a los otros. Valeria y Felicidad se cogieron del brazo.

—Vamos arriba —ordenó Laura.

Todos la siguieron entre temerosos y expectantes, excepto Toboso, que elevaba los párpados incrédulo. Subían las escaleras haciendo crujir la madera de los escalones y la barandilla, encaminándose hacia una segunda planta de la casa sumida en la oscuridad. Sin embargo, se sentían emocionados por lo que sospechaban que iban a descubrir.

Laura dio la luz a un cuarto, no muy grande, con un gran ventanal, con dos armarios de madera que, a juzgar por su apariencia, debían tener al menos dos siglos de vida, una cama con el cabecero de hierro y un elegante tocador, también de madera, marrón oscuro y adornado con un espejo en cuya superficie se veían las motas del tiempo.

—Todo esto era de mi abuela Laura. Sigue estando como nuevo.

—Me acuerdo de todo —atisbó a pronunciar Valeria, que, como Felicidad, hacía un gran esfuerzo por contener las lágrimas—. Cuántos años desde que no veía estos muebles. Y el tocador de tu abuela. Siempre tan coqueta ella, tan buena que era ella. Que Dios la tenga en su gloria junto a la abuela Luisa.

—Todo llega y todo pasa, Valeria —sentenció Laura—. En fin, en este armario que veis aquí, que está sin nada dentro, guardaba la cruz. La última vez que miré, antes de ayer, esperando un milagro, seguía vacío. Vamos a ver hoy.

Laura giró la dorada llave que custodiaba el interior del armario. Otra vez retornó el olor que antes habían percibido en el salón, como si Laura y Luisa, que habían llenado de vida esa casa, volvieran a marcar su impronta entre esas paredes. Una vela blanca puesta en el tocador se encendió sola. Los visillos que tapaban las viejas ventanas se movieron. Una calidez se apoderó de la estancia. Todos se sentían reconfortados, como si las presencias que los acompañaban quisieran abrazarlos. Al abrir las puertas del armario, ahí estaba la cruz que crece, impertérrita y robusta. Y con una altura mayor de la que tenía hacía tan solo unos días.

CAPÍTULO 45

Con un pie y una pierna vendados, Patricia se encontraba relajada en la catedral de Ciudad Real. Las dos balas que consiguieron impactarle apenas penetraron en la piel, por lo que la extracción de las mismas se hizo de una manera limpia y rápida en el propio volcán de La Conejera. Mientras los sanitarios obraban, Patricia se reía y hacía chistes, pareciendo gozar de todo cuanto ocurría. Enseguida la dejaron apta para su traslado a la catedral, donde Toboso quería que se realizara el interrogatorio y la reconstrucción de los hechos.

Sentada en un banco frente al altar, era vigilada por la Virgen del Prado, que había recuperado su sitio en el camarín del templo. «Me da la sensación de que la Virgen parece más grande, más majestuosa, y luce más que antes», confesaba la alcaldesa de Ciudad Real a su homólogo ballesterano, que había decidido ir a la capital a asistir al fin del misterio por los asesinatos y los convulsos acontecimientos que habían removido a una Mancha que, en verano, siempre permanecía aletargada. «Prado, me voy con vosotros, tengo que ver cómo se cierra todo. Esto lo voy a recordar hasta que me muera», le decía el alcalde, impresionado, al salir de la casa de Laura y comprobar que la cruz había vuelto a su armario. «Emilio, ven, tú cógete a mí y no nos despegamos», le había contestado la alcaldesa casi maternal.

En torno a Patricia se habían sentado el inspector Toboso en el centro, la subinspectora Teresa Lara a su derecha y la agente Nieves Morales, que se había quitado las lentillas y volvía a tener sus grandes gafas doradas, a su izquierda. En el banco de atrás, a la espalda de Patricia, el superintendente de Ciudad Real y el inspector Ruiz de la Científica estaban preparados con un cuaderno para apuntar detalles que les pudieran interesar de la declaración de la detenida. En la siguiente fila, los alcaldes. Un silencio atronador los envolvía mientras el inspector conectaba una grabadora de voz y una cámara de vídeo. Estaban a punto de empezar el interrogatorio cuando las puertas de la catedral chirriaron. Lorenzo empujaba una silla de ruedas que transportaba a una mujer con un gran vendaje a la altura de la tripa.

—¡Cruces! —exclamó Teresa, levantándose como una mecha.

Corrió al encuentro de la vieja bruja daimieleña, que sonreía como nunca.

—No ha sido nada, rica mía. Una herida muy superficial me han dicho. Resulta que, para que no se me vea tan gorda y para sujetar la espalda, llevo una faja que parece una muralla. Entre eso, que yo me aparté un poco y mi ángel de la guarda, que yo también lo tengo, como tú, que me protegía, apenas me ha hecho nada la hija de Satanás esa. Siempre lo digo, el bien vencerá al mal tarde o temprano, y lo ha vuelto a hacer.

—Ay, ¡no sabes qué contenta estoy! —decía Teresa entre lágrimas, dando multitud de besos en la cara de la anciana—. De todas formas, te deberías haber quedado en el hospital. Y si mi alma llega a saber esto, no te hubiera traído.

—Al hospital voy a volver, pero ya mañana, cuando este asunto se haya cerrado. No me pierdo yo esto por nada del mundo. De todas formas, me han dicho los médicos que me daban de alta porque no había nada que observar. Mañana tengo que ir a curas y a que me hagan algunas pruebas más, pero ya está. Tu querido inspector nos dijo que viniéramos para oír lo que la loca esta tiene que decir para luego asesoraros si hiciese falta. Lo que él quizás no sepa es que ya he estado más veces metida en casos policiales.

—¿Sí?, ¿en muchos?

—No, muchos no. Pero sí en desapariciones o asesinatos sin resolver. Desgraciadamente, no he podido dar con la solución en todos. Había un inspector que era del pueblo y que me llamaba en esos casos más espinosos.

—Ostras, no lo sabía. Pues, si te ha llamado Toboso, no se diga más. Sentaos por aquí.

Teresa Lara regresó a su silla y Lorenzo, junto con Cruces, se sentó al lado de los alcaldes. Prado Santana cogió de la mano a Cruces. Las campanas anunciaron una hora tardía de la madrugada.

—Vamos a comenzar con la reconstrucción completa de los hechos. De principio a fin. ¿Estás dispuesta a colaborar? —Toboso adoptó una voz grave.

—Claro que sí, inspector. Antes de empezar, solo quería apuntar una cosa: Teresa, ¿cómo no te has tirado a este tío con lo bueno que está?

Ninguno de los tres policías contestó. La atravesaron con la mirada.

—Está bien, está bien. Solo estaba bromeando.

—No estamos aquí para contar chistes. —Toboso tensó los puños—. Empieza. ¿Cuándo y cómo pensasteis los asesinatos?, ¿por qué hoy?

—Dejadme hablar y luego me preguntáis. Os lo voy a contar todo, estaba como loca por estar aquí, con vosotros. Si hubiese querido, a esta hora estaría en mi casa tomándome un buen vaso de vino de la tierra, pero esto es infinitamente más divertido. —Dedicó otra risueña mirada que fue contestada por la de Toboso, que le urgía a comenzar—. En fin, allá voy. Por circunstancias de la vida, accedí a liderar un grupo satánico del que yo, cuando era pequeña, no tenía ni idea, pero que indirectamente me había rondado. Mi infancia no fue fácil, aunque, si queréis ahondar en ese aspecto, no tendríamos noche. El caso es que, tras pertenecer a las Hijas de Satán durante unos años, me escogieron como nueva jefa líder cuando murió la anterior. ¿Y sabéis qué? —Hizo una pausa para ganar más atención—. El demonio me ha dado todo lo que vuestro Dios no me dio y que tanto pedía.

Todos los que la oían se removieron en su asiento resoplando. Sonrió y continuó con la declaración.

—Daimiel era la capital de todos nuestros grupos en la provincia desde hace siglos, como vuestra amiga Cruces sabrá. —Se dio la vuelta para mirarla, a lo que ella correspondió desafiándola, sin achantarse—. Todo fue cambiando a raíz de que llegó a nuestros oídos, bueno, a los míos no porque no había nacido todavía, sino a mis predecesores, que en Ballesteros de Calatrava había una cruz que crecía con el tiempo. El diablo puso los ojos en ella y quiso apoderarse de la cruz. Conseguirla suponía una gran victoria para él. Antes de que apareciese la cruz, en Ballesteros ya existía algún germen de grupo demoníaco, pero, oficialmente, una delegación de Daimiel se encargó de formar uno bien estructurado a partir de finales de los años 40. Era un grupo mixto, de hombres y mujeres, porque no había gente suficiente para dividirlos.

—Y se eligió a Pepe, el hijo de Luisa, como figura principal —Nieves hizo callar a Patricia—. Lo eligieron por ser un *zajoril*, a los que se les atribuyen poderes especiales. Debió ser un poco tontaina y torpe, porque una Nochebuena, como unos años después, los pillaron con las manos en la masa y brujas blancas purificaron La Conejera. Unos años más tarde, como en el resto de la provincia, se dividieron entre grupos de hombres y de mujeres, por separado. Los Hijos de Satán y las Hijas de Satán. En Ballesteros se quedó operativo solo el de mujeres, porque los hombres no valían para nada, solo cometían errores, así que el par de señores que quedaron se integraron en el grupo de Miguelturra, el que hoy en día capitanea Gonzalo, al que hemos tenido el gusto de conocer.

»Daimiel seguía siendo vuestra capital, pero el centro de gravedad se iba trasladando a Ballesteros, porque allí es donde cayó esa cruz que con tanto ahínco os pedía vuestro dueño. El diablo encargó a Pepe que se la llevara, pero este no lo consiguió. Durante unos años estuvieron muy despistados, porque, según Pepe, la cruz se la había llevado la Iglesia. La organización mató a su Laura, pero ella la había escondido y mantuvo hasta el final que un cura se la había llevado. Hasta que os enterasteis de que no, que seguía estando en la misma casa. Satanás os ordenó que, hasta que no la tuviera, teníais que sacrificar a alguien cada 31 de julio, día en el que esa cruz cayó. ¿Estoy en lo cierto? —desafió.

—Nada más que añadir.

—O sea, lo que ya sospechábamos. Las muertes fichadas en ese día son a causa de esta secta. Y ellos mataron a Laura —le dijo Teresa a Nieves.

—Yo me lo imaginaba apenas me dijo mi abuela que la cruz cayó por estas fechas. Con ella también hablé sobre la muerte de Laura y todo apuntaba a Pepe, pero, claro, no tenemos certeza de ello —susurró Nieves señalando a la acusada.

—¿Cómo se escogía a las víctimas?, ¿eran aleatorias o se seguía algún criterio? —se interesó el inspector.

—Hay de todo. Gente religiosa que nos ha querido hacer la puñeta, los que habían filtrado información nuestra o, simplemente, personas que nos habían hecho mal de alguna manera.

—¿Como hombres que hayan atacado a mujeres de algún modo, por ejemplo?

Patricia se sonrió.

—Sé por dónde vas, inspector. Pero todo a su debido tiempo. Vamos en orden cronológico. Hemos intentado, a lo largo de los años, conseguir la cruz por varias vías, pero no había manera. La oportunidad llegó cuando nuestra querida Consuelo hizo su aparición en mi consulta. Previamente, había sido aconsejada para que viniera a mí, claro, ya que la doctora que operó a Laura fue la que atendió a su nieta cuando sufrió los abusos, a la niña le tuvo que intervenir también. Nos enteramos de que Consuelo era la hermana de Laura y tenía acceso directo a la casa y a la cruz. Mejor imposible. Nos hizo caso y la robó, pero luego quiso desviarse del camino, y así ha terminado. Es por ello que la ceremonia de este año debía ser grandiosa, porque era cuando por fin le íbamos a dar al diablo lo que quería y a la hora prevista: a las tres y treinta y tres de la madrugada.

—La hora antinona —se oyó decir a Cruces desde atrás.

—Efectivamente —respondió Patricia al comentario—. A nuestra hora sagrada. Casi lo conseguimos, si no hubiera sido por vuestra magistral intervención. —Dedicó una maliciosa sonrisa a Teresa, que no le desviaba la mirada, sorprendida de sí misma.

—¿Qué ibais a hacer con la cruz? —preguntó, curiosa, Nieves.

—Quemarla. El fuego es el medio a través del cual el demonio coge las cosas que nosotros le ofrecemos.

—Imagino, claro, que lo planeasteis cuando os hicisteis con la cruz y visteis que podíais llevar a cabo el ritual. A partir de ese momento, pusisteis la maquinaria en marcha. Además, una de las detenidas en La Conejera es cirujana. La que operó a Laura y robó sus pechos. ¿Por qué cambiasteis a la Virgen del Prado por santa Águeda cuando la robasteis?

—Porque nos identificamos con ella. No penséis que renegamos de todos vuestros santos y santas, ¡para nada! Ella fue una sufridora que tuvo que luchar contra los que seguían a su Dios. Qué paradoja, oye. Y no ha sido hasta después de muerta cuando reconocieron su labor. Nosotras pensamos que pasará lo mismo, se nos reconocerá con el tiempo. Estamos salvando al mundo de unas cuantas bestias, dicho sea de paso. Teresa, mi vida, ya verás cómo con el tiempo me agradecerás lo que hemos hecho. —La aludida ni se inmutó—. Y, por supuesto, seremos las mujeres las que lideremos la lucha y el cambio. Los hombres, mi querido Ramón Toboso, no valéis para nada.

—¿Por qué la Virgen del Prado?

—Porque es a la que tanto cariño le tenía el señor obispo. Fue nuestra manera de darle un aviso para que supiera que íbamos a por él. Estoy segura de que captó el mensaje.

—Luego hablamos del obispo. Acerca de Lucio Pérez. No hay información, o no nos consta, de que quisiera destaparos. ¿Es así?, ¿por qué lo matasteis?

—Eso corresponde a Gonzalo contestarlo. Porque resulta que sí que estaba en nuestra organización, con los hombres. Fue un asesinato más vulgar y burdo que los que nosotras hacemos. No estoy segura, pero me parece que fue porque Gonzalo no se fiaba de él. Ese asunto tratadlo con él.

—¿Por qué con Lucio lo hicisteis de manera diferente? —preguntó Nieves.

—¿Diferente? —Patricia la miró extrañada, como si no se esperase esa pregunta.

—Tú dices que lo mató Gonzalo, pero la única certeza es que fue envenenado, sin poder determinar quién fue. A los demás no los habéis envenenado. Primero los dormís o los atontáis para transportarlos a un lugar determinado y después los matáis, pero queréis que sean conscientes de su final, dejáis que se despierten cuando están a punto de ser asesinados. Lucio no. Su muerte ha sido más elegante, con menos sufrimiento. Algún motivo habrá.

—Se llevaría bien con Gonzalo y le daría más pena, yo qué sé. Ahí la cagó, no queríamos una muerte tan temprana. Lo debería haber retenido hasta hoy.

—Volvemos a ti. —El inspector se quedó poco convencido de su respuesta acerca del hijo de los Raros—. ¿Cómo reclutaste a las mujeres?

—En mi consulta. Aquello es una mina. Veo a quiénes son aptas, quiénes son más fuertes para estas misiones, quiénes no. Alguna se me cuela, pero por lo general tengo buen ojo.

—Vamos a hacer un repaso de las víctimas.

La psicóloga suspiró, recostándose sobre la espalda del banco.

—No, Patricia, no estamos en un hotel. Siéntate como es debido —le recriminó el inspector con seriedad—. Veamos, tenemos a Anselmo, trabajador del servicio de recogida de basuras. Su hija, rabiosa por lo que le hizo a su madre, acudió a tu consulta y ahí la captaste.

«Es más condescendiente Ramón con esta tía, que es la más mala con diferencia, que con el cura Enrique o con Gonzalo», pensó Nieves al ver que el inspector la trataba con un inmerecido respeto.

—Atraerlo hasta la catedral fue sencillo a más no poder. ¿Qué padre no confía en su hija? Una madre, probablemente, hubiera sabido de sus intenciones, pero ese hombre era un bobalicón. Fue facilísimo agruparlo con los demás, lo trajo ella como un corderito. Y mira que estaba avisado con las ovejas.

—¿Por qué las ovejas?

—Representa a los que seguís a vuestro Dios. Él era muy católico. Pero ya no. ¡Ah!, Teresa, tengo que felicitarte. Ella en teoría era la más fuerte físicamente y le has metido una tunda que veremos si vuelve a andar. Tanta rabia y tanta ira le ciegan y no piensa. Tiene que aprender a ser menos impulsiva. Tú, Teresa, eres fuerte, eres increíble.

Creyendo tener hipnotizados a todos, se intentó incorporar, con gran dificultad por las heridas en las piernas, desde el banco para intentar tocar a Teresa, pero el inspector le dio un fuerte manotón y la echó para atrás.

—Quietecita. Que no te vea moverte ni un milímetro. Sigue. ¿La Leonor a la que hacíais referencia en la iglesia de san Pedro es la hija de Anselmo? —El inspector miró a Lorenzo.

—Sí y no. Leonor es descendiente de la Leonor medieval por parte de su madre, o eso asegura ella. La de aquel entonces llegó a tener dos hijos, parece ser que por fruto de sendas violaciones mientras estuvo presa. De nuevo, los hombres destrozaron la vida de una mujer. Y, unos siglos después, la historia se repitió. La madre de Leonor lleva todos estos años sufriendo sumisa por culpa de Anselmo, que bajo la careta de bonachón de pueblo escondía a un putero de mucho cuidado. Ahora me parece que ya no se lo pasará tan bien ni se reirá tanto.

Todos se agitaron en sus asientos. Pensaban que, por mucho mal que hiciera Anselmo en vida, no merecía un final así. El inspector, que parecía mostrarse como el más fuerte, continuó preguntando:

—Pasamos al siguiente. Alberto Núñez, hijo de un exconcejal de Ciudad Real. Según la investigación, abusó de una niña. Casualidades de la vida, la abuela de esa niña era Consuelo, mujer que tenía acceso directo a la cruz. Os abrió las puertas de la casa de Laura.

—Es que eso es algo que nosotras no toleramos. Fijaos cómo nuestro demonio lo colocó todo. Queríamos la cruz y nos trajo a Consuelo, que llegó destrozada a mi consulta. Ella le citó para que llegase hasta la catedral con la excusa de verle en el interior y perdonarle por lo de su nieta unos instantes antes de que quisiera escapar. En el fondo, lo que Consuelo quería era verlo muerto e irse y devolver la cruz a su hermana. Fue lista, pero Satanás me advirtió y por eso la pillamos.

Los policías intentaron mantener el tipo para demostrar profesionalidad. Los alcaldes, Lorenzo y Cruces no evitaron asquearse cuando la acusada hablaba con total naturalidad, como si no fuera con ella la cosa, de la mujer muerta cruelmente bajo el templete del Prado. Patricia, a ratos, hacía incluso como que mascaba un chicle inexistente para mostrar su pasividad.

—José Antonio Ramírez, otra de las víctimas. Este es el cabo que tenemos más flojo. Su nombre no aparece por ningún lado.

—De ese se encargó la almagreña, una de mis adjuntas, por decirlo de alguna manera. —«Sería la que se reía tanto cuando vio a Leonor rota de dolor por mí», se dijo para sus adentros Teresa—. Aunque la principal es la prima de Cruces. Mató a su hermana, una actriz de ese pueblo. Se la tenía jurada porque fue tan hábil que dejó muy pocas pistas, la Policía inculpó a otro, pero nosotras dimos con la verdad. Como las otras, la recibí en mi consulta con una depresión severa porque su hermana era para ella su apoyo fundamental, así que la ayudé y me volqué con ella como si fuera de mi sangre. Creo que vio en mí una sustituta de su hermana o algo así, porque me ha sido muy fiel hasta el final. Oye, ahora que hablamos de este caso... —Patricia puso un gesto pensativo irónico y falso—. Vosotros vais poco por el cementerio, ¿verdad?

—¿Deberíamos? —le retó el inspector.

—Una vuelta para honrar a vuestros muertos no estaría mal. ¿Sabéis cómo se llama mi adjunta, esta mujer de la que os hablo?, ¿o no os ha dado tiempo aún a averiguarlo?

—Sí, todas nos han dado su identidad. Un momento. —El inspector consultó con su teléfono móvil—. Apolonia. Se llama Apolonia.

Patricia sonrió.

—Nieves, tú que eras la listilla de la clase. —La agente se puso roja de inmediato—. Te sabrás la historia de Apolonia, ¿verdad? Cuéntasela a tus amiguitos. Poca gente sabe que mi escudera desciende de ella.

Aunque era una historia que varios sabían, fue la aludida la encargada de contarla.

—La tumba de Apolonia es, probablemente, la más bonita del cementerio de Ciudad Real. Su historia está envuelta en un cierto misterio porque no se sabe exactamente cuál fue su realidad con la fidelidad suficiente. De hecho, no se ha investigado hasta hace poco, aunque su figura siempre llamaba la atención a los que iban a dejar flores a sus familiares y pasaban por su tumba. Desde luego, no puedes evitar detenerte si la ves.

—¿Cómo es su tumba? —se interesó el inspector.

—Es de piedra. En la losa que tapa su féretro, se ve la figura de una mujer, bueno, vaya que si se ve, como que la losa entera es ella. Si te acercas, ves a una mujer muy bella, es increíble cómo el autor plasmó su brillantez. Una mujer joven, guapa, con la piel fina y tersa, con su brazo izquierdo reposando en paz junto a su cuerpo y la mano derecha sobre su cadera, cerca de su vientre. La vestimenta es una gasa que tiene pliegues y se le pega al cuerpo. Tuvo que ser extraordinaria. Hay varias leyendas, pero la que tiene más fuerza es la de que se vino con su marido a Ciudad Real, por lo visto su esposo era un alto funcionario. Ella venía de una buena familia extremeña, con dinero, así que acordaron su casamiento. Aunque lo arreglaron sus padres, el matrimonio se quería muchísimo. Y él, pues imaginaos, estaba orgulloso de tener a una esposa que atrapaba la mirada de toda persona con ojos. Total, que el marido quiso regalarle un retrato y contrató a un pintor manchego que, decían, era famoso.

»El pintor iba todos los días a su casa para ir preparando el trabajo, pero, a la vez, cogió confianza con Apolonia y la fue conociendo más y más. Lo malo es que se enamoró locamente de ella. Según se cuenta, estaba obsesionado. Llegó a declararse a su clienta, que muy elegantemente le dijo que lo suyo no podía ser, además, ya tenía hijos y eso hubiera supuesto un escándalo en el caso de que ella hubiera aceptado. Justo en esos momentos, mataron al marido de Apolonia y, como ella estaba loquita por su marido, cayó en una depresión de la que ya no levantó cabeza nunca jamás. Se puso mala de pena y a los pocos meses se reunió con su marido en el más allá. El pintor no sabía qué hacerse viendo cómo Apolonia se consumía, él también se puso malo. Unos días antes de que Apolonia falleciera, le entregó el retrato por fin, intentando animarla con eso, pero ya veis, ni con esas. Al morir, él se quebró la cabeza porque dijo que una mujer tan bella no podía caer en el olvido. Se esmeró en hacerle una obra funeraria que fuera de la admiración de toda la ciudad y la tuvo lista en solo tres meses.

»Un día de Navidad fue al cementerio, habló con el sepulturero, pusieron la losa con la figura de Apolonia y la enterraron ahí. Espero que arreglen un poco la tumba, porque la piedra está un poco resquebrajada. Si no la habéis visto, tenéis que visitarla. Pero ¿por qué tendríamos que haber visto la tumba de Apolonia? —preguntó Nieves, que al cambiar de tono de voz sacó de su ensimismamiento a los demás y a la interrogada, que jugaba con su pelo mientras oía la historia.

—Porque por empeño de nuestra Apolonia tuvimos allí casi un día entero a la Virgen del Prado para ofrecérsela a ella y que nos ayudara a obtener nuestro botín. Y, durante unas horas, la lengua que le arrancamos de cuajo a ese desgraciado ha estado sobre su tumba. Ella piensa que su antecesora le ha ayudado mucho, porque le rezaba y le pedía que, por favor, el asesino de su hermana acabara muerto. Como se ha cumplido, nada más morir, lo primero que hizo Apolonia fue ir al cementerio a contárselo a la que sería su tatarabuela. Después, se vino a Ballesteros a preparar todo lo de la ceremonia conmigo y a esperar a que tú, Teresa, llegaras. Ella sí que es más que merecedora de ser hija de Satanás.

—Misterio resuelto, entonces —zanjó Toboso, sorprendido de que Patricia no tuviera reparos en desenmascarar toda la trama—. Pasamos al daimieleño Tomás. Sobre este no vamos a hablar. Te aprovechaste, una vez más, de la debilidad emocional de una mujer para matar.

Patricia miró a Teresa con ternura. La subinspectora, envarada en la silla sobre la que se sentaba, miraba a un punto fijo sin concretar del fondo de la catedral, quizás hacia el coro. No se movió ni casi respiró. Patricia fue a decirle algo a Teresa. Nieves, movida por un visceral impulso, se levantó y propinó un bofetón a la psicóloga, que no esperaba el golpe.

—Tú no miras a nadie, ¿te queda claro? No nos vas a chulear porque no me da la gana. Nos cuentas lo que te preguntemos sin más comentarios tuyos que no nos interesan y te comportas. No dudaré en machacarte si no lo haces. ¿Te enteras? —chilló la agente, que fue subiendo de tono conforme hablaba.

—Teresa ha sido muy especial para mí —contestó Patricia agachando la cabeza—. Lo sigue siendo. Y siempre lo será.

La subinspectora, aunque estaba a una cierta distancia, podía sentir el olor de su aliento en su propia cara. Intentaba aguantar la respiración lo máximo posible.

—Nada más verla supe que estábamos destinadas a encontrarnos. En cierto modo, ya hemos quedado vinculadas de por vida, pero tengo la sensación de que nos queda profundizar más todavía. Hemos estado a punto, pero no ha podido ser... de momento, Teresa.

—Déjala en paz. Es la última vez que te lo digo. Ni la nombres —le amenazó el inspector apuntándole con el dedo.

Nieves hizo un amago de levantarse con el puño alzado.

—Está bien —replicó con maldad—. Solo quería contar que la cárcel no bastaba, además, tarde o temprano saldría y tu compañera viviría un infierno. No podía permitirlo. La subinspectora me había contado con pelos y señales todo: dónde vivía ella, su cuñado, cuándo saldría de la cárcel, etc. El secuestro lo dejé en manos del grupo de hombres, coordinados por la prima de Cruces, que hizo guardia frente a la casa de los suegros de Teresa. Por cierto, ¿sabes por qué te hizo eso? Porque te quería. Antes de cargármelo me lo confesó. Estaba enamorado de ti y vivía amargado desde que su hermano le arrebató a su amada.

—Hasta aquí el tema —Toboso tuvo que volver a cortar a Patricia. La mandíbula se le marcaba y las venas de la frente estaban a punto de romper la piel—. Según nuestras primeras pesquisas, has utilizado también a Gonzalo para matar. Hemos hallado en su casa y en su teléfono móvil pruebas de que vuestra relación era habitual y fluida. Él no quería meterse en todo esto, pero tú le convenciste haciéndole creer que un supuesto diablo le dejaría ligado a Estela para siempre. Él la maltrató, y tú, otra vez con la excusa que te has inventado de la existencia de Satanás, te fuiste metiendo en su mente para manipularlo.

—Yo creo que él era un creyente convencido, inspector. Si no, no estaría metido en la organización hasta el fondo —Patricia dulcificó su tono de voz y su mirada—. El cargarse a Estela, a su exnovio y a Consuelo es de lo poco que ha hecho bien. Esta pasada noche, sus amigos han hecho un conjuro en Las Tablas de Daimiel, yo solo se lo sugerí, ofreciendo el alma de Estela al diablo para que la ate a Gonzalo, que está verdaderamente cegado por esa chica. Por lo que me contó, sintió un gran placer cuando también mató a su exnovio, menuda inquina le tenía, porque ese

Luis sí que se había comportado como un hombre y le alejó a su chica.

—Menos mal que lo anulamos en la Isla del Pan —dijo de manera casi inaudible Cruces.

El inspector, afanado en no mostrar emociones, siguió con el interrogatorio. Teresa respiró profundamente, intentando contener un mareo que amenazaba con dejarle sin conocimiento. Nieves, que se dio cuenta de la indisposición de la subinspectora, le tocó la mano, lo que actuó como bálsamo para Teresa, que fue recuperando la tonalidad habitual en la cara.

—Pasamos al pez gordo. El obispo de Ciudad Real. ¿Por qué?

—Por ir contra nosotras. Lleva años atosigándonos. Primero empezó a molestarnos cuando era un simple curilla en Ballesteros y, luego, desde su posición privilegiada, ha lanzado varias ofensivas muy violentas. La última hace nada, que por poco me pillan. Necesitaba que alguien le diera su merecido y, ya de paso, que sirviera de ejemplo para quien quisiera imitarle. Creo que la misión ha sido más que cumplida. Además, Satanás estará eternamente agradecido a mi persona por haberle llevado su anillo, el de un obispo nada menos, y su alma.

—Entonces, ¿él no ha atacado ni le ha hecho nada a ninguna mujer?

—Intentó eliminarnos como grupo, ¿te parece poco?

—¿Me estás diciendo que solo lo habéis matado como figura simbólica? —El inspector no parecía satisfecho con la respuesta.

—Sí. A ver si te crees que matar a un obispo es tan fácil. Este triunfo será sonado y contado por generaciones. Yo lo veo como algo increíble. Él captó el mensaje del robo de la Virgen del Prado, sabía que eso significaba que iba a acabar mal. Algo se olió porque no os dijo nada de todos sus esfuerzos por aniquilarnos ni tampoco nos delató. Así que sí, lo matamos por meter sus narices donde nadie le llama.

Toboso prefirió no volver a insistir ante la línea marcada que Patricia quería seguir. Necesitaba atar otros flecos. Los vínculos del obispo con el grupo de mujeres detenidas requerían de una investigación más profunda.

—¿Elegisteis el emplazamiento de La Conejera en Ballesteros de Calatrava por ser un volcán? —dijo el inspector directo, sin ganas de divagar, mientras de fondo se oía un ruido creciente de sirenas de policía, lo que extrañó a todos.

—Sí. Para todos nosotros, los volcanes son como vuestras iglesias, es el lugar de donde nace el fuego. La cruz cayó allí, y su volcán mágico por excelencia es La Conejera. Era el punto perfecto para atraer al diablo.

Al final de su frase, el ruido de las sirenas, muy cercano, dificultaba la escucha correcta de sus palabras.

—Aquí hubieseis tenido más repercusión —Toboso tuvo que alzar la voz para hacerse oír.

—Pero el foco de Satanás estaba en Ballesteros. De todas formas, aquí os hemos dejado también un regalito. Y en el volcán también y todo, para que luego digáis.

—¿Qué volcán? —atinó a preguntarle Toboso, al que los ojos no le cabían en las cuencas. Elevó el cuerpo hasta tal punto de casi tirar la silla.

La risa de Patricia los enmudeció. Varios policías entraron a toda velocidad en la catedral y se acercaron al inspector y a la alcaldesa, que miraba asustada a todas partes, sin creerse aún que todavía tuviera que asistir a más desgracias esa madrugada.

—Hemos hallado un cadáver en la fuente de la escultura del pozo de Don Gil, entre la plaza del Pilar y la de Cervantes —anunció el primero de los policías con una voz que resonó en todo el templo.

—¿Sabemos la identidad?

—Sí. Enrique, el cura de Santiago.

Todos los ojos se posaron en Patricia, que se regodeaba en su asiento.

—¿Qué? Ja, ja, ja —su risa, amplificada por la amplitud de la catedral, resultaba escandalosa—. No podíamos permitir que contara más de lo que ya lo ha hecho.

CAPÍTULO 46

Prado Santana no había visto un cadáver en su vida. El de Lucio había sido el primero, pero solo pudo distinguir apenas parches de la cara del fallecido. Sintió unas ganas de llorar irrefrenables cuando vio el de Enrique flotar sobre la fuente que se sitúa donde antaño estuviera el pozo de Don Gil, germen inicial de una Ciudad Real que contenía la respiración. Esa madrugada muy pocos habitantes habían dormido, enganchados a las noticias de última hora que se sucedían una tras otra, a cuál más impactante. Quería despuntar el alba cuando un corro formado por el inspector Toboso y sus dos compañeras, Teresa y Nieves, y, en una segunda fila, los alcaldes, Cruces y el cura Lorenzo, contemplaban el cuerpo de Enrique, hinchado, y cómo el agua de la fuente ahora era roja. La escultura de la fuente, en sentido ascendente, queriendo escapar del horror que se veía obligada a presenciar, tenía salpicones de sangre, muestra de la brutalidad de la escena que allí se tuvo que vivir minutos u horas antes. El inspector Ruiz, de la Científica, fue el encargado de informar de los detalles.

—Enrique murió hace muy poco, calculamos tres o cuatro horas como mucho. Primero le drogaron y pensamos que no se ha enterado de su propia muerte. Después, le clavaron directamente un cuchillo en el corazón, si bien presenta más puñaladas en el pecho. Pero hubo una que fue mortal en cuanto se produjo o muy pocos minutos después. Este es el único cuerpo en el que no hemos hallado una cruz grabada en su cuerpo. Poco más que contaros, el asesinato se tuvo que producir aquí, porque en los alrededores no hay rastros de sangre. Habrán aprovechado que la gente se había dispersado después de los asesinatos de la catedral y no habría nadie en ese momento. El primer aviso ha llegado de un vecino que, desde su ventana, vio el agua roja y, al fijarse, se percató de que había un cuerpo en el agua.

—Puede que tengamos un topo infiltrado en la policía —sospechaba Toboso con aspecto sombrío—. En teoría, se lo habían llevado los servicios sanitarios para después trasladarlo a los calabozos. Tengo que comprobarlo, pero aseguraría que cuando lo secuestraron debería estar en nuestros calabozos. ¿Cómo es posible?

—Revisaremos las cámaras. Esto está lleno de entidades bancarias y nosotros tenemos una que capta parcialmente esta zona —dijo el superintendente con los ojos hinchados como consecuencia de haber pasado la madrugada en vela—. En cualquier caso, el daño ya está hecho.

—Que esta sea la última muerte —pidió, desfallecida, la alcaldesa.

Cruces, a la que parecía no afectar la falta de sueño de esa noche, solicitó permiso al inspector para acercarse al cuerpo sin llegar a tocarlo. Toboso no dudó y se lo permitió. La vidente se agachó y cerró los ojos. Una sacudida muy violenta sorprendió a la anciana, más que acostumbrada a bregar con este tipo de visiones.

—Qué espanto, he visto el momento en el que le clavaban el cuchillo. Estaba algo adormilado, pero en el último momento se dio cuenta de lo que se le venía encima. Un hombre, no cabe duda de ello.

—Nos queda algún verso suelto.

—Nos quedan muchísimos, Ramón. Hemos descabezado a su cúpula, pero hay muchos más, ya te lo digo yo —le dijo Cruces en tono maternal—. Tardarán un tiempo en rehacerse, pero lo harán. Llevamos siglos así. Aunque es la primera vez que quitamos a los de más arriba de un plumazo, eso lo tengo que reconocer. Las que estamos en el lado bueno nos encargaremos de contrarrestarles y sabemos cómo. Nos hacemos cargo. —Toboso le dedicó mirada escéptica.

—Que venga el juez —dispuso el inspector—. Por este hombre no podemos hacer más.

***

El día clareaba, el viento fresco de la primera hora hacía parecer mentira la intensa canícula por venir a partir de mediodía. Las ventanas de las casas que envuelven la plaza de Cervantes estaban abiertas en su mayoría, algunos residentes muy madrugadores y curiosos afinaban el *zoom* de sus cámaras para hacer fotos del levantamiento del cadáver de Enrique. El grupo en torno a la fuente se disolvió.

Prado Santana se quedó un rato charlando con Emilio, el alcalde de Ballesteros, en la plaza Mayor mientras esperaba a que un coche de la Guardia Civil le llevara de vuelta al pueblo.

—Quién diría, viendo la plaza vacía y dormida todavía, el ajetreo de esta madrugada. Es como si todo hubiera sido un sueño. El día me borra los recuerdos de la noche.

—Eso pensaba yo después del amanecer. Ahora cuando llegue al pueblo me lo encontraré como siempre y, sin embargo, nada será igual.

—Hemos hecho historia, Emilio. —Prado pasó una mano por el hombro del modesto alcalde, que, sentado, con la espalda chepada, pronunciaba más su barriga.

Un rato después, Prado despedía a Emilio, que, al sentarse en el coche de la Guardia Civil, notó cómo todo el sueño acumulado le afloraba irremediablemente, hasta tal punto de hacerse los dieciocho kilómetros que separaban la capital de su pueblo durmiendo. No había hecho nada más que despedir a su colega, inspirando profundamente el aroma de la agradable brisa, que penetraba en sus pulmones con alegría y le renovaba las energías, cuando vio a Teresa Lara, que se le acercaba.

—Hola de nuevo, Prado. Vengo de hablar un rato con mis padres —le confesó con evidentes signos de cansancio.

—¿Qué tal está tu marido? —La alcaldesa le restregó la mano por el brazo para hacerle entrar en calor cundo se percató de que la subinspectora tiritaba.

—Bien, está bien. A mitad de madrugada se despertó chillando, estaría en mitad de una pesadilla, y mi madre le dio otra pastilla para dormir. A veces se despierta, balbucea algo sin sentido y vuelve a caer frito. Mejor así, que descanse. No sé si irá al funeral de su hermano, cuando sea, o qué. Aún nos quedan algunos flecos en el caso, pero imagino que los cuerpos van a poder ser enterrados pronto.

—Teresa, te voy a hacer una pregunta, si no quieres, no la contestes. Es que lo he estado pensando antes. Sé que al fin y al cabo es una muerte, pero ¿no te sientes liberada de la presión de estar siempre pendiente de saber cuándo saldría de la cárcel?

—En cierto modo, sí. No me duele por mí, me duele por Rafael. Pese a todo, es su hermano, por lo que, aunque sea en un resquicio muy adentro, algo lo sentirá. Precisamente Patricia, cuando todavía era mi psicóloga hace unas horas, me preguntó lo mismo.

—Lo de esa chica es tremendo. Nunca había visto a una psicópata así. ¿No lo viste venir?

—Para nada, Prado. Siempre ha sido amable conmigo, me ha tratado bien. En algunas ocasiones, excesivamente bien. Llegué a pensar que se había enamorado de mí y todo.

—Es posible que se enamorara. Noté en ella en el interrogatorio una fijación contigo inquietante. En cualquier caso, no creo que ya pise la calle, así que no te preocupes. Hablando de enamoramientos, ya que he cogido confianza contigo en este mes, te voy a confesar algo, pero esto que no salga de nosotras. Necesito desahogarme un poco.

—Claro, dime, tienes mi palabra de que no va a salir de aquí.

—Verás, el día 1 de julio, cuando aparecieron las ovejas muertas, me reuní por la mañana con el superintendente y con Ramón. Él vino conmigo al instituto, éramos amigos, pero al terminarlo, el grupo, que era bastante grande, se disgregó en muchos subgrupos y cada uno seguimos nuestro camino. Conservo cuatro amistades de ese subgrupo, en el que no estaba Ramón. El caso es que nos vimos en el despacho del superintendente y él estuvo desde un primer momento como muy... simpático conmigo —dudó sobre qué adjetivo usar—. Nos dimos los teléfonos para estar en contacto por el caso, y él aprovechó para pedirme tomar un café, me piropeaba, en fin, me tiraba los trastos. Con mi marido julio es un mes difícil, pasamos más tiempo juntos y aparecen tensiones, así que, cómo decirte, me llamó la atención.

—Lo viste como vía de escape, ¿no? —interrumpió Teresa, a la que cambiar de aires y no hablar de hombres y muertes le vino bien.

—Sí, me hacía gracia que me dijera las cosas que me decía. Unos días le hice caso, otros no. Físicamente me gusta, tonta no soy, tengo ojos. Su personalidad, sin embargo, me da hasta asco.

No sé cómo explicarlo, ejerce en mí una atracción que yo hasta la calificaría de nociva. No lo entiendo.

—Mira, yo le conozco bien. Es un encantador de serpientes, conmigo se lleva muy bien porque jamás me ha atraído, y él lo sabe. Bastante he tenido yo con lo mío como para encima meterme en fregados, además, yo veo imposible que vea más allá de mi marido, lo que ha hecho por mí no sé yo si lo harían otros. Me ha aguantado lo inaguantable. El caso: se lo he dicho a él muchas veces, que es un engreído y se piensa que todo el mundo se rinde a sus pies. Luego lo consigue, y eso le engrandece más todavía. Se cuida una barbaridad y, claro, tiene detrás una lista de espera de admiradores asombrosa. Precisamente por creérselo tanto y porque es un picaflor por definición no lo veo yo teniendo una relación estable jamás. Así que te lo voy a decir claramente, si lo quieres para un rato, adelante, pero como pretendas sustituirlo por tu marido, vas mal. Sufrirías una barbaridad. Consejo de amiga. Es lo mismo que le he advertido a Nieves, que se ha vuelto loca por él también.

Prado, temerosa y con vergüenza, estuvo decidiendo unos segundos si continuar con la conversación e ir hasta el final. Vio en Teresa a una persona tan íntegra y estaba tan desesperada que se lanzó:

—¿Nieves se ha pillado por él? Eso no lo sabía, pues mira, lo que faltaba. Es que me queda por contarte la última parte. Discutí con él, no de manera fuerte, porque no es tan importante en mi vida como para ello, pero sí que le puse los puntos sobre las íes y le dije que me tenía que dejar en paz. Pero en la catedral...

—¿En la catedral qué? Suelta, ¡que me tienes en ascuas! —Teresa estaba impaciente.

—Nos fuimos a la sala capitular y aún estoy intentando discernir qué narices se me pasó por la cabeza para hacer lo que hice. Me lancé, le besé, y él, por supuesto, se dejó.

Teresa abrió los ojos somnolientos como si se hubiera tomado varios cafés de golpe. Quiso decir algo, pero no le salían las palabras.

—¿En-en serio?

—Y tan en serio, hija mía, y tan en serio. Hay un detalle del que me di cuenta, él no estaba todo lo arrollador y apasionado que yo esperaba. Sí, me acompañó en el beso, pero me da la sensación de que como que saliendo del paso.

—Típico de personas como él. Cuando consiguen lo que quieren, que no es más que que le adulen y caigan en sus redes, ya pierde la magia y deja el juego.

—Puede ser. Desde ese momento estoy profundamente arrepentida y no sé cómo voy a poder mirar a mi marido a los ojos cuando llegue a casa. No lo pienso volver a repetir, pero no sé si se lo debo contar. Ha sido la mayor tontería de mi vida, con ese peso cargaré para siempre, pero ¿le hago cargar a él con esto también?

—No sé, Prado. Depende de cómo sea tu relación con él. Quizás deja pasar unos días para pensar en frío. Ahora estamos todos muy cansados, no tomes decisiones precipitadamente. Cuando pase un poquito de tiempo y lo analices, entonces actúas.

—Lo haré así. Gracias, eres una bellísima persona. No te mereces todo lo que te ha pasado. —La alcaldesa le dio un sincero beso que reconfortó a Teresa—. Oye, antes habías dicho que quedan algunos flecos en el caso. ¿Me debo preocupar?

—No, no, tranquila. Hemos estado hablando y creemos que, al menos por un tiempo, esta gente va a estar tranquila. Vamos a seguir buscando y a detener a todos los que hayan cometido algún delito, ya hay registros en las casas de todas las acólitas de Patricia, y la suya propia, así como de Gonzalo y los que sabemos que están con él. Lo primordial ahora es detener al asesino o asesina de Enrique, que nos inclinamos a pensar que es una mujer, por mucho que diga Patricia, ya que los hombres se quedaron escondidos y asustados tras la detención de Gonzalo. Y queda por determinar la muerte de Lucio y por qué Patricia usó la furgoneta de su familia, porque estamos prácticamente seguros de que era ella la que la conducía al volver a analizar las imágenes.

—Anda, es verdad, lo de la furgoneta no se resolvió. ¿No se lo habéis preguntado a ella?

—No, lo íbamos a hacer, pero fue cuando llegaron los policías a la catedral a avisar de la aparición del cadáver de Enrique, así que se lo preguntaremos más tarde. Que, por cierto, no sabía que la plaza del Pilar era un volcán.

—Sí, la ciudad se asienta sobre dos cráteres volcánicos. Si tú vas por la ronda y de ahí al Pilar, te darás cuenta de que estás bajando, vas circulando realmente por su ladera.

—Qué curioso. A todo esto, no has desayunado, ¿verdad?

En ese momento, el reloj de carillón de la plaza Mayor y las campanas de la iglesia avisaron de que ya eran las ocho de la mañana.

—No, qué va.

—Nieves y Ramón me han dicho que se iban a comer churros a La Hormiga, que a ellos les pirran los de ahí. ¿Nos unimos a ellos o no tienes ganas de ver al galán? —La alcaldesa rio con el comentario de la subinspectora.

—Para nada, no te preocupes, vamos a ver qué nos cuentan.

Las dos se encaminaron hacia la churrería, que estaba a pocos metros de la plaza Mayor. El cordón policial inicial se había levantado y se había quedado restringido a parte del Prado y de la plaza del Pilar y de Cervantes, por lo que los clientes podían acceder a la churrería sin problemas. Había algo de cola que llegaba a la calle, donde se quedaron ambas mujeres esperando su turno. El olor a churros y chocolate se expandía por la mítica calle de la Cruz, impecablemente limpia y sin atisbo del nerviosismo y las carreras de la muchedumbre poco antes, cuando Consuelo apareció ensangrentada y moribunda en los alrededores de la catedral.

—¿Y si nos acercamos un momento a ver dónde están sentados y les decimos que estamos esperando para pedir? —sugirió Prado Santana, que era el objeto de las miradas de los que esperaban en la cola, al percatarse de que su alcaldesa se encontraba allí, intentando encontrarle algún gesto o alguna palabra sobre lo que toda Ciudad Real hablaba, la oleada de muertes en su noche de Pandorga.

—Vale —aceptó Teresa.

Ambas se acercaron al umbral de la puerta de entrada y se pusieron de puntillas para poder tener una mejor panorámica del local. Lo que vieron las dejó petrificadas. Teresa cogió a la alcaldesa del brazo. «No me lo puedo creer», dijo Teresa sin medir el alcance de su voz. Nieves se inclinaba hacia delante en una diminuta mesa para dos y besaba en los labios al inspector, que, sentado, recibía a su compañera sin turbarse. Era ella la que buscaba su boca y su cuerpo.

—Vámonos. —Teresa tiró del brazo de Prado Santana, que no salía de su estupefacción y no dejaba de mirar la escena.

Con Teresa Lara tirando de ella, se alejaron rápidamente de la calle Cruz.

CAPÍTULO 47

Finales de agosto suele marcar un punto de inflexión en La Mancha. La canícula afloja, los días acortan y las tormentas se hacen más frecuentes, anunciando el otoño que está por venir. La mañana había comenzado con algunas nubes y un viento húmedo que había provocado que en Ballesteros de Calatrava, al final de la madrugada, los más frioleros cerraran las ventanas. Nieves se había arropado con las sábanas para seguir durmiendo un rato más, pero la claridad le recordó que hoy no podía remolonear, ya que Teresa Lara y su marido, acompañados de Cruces, vendrían a comer a su casa a modo de celebración del final del caso que ese verano les había ocupado. A la fiesta se unirían Felicidad y una de las hermanas de Valeria, Elena. A su abuela le gustaba preparar todo con tiempo, así que a las nueve de la mañana había puesto a toda la casa en pie. «Venga, que la mañana vuela». Eran las nueve y cuarto cuando Elena llamó al timbre de la casa varias veces emulando una melodía.

—¡Ya está aquí la loca! —la abuela Valeria celebró la llegada de su hermana.

Elena, a pesar de sus casi ochenta años, entró a la casa como un torbellino, canturreando una canción y bailando. Llevaba una fina blusa de color rosa y una falda ajustada en la cintura y realzando la gordura derivada de sus cinco partos, donde se conjugaban cuadros verdes claros con otros más oscuros.

—¿Todavía están acostados en esta casa? —preguntó a voz en grito—. ¡Venga, leche! Les pasa igual que a los míos, ¡qué poquito se parecen a mí, que me levanto *dispará*!

—Ya se están levantando, calla ya, cabra loca, cállate y cámbiate la ropa, que tenemos faena —le dijo Valeria con los brazos en jarra—. ¿Y tu marido?

—En el campo, se ha ido a echar de comer a los animales. Ese ya no vendrá hasta mediodía. ¿*Pa* qué lo queremos aquí? —contestó mientras le entraba la risa.

Cuando Nieves bajó las escaleras, las hermanas Valeria y Elena disponían paquetes de harina de almortas sobre la encimera de la cocina, además de pimientos, chorizos frescos y panceta.

—¡Tía Elena! Anda que no se nota cuando llegas tú —saludó besándola en la mejilla—. Al final os habéis empeñado en las gachas, menos mal que han dicho los del tiempo que el día va a ser muy fresco.

—Así recordamos cómo se hacían para cuando venga el frío, que a nosotras se nos olvida rápido. Buenos pedos se van a echar los de Daimiel esta noche, van a parecer tres zambombas.

Nieves y Valeria estallaron en carcajadas con el comentario de Elena, hasta tal punto que Nieves se tuvo que sentar en una silla porque, tras unos minutos de risa intensa, de la que te nace de la tripa y te corta la respiración, sentía que le fallaban las piernas. Cuando se recuperó, con agujetas en boca y tripa, desayunó un café con leche que le preparó su abuela y, sobre el mismo cazo donde humeaba, mojó unas magdalenas y una torta de Alcázar.

Recién terminada de desayunar, se levantó a fregar el cazo cuando otro timbrazo resonó en toda la casa.

—¡Pasa, Felicidad, pasa! —le gritó Valeria desde la cocina—. ¡Empuja, que está la puerta abierta!

Con más dificultad que sus primas, Felicidad llegó hasta la cocina con cara de alegría.

—¡Qué contenta estás, Felicidad! —Elena fue rauda y veloz a darle un fuerte brazo y a colmarla de besos.

—¡Cómo no lo voy a estar! ¡Si estar con vosotras es lo mejor que le puede pasar a una!

Nieves, desde el pasillo, se apoyó en la pared para contemplar a Valeria, Felicidad y Elena, con sendos mandiles y babis, en un mar de trapos, cacharros de cocina, botellas de aceite, el salero pasando de una mano a otra y productos de limpieza, envueltas en conversaciones de chascarrillos, cotilleos, risas y añoranzas. «Que aguanten mucho tiempo y pueda ver estas cosas por un buen puñado de años más», pidió, emocionada, en el interior de su mente y, sobre todo, de su corazón. Cuando decidió dejarlas en sus quehaceres, Elena le quemaba la pelusilla de la barbilla a Felicidad con una cerilla. «¡Me vas a quemar la cara, leche puta!», el eco de la queja de Felicidad resonaba en las escaleras mientras Nieves subía, incapaz de reprimir otra risa al escucharla.

En la segunda planta, vio a su madre que se esmeraba en dejar las colchas de todas las camas sin la más mísera arruga y cambiaba las toallas de los baños.

—¿Y para qué cambias las toallas de los baños de aquí arriba, si van a usar los de abajo? —le reprochaba su marido.

—Toma, tendremos que enseñarles la casa entera. No vamos a tener las toallas esas raídas, que vean que tenemos todo hermoso. Vente detrás de mí con ese trapo y le vas dando al polvo —le ordenó la mujer, preocupada por la imagen que daría ante los invitados.

***

A lo largo de la mañana, Nieves comprobó varias veces su teléfono móvil. La noche anterior había tenido una conversación con Ramón Toboso que, a su juicio, era bonita e indicaba que el inspector iba cayendo en sus redes. Había pasado prácticamente un mes desde su primer beso en el sitio donde menos se lo esperaba, la churrería La Hormiga. Nada más sentarse con el chocolate y los churros, Toboso le había pedido retomar la conversación que habían dejado a medias en la plaza Mayor, quizás en un alarde de valentía por la sensación de euforia que se vive tras unas horas de alta tensión, algo parecido a cuando ves la vida de color de rosa justo al terminar un duro examen. Entonces, imbuida en esa dinámica de júbilo, se sinceró. Le contó a su superior que, al principio, no había reparado en él salvo para los estrictamente profesional, sin embargo, con el paso del mes de julio, los lazos se estrecharon conforme pasaban días enteros juntos y ella tuvo las primeras mariposas en el estómago a partir de mediados de mes. Precisamente por ese apego día y noche, especialmente en los últimos días del mes, cuando el caso requería de casi no separarse físicamente, todo se tornó en enamoramiento adolescente e incluso cierto grado de obsesión. El no ir apenas a su pueblo había reducido su mundo a Teresa, el inspector y, en menor grado, los curas, Cruces y los alcaldes, por lo que su mente no tenía vías de escape que le permitieran reflexionar sobre sus sentimientos. El inspector no fue tan claro como ella. Sí, pero no, reconocía la belleza de Nieves, realzada cuando explicaba una historia o daba con algún punto clave del caso, momentos en los que él se sentía atraído también por su belleza intelectual, le veía un espíritu puro, era limpia, sin maldades, inocente y con un punto infantil. Le encantaba que se enfadara si alguien le llevaba la contraria. Pero le falta algo más de química, prefería conocerla mejor. Pese al chasco, el atisbar una puerta abierta le animó a pedirle un beso. El deseo era irrefrenable, había llegado a un punto en el que no podía volver a casa sin tener algún triunfo sobre él. Toboso estaba exultante. Aunque Nieves no lo sabía, era la segunda mujer que en unas horas se le había lanzado. Su ego subía por momentos, estiraba la espalda para que su compañera pudiese contemplar con más detalle su imponente estructura anatómica. Solo por ver la cara de satisfacción de Nieves después de probar un beso suyo, aceptó su petición.

Durante el mes de agosto, la alcaldesa, Prado Santana, había rechazado varias invitaciones a verse, ni siquiera en espacios públicos. Necesitaba un tiempo para lamerse las heridas producidas por el beso en la catedral. No iba a desistir tan fácilmente con ella. A la vez, veía a Nieves ilusionada, con un dulzor que le gustaba y le hartaba a partes iguales. Con ella lo tenía fácil. Estaba invitado a esa comida en Ballesteros de Calatrava, pero declinó ir porque veía muy brusco confraternizar con su familia, máxime cuando seguía tirando de la cuerda de Prado Santana. Suponía llegar demasiado lejos para él.

***

En la cocina, las tres viejas habían terminado una gran fuente de ensaladilla rusa, una tortilla que podría alimentar a un ejército entero durante una semana y estaban liadas haciendo arrope manchego de postre, compuesto de mosto y calabaza, así como unas tortas de manteca con chicharra. Pasaba el mediodía cuando llegaron los invitados daimieleños. La madre de Nieves estiró la camisa de su marido y los pantalones para no permitir que asomara ni una arruga. Más de veinte minutos dedicó, una vez saludaron con besos a los anfitriones, en enseñarles la casa de cabo a rabo, explicándoles cada detalle acerca de la organización que llevaba a cabo en todos los aspectos de un hogar para obtener su aprobación. Cada vez que le alababan una cosa bien colocada, un jarrón o un espejo bonito, una habitación impoluta o la idoneidad de dedicar cualquier armario o despensa a cualquier cosa que ella hubiera decidido guardar ahí, se le iluminaba la cara y se reafirmaba en su buen papel de ama de casa. Terminada la ruta turística por todos los recovecos de la casa y del patio, se crearon corrillos: las ancianas acogieron en el suyo a Cruces, la madre de Nieves siguió explicándole a Teresa el porqué de unos cuadros colocados donde estaban colocados, y el marido de Teresa, Rafael, se fue para el patio con el padre de Nieves a ver los animales que allí tenían. Un timbrazo calló momentáneamente a todos los grupos.

—¡Ya está aquí el músico! ¡Deja de darle a la trompeta, que ya te abrimos! —avisó Elena refiriéndose a su marido, el último al que esperaban, que tocaba el timbre sin cesar.

—Mamá, déjame a Teresa un rato, que tenemos que comentar unas cosillas del trabajo.

—Ah, sí, sí, subid arriba si queréis y estáis más tranquilas, que aquí vamos a ir preparando la mesa y todo —contestó la madre ciertamente disgustada por no poder continuar mostrando a la subinspectora más resultados de su trabajo bajo esas paredes—. Voy a ayudar a estas, que menuda cocina me están poniendo.

***

En una pequeña salita de la planta de arriba las dos policías se acomodaron, provistas de un vaso de refresco y un cuenco con frutos secos, obligadas por la madre de Nieves, que se empeñó en que Teresa debía tomarse algo ya.

—Tu madre es igualita que la mía, ¡qué gracia me hace! —dijo Teresa en tono divertido.

—Y pesada muchas veces, tú no sabes qué mañana nos trae. Había que mimar cada detalle con tal de que no vieseis ninguna imperfección en la casa. Ahora bien, lo que le ves de maniática, lo tiene de bondadosa.

—Se le ve y, sobre todo, yo lo veo reflejado en su hija. —Teresa le dio un beso cariñoso en la mejilla.

—No sé cómo sigues siendo amiga mía. No habrá tiempo suficiente en esta vida para pedirte perdón por lo que hice. Por mi culpa te secuestraron, te puse en bandeja a la loca esa.

—Ya está pasado —Teresa se mostró muy comprensiva—. Te pudo el ardor del momento, la adrenalina de tener una buena idea. Pero Ramón tenía razón en la bronca que te echó unos días después en su despacho, no debes nunca hacer algo tú sola. En la Policía se trabaja en equipo. Una vez la idea brillante se le ocurrirá a uno, otra vez a otro, pero la acción debe corresponder a todos. Sé que querías destacar, impresionarnos, tener protagonismo, pero esto no es una competición de egos. Creo que lo has comprendido, para mí ya con eso me vale. A partir de ahora, hacemos borrón y cuenta nueva. Todos la hemos cagado, y bien gorda, en algún momento. No hacerlo nunca no sería realista.

Teresa se incorporó y le dio un beso en la mejilla. Nieves, reconfortada, desvió la atención hacia una pregunta que le rondaba desde la noche de La Conejera.

—¿De verdad viste como a un demonio y a tus abuelos? Cuando nosotros llegamos, no vimos a nadie, ni siquiera figuras que pudieran parecerse a personas. ¿No crees que la tensión del momento te hizo tener alucinaciones?

—Yo sé lo que vi, Nieves. Sé que puede parecer extraño, yo tampoco me lo creería si alguien me lo cuenta de sopetón, más aún habiendo estado yo delante. Pero quizás yo tengo un sentido paralelo más desarrollado que otras personas, ¿no?

Teresa se removió en la silla, como molesta por el cuestionamiento de Nieves hacia su relato. Esta optó por cambiar de tema para no contrariarla.

—Te creo, si ya vi la aparición de la cruz por arte de magia en ese armario, ya me creo todo. En fin, realmente no te quería contar nada del trabajo. Bueno, depende de cómo lo veamos. Es sobre Ramón. Anoche me escribió unas cosas.... —Nieves se apresuró a enseñarle la pantalla con los mensajes del inspector—. Es que míralo, que no ve mal que vayamos a un restaurante a cenar juntos, que le gustaría darme un abrazo, que el otro día el uniforme me quedaba muy bien, vamos, miles de cosas bonitas. Al principio reconozco que lo mío fue un calentón, como estábamos todos los días y a todas horas juntos, mi mundo erais él y tú, me he dado cuenta al dejar pasar unas semanas. Me comporté como una adolescente. Pero ahora las mariposas del estómago me están yendo a más.

—Nieves, no seré yo quien te quite ilusiones, ni muchísimo menos —cortó Teresa como si fuera su hermana mayor—, pero siempre ten en mente cómo es Ramón. Te lo diré cada vez que hablemos de él. Que, por cierto, va a ser que entonces no le gustan chicos, ni el concejal, ni el cura buenorro ni nada, que tú ya te habías creado una película en tu cabeza. Por supuesto, si ves que esta relación avanza y tú estás a gusto, pues bien, continúa. Ahora bien, no te desvíes jamás de la realidad, que no es otra que este hombre es un conquistador nato y un picaflor. Ándate con ojo, pese a la ilusión de un enamoramiento inicial, y pon siempre todos los elementos en la balanza. No sabemos si es de fiar en una relación. Y tú, Nieves, ¿cómo eres en una relación?

Teresa le aconsejaba a sabiendas de que el inspector jugaba a dos bandas y la alcaldesa le mantenía informada de todo cuanto pasaba en su otra relación paralela con Toboso.

—No lo sé cómo seré, Teresa, porque nunca he tenido una. —Bajó la cabeza y se ruborizó.

—¿Nunca has tenido novio? —se sorprendió la subinspectora.

—No. Alguna tontería he tenido con chicos del pueblo, pero poca cosa, nada serio.

—¿Y has hecho alguna vez...? Bueno, tú ya sabes.

—No. Soy virgen. Es que quiero que sea algo bonito y especial.

—Me extraña en el sentido de que eres una chica guapa y con buen cuerpo, además de lista y culta.

—Ya, pero no sé, mi adolescencia fue muy difícil y eso me ha retraído mucho. Luego en la universidad empecé a salir del pozo lentamente, pero no he sido yo muy de ir a fiestas y esas cosas. Iba a clases y me volvía al pueblo, poco más. Tampoco lo he echado de menos, también te lo digo. He sido muy feliz así.

—Cada una lleva su estilo de vida, no te tienes que avergonzar por ello ni dar explicaciones. Cada una tenemos lo nuestro, qué te voy a decir yo. Si ya antes de este verano eras mi amiga, a partir de ahora eres mi hermana. Siempre podrás contar conmigo y seré tu apoyo. Por eso te quería prevenir un poco de tíos como Ramón, para que vayas con cuidado. Aunque te entiendo perfectamente —concluyó Teresa dándole un abrazo.

—Gracias, eres una persona increíble. Admiro tu fortaleza, yo no podría haber soportado todo lo que tú has tenido que vivir. Eres para mí una heroína, un ejemplo que seguir. Y mi hermana —le correspondió Nieves achuchándola más todavía y dejando que alguna lágrima se le escapara fruto de la emoción del momento.

—Nieves, si quieres, me lo cuentas ahora y, si no, lo dejamos como conversación pendiente, pero ahora que has dicho lo del instituto me he acordado. ¿De qué conocías a Patricia?

—Instituto y Patricia van unidos. Lo que no sé es si alguna vez la he visto por el pueblo, es que juraría que sí, pero en teoría ella es de Ciudad Real. También hay que contar con que a veces me pensaba que la veía, y luego era que no, que me llegó a pasar incluso dentro de mi propia casa. En aquellos momentos pensé que acabaría loca. Hoy es un día alegre, ¿y si lo dejamos para otro capítulo?

—Claro que sí. Hoy cerramos un libro, ya abriremos otro. —Teresa volvió a abrazarla y besarla.

—¡Chicas, bajad! ¡Que vamos a empezar ya con los entrantes! —llamó la madre de Nieves, modulando la voz para que no la llamaran «gritona».

—Vamos abajo, que si no tu madre se va a poner nerviosa. Y con este olor se me ha abierto el estómago que no veas. —Teresa secó con sus pulgares las lágrimas de la cara de Nieves.

***

Conforme bajaban las escaleras, el alborozo iba en aumento. El salón se había convertido en un sitio de risas donde la tía Elena era la protagonista absoluta de la escena.

—Estábamos en el bar del Titi, y le dije al Pajarillo: «¿Pitra tiesa, tú? ¡Lo que tienes ahí es un pimiento colgandero y seco como este!».

Todos estallaron en carcajadas cuando Elena se sacó un pimiento y lo agitaba con la mano.

—¡Chicas! ¿Ya os habéis puesto al día? Venga, sentaos, Teresa, coge jamón y queso, que verás qué ricos que están —invitó la madre de Nieves.

—Cruces, ¿qué tal sigues?, ¿ya recuperada? —se interesó Nieves, sin rastro alguno de haber llorado.

—Sí, ya estoy curada, el practicante me ha dicho que la herida está divinamente y cerrada del todo. Me tengo que tomar dos pastillas al día unas semanas más y ya está. Cuando la desequilibrada esa fue a clavarme el cuchillo, la vi venir y me intenté apartar, lo que pasa es que, como estoy tan mayor, pues no tiene una los reflejos de antes. Aun así, ese movimiento me salvó y no pudo clavarlo bien. Y gracias a la faja también.

—¡Qué bien!, menos mal que no ha sido nada.

—Gracias, rica. ¿Al final qué va a pasar con la asesina esta?

—A falta de sentencia firme, es ya prácticamente seguro que va a quedar internada en un centro psiquiátrico. Ya sabíamos que estaba como un cencerro, pero ahora ya los médicos que la evalúan lo han corroborado. Está convencida de ser la representante de Satanás en la tierra, bueno, en La Mancha al menos. La mirada que tiene es de desquiciada. Da miedo. Las demás parece, y digo parece, que han despertado y se han dado cuenta de que habían sido totalmente manipuladas por ella cuando estaban en un momento de mente confusa, débil. Aun así, como es lógico, van a tener que cumplir penas de prisión variables según la gravedad de lo que hayan hecho.

—Nieves, ¿y cómo es que sabes tanto de leyendas y de historias de Ciudad Real? —curioseó Cruces, que reconocía su inteligencia.

—Soy licenciada en Historia, lo que pasa es que a mí todos estos temas de mitos, leyendas, incluso lo paranormal me gustan muchísimo. Muchas de las historias que os he contado las aprendí gracias a un libro que me encanta, se llama *Mitología y superstición en La Mancha*. Cuando di con él, no podía creer la de leyendas y seres mitológicos que hay en nuestra provincia, muchas de ellas desconocidas. Somos una tierra de muchos misterios.

—Y ya ves que hay cosas que existen de verdad.

—Lo que pasó en casa de Laura fue impactante, desde luego. No lo voy a olvidar nunca.

—¿Qué tal está ella?

—Intentando todavía encajar el golpe de la pérdida de su hermana. Esa familia ha quedado marcada. A la vez, está feliz de que la cruz esté en su sitio, es increíble cómo al final acaba volviendo a esa casa. Si existe un Dios, no cabe duda de que quiere que esté ahí. Según nos ha contado, por el momento, se queda una temporada tranquila en el pueblo. La gente le está apoyando mucho.

—Me alegro. En el fondo su hermana era una buena persona, la ira y la rabia le pusieron una venda en los ojos, pero su corazón no llegó a pervertirse, prueba de ello es que quiso escapar y devolver la cruz a su casa. Esta vez esos perros se han pasado tres pueblos, nunca mejor dicho. Nunca habían sido tan agresivos y tan sanguinarios.

—¿Y por qué ahora lo habrán sido?

—Imagino que porque han tenido a una loca psicópata como líder. Las de antes tampoco estaban en sus cabales, pero esta es que es de manual. Ya la habéis visto y sufrido. Sobre todo, mi Teresa, pero mirad cómo luce ahora.

—Lo hemos pasado muy mal, pero vamos a remontar el vuelo. De hecho, ya lo estamos haciendo —intervino el marido de Teresa, que le cogió la cabeza para besarla en la frente.

—¿Hay más brujas malas en el pueblo? —preguntó Elena, que no formaba parte de la profesión de sus familiares.

—Alguna habrá suelta, pero las principales están o cogidas por la Policía o controladas por nosotras porque han sido inofensivas.

—Menos mal. Me cago viva de miedo de pensarlo. He puesto a san Fernando y a la Virgen de la Consolación detrás de la puerta para que me protejan —dijo Elena mientras se levantaba recogiendo los platos que ya estaban vacíos. Al ponerse de pie, se le cayeron al suelo multitud de migas.

—Y yo te he bendecido la casa —le dijo Valeria—. Pero lo que veo que no puedo remediar es que sigas poniendo el suelo perdido de migas. Ahora vendrá la perra como una aspiradora.

—Anda, calla ya —le contestó alegremente Elena—. Vamos a hacer las gachas, que eso se tiene que comer caliente. Que se vengan las niñas y nos vean hacerlas.

Nieves y Teresa se levantaron para seguir a Valeria, Felicidad y Elena, que iban con sus mandiles puestos y con platos con restos de comida. Por la ventana abierta de la cocina, que daba al patio, entraba un rico aire que esparcía el olor a comida hogareña por el resto de la casa.

—¿Aquí huele a pan o me lo parece a mí? —reaccionó Teresa ante el delicioso aroma que desprendía el horno.

—¿Que si huele a pan? Mira, vas a ver qué hogaza va a salir ahora mismo para que mojemos en las gachas. —Señaló hacia el horno Felicidad, orgullosa—. Antes, cuando éramos niñas, íbamos con nuestras madres a los hornos del pueblo y allí hacíamos el pan con nuestras vecinas. Nos lo pasábamos de bien... Ay, Señor, cómo pasa el tiempo, de verdad. Y nosotras con él —se lamentó cogiendo un trapo en la mano para sacar la bandeja del horno donde esperaba el pan casero.

Mientras Valeria daba vueltas a las gachas, se percataron de que las campanas de la iglesia del pueblo comenzaron a tocar. Todas se quedaron calladas escuchando.

—Es el toque de muerto —avisó Valeria, muy seria.

—Yo esta mañana no he oído nada de que alguien se hubiera muerto en el pueblo —añadió Elena, pensativa.

—No deberíamos hacer las gachas —dijo Valeria.

—¿Por qué? —a Nieves le sorprendió el comentario de su abuela.

—Porque esto llama al muerto, que viene a meter el dedo y remover las gachas. Nunca nos ha gustado hacerlas el día de los Difuntos por lo mismo, salvo que las cerraduras de la casa estén selladas. No me gusta a mí esto.

—Abuela, ¿tú te estás escuchando? ¡Menuda tontería!

—Anda, Valeria, eso son *tontás* —le rebatió Elena, que le cogió una enorme cuchara de madera para seguir ella dando vueltas a la comida típica manchega.

Pese al gesto serio y contrariado de Valeria, terminaron de hacer las gachas y las fueron sirviendo en platos para llevar a la mesa.

—Échale más a Teresa y a su marido, que ahí veo pocas —indicaba Felicidad.

—Que no, que no, de verdad, si ya estamos hinchados, no vamos a poder con tanto.

—¡Cómo no! Que comáis bien, por Dios. —Felicidad echó otra cucharada más a los platos de ambos.

Mientras comían las gachas, Cruces reparó en la seriedad de Valeria.

—Valeria, que no te preocupes, mujer. Y te lo dice tu jefa bruja. Yo también he oído el toque de muerto, pero no pasa nada. Come y disfruta de estas gachas, que yo creo que son las más ricas que he comido en mi vida.

—Lo confirmo —dijo el marido de Teresa con los carrillos llenos—. Y lo del pan es algo ya fuera de serie. Todavía le sale algo de humillo al abrirlo. Qué barbaridad.

—Pues otro día os venís y hacemos otra comida y pan rico. Y bien sano y natural que es —le contestó Felicidad sacando pecho.

—¿Os acordáis de cuando íbamos al campo y nos hacíamos allí platos de caldo con lo primero que había? —dijo Valeria intentando zafarse del susto en el cuerpo por el toque de muerto.

—Cómo no, cómo no —respondió Elena—. El sabor de esas carnes no lo he vuelto yo a probar. Con los pollos de los corrales, que les echábamos unas patatas, nuestro aceite, nuestra agua, nuestra sal y lo poníamos al fuego. En mitad del campo, sin necesidad de cocinas, ni mesas, ni sillas. Unas buenas calderetas bajo el sol y se nos quitaban todas las penas.

—*Na*, hija mía, *na*. —Felicidad paró de comer al pensar, nostálgica, en esos tiempos.

***

El timbre de la casa rompió la conversación sobre la vida en el pueblo de hace décadas. Todos se miraron extrañados en la mesa.

—Voy yo. —La madre de Nieves se levantó primeramente—. Sentaos los demás. No esperaba yo a nadie, voy a ver quién es.

Al momento, regresó al salón con paso ligero.

—Es la Rara —susurró para que la mujer, que estaba en la entrada, no la oyera—. ¿Le digo que pase?

—Sí, sí, *pobrecica*. Que entre —le dijo una Valeria compasiva.

Unos segundos después, una mujer encorvada, con vestido negro que le tapaba media rodilla y una fina chaqueta de ese mismo color, hizo su aparición en el salón de la casa de Nieves.

—Que aproveche —saludó con un ademán de mano.

—Siéntate, Pili, siéntate —invitó Valeria—. ¿Quieres comer algo? Mira, íbamos a poner el postre enseguida, que hemos hecho tortas y arrope.

—No, no, tranquila, Valeria. Voy a estar muy poquito, no quiero molestar. Me tengo que ir enseguida, que, si no, vendrán a llamarme. Vengo a confesar.

—¿A confesar? —repitieron al unísono Valeria y Felicidad.

—Qué mala cara tiene esta mujer, Jesús bendito, tiene el color de la ceniza —le susurró, entre medias, Elena a Teresa, que asintió.

—Sí, no me puedo ir de aquí sin contar la verdad. Bueno, mi verdad.

—Dinos, hija mía, tú no te preocupes de nada, que ya has pasado mucho con lo de tu hijo. Come un poquito mientras, anda, no te cortes —le indicó Valeria, que desde la muerte de Lucio había hecho las paces con ella.

—Esto debería haberlo hecho antes. Quizás se hubieran evitado muertes y sufrimiento. O no, no lo sé. Como ya sabéis, por culpa de mi padre, Pepe, mi familia siempre ha sido un bicho raro en este pueblo. Se consideraban habladurías lo que él hacía con otros de su misma calaña, pero esos compañeros suyos de malas prácticas y las que luchabais contra ellos, y me refiero a vuestras madres principalmente, sabéis a lo que se dedicaba. —Miró a sus primas Valeria, Felicidad y Elena—. Cuando yo era pequeña, no tenía ni idea, pero lloraba y lloraba porque yo quería jugar con mis primas en el pueblo, como hacían todas mis amigas. No entendía por qué os veía cada vez menos, por qué no pasábamos Navidades juntas o por qué mi padre me dijo un buen día que no podía veros. Nuestras familias se pelearon y nuestra relación quedó rota. Ahí fue cuando me empecé a interesar por saber si lo que me decían otros niños para reírse de mí era verdad o no. Que si tu padre es un brujo, que si tu padre adora al demonio y, claro, yo para muchos era la bruja. He tenido pocas amigas, pero lo cierto es que han sido fieles a nuestra amistad por siempre y las he mantenido desde que era chiquitita.

—Eso es verdad. A algunas de tus amigas las conocemos y, si te sirve de consuelo, siempre nos han dicho que eras una bellísima persona. Nosotras hemos sido demasiado tontas y ciegas, tú no tenías culpa de las acciones de tu padre —reconoció Valeria, la única capaz de hablar, puesto que Felicidad y Elena sollozaban.

—Eso me alegra. —Pili sonrió con sinceridad—. Muchas veces me escondía para intentar captar algo de las conversaciones de mi padre con amigos suyos del pueblo o con gente que venía de fuera a visitarle. Ahí ya me empecé yo a figurar lo que se estaba cociendo. Seguí creciendo, y mi pena junto con mi cuerpo, porque os echaba de menos a gritos. Era muy jovencita cuando un día me vino mi padre con un encargo un poco raro. Tenía que ir al cura del pueblo y preguntarle como si nada que me contara la historia de la cruz que crece e interesarme por ella hasta tal punto de tener que pedirle que me dejara verla. El objetivo era que me confesara dónde estaba y yo decírselo a mi padre. Como llevaba años escuchándole a escondidas, me hice una idea de sus verdaderas pretensiones, así que le mentí. El cura me dijo la verdad, que estaba en casa de Laura, pero yo a mi padre le conté que la Iglesia no podía permitir que una cruz así danzara suelta por el mundo y se la habían llevado, que él creía que a Madrid. Mi padre se quedó muy serio y me dio las gracias, nada más.

—Hiciste muy bien —volvió a hablarle Valeria.

—¿Tú sabes quién mató a Laura, a la que le cayó la cruz? —preguntó Nieves—. Llevamos un mes interrogando a las detenidas y a Gonzalo, buscando información entre los archivos encontrados en sus casas, pero no hay ni una pista.

—No busquéis más. Fue mi padre. Me enteré después de que lo hiciera en una conversación que tuvo con su jefe en mi casa. Laura tenía sospechas de lo de la cruz y se la escondió la partera del pueblo. Mi padre pensó que la había matado en el acto, pero la dejó malherida. Antes le había como drogado para que dijera la verdad. Acabó muriendo a los pocos días. Ella le dijo que se la habían llevado unos curas y llegaron a entrar en su casa a buscarla mientras estaba en el hospital luchando por sobrevivir. Se lo acabaron creyendo al no encontrarla. Sé que después consiguieron su calavera para usarla en rituales negros.

—Me quedo de piedra. No sabíamos nada de eso —dijo Valeria buscando con la mirada a su hermana y su prima.

—Lo sé, como no sabéis nada de lo que viene a continuación. En esas conversaciones con ese cura, me fui haciendo amiga de él. Pasábamos mucho rato juntos, él me contaba más historias de pueblos de Ciudad Real, leyendas y cosas así, que a mí me fascinaban. Caí en su trampa como una tonta.

—¿En qué trampa?

—Me dejó embarazada.

Un silencio denso, pesado, se apoderó del salón, con todos los presentes atónitos, sin poder reaccionar.

—¿Tú has estado embarazada antes de casarte con tu marido? —Felicidad no salía de su asombro.

—Sí. Como aquello era un escándalo, mis padres me encerraron en casa durante los nueve meses que duró ese embarazo. Pasé lo indecible. No puedo ni pensarlo. Mi padre me dio tal paliza que todavía me duelen los huesos cuando me acuerdo. Y el cura me amenazó. Si le contaba a alguien que era suyo, iría a por mi padre y haría que la Iglesia se lo llevara para encerrarlo de por vida. Sé que lo que hacía mi padre estaba mal, muy mal, pero era mi padre. Al fin y al cabo, nunca me había tratado mal y conmigo se desvivía, las cosas como son. De hecho, fijaos lo que os voy a decir, creo que ya un poco más mayor se arrepintió de todo e intentó que el resto de su familia se mantuviera al margen. A él lo engancharon porque, por ser *zajoril* y nacer de una violación, le colgaron el sambenito y lo pasó mal. Se sentía rechazado, entonces apenas llegaron unos que le dieron cariño y le hacían caso, añadiéndole la rebeldía de la juventud, se tiró en sus brazos. En el fondo me da mucha pena él, más aún cuando su hermana, por contra, tiró por el lado bueno y era bien vista en el pueblo.

—Bebe un poquito de agua, Pili. —Valeria le ofreció un vaso que su prima aceptó gustosamente.

—Gracias. —Todos esperaron en silencio a que le diera un sorbo—. Tuve una niña más bonita que *na*, pero la disfruté poco. El cura me exigió dársela para entregársela a unas monjas. ¿Qué podía hacer yo, si era una niña como aquel que dice? Se la di, pero no me desentendí de ella, ni mucho menos. Las monjas se apiadaron de mí y me dejaban visitarla, normalmente, una o dos veces por semana. La niña me llamaba «mamá», sabía que yo era su madre. Cuando estaba con ella, eran los momentos más felices de mi vida. Había noches que lloraba tanto por tener que irme que las monjas me dejaban quedarme a dormir con ella, les daba mucha pena aquella situación. Me queda el consuelo de que hice lo que pude.

Pili paró para dar otro trago de agua. La atmósfera del salón estaba cargada. Nadie se movía y no se oía ni siquiera la respiración de tantas personas allí reunidas. Se mantuvieron a la espera de que la mujer retomara su relato sin pestañear.

—Os habéis quedado paralizados —dijo Pili para distender el ambiente—. Pese a todos mis esfuerzos, esa niña creció con traumas, al fin y al cabo, no tuvo una familia como Dios manda y una casa con su madre. Hubo temporadas que no quería saber de mí, me culpaba de todo. Hasta que un día estallé, no pude más y le tuve que contar toda la verdad de mi historia. Ella se quedó hecha un valle de lágrimas, me pidió perdón a diario desde ese día. Cuando yo hablé con ella, su hija, mi nieta, que era muy curiosa y vivaracha, nos estaba espiando y se enteró de todo. Era Patricia, que desde entonces se la juró al cura de Ballesteros, que ya no era cura, sino el obispo de Ciudad Real.

—¿Patricia es tu nieta? —acertó a preguntar Nieves estupefacta.

—Sí. Mi hija, al fin y al cabo, tenía raciocinio y supo procesar la información, pero Patricia era una niña. Ella solo veía sufrir a su madre, así que interiorizó el odio desde pequeña. Estoy segura de que fue fraguando la manera de matarlo desde entonces. Y, mira, al final lo ha conseguido.

—Claro, ya decía yo que la había visto alguna vez en el pueblo —cayó en la cuenta Nieves.

—Ha venido algunas veces, sí, lo que pasa es que no se ha movido por el pueblo. Nos veía y se iba. A mis hijos les ha tenido mucha tirria, envidiaba de ellos que hayan vivido con nosotros, que hayan tenido su familia y su hogar, mientras que su madre tuvo que sufrir. Y mira que mis hijos han hecho esfuerzos por hacerla feliz, la han invitado a sus cumpleaños, han ido a verla, la llamaban por teléfono y la querían, por edad era como su hermana, ya que a su madre yo la tuve, como os he dicho, muy joven. Pero su alma estaba podrida ya y no había remedio. Como estaba cegada y solo quería hacerle daño al obispo, se metió a esa secta satánica y ahí empezó el principio del fin.

—O sea, que todo esto confirma que Patricia mató con sus manos al obispo —dijo Teresa, que aguantaba la respiración ante el relato de Pili.

—Sí. Y se ha llevado por delante a su tío también.

—¿Cómo? —preguntó Nieves, medio chillando, al darse cuenta de a lo que se refería.

—En la familia, que sabíamos por dónde iban los tiros, intentamos pararla. Cuando supimos que habían robado unas ovejas aquí en el pueblo y llegaron las noticias de Ciudad Real, sospechamos de ella inmediatamente. Las robó aquí, en Ballesteros, por ser el pueblo de la cruz. Ese Julián y mi marido no se llevaban muy bien, ella lo sabía, por eso lo eligió a él. Mi padre y su secta alguna vez mataron algunas ovejas también como ofrenda al diablo, según le escuché una vez, porque las ovejas nos simbolizan a los que seguimos a Jesús, como supongo que ya sabréis. Es, para ellos, una ofensa a los cristianos y, por lo tanto, a los que estamos en contra de Satanás. Descubrimos que nos había robado la furgoneta para llevar a esos pobres animales a Ciudad Real. Fui a verla personalmente y vi que hasta se había teñido el pelo, imagino que para despistar a la Policía. Me confesó sus intenciones y que iba a robar a la Virgen del Prado porque es la dueña del obispo de Ciudad Real y porque, por respeto a mí y a su madre, que también es devota como yo, no iba a tocar a la Virgen de la Consolación ni a san Fernando. Quería quemar a la Virgen del Prado junto con el anillo del obispo.

—Pili, no es como reproche lo que te voy a decir, pero ¿por qué no nos lo contasteis?

—Porque era de mi sangre. Y no quería que mi hija sufriera más todavía. Intentamos convencerla de que parara por todos los medios, para colmo nos había metido en un lío por haber cogido nuestra furgoneta. Hasta que un día Lucio se hartó y dijo que o paraba o la denunciaba a la Policía. Antes de que lo hiciera, Patricia mandó a quien fuera para matarlo. Y así fue. Ordenó que, al ser su tío, que sufriera lo mínimo posible, es por eso que lo envenenaron. —Pili soltó algunas lágrimas, aunque su cara no tuviera cambios de gestos perceptibles.

—Dios mío de mi vida —dijeron varias de las mujeres que se sentaban a la mesa con las manos tapándose la boca. El lloro de Felicidad, Valeria y Elena era ya un torrente, al que se le unió el de Cruces. Los demás luchaban por no derrumbarse con ellas.

—¿Y aun así no nos dijisteis nada? —le preguntó Nieves.

—No porque ya directamente nos amenazó a todos. Dijo que, si íbamos con el cuento a la Policía, correríamos la misma suerte que él. En el fondo, como os he dicho, como les tenía tanta envidia y se corroía por dentro cuando veía a mis hijos, me parece que le importó poco mandar matar a Lucio. El resto de mis hijos, mi marido y yo hemos vivido con mucho miedo, la veíamos capaz de cualquier cosa. Mis niños podrán ser un poco brutos, sobre todo, Olivia, que es muy basta, pero son buenísimos. Dan la vida por los demás y se han desvivido siempre por sus padres y por todos. Cuando los veáis os pido un favor, tratadlos bien y cuidadlos.

—No te quepa duda de que así será. Van a ser más que bienvenidos en esta casa, como si fueran hijos míos —le tranquilizó Valeria.

—Son nuestra familia. Mientras estemos vivas, no os faltará de nada ni a vosotros ni a vuestros hijos —le prometió Elena, que era incapaz de parar de llorar.

—Pili, yo como tengo su edad más o menos, te juro que voy a hacer que se integren en el pueblo, con los jóvenes de aquí, y se van a convertir en mis hermanos a partir de ahora —aseguró Nieves.

—Gracias a todas. Aunque haya sido tarde, no sabéis cómo me alegro de haberos recuperado. Sois tan buenas como la abuela Luisa. Cuántas veces no habré pensado en ella. Al final, conmigo se ha repetido un poco la misma historia. Sé que ella me ha dado las fuerzas para haber seguido adelante en mi vida.

—No te quepa duda. Ella es el ángel de la guarda de toda la familia, a la que tanto quería —afirmó Valeria—. Y, ahora, ¿cómo estáis después de saber que tu nieta está a buen recaudo?

—Yo no he dejado de sufrir. Es algo muy duro para una madre y abuela, pero me siento más tranquila por mi familia, que ahora estará a salvo. Sé que se quedará todo en orden por fin.

—Nos ocuparemos de ello, Pili. Los vamos a proteger —le dijo Valeria mirándole fijamente, como acordándose de algo—. Toma esto que te voy a dar —dijo sacándose del bolsillo varias cosas—. Aquí tienes un rosario de la abuela Luisa, llévatelo contigo. Te doy también una fotografía de nuestros padres cuando eran niños, otra de todas las primas juntas, también de niñas, en un borriquillo al lado del arroyo Rondín. Y dos estampitas, una de la Virgen de la Consolación y otra de san Fernando. Que su manto protector te proteja.

—Te lo agradezco de corazón, Valeria. Mi prima, tan bonita como siempre, como cuando venías a mi casa y jugábamos con las muñecas de madera, aunque tú eras más mayor que yo.

—Y cuando compartíamos las naranjas y las onzas de chocolate que nos traían los Reyes —añadió Felicidad.

—Perdonad por no haberla denunciado —dijo Pili, mirando ahora indistintamente a Nieves y Teresa.

—No te preocupes, no te tenemos que perdonar nada —le contestó dulcemente Nieves—. Eres una mujer valiente.

—Que Dios te bendiga. —Cruces le hizo la señal de la cruz. Valeria la miró y asintió con la cabeza.

—Gracias, y a vosotras también. En fin, hasta aquí todo. Me marcho ya, que mi hijo me reclama y estoy como loca por verle, tiene que estar al caer, me dijo que me dejaba solo un ratito y venía a recogerme —dijo Pili levantándose de la silla.

«Es que tiene otro hijo que vivía fuera, habrá venido a verla», le musitó Nieves a Teresa.

Al despedirse, todas las mujeres salieron con ella a acompañarla hasta la entrada y le fueron dando un abrazo. Cuando llegó el turno a Elena, la notó fría.

—Pili, estás helada. Debe ser de todo lo que nos has contado, que eso pone mala a cualquiera. Toma, ponte mi pañuelo este mío en el cuello. Y te doy también el chal que me he traído puesto para que el viento fresco no me diera en la espalda —le dijo colocándole las prendas sobre cuello, espalda y hombros.

—Gracias, Elena, ya estoy mejor.

Pili se fue sin hacer ruido con sus pisadas y con la humildad con la que había entrado. Cuando las mujeres regresaron al salón, vieron que los hombres estaban asomados a una de las ventanas. Un viento más frío de lo que correspondía movió las cortinas.

—¿Qué miráis? —preguntó Elena.

—Que viene un montón de gente bajando por la calle, yo creo que medio pueblo. ¿Qué pasará? —respondió su marido. Cruces y Valeria se entrecruzaron miradas cómplices.

—Mirad, por delante va un coche de muertos —anunció el marido de Teresa.

El grupo de mujeres salió a la puerta de la casa. Una comitiva funeraria las alcanzó a los dos minutos. Iba precedida de un coche fúnebre, cuyas puertas traseras estaban abiertas y dejaban ver un ataúd cubierto de flores. Detrás, el cura actual de Ballesteros de Calatrava echaba agua bendita al féretro e iba recitando una oración. En esa primera fila, vieron a Olivia, a sus hermanos y al marido de Pili. Nieves cogió a Olivia del brazo.

—¿Qué ha pasado?, ¿quién se ha muerto? —le preguntó con los ojos saltones, sabiendo la respuesta.

—Mi madre, Nieves. Le ha dado un ataque al corazón, ha sido una vida muy dura y lo de este verano ha podido con ella.

—¿Cuándo se ha muerto?

—A primera hora de la madrugada, pero ella siempre había dejado dicho que quería que su velatorio fuera corto. La hemos tenido en casa unas horas y ya la vamos a enterrar —le respondió serena. Valeria y Cruces se volvieron a mirar. Todas se percataron de ese gesto y, entonces, entendieron todo.

—¿Os podemos acompañar en el cortejo hasta el entierro? —le pidió Nieves.

—Por supuesto. Sois nuestra familia.

Nieves y Teresa en tercera fila; la madre de Nieves, su abuela Valeria, Felicidad, Elena y Cruces en la segunda se unieron a la comitiva, que fue engordando conforme pasó por algunas calles más, hasta que se perdió en la lejanía camino del cementerio.

EPÍLOGO

Los que llenaban las calles del centro de Almagro tiraban de inventiva y de los recursos tradicionales para aliviarse en la calurosa noche que la localidad les regalaba en pleno mes de julio. El Festival Internacional de Teatro atraía a miles de personas que desplegaban sus coloridos abanicos y tomaban bebidas refrescantes en la plaza Mayor a la caza y captura de actores y actrices famosos del panorama nacional que se daban cita en el pueblo manchego venido a más desde hacía unas décadas. Esa noche se representaba en el Corral de Comedias una comedia de Lope de Vega y todas las localidades se habían vendido, por lo que el lleno iba a ser absoluto. Un rato antes de la representación, una enorme cola de personas esperaba el turno para ir pasando e ir ocupando sus sitios. «A ver si nos abren pronto y nos podemos sentar, que con este calor quién aguanta tanto tiempo de pie», se quejaban dos mujeres con las piernas hinchadas. Unos niños correteaban por la plaza, atrayendo la mirada de los que esperaban, ávidos de algo con lo que matar el aburrimiento, cuando uno de ellos se cayó de manera estrepitosa al suelo y comenzó a berrear.

Cuando se abrieron las puertas, varias exclamaciones de alivio precedieron al goteo de entrada de personas al Corral. En cuanto accedían al recinto, la algarabía de la plaza se apagaba de inmediato, como si la puerta fuera la frontera de un mundo antiguo silencioso donde las paredes hacían de aislante con el exterior. El oscuro cielo contrastaba con el iluminado escenario, la multitud tomaba asiento en el antiguo Patio de los Mosqueteros, así como en las cazuelas y en los corredores de las dos plantas superiores. Un pequeño conflicto por uno de los asientos fue rápidamente solventado por una acomodadora. El murmullo, poco a poco, iba menguando. El sonido de las voces era sustituido por el de los abanicos, entremezclado con el de pulseras que chocaban y su frenético movimiento. Últimos sorbos de agua antes de comenzar la función.

A la hora convenida, el maestro de ceremonias se apresuró a dar la bienvenida, de una manera cómica, a los espectadores y anunciar el inminente comienzo de la obra. Primeras risas. Fuertes aplausos. Gente recolocándose en las sillas, que no eran todo lo cómodas que se pudiera desear, que se olvidaban de la temperatura ambiente para imbuirse en la representación teatral. Unos padres y su hija, venidos desde otra región del país, apuraban los últimos momentos para hacer fotografías del Corral de Comedias con las luces encendidas. Los primeros actores salieron a escena. Todo el mundo se avino a un respetuoso silencio que ya solo era roto por esporádicos golpes de tos.

Al llegar a la mitad de la obra se levantó una suave brisa que sabía deliciosa. Una niña, sentada en uno de los laterales del patio junto a su madre, con un vestido corto rosa y un lazo del mismo color en la diadema del pelo, vio pasar una sombra negra desde uno de los corredores hacia las celosías.

—Mami, ha pasado un hombre vestido de negro por allí arriba.

—Será alguno de los del teatro, no te preocupes.

—Iba con una capa negra. Me ha dado miedo.

—Es que van disfrazados porque son actores, pero son personas normales. Venga, que en cuanto salgamos te compro unas chuches, ¿vale? —pese a sus intentos tranquilizadores, la madre no pudo evitar mirar de reojo a la zona donde su hija señalaba. Las carcajadas del público ahogaron cualquier intento de seguir hablando.

El telón se cerró para preparar un cambio de escena. El público se recolocó en sus sillas, sin terminar de coger la postura. Algún que otro trago más de agua. Pequeños comentarios se escapaban sobre el desarrollo de la obra o sobre el emplazamiento del lugar. La niña que había visto la figura de un hombre de negro tiró de la blusa de su madre.

—Mami, mira, que se está abriendo el telón otra vez.

—Uy, ¡es verdad! Pues ahora nos tenemos que callar otra vez para escuchar bien lo que digan.

—¿Qué es eso que cuelga de una cuerda? —preguntó la niña con el dedo índice de su mano derecha apuntando hacia lo alto del escenario, justo después de oírse un crujido.

La mueca de espanto de su madre no la olvidaría jamás. Tapó los ojos de su hija, que no entendía lo que estaba pasando. Lo que antes era silencio se había convertido en chillidos de horror. La gente se levantó y se produjo una estampida en dirección a la salida, en cuya puerta se produjo un embotellamiento y algunas caídas.

El cuerpo de una mujer vestida de época colgaba de lo alto de una de las vigas del escenario con la lengua fuera y con la cara completamente morada.

A pocos metros, Nieves y el inspector Toboso disfrutaban de una romántica velada en el restaurante El Corregidor.

Índice